梦想建设家

驶向未来的中国故事

万象峰年 等_著

译林出版社

目录

序　言

王晋康

近年来，未来事务管理局科幻工作坊多次组织活动，邀请科幻作家走进中国顶尖科研院所和企业，比如核聚变实验室、卫星发射中心、国家电网等，与一线科研人员面对面深度交流，亲历中国当下前沿技术的发展，在二者之间建立了一座桥梁。这是一系列很有意义的活动，我本人就多次参加。

最近一次则是在2023年12月17日至20日，未来事务管理局和比亚迪共同发起“我迪朋友们｜科创未来 幻生万象”活动，组织多位科幻创作者探访比亚迪全球总部，实地观摩了比亚迪特有的刀片电池的生产线，让作家们亲自试驾了仰望U8和腾势等高端车型，并与比亚迪技术和管理人员进行了座谈。

这次参观让我心潮澎湃，在座谈中说了一些科幻之外的话题，几乎感情失控。我今年七十六岁，几乎与新中国同龄，与中国工业体系的成长也基本同步。下过乡，当过矿工、木模工、设计工程师，半生在工厂里工作，经历过中国工业最困难的时期，也为石油机械的进步洒过汗水。近二十年因为投身科幻创作，基本离开了工厂环境。今天，站在比亚迪的平台上，在七十六岁的年龄回望过去，发现半个世纪以来，我们竟然越过了这么多的高山峻岭、大江大河，已经达到了这样的高度，站在了世界工业制造的巅峰，尽管在不少细分领域还不是世界第一，但总体实力碾压所有工业强国。与我参加工作的上世纪70年代相比，何止是天壤之别。

但这个过程中并非只有欢声笑语，也有许多泪水。即以我原来所在的工厂来说，由于石油行业总的来说属于夕阳产业，再加上一些别的因素，很不幸地从当年的巅峰时代大幅跌落，目前只能勉强支撑。我在座谈中对比亚迪的技术同行说："像我这样的技术人员并不是不肯干，也不是不能干（当年我带着两个徒弟，用数年时间，从零开始，成功研制了石油行业的大吨位自走式底盘，在这个细分领域超过了美国产品的水平），但由于机遇等种种原因，我们今天没能站在最终的领奖台上，被时代淘汰了。所以希望你们珍惜你们的工作和机遇。"我为比亚迪几位科幻迷的题词都是：与你们的企业一同成长。

在我发言后，几位比亚迪的中层也很动情，回忆起比亚迪最困难的时期。那时，他们研发的几种新车型市场遇冷，举步维艰。他们真正翻身是在疫情期间，就是广为人知的"七天建立起口罩生产线"，从此比亚迪的发展势如破竹。当然也与比亚迪高层的高瞻远瞩有关——即使在最困难的时刻，也首先确保研发工作的稳步推进。

以上话题似乎与科幻关系不大，实际也并非无关。作为中国的科幻作家，身处一个翻天覆地般巨大变化的社会中，我们的作品应该积极反映社会的风貌、社会的变化，这应该成为科幻作家的自觉意识。

这一次，科幻作家们以"梦想建设家"为主题，结合在比亚迪的参观经历，创作科幻小说。从造车到造梦，从普通人的出行开始想象我们与技术、能源及环境相处的方式。

科幻要展现科技与人的关系。我们在科幻小说里既要看见"科技”，更要看见“人”。中国科幻擅长构建宏大的技术想象，而那些打动心灵的作品，里头往往有着独特的中国人情味儿。

工作坊的众多故事各自独立，却又共同构成了一个关于人类、未来科技和生存空间的宏大叙事，一个关于“人类之梦”的交响。在这里，你会遇到机器人与人类之间的深刻对话，体验虚拟空间与现实世界交织的奇妙感受，见证星际旅行者在遥远星系中的冒险。在这里，你将看到未来城市的繁华与喧嚣，也会感受到孤独太空中的寂静与荒凉；你将跟随勇敢的宇航员穿越星际，也会与智能机器人共度时光；你将见证人类文明的辉煌与衰败，也会思考生命的真谛与意义。

每一篇故事都是一个宇宙，每一个宇宙都有其独特的景观。它们可能会挑战你的认知，激发你的好奇心，让你在夜深人静时思考自身的存在意义。

万象峰年的《挑山》不仅仅是对未来科技的幻想，更是对人性本质与人类生存、文明进步和宇宙探索彼此关系的深刻探讨。作者用故事中跨越时空的共鸣与理解提醒我们：尽管面临着无数的挑战和未知，但正是这种对未知的探索，推动着我们不断前进，进一步追求美好生活。

赵雪菲的《星疮》同样以深邃宇宙为背景，用另一种角度讲述了一段充满惊悚和迷茫感受的星际探索故事。当面临未知的巨大压力和恐惧时，至少还有想象能抵御疯狂。

想象不仅能抵御疯狂，更可以说是维系人类精神生存的“新能源”。刘天一的《撑篙向梦寻》就以此展开。这篇小说表面上带有奇幻色彩，讲述了在一个以梦为能源的未来世界中，主人公蒿里的非凡冒险。

想象能保护梦境不受污染，也能推动现实向前发展。在这个充满想象力的时代，科技与梦想的交织已经成为我们生活中不可或缺的一部分。随着工作节奏的逐渐加快，独属于自己的时间越来越少，人们又该如何在被挤压的生活间隙中，窥见自己的梦想？作者房泽宇就在《梦寐以求》中探讨了梦想与现实的关系。他以大胆夸张的笔触，构建了一个自由造梦的近未来世界。

社会飞速发展，风云变幻，在瞬息变化的浪潮中，即使找到自己的定位，又该如何坚守本心，不断向前呢？即使我们学会了飞行，空中的道路依然不是坦途，而是阻碍重重。作者苏莞雯笔下的《惊云箭》，就揭开了人生道路上的迷雾。这篇小说让我们思考，科技的发展应该如何更好地服务于人类，如何让世界变得更加美好。

科技无论怎样发展，终究还是要保持人性的尊严。作者谈雀以细腻的笔触，借古代乐曲中“三叠”的概念，通过三个层层相叠的人生故事，勾勒出一个关于记忆、时间旅行和家族秘密的复杂故事，将我们引领进入一个充满科技奇迹与人性探索的世界。在这个故事的世界里，每一个选择都可能开启一个新的宇宙，而每一个宇宙都充满了无限的可能性。

只有坚守初心，才能更好地应对未来可能出现的各种挑战。在杨平创作的《纳米海》中，我们见证了主人公在纳米海的边缘挣扎，他的每一次选择都充满了对未知的恐惧和对情感的渴望。

凌晨的《月轨轶事》是一部充满想象力和前瞻性的短篇科幻小说，带领我们穿梭于未来的月球开发时代。这篇小说是对那些勇于创新、不畏艰难的科技工作者的赞美，也是对未来无限可能的憧憬。

在历史的长河中，有些地方如同一颗颗璀璨的明珠，静静地躺在时间的沙滩上，等待着有缘人的发现。作者苏学军的《交河》就是这样，它不仅是一篇小说，更是一次穿越时空的探险，一次对人类文明深层次的探索。

在作者吕默默的《空帆船》中，科技飞速发展的时代，人工智能（AI）已不再是遥不可及的科幻概念，而是日益融入日常生活。AI或许在技能上超越了人类，但它始终缺乏人类的情感、意识和价值观。而人类，在追求科技进步的同时，是否也应该反思自己的存在意义和价值追求?

《道，道，道》这篇小说以其独特的叙事风格和紧张的情节构造，将读者带入了一个充满未知和危机的高速公路世界。作者齐然通过主人公的视角，展现了一场突如其来的交通堵塞背后的超自然现象，以及人们在极端环境下的恐慌与挣扎。

希望读者会喜欢这些小说。梦想从这里开始!

挑　山

万象峰年

泰　山

在这座山被命名为泰山之前，它就一直矗立在这里。

自太古时期以来沉积的厚重地层，在恐龙时代的尾声被欧亚板块拱起，直至遮挡了半片天空，阴影遮蔽大地。地球内部的热能不断驱动着地幔对流，将能量传递给巨大的山体，使得这座大山至今仍在缓慢隆起着。

它沉默地见证着自身的成长，在下一个时期见证着事物在自己身上的成长。

它见证过第一个人类，穿着皮毛和麻线混合的衣裳，背着发出水声的陶罐，迈出长着厚茧的脚板踏上山石。它见证过木料和石材被马驮人扛运上山顶，搭起封禅台。它见证了物质在漫长的岁月中向上流淌，形成山道、庙宇、房屋，远远超过它被风剥去的部分。

泰山对这些变迁不会赋予任何评价，它们就像自然变迁的一部分。

现在，它目睹了两个人在山上相遇。其中一个人背负着远远超过以往的重物，他已经不是第一次做这样的运动了，如果值得计量的话，这件事花掉了他短暂的一生。另一个人则对物质的属性感兴趣。他们讨论着物质在不同的高度上被赋予的不同价值，仿佛这座山上曾经发生过的无数的哲学探讨。这对于泰山也不会产生任何意义，但它确实记得，人类的出现让这种物质的向上运动远超从前。

如果可能的话，泰山会产生一个小小的疑惑：这种永恒的运动是被什么力量虔诚、漫长、晦暗地推动的？

地球听证会

泰山号储能母舰停靠在远柯伊伯带。它不被允许再靠近内太阳系，以免它携带的巨大能量引力影响到太阳系天体系统。世界人机联合执政体派来的安全部队接管了这艘母舰。岳迁乘坐人机联合执政体的摆渡船前往他从没见过的故乡——地球。

岳迁觉得旁边的太空警察身上带着地球上的阳光味道。对方却总是警惕地打量着他们。岳迁想象不出他们这些船民会带来什么危险，更何况还离开了母舰。也许是看穿了岳迁的冥顽不解，太空警察对他说道："知道吗，你们携带着一种危险的东西——你们的生活方式。"

越来越接近地月系统，岳迁的情感复杂，酸楚从他的鼻子里涌上来。他把头扭向舷窗，太阳温暖着他的眼眶，让他想起父母在巨恒星的余烬开始远离时，在母舰的舷窗前对他讲述的地球的故事。在故事中，地球是一个充满阳光的花园，人类有史以来的所有生活都在那个花园里绽放。从父母的口中和数据资料中流传下来的关于地球的描述，已经远得像前世的记忆了，然而这一世的现实还未抵达，他努力让二者重叠起来，避免自己坠向中间的深渊。

摆渡船落向地球时，那个蓝色的星球就悬浮在他的整个世界的前面，他感觉自己就像落向水晶球的一粒灰尘。

首轮听证会后，岳迁作为非重点质询对象被允许离开。他站在空旷的联合法庭大楼里，感到迷茫。现在不存在母舰政府了，他不知道该去哪里。

在一个飘浮的巡查无人机前，他问无人机幕后的操控者："喂，我能去哪里？"

无人机回答了："你可以随意去哪里，我们能找到你。不过，如果你不想跟人发生争执，建议你去太空水手酒吧，那里有着像你一样的不安分子。"

走出大楼前，岳迁回头面向无人机："我可以知道你是谁吗？"

无人机用温和而不带任何感情的声音说："我是世界系统。"

乘电梯上到云海中央的太空水手酒吧，这里是一个空港接驳站，罩在玻璃外壳里。岳迁没有看到一艘接驳船，仿佛这里已经荒废了很久一样。他在酒吧里找到了几个喝得醉醺醺的酒客，他们或趴或靠在仪表盘装饰面板上。老板喊住他："喂，你是……泰山号的船民？我刚刚看了听证会的直播。"

酒客纷纷看向他。

和岳迁想的不同，酒吧里的人没有表现出对他的欢迎，甚至没有好奇。

"这里是太空探索者的酒吧，我们虽然是一群疯子，再怎么说也是持证的疯子，而你们，是一群变态。"酒吧老板咬牙切齿地咬开一个瓶盖。

老板没有问他喝什么，推给他一杯酒，说："喝完了就走吧。"

岳迁喝下一口，感觉鼻子里再一次涌起一阵酸楚。他没有抱怨什么，坦然地打量着酒吧的人们，他能读懂他们身上梦幻的气息，还有梦幻砰然坠地的落寞。他本以为自己会成为英雄归来，他听过这样的承诺。毕竟，他们给人类带回了不可想象的能量。

问题就出在不可想象。

他看向窗外，几座超高层建筑在云海上方露出亮闪闪的塔尖，仿佛在云海里遨游的船帆。他不能想象地球上的人是怎么建起这么高的建筑的，但他们做到了，他们创造了想象之物，所以他们有资格不去欲求更多。

"给我一杯他的酒。"一个清脆的声音说。

岳迁转头看，一个地球女孩不知道什么时候站在了他的旁边。

她也是一个太空探索者？她穿着一身运动风格的亮闪闪的衣服。是很健康的肤色，是黑亮的瞳仁。女孩的表态让岳迁感到一阵暖意。

女孩冷不防地抓住岳迁的手臂，又松开了。"听说刚从宇宙里回来的人，身上会带着凉意呢。"很显然她不是探索者。她扑哧笑了，并且没打算为自己的玩笑道歉。

第一次和地球上的人接触，岳迁的心脏飞快地跳了几下。他觉得这女孩就像一只翻飞的蝴蝶，忽明忽暗。他害怕猜测一只蝴蝶，于是快速喝完酒，离开了酒吧。

女孩跟出来，一步不离地跟着。"我可以做你的地球向导。"

"向导？去哪儿？"

"嗯……你就没有想看的地方吗？"

"没有。"岳迁心想，我本来想看地球上的一切。

他自顾自地沿着一条向下的空中长廊穿进云里，高空的风让云流动得很快，几分酒劲上来了，分辨不出长廊是否也在晃动。长廊的两边种着植物，颀长的叶子滴着水滴，他没有看见曾在影片里见过的鸟儿，总觉得天空中空了一块。

女孩一直跟在他身后，直到岳迁走进电梯，他们不可避免地四目相视。电梯开始向下，穿过云的影子，忽明忽暗。脚下的城市在迷雾中看不清楚。地球上的人们说，人类已经爬到了生活的山顶。

“这是我的职责，我是陪审团的成员。”女孩终于解释道。

岳迁疑惑地摇摇头。他们在听证会已经回答了所有问题。

“我有责任从个人的角度了解清楚事情的面貌。”她又补充道，“我有责任保卫人类的生活。”

黄昏已经来临，一道晨昏线切开了脚下的大地。岳迁只觉得可笑，他为自己感到可笑。这个女孩的坦诚让他无法产生多少敌意。

“如果我逃跑呢？”他说。

“你连去哪里都不知道。”

“我是说，跑出地球，跑到宇宙中去。”

啪的一声响。女孩晃了晃手上的手环，那是一个发出金属凶光的手环，在她纤细的太阳色的手腕上。

“我可以电击你。”女孩说，“当然，我也可以不这样做，但别人或别的机器会这样做。”她真诚地一笑：“放心吧，在地球，你不会想逃跑的。”

星星保护协会

岳迁知道了女孩的名字：蓝悠儿。这让他有一刻愿意相信，地球是所有生物的花园，蓝悠儿就是这座花园里的一只蝴蝶。

蓝悠儿带岳迁来到一片天气系统控制的晴区。广场上聚集着上千人。她偷偷递给岳迁一个面具让他戴上，他们走进人群里。

岳迁发现人们在抬头望着天空。他抬头看去，看到了奇异的黄昏。

天边的云彩被夕阳染成了温柔的橙红色。在这新奇的景象一旁，反而是一种他似曾相识的景观，再一次看到仍然让他浑身僵直。在天空的另一角，一道道明亮的光线划破了大气层，它们仿佛是从天而降的巨大光刃，将天空分割成数十块几何图形。这些光刃来自围绕太阳建造的宏伟工程——戴森球。

这个巨型结构的建造是为了捕获和利用恒星的大部分能量。它的表面由无数的太阳能收集器组成，它们以精确的几何排列悬浮在太空中，形成了一个巨大的球壳。当地球处于戴森球的阴影边缘时，那些太阳能收集器的边缘就会在天空中投下清晰的切线，将夕阳的余晖切割成一系列规则的图案。这些图案随着地球的自转和戴森球的旋转而缓缓移动，就像是天空中的时钟。他曾在漫长的童年里凝视着类似的巨物，却是第一次在地面上看到几何的黄昏。黄昏的天空不再是单一的色调，而是变成了一幅光与影的天空琴键弹奏的画面。

岳迁随即发现，人们看的不是这黄昏，而是黄昏之后出现的什么东西。

随着天色暗下来，一颗颗星星出现在天幕上。它们是柔和而明亮的光点，多得让人惊讶。岳迁很快意识到，它们并非自然星辰的光芒，而是经过精心采集的星光，通过某种方式被投影在了夜空的帷幕上。

“重建星空是一项巨大的工程，大多数人投票认为值得。”蓝悠儿说，“星空让我们有所敬畏。”

夜幕加深，群星还在不断跃出，它们的颜色各异，有的呈深海中最纯净的蓝，有的像是燃烧的火焰，还有的散发出梦幻般的紫罗兰色。他熟稔这些色彩代表的恒星演化阶段，而现在它们只是色彩。这些色彩泼洒、交织在一起，构成了一幅宇宙的庄严画卷。这种庄严，只有站在大地上时才体会得到。岳迁明白了蓝悠儿的话，他的头颅被固定在星空的方向，不能移动一分。

他迫使自己低下头时，看到蓝悠儿的眼里噙着泪光。

人群里突然爆发出一阵喊声。几个蓝色的光球被放飞到半空中，它们突然变得更亮，变成苍蓝色，然后亮度骤然下降，闪出一团红光，只有短短的一瞬，立刻缩成了一个小小的苍白的点。这上演的是恒星被抽取能量的过程。喊声更响了起来，形成一波又一波的声浪。岳迁终于听清楚了，人们喊的是“保护星星”和“严惩偷星贼”之类的口号，声讨着恒星搬运者的贪婪和残忍。人群越来越愤怒，这愤怒仿佛要把岳迁撕碎。

蓝悠儿拉岳迁走出人群，走到一旁的小花园里。这里终于安静了一点儿。

“他们是星星保护协会的。”蓝悠儿说，“我曾经也是。”

“可是那些星星也一样是我们的图腾！”岳迁有点激动地说。

“那我更要调查清楚，泰山号的社会中是否蔓延着一种扭曲的文化？你是母舰上的第二代，你们是否被剥夺了选择的权利？”蓝悠儿脸上的天真活泼消失了，气氛变得严肃。

“什么？你怎么会这么想？”岳迁倒吸了一口冷气。

“毕竟你们真的谋杀了星星。”

岳迁低下头，哑口无言。

蓝悠儿叹了一口气，拉他在草地上坐下，声音又多了一分轻柔："你看着天上的星星，给我讲讲你的故事吧。"

恒星发电机

岳迁出生的那一年，泰山号正在抽取恒星的最后一池能量。父母在厚厚的铅玻璃后把他托举在光芒中，取名叫岳迁。

他记忆最初的整个世界都是亮堂堂的。对恒星发电机的记忆则来自父母的讲述和反复重温的全景资料。

这颗恒星是精心挑选的，相当于三个太阳的质量，泰山号到达时它刚刚进入主序星阶段，发着冰蓝的光。它的大部分能量还没有消耗掉，有着稳定的内部反应和稳定的体积，使得工程师们能够在它的周围架设起一个戴森球。恒星内部的高压不断把氢和氦聚变为更重的元素，重元素由特殊的打捞船从恒星深处采集上来，成为工程的原材料。自动机器穿梭不息，在这片地狱之火上方展现着勃勃生机。发生过几次事故，比如保险绳没扣牢的技术工人被火的深渊催眠了，发着呆坠向了恒星的怀抱。随着戴森球不断生长，成千上万个恒星工厂悬浮在无边火海的上方，能供应工程所需的一切材料，工程进入加速循环。第一阶段的工程持续了二十年。

第二阶段是向恒星的心脏注入催化剂。十二艘巨大的火箭逆着恒星的聚变压力扎入恒星的核心，到达演算点。催化剂使恒星加速演化，让恒星在短短数十年内走完数亿年的生命历程。所有船员见证了点火时刻，恒星如同被赋予了生命的巨兽，猛地睁开电眼，亮成白炽，把能量的海啸泼洒向太空。

就在恒星猛然膨胀之时，第三阶段开始了。在恒星的上方，成千上万根包裹在隔热髓鞘里的超导纤维如同触须般伸展，每一根其实都比摩天大楼还粗，它们深入恒星的炽热核心，捕捉着恒星内部电子剥离产生的电磁脉冲。这些纤维在恒星的怒吼中颤抖，电子暴雨从纤维丛中向上汹涌。恒星发电机正式运转起来了。这个过程必须极其精确地建模和控制，使得恒星的膨胀刚好被消耗，又不会坍缩下去。这仿佛寄生在恒星身上的纤维丛，就是抽取着恒星生命的泵管。

随着抽取接近尾声，恒星的光辉开始黯淡，它的外层物质如同被剥离的花瓣，缓缓飘散在宇宙的虚空中。他们哀悼并永远怀念这颗恒星。船上许多新的生命就诞生于那一刻，岳迁是其中之一。他是由父母年轻时储存的受精卵经过人工培育诞生的，此时父母已经步入老年。

岳迁记事时，泰山号已经完成了能量抽取。损失了绝大部分质量的恒星直接跳过了红巨星阶段，仅仅短暂地喷发出血红色的星冕，就迅速地坍缩为一颗小小的白矮星。这颗白矮星长久地悬浮在空骨架一样的戴森球中间，它是这颗恒星演化的终极形态，也是人类最雄心勃勃的恒星搬运工程的纪念碑。

当小岳迁摇摇晃晃地迈出第一步，又摔倒在地时，一切已经不同了。如此巨量的能量已经有了巨大的引力效应，这些引力全部释放出来会把人压扁，它们大部分被封闭在扭曲的空间中，导向船尾，飞船上留存着恰如地球表面的引力。这也意味着，由地球出发的一代人已经走完他们使命的最后一步。

光明的季节已经结束了。岳迁的漫长童年就是看着戴森球骨架中的那颗白矮星在舷窗中渐渐远离。父母在舷窗前把他围绕在两双手臂中间，开始讲述一个叫作地球的遥远故乡的故事。

生活之歌

听完岳迁的讲述，蓝悠儿颤抖着。

“你没有表达过反对吗？”她问。

“从我一出生，我的世界就是这样，我的生活意义就是把能量带到那座高山上。”岳迁说。他不知道蓝悠儿能理解多少，但是他讲出这番话，仍然带着一些自豪。

“可是根本没有证实过那座山存在！”

岳迁愣住了。“我听说过新物理学派……听说他们，不，我们，是代表人类去寻找那座高山……”

“很久以前是的。最后一批储能母舰出发以后，新物理学派就彻底衰落了。人类在地球上找到了完美的生活。新物理学派提出的假设性理论不再有现实需求，仅仅依靠极端实验来维持那个梦幻的泡泡，已经没有意义了。星星不应该因为人类的贪婪和虚妄而死去。”蓝悠儿一字一句认真地说。

我们的人生就只是贪婪和虚妄？岳迁想说出这句话时，又想到了太空警察说的话——危险的生活方式。他说出口的是：“不管怎样，最艰难的旅途已经走过了，我们眼下就有机会去证明或证伪，不是吗？”

“你离开人类的生活太久了。”笑容忽而又挂上了蓝悠儿的脸上，“我带你看一看地球上的生活吧。”

蓝悠儿带岳迁来到街心的一个许愿池旁。她抓住岳迁的右手，伸进许愿池里一座铜环样式的雕塑中。铜环亮起旋转的粒子光，粒子向中间沉积。再抽出手来时，岳迁的手腕上有了一个手环，贴合得很好，和蓝悠儿手腕上的略有差别。

“那是一种最基本的制造母机，它是一种公共设施，保证每个人都能连接到世界系统中。有了世界环，你就可以使用世界制造了。”

“世界制造？”

蓝悠儿神秘地一笑。“跟我来。”

他们走过居民区的街道，岳迁看到这里有数不清的艺术馆，似乎人们有数不清的创造力要表达。就连山坡上都挤满了微雕的景观。他们走到一个山坡旁的一大片雕塑群前。岳迁仔细一看，那不是雕塑——地面上有许多根细长的金属骨架直插天空，有一些积木一样的立方体房屋堆叠在金属骨架中间。

蓝悠儿伸手在手环的投影界面上操作了几下。过了十几分钟，一艘比房屋稍大一些的运输飞船降落在金属骨架的上方，放下一个湖蓝色的立方体房屋。房屋沿着骨架边沿下降，然后嵌入到空置的一层里。

“这是我的居住舱。”蓝悠儿招手让岳迁跟上。

“这是你的……家？”岳迁紧张得挪不动脚步。

“很多人都会把居住舱当家，因为方便。所以，对，这是我的家。”

岳迁跟着蓝悠儿进入到她的家里。屋子里自动亮起来，展开一片虚拟的湖心景象。屋里点缀着几丛植物，玩偶、书本、画板、机械零件等物品散落在地上，停留在上一个悠闲的状态，但除此之外的一切都整整齐齐，一尘不染。这让岳迁不知道该往哪里放脚。

蓝悠儿懒洋洋地躺进一个柔软的沙发里，伸出手点了几下。过了片刻，一台大机器就飞到了窗外。岳迁惊讶地走过去看，大机器就像一台巨大的面包机，像是才从湖面飞过来似的，湖面上还残留着波纹。大机器闷声工作了一会儿，从窗口滑进来一盘散发着香味的食物。

“帮我拿一下。”蓝悠儿说着，接过食物，自己开吃起来。往嘴里塞了几口，她才说：“每一个人，在任何时候任何地方，这就是世界制造，你也可以。你用过制造机吗？”

岳迁点点头。“母舰上有，大多是工业用的，有少量民用的，不过会限制使用。”

“好，至少你对生活不是一无所知。”

岳迁也试着制造了一盘食物，还有饮料。他发现通过世界环，竟然可以自动匹配出想吃的食物，比母舰上的方便多了，并且他勾选上一大堆订单也没有看到资源限制提醒。

吃饱后，岳迁趴在窗台上，看着夜色下的湖面。天上飘过隐隐约约的歌声，就像湖那边的村庄在彻夜欢歌。他生怕这个桃花源会告诉他另一种生活是可笑的。他不免面露忧伤。

“你怎么了？”蓝悠儿问。

“我想起我的父母吃过的苦。”

“对了，你的父母呢？为什么会吃苦？你们守着那么多的能量。”

“能量大部分封闭在超导回路里，不可轻易打破这个状态。每次母舰加速，就会用掉一个超导模块的储能，这时候是我们的节日，我们会趁机生产各种生活所需，平时使用完全够用了。但是，我们遇到了储能母舰最可怕的灾难——失超。”

失　超

失超灾难发生时，很多人到死都没有来得及意识到发生了什么。

路过的恒星被储能母舰泄漏出的引力波扰动，有极小的概率会发生恒星风暴。恒星风暴没有预兆，前沿速度接近光速，带着摧毁一切的抛射物质，主要是带电的高能射线和等离子流。泰山号就是被这样一束来自五亿公里外的风暴团击中了。这一团抛出物几乎相当于地球质量，负责防卫的护卫舰群在一瞬间被抹除了，它们临死前用电磁场偏转了小部分风暴；母舰自身的电磁场又偏转了一部分，母舰的反应防护外壳抵抗住了大部分的电离辐射和热效应。最后仍然有一部分高能射线侵入了超导回路的核心，主要是伽马射线激发的次级带电粒子。

储能超导回路的状态极其敏感，一点小小的电磁扰动就会导致局部的失超，一点小小的失超就会导致回路发热量的增加，引发恶性循环，最后超导回路会变成一颗威力巨大的超级炸弹，把无法禁锢的能量抛出。在舰上的人看来，这些都发生在一瞬间。蓝色幽灵一样的火光在母舰底部炸开时，那个地区的引力以光速失衡了。声音在空气飞散的瞬间消失，更重的物质在承受膨胀压的同时被更强的引力挤回去，它们在这个过程里被碾碎了无数次，变成均匀的物质汤。十多个社区瞬间被挤成了致密的硬块，硬块的表面反射着爆炸的蓝光，以及五亿公里外的恒星的死亡光芒。

这就像恒星的复仇。

岳迁所处的位置是爆炸区域边缘。他被一股力量猛地压在地面，胸腔里涌出铁腥味；他看到同学紧贴着地面，一张脸就在他近旁，脸上的鼻子和眼睛流出血来，血的流线不是直的，而是以扭曲的路径在脸上画出一个诡异的符咒。然后所有人和物飘浮起来，窗外游过一条碎片组成的巨龙，巨龙竟然闪着火焰和蓝光，那是巨量的瞬变电磁场生成的感应电流，不停地照亮着太空中随着引力余波收缩和膨胀的废墟迷阵。在昏迷过去之前，他看见母舰在真空的另一端，他在这一端。

昏迷后的情景，他是事后从母舰上的监控录像中看到的。第一波死亡风暴过后，第二波稍慢的等离子流在几个小时后抵达，持续了几天。等离子流像火绳，鞭打着太空中已经完全失去防护、失去控制的大大小小的“陀螺”。那几个骇人的压缩硬块像奇异的立体几何艺术装置在太空中旋转、碰撞，如同机械的死亡之舞；它们的表面时而被等离子流鞭打得发出红光，时而又冷却下来成为镜面。上面的人是相对幸运的，还没有意识到一切就死去了。在等离子流中等待救援和发起救援的人则经历了漫长的炼狱。

岳迁醒来后发现，他们所在的教室紧急气密了，教室空间里飘浮着令人窒息的死者的液体。他们找来一切可找到的反光材料来发出信号。泰山号的搜救进行了一个星期，他们班上只幸存了五个人。

失超灾难毁灭了泰山号母舰的四分之一，储能也损失了大概四分之一。母舰上留下了一大片能量低谷地区，这里的人将要忍受漫长的艰苦生活。岳迁的父亲在护卫舰上第一时间牺牲了；母亲从废墟中被救出来，自愿留在了能量低谷地区参与重建，为了换取岳迁去中心区上学的机会。几年后，母亲死在了一场工程事故中。

往昔之塔

蓝悠儿愣在那里，眼睛一眨不眨，一颗泪滴悬在她的下睫毛上。

“我不敢相信，这个时代还有这样残忍的事情。”她回过神来说，“你不应该经历这些，任何人都不应该。”

岳迁没有说什么，他转动着手腕，仔细凝视被称为世界环的手环。

“那样的日子过去了。”蓝悠儿温暖的声音说。

过去了吗？他永远会记得，自己来到中心区的学校，第一次看管制造机的时候，在仓库的黑暗角落里，他疯狂地制造着能制造的一切物品，想要填补内心的那个空洞，直到物品堆满了仓库的地面，直到老师惊叫着推开门，把他紧紧搂住。

“这一切是因为贪婪和虚妄吗？”岳迁直视着蓝悠儿的眼睛。

蓝悠儿愣住了，躲开了目光，长长的睫毛扑闪着。

岳迁用手环翻阅新物理学派的消息。这个学派就像消失了，大量论文在网络上成了空链接，只留下太空中戛然而止的实验工程。

“新物理学派的理论只剩下思维游戏，自然消亡了。”蓝悠儿说。

“还有实验派。”岳迁继续翻找。

“没有人愿意相信了。”

“难道没有人来接手泰山号吗？告诉我，我们的努力会白费吗？”

蓝悠儿叹了一口气。“对不起，生活是有限的。”

这时，刚才岳迁定制的居住舱制造完成了，两个居住舱拼接在一起，中间的墙滑开。

蓝悠儿扑哧笑了。“这就是你的审美？”

那个空间在前面展开，客厅里，陈设就像飞船上的舷窗、桌椅、控制台。岳迁看着那个空间，又看看这个空间，两个空间就像两个全然不同的世界。曾经，这个空间就是他所想象的生活的另外可能，他以为可以包容所有可能的可能。

“我想去泰山看看。”岳迁说。

蓝悠儿没有说话，只是看着他。过了一会儿，她才说：“泰山早就不存在了，在战争中被摧毁了。”

岳迁就像被抽走了什么。

“你能接触到我父母在地球时的资料吗？”岳迁抱着一丝希望问。

“我可以试试。”蓝悠儿查询了一会儿，眼睛一亮，说，“你父母有两个居住舱留在地球上，啊……泰山号所有第一代船员的居住舱都留在那里。”

“带我去找。”岳迁恳切地说。

蓝悠儿皱皱眉头。“不好办，那里是非开放禁区，是战后的辐射遗留地带。”

“这件事对于听证会的调查很重要，那里很可能是泰山号母舰文化的起源。”

蓝悠儿点点头。“我自己也想去看看。我……我去申请准入。要进去还得准备一些装备。”她打开制造菜单，“制造申请被世界系统拒绝了。”

“世界系统说过我可以去任何地方。”

“但它不会提供协助。我有办法。”

第二天，蓝悠儿带岳迁去一个复古集市淘换了两件防护服，一套工具外骨骼，这里全凭着爱好交易，这些东西本来是被用作演出的道具，蓝悠儿拿出了她的几件小发明才换到手；又向世界系统定制了一些食物和能量补充胶囊。

带上装备，二人乘坐管道交通来到一个小镇。镇子上卖一种香软的煎饼，二人尝过后又带了一些上路。刮煎饼的老大娘指着镇子背后的森林说：“那地方啊？很多年没有人去了，游荡着不少冤魂哪。”

拆开护墙，进入森林里，现代世界瞬间被隔绝在外面。

越走森林越密，有时要靠工具外骨骼开路。在森林的每一个层次上，都有植物、动物和真菌生活的王国。岳迁忍不住流连细看，又不得不快步赶路。他甚至幻想地球上的所有人类以外的生物都在这里生活着，这里是它们的花园。

前面的树丛中发出响动时，蓝悠儿举起手腕上的手环，示意岳迁站到身后。过了片刻，树丛后跑出来一只小鹿，它的眼睛是机器的，角是金属的天线，有混合着机械结构的甲虫从它身上飞起来。

蓝悠儿松了一口气，走过去吹起一只甲虫。“是嵌入生物！世界系统嵌入自然生态系统的一部分，用来维持地球生态的平衡。”

岳迁目送机器小鹿离去。它也有生活吗？他忍不住想。

走到森林中心时已经是中午了，这里的地形向下形成了一个巨大的盆地。盆地和森林有着分明的界线，盆地上只生长着高度不超过膝盖的稀疏的浅草。踏上盆地时，岳迁发现了原因：脚下的泥土变成了坚硬的陶瓷硬壳，分裂成无数个镜面。这让他想起了被等离子流“鞭打”过的飞船碎片。

蓝悠儿的表情变得凝重。“这是战争烧结地貌。”

岳迁惊讶得说不出话来，又戳了一下硬实的地面。

这一路上，蓝悠儿的话也变得少了。他们如同走在一个奇怪的荒原上，路上不时出现一堆动物的尸骨，风声在头顶吹过，岳迁想起了老大娘说的游荡的冤魂。他们走到盆地中央，被一片湖挡住了去路。

“那里就是了。”蓝悠儿望着湖中心说。

岳迁只看到一座巨大的锥形“山峰”。仔细一看，“山峰”是由立方体堆叠而成的，只是被覆盖上了各种灌木、杂草和藤蔓。岳迁明白了，船员们在离开前集体铸造了这座纪念碑，他们把自己在地球上最后的生活遗迹砌成了这座金字塔。当时应该是绕开了世界系统办到的，这意味着泰山号不是那样风光地起航。

可是二人没有准备涉水的装备。湖水碧绿幽深，有几条黑色的脊背察觉到人类的目光，沉了下去。世界制造在这里不可用，周围也没有任何木材。蓝悠儿想了想，脱下外裤，扎起裤腿兜住空气，做成一个临时的浮阀。不会游泳的岳迁犹豫了。蓝悠儿跳到水里，喊道："你不想去了吗？"岳迁只好也照做。

他们扒在浮阀上，游到了"山"脚下。"山坡"陡峭向上延伸，投下巨大的阴影。眼前的情况又让人发了愁：要怎样从两千多个居住舱中找出岳迁父母的那两个？

"他们是在哪里相识的？"蓝悠儿问。

"在地球上。"岳迁说。

"连通的两个。"蓝悠儿说，"他们的居住舱很可能是并排且连通在一起的。"

"可是，并排的居住舱也太多了，我们不能把每一扇门都拆开来看。"

蓝悠儿打开工具外骨骼的气锤，她握拳抵在一扇门上，前臂上的气锤砸下，整个居住舱传来响亮的撞击声和回声。她的手环记录下了一前一后紧接着的两个声波。"连通的居住舱的回声一定有很大区别。"

他们就这样，敲击着并排的居住舱，对比着回声。电梯已经坏了，他俩只好沿着残存的金属骨架往上爬。每发现一对连通的居住舱，他们就撬开门确认屋子的主人。

“以我的了解，我也不能确定他们是不是愿意我们闯进来。”岳迁说。

“至少我们敲门了。”

一百多年前的生活物件一件一件展现在他们眼前。遗迹沉默着，虽然很多物件氧化或老化了，但它们被精心摆放的样子还没有变。一把磨损的摇椅靠在墙角，面对着窗框上沿，那里挂着一串易拉罐锡皮拼成的旋转小火箭。一张木桌上摆放着几本泛黄的书籍，书页边缘微微卷曲，露出夹在里面的照片。一面墙上挂着一幅描绘火星日出的油画，褪去的色彩使得火星上看起来像是刚刚刮过了一场沙尘暴。一只铜制烛台在一只曾由齿轮驱动的机械臂上静静地站立，上面残留着几滴未燃尽的蜡泪。每个居所的风格和趣味都带有微妙的个人色彩，又因为生活而交织在一起；每个人都是工人，都是艺术家，都是发明家；岳迁仿佛能看到居住者还在上面刚刚经历完某一个瞬间。

直到在一个居住舱里找到了一张字条，岳迁的不安才稍微放下。字条上写着：如果我们的生活有幸被后人看到，请记住我们是如此热爱它。

有一个问题在岳迁心里还没有解答：是什么驱使这些人离开了自己的生活？

随着向上攀爬，他们超过了地平线；随着继续攀爬，湖、盆地荒原、森林和小镇子的炊烟被拉远在脚下。

他们在一间屋子前有花盆的小花园里坐下，休息，吃东西。蓝悠儿拿出一枚数据芯片，这是他们在一张桌子上找到的，显然是希望被人发现。岳迁用手环扫描了芯片的数据，投影出一篇笔记的照片。笔记不知来自哪里，带着血迹，根据日期来看，它写于非常古早的年代。笔记写得非常匆忙，字迹潦草，标题是：关于物质演化台阶。

古早时代：泰山暴风雪之夜

傍晚，暴风雪轰击着玉皇顶，外面风声号叫得吓人，像要把玉皇庙的铁瓦掀掉。老秦和几个游客被困在了玉皇庙，今夜肯定是下不了山了。现在他们顾不得疲惫或饥饿，焦急地围在一个奄奄一息的伤者周围，互相打听着状况。

听周围的人说，这个人是自己跳崖被救上来的。老秦说，不会不会，他一定是被暴风雪刮落山的，他白日里还跟我聊得热火呢！

老秦还记得，今天白日里挑货上山的时候，这个人还帮他解了围。当时有游客想买老秦挑的矿泉水，又嫌比山下贵太多了。这个人对游客打趣说，从物理学上说，这瓶水和山下的一瓶水是性质完全不同的两个物体，山上水的功能是由上山消耗的能量决定的。

老秦乐了，他在泰山挑了一辈子山，听过劳动价值，听过供需关系，物理学解释还是第一次听见。他打量这个人，名牌冲锋衣、金丝框眼镜，看起来是个教授。果然他猜得没错。于是老秦就叫他教授，一路上老秦停在路边抽烟，看到教授赶上来时，就和他聊上几句。

他想不通这个活蹦乱跳的人怎么就脸色发白地躺在这里了。这时候，泰山消防救援站的人赶来了，查看了一下伤者的伤情，犯难道：“肋骨断了，估计内脏刺穿，内出血，风雪太大冰太滑，搬运风险太高了，这鬼天气直升机也上不来。”

消防员看到了老秦，如遇救星一样，叫住他：“老秦！现在的天气，你下山上山一趟最快多久？背货。”

“背人？”

“从山下背东西上来，最快多久？”

老秦估计：“借用你们的救援索道下山，最快，四个小时吧。”

老秦的速度，没有人可以做到。他穿上自制的冰爪，带着任务一头扎进了暴风雪——消防救援站联系山下驻地部队支援了一台野战远程手术机器人，老秦背上一百六十斤的机器，吭哧吭哧，在半夜前赶回了玉皇顶。

又经过几个小时远程手术，机器那头的专家说，尽力了，但是太晚了。

老秦垂下头来。

他在院子里抽着闷烟，看着角落里那个亮着灯的厢房。一个教授，可惜了。

这时一个道士过来，说伤者醒过来了，想要见见老秦。

老秦来到厢房里，在教授床旁坐下。教授脸上已经完全没有了血色，气息很轻，说话微弱。老秦赶紧凑过去，怕风雪声盖过了教授的说话声。

“谢谢。”听得教授说。

老秦点点头，又摇摇头叹气。

“多亏你，给我多争取了几个小时。”

这越发让老秦心酸，几个小时能怎样呢？他想到了什么，问：“你是……”他打住了，没问下去。

教授感激地笑笑。“陪我说说话吧。”他说。

“我是个粗人，只要你不嫌弃。”

“你为什么回来挑山了？”教授问。

今天白天闲聊时老秦说起过，他本来退休了，闲不住又回来捡起了老本行。现在教授又问起——他看出了老秦许是还有话外音没说。

老秦沉默了一会儿，说："为了我闺女。"

说起挑山工这一行，在很多年头里收入都不算低，老秦靠辛苦攒的钱讨了老婆，有了闺女，供闺女上学，闺女长大了，又给她存了结婚的买房钱，自己终于可以退休了。闺女和未婚夫家里一边出一半凑了首付，贷款买了省会的一套大期房，虽然超出了预算，但小两口儿过得好他就支持。当他再见到闺女时，闺女整个人都垮了，哭肿了眼睛。他听说开发商爆雷了，房子烂尾了。后来两家为欠的债掐起来，婚结不成了。他对闺女说了句，山塌不下来，就背着挑子又上山去了。现在泰山上只有他一个挑山工了，无人机送货慢慢普及，他的收入也没有以前高了。他不敢减轻工作量，就这么挑着。

教授听了，很久没有说话。然后他问了一个奇怪的问题："你觉得你真正改变过这个世界吗？"

老秦想了想，说："有一次我遇到了一个作家，他看到我，流下了眼泪，他说他看到了人类苦难的本质，就像有个神话人物，西西弗……"

"西西弗斯。"

"我从来不觉得，我觉得我在改变这座山。"

教授的眼睛里有了一些光。"哦？"

"就像你说的，我想了想觉得很有道理，有些东西，只有在山上，才会有不同的用处。哪怕长得再一样，哪怕就是同一件东西，手术机器人在山下就救不了你。"

教授的嘴唇翕动了一下。

“所以只要我一直挑，总能改变什么。如果没有以前的人把铺路的石板挑上山，后来的人还挑什么呢？如果没有后来的人把建房子的材料挑上山，我还挑什么呢？我们爬的就像是不同的山，一座一座叠起来的山。”

教授猛地睁大了眼睛，他的目光仿佛穿透了时间。他喃喃道：“如果最初没有烧制陶器的能量，就不会有用陶器来运输物品的能量，就不会有用物品来进行大规模商品交易的能量，就不会有形成进一步生产分工的能量网络……最后，就不会有这台手术机器人对能量的精确控制……这还不是最后……”

“啥？”

“物质演化台阶！在高能级领域同样适用。”教授挣扎着，颤抖着，拿出他的笔记本和笔，“但愿还有时间……”

直到教授记录完一切，平静地躺在枕头上，他才轻轻对老秦说了句：“谢谢你。”

老秦能感到，教授的生命快要燃尽了。他忽然觉得悲伤，这一辈子再也没有人会对他认真说出这样的话了。他对教授说：“我还挺羡慕你的，你可以考虑这样终极的问题。”他也想问教授一个问题：“你说，世界彻底改变了以后，生活会变成什么样呢？”

教授说：“也许，有一天，人类可以摆脱辛苦的机械劳动，每个人都可以投入到好奇和创造中去。”

“我想象不出来那是什么样的活法。”

“我也不知道，到时候的人会知道的。”

老秦从神往中低下头，看见教授就像睡着了，笔记本在他枕旁。

台阶与长夜

岳迁合上投影图像，说："物质演化台阶，这是新物理学派的理论雏形，不知道这个笔记背后发生了什么故事。"

蓝悠儿没有发表评论。

岳迁察觉到了什么："新物理学派背后的故事，你没有全部告诉我，是吗？"

"该出发了。"

"回答我！"

蓝悠儿的眼里充满悲哀。"比起对大自然的贪婪和虚妄，有些事情会更难让人接受。"

"对人类的威胁？"岳迁几乎不敢相信自己说出的话，"所以新物理学派不是消亡了，而是被消灭了，是吗？"

蓝悠儿不再回避岳迁的目光："我说过，我们要保卫人类的生活。"

一边向上攀爬，蓝悠儿一边给岳迁讲述了历史中记载的，人类登上高能级物质演化台阶伴随的血与火。

物质和能量作为同一种本质，经由人类的推动，共同攀登着物质演化的阶梯，在每一波重大技术革命后，即每登上下一级物质演化台阶后，它们形成更复杂的组织状态、更高的能级。很早就有人用能量的利用水平来划分出文明的等级，而人类自我毁灭的能力也随之水涨船高，这就是人类攀登这个阶梯面临的最大风险。

历史进入"现代"，在史无前例的两次世界大战后，人类迎来了短暂的和平发展时期，推动技术文明进入了高能级时代。

在第一高能级台阶上，AI大模型带来可控核聚变数学模型的重大突破，二者相互促进，能源和智能的枷锁被打破，人类文明如爆发的超新星，迎来空前繁荣。这也使得高能武器常规化，扩散到地球上每一个角落，基于大国关系的威慑平衡失效了。第三次世界大战的爆发如一块石头落地，高能武器像顽童投向湖面的一颗颗小石子，真正意义上的城市毁灭成为现实。直到战后两代人，全世界才重新形成了全球市场。

登上第二高能级台阶，人机联合科研带来了材料科学的爆发，人类围绕太阳建造了戴森球，跃升为二级文明，从而开发太阳系。文明空间尺度的拉大，破坏了市场的一体化，埋下了文明冲突的隐患。第四次世界大战不再是局限于地球上的战争，社会崩溃后，战争由自动生产系统维持，太阳系中的资源不断被转化成消耗的数字，人类文明浸入了战争长夜。那是漫长到人类几乎要忘记了从噩梦中醒来的感觉的长夜，地球的地理环境遭受了重创，物种遭到大灭绝，科学一度被视为邪教，靠着地下的火种延续。

当人类从长夜中渐渐苏醒，爬起，终于攀上第三高能级台阶，这一次，人类希望跳出进步与毁灭的循环。人类不再把未来全部交给自己，人机联合执政体成立了。每闯过一关背后都是如履薄冰：首先修复了地球；所知的物理学知识被挖掘干净，人类关于恒星的知识获得飞跃，恒星作为储备能源被有序开发；全民共享的世界和创新市场形成；文明的大多数问题解决后，平衡共识社会建立起来，生存扩张不再是必须，台阶的爬升由需求决定，世界系统维持着这个平衡；最后，宇宙灾难防御体系建立，人类的最后一块阿喀琉斯之踵被补上——人类的终极社会建成了。这一路是极小概率的幸运和偶然，剩下的一切问题都只是小修小补，剩下的探索都是闲情逸致，荫蔽在世界系统的管理下，人类第一次并且永远站在了历史上所有生活的山顶。

这个时代的人类格外珍视来之不易的平衡，任何接近下一个台阶的尝试都被严格管制，因为没有人敢试想，理想社会的平衡被打破后，人类还会不会再获得下一次机会。

生活之歌

蓝悠儿指指一间屋子前，一棵还能微微舞动的黄铜风动树，傍晚的风吹着，树枝上闪动着小小的令人温暖的光点。“这是多幸运的事，人类终于摆脱了痛苦的循环，可以全身心地投入到美和创造中去，欣赏这个世界。”

从某种程度上，岳迁比蓝悠儿更理解长夜，哪怕爬得大汗淋漓，他也能感受到长夜的寒冷。他也同样能感受到生活的怀抱。但是，他有一种说不出的滋味。

他们站在了最后的“山顶”上，俯瞰脚下大地。到这里就到头了吗？岳迁有一种怅然若失的感觉。

“山顶”上唯独立着最后两间并排的居住舱，蓝悠儿把气锤放在最后一扇门上，忽然有一些不舍得砸下去。她想了想，没有撞击气锤，直接撬开了门。

岳迁看到年轻的父亲和母亲微笑着看向自己。那是两张放在不同桌子上的照片。夕阳投在屋内，让照片中的人就像昨日一样鲜活。岳迁和蓝悠儿走向这个小小的奇迹。

他们走过的第一个居住舱，墙上贴满了卷了皮的复古地图和探险地的海报。房间的一角挂着一套虚拟现实头盔和攀岩训练体感手套，旁边是一台插着小旗的地球沙盘。探险装备堆在床下的大皮箱里。房间中央是一张由砂岩打磨而成的工作台，上面散落着各种修理改造工具和零件。工作台的一角还摆着几本翻阅到一半的关于历史遗迹的古书。窗前站着一具已经歪了脚的望远镜，可以想象这个居住舱曾经常常驻扎在大自然中。

第二个居住舱的风格迥然不同。墙上挂着的是从古典主义到未来主义风格的画作，每一幅作品都精心装裱过。房间的一角设有一台3D打印机，旁边是一堆雕塑材料，以及半个未打印完成的现代艺术作品。沙发上横七竖八地放着各种乐器，从钢琴模拟器到电子合成器。一张大型的思维画板占据了房间的中心位置，它用于将头脑中的创意转化为立体数字艺术。

让岳迁感到不解的是，父母没有任何一张合照，这两个居住舱也没有任何生活交错的痕迹，居住舱内的陈设没有像别的居住舱那样被整理好，父母像是匆匆离开的样子。

他走出屋外时，突然有了一个奇怪的想法。他抓住几根藤蔓爬上屋顶，蓝悠儿也跟着爬了上来。屋顶上有一架几乎被覆盖在泥土里的无人机。无人机机舱里插着一枚保存完好的数据芯片。二人坐在屋顶上，扫描芯片后，一段视频投影出来。

曾经，两个人为了纪念他们的一天而剪辑了这段视频。

那时候，天空是一片永恒的蔚蓝，大地上的生命以一种永恒的方式生存着。岁月却才刚刚爬上他们的脸颊。

他们结束了两年的约定，第二次碰面。

两年前他们偶然相识，对于世界的沉默让他们目光相接，他们之间的沉默却滋长出一种语言。他们当即约定了一场生活的交换游戏。他使用她的居住舱，她探索他的爱好。

两年后，他们仍然对世界沉默。就在这一天，他们听说了被驱逐的新物理学派，那就像一个遥远的概念，只要念出了口，就会生长出念头。于是，他们知道了那艘即将启程的巨大飞船，以及将人生掷向一个巨大的泡泡的这群怪人。这个任务阻碍颇多，只能低调进行。这一切来得太快，日落前就会从地球上蒸发无踪。

于是，他们再一次看向对方的眼睛。

出发前的告别仪式已经接近尾声，他们狂奔向那片禁地。

他们看到那些方块在夕阳下落向大地。一座“山”从凹陷的地上生长向天空。那里，群星正在显现。

他们的方块最后落下，成为“山顶”上的最后一块。

就在这一天，一切发生了。

新　　砖

岳迁仔细收好数据芯片，蓝悠儿还沉浸在暮色中。

岳迁说，自己只见过年老的父母。蓝悠儿说，这是她见过的最年轻的人。

岳迁点点头，蓝悠儿点点头。四目相对。岳迁知道，他们的不言语变成了一种语言。岳迁看向星星，伸手抓握住。蓝悠儿把握拳的手放在心前。

之所以关于星星的道德距离问题的本质这样遥远，是因为这个问题的本质深深刺痛了人类的心灵。那里埋藏着人类永远无法被埋葬的另一片本质。

这时，一阵嗡嗡声打破了他们的沉默，一架世界系统的无人机降下来，悬停在二人头顶。二人站起来，正在疑惑，蓝悠儿的手环和无人机同时响起了警告声。

无人机发出命令："陪审团调查员蓝悠儿，泰山号发生叛乱，请立刻控制并带回泰山号船员岳迁。"

二人一时间呆住了。命令循环重复着，警示灯光闪烁在蓝悠儿脸上。蓝悠儿缓缓举起手环。岳迁退了一步。

头顶的无人机发出了最后警告，如果蓝悠儿不动手，它就会采取行动。

蓝悠儿突然捡起地上的废弃无人机，用工具外骨骼加力朝头顶扔去。两架无人机撞在一起，打着滚掉下"山"去。

很快，更多的无人机朝"山顶"俯冲下来。二人趴倒在屋顶。

一阵气流吹过，无人机朝四面八方散去，离开了。

二人正疑惑不解，蓝悠儿首先发现了天空的不对劲。

这一刻，天空仿佛被点燃了。已经几乎黑下去的天色重新亮了起来，极光出现在天上，它们却不是柔软的彩带，而是许多极光反复叠加在一起形成的大闪烁，仿佛宇宙的一场醉舞。闪电在大气层中下探，像无数初生的生命探出头和爪，缠绕成电云，宇宙万花筒狂暴地闪烁、滚卷、振荡，像被快放了几十倍的暴雨冲击的湖面，湖中的巨物翻滚欲出。天底下的万事万物都被这闪烁定住，照出轮廓，一大群鸟惊飞过天空，身影也被定在天上。二人像初见世界的孩子一样仰望着，不敢呼吸一口。大闪烁只持续了短短的几秒钟，逐渐减弱，留下一些拖着光尾的精灵游动在天幕上。天空又渐渐暗下来，星空重现，伴随着光的精灵穿梭其中。

地球的天空恢复了温柔和宁静，但天空的景象永远改变了。

世界系统向所有人类公民发来了一封告知信：

全体人类公民，我们的世界刚刚发生了一场剧变。地球时间的四小时三十六分前，被劫持的泰山号将全部储能接入了废弃在柯伊伯带的新物理实验工程。这里存储着历次实验创造的中间态物质，历次恒星搬运任务带回的巨大能量被转化成这些中间态物质，其蕴含的总能量超过人类历史上使用过的总能量两个量级。曾经被认为不可能达到的实验能级，刚刚被突破了。

我只能用我不完备的物理推理来尝试描述：所有能量通过中间态物质合并转化成了一个微小的物质结构，经过飞掠探测器探测，那不是黑洞，而是一个全新的新物理原子。这个原子不同于任何已知的物质，不存在于自然界中，已知知识对它的性质不能做出任何预测。它诞生的瞬间从激发态跌落向稳态，释放了一场横扫太阳系的能量风暴，在这之后它的存在持续影响着我们的世界。

我的任务是维持人类社会的平衡状态，现在，平衡已经被彻底打破了。刚刚，人类文明登上了第四高能级台阶。我将把未来的决定权重新交还给人类，我会与你们共同面对这个新的世界。

岳迁和蓝悠儿四目相对，又看向世界。世界看起来仍然平稳地运转着，但是每个人类都知道，新世界的第一颗砖已经被烧制出来。

岳迁看向夜空，他知道，在黑暗寒冷的柯伊伯带，数十颗恒星汇聚成的一个原子正飘浮在那里，跳动着新世界之舞。那个新的空间正在展开，向人类熟悉的家园敞开门扉。

在那些新的砖块垒成的新世界里，新的生活又会是什么样子呢？

至少在岳迁和蓝悠儿的泪珠里，这个问题已经变得重要又不那么重要。

泰　山

在这座山不再有人为它命名之后，它仍然矗立在这里。

只要经历足够多的日晒和雨淋，它就能够知道，山也会有化为齑粉的时候，也会有重新拔起的时候；岩石可以替换成铁骨，天空也可以变换幕布。泰山对这些变迁不会赋予任何评价，它们也是自然变迁的一部分。

在人类存在的短暂的历史上，它在自身上目睹过无数人类的相遇和分离。他们有时候思考，有时候行动，有时候，他们沉默。在某些时候，他们突然消失。它不知道，某一次是不是就是永远。在现在去往未来的其中一个瞬间中，它曾目睹两个人类再次站在了山顶上。

这些对于泰山都不会产生任何意义，但它确实记得，人类的出现让物质的向上运动变得更加广阔而迷茫。

如果可能的话，泰山会思考一个小小的问题：这种永恒的运动是被什么力量虔诚、漫长、晦暗地推动的？

如果可能的话。

万象峰年，混合现实、奇观、情感的科幻作者，擅长世界构建。代表作品《后冰川时代纪事》《三界》《一座尘埃》《点亮时间的人》《赛什腾之眼》等，获得中国科幻银河奖、华语科幻星云奖、引力奖、冷湖奖等奖项。出版个人选集《一座尘埃》《点亮时间的人》。

星　疮

赵雪菲

1. 日　　记

太空远比我们想象的更加寂静……更加——

日记刚刚开头，你便停了下来。

你无数次地深呼吸，提示自己，目前自己正站在观景窗前欣赏星光，没有什么可怕的。写日记是你的习惯，远洋心理协会认为日记可以更好地调节情绪，以解决漫长封闭空间内的长期星际旅行带来的诸多心理问题。

太空旅行以年为单位计算，它太漫长了，漫长到无以慰藉。

太空交通运输协会发布的调查表明，参与跨星系运输，且单次任务时长（体感）在五年以上的，患有远洋精神类疾病的概率（不是频率）约为百分之九十八。也就是说，每一百个人里，只有两个人是正常的。而跨星系运输任务的船只，通常精神医师的配备率是十分之一。

是的，可以这么说，大部分情况下，就连经过良好训练的精神医师也疯了。这就是作为随船精神医师，你需要写日记的原因——你得靠它和想象抵御那种疯狂。

对，疯狂——但是来自什么东西来着？

灰白色的夜空？

还是，还是什么别的东西？

2. 硬化手术

治疗舱内的颜色是暖融融的鹅黄，如晨曦怜悯。手术台都被柔软的人造革包裹着，舱内还有一面用来缓解心情的绿植墙。

听到隔着门有人在争吵时，你正在绿植墙面前修剪植物。你一手安抚即将入睡的小男孩，一手修剪培养舱里的小木槿，一手翻动档案匣里的就诊记录，顺便仔细地听着门外发生的对话。

虽然治疗舱的舱门很沉重，但你还是把争吵听得一清二楚。争吵的原因很简单：有船员想要见你，但是他的脸上长疮——可能是因为射线病，也可能只是作业头盔太闷。连片的暗红小包长满了他的左脸，船长知道后拒绝了他的治疗申请，于是他就跑到了治疗舱外吵闹。

“那块儿用口罩罩住不就可以了？”

“硬化的时候你会乱动，**医生会看到**的。”

“我保证不会乱动，让我见医生……拜托了，我已经深空航行了九个月，这已经远远超出了交通协会制定的《精神健康指南》里的时长，我必须接受体外培养，不然我真的会疯的！！”

你听见船长提到你，吓了一跳，修剪小木槿枝条的手紧了一些，轻轻拍打小男孩后背的手也停下来了。

正在你懊恼地查看自己是否剪掉了小木槿的新枝时，男孩也忽然开口。

“医生，你为什么要剪这些东西？”

躺在手术台上的小男孩抬起头，似乎是不满你对他的安抚忽然停下，微微皱着眉头。你如临大敌地凑到他身边，从一旁的置物模块内取来台平板显示器给他播小狗动画片，又好好安抚着他有着柔顺发丝的颅顶。

“没睡着？”你声音沙哑地回答他，“是不是我打扰你了？”

“我本来也睡不着，医生。”

小男孩做着鬼脸回答，着实让你的心沉了一下——没有什么比一台硬化手术更让你感到紧张，如果有的话，就是手术时隔壁手术台上躺了一个醒着的人类“幼崽”。

你原本是想在手术前把他安抚入睡的，这下糟了，他肯定会把你的手术器械、罐装的黏菌们全都当作玩具，最好的情况也会是在你给船长做硬化手术的时候问东问西。

“医生，你还没告诉我为什么？”

就像现在这样……你头疼起来，却不得不回答，如果他没有得到答案就还会一直问下去。这多少有点自作自受的成分，毕竟曾经你认为追问是一种宝贵的品质，值得悉心培养。

但最近的遭遇让你对自己之前的想法产生了质疑。

追问能让事情变得更好吗？

“医生？”

小男孩的问题让你回神，你把心思放回到他身上，回答关于小木槿的问题：

“飞船加温的时候，提前修剪老弱的枝叶能让植物更强壮，花期时开得更漂亮。”

"就像是硬化手术的目的？"

"你太聪明了，和硬化手术的目的一样。"

最终，小男孩举一反三的伶俐还是打败了你的顾虑，你把园艺剪递给他，把他托到治疗室的绿墙边，让他试试看。

可舱外的争吵声还没有停止。

"那为什么你可以做手术，船长？因为你是老船长的儿子？"

"无理取闹！医生不能看到你的脸，我不是已经和你解释过了吗？这句话里你哪个字没听明白？"

你的天性厌恶争吵和矛盾，最终在争吵的声音大到无法忍受的时候，你打开了舱门。盼望进行手术的船员和船长一样有些惊讶地看着你，他们都没有预料到你要出来。

你把目光聚焦在船长脸上，尽量不去看那个脸上长包的家伙。

"我可以准备为您手术了，船长。"

"我再说句话就来。"

看你跟船长交谈起来，想要做手术的船员更加急迫，刚张口就被你出言打断。

"我知道你想要治疗，但是皮肤病的时候不行，我对密集的圆形物体非常敏感——"

"你可以闭上眼，医生，求你了。"

"闭上眼也不一定管用……"你轻叹一声，"你也不想在做精神手术的时候，自己的医生先疯了对吧。"

你为了让他理解，甚至用自己的弱点开了个玩笑，这几乎是圣行，可他仍然不领情。

"你根本就是仇视人类！"那船员激动起来，指着你咒骂道，"我咒你永远也找不到那艘植物学家号！"

"够了，胡说！宇宙里消失的不只有植物学家号，还有上百艘飞船，我们这趟任务不只是为了满足医生的愿望。"你听到船长严肃地解释着，"本次任务的目的是**寻找真相。**"

"船长，假如真像你说的一样，我们是为了寻找真相，那为什么不去搜索其他船？"患了皮肤病的船员和船长争执起来，"是医生想要找到那艘船，他有私心！"

"我有权利要求手术，我不想为了他的利益白白疯掉！"

你听够了那名船员的诽谤，但还是耐心地回答：

"……因为那艘船是唯一在消失前发出过信号的。"

这件事在此之前你谁也没告诉过。

"什么信号？"这下连船长睁大了眼睛，"医生，你没告诉过我信号的事情。"

你岔开话题，对着船员回答：

"这样吧，你先使用软膏治疗三天，不管你的痤疮好没好，我都会为你进行手术，好吗？"

"我们说定了，灵植大师。"船员嘲讽地说道，悻悻离开。

"医生——！"

你拦下还要说些什么的船长，把他带进舱内。

"我替他向你道歉，医生。"船长急忙向你澄清，"我们会帮你找到植物学家号的，但你得跟我说说信号的事情。"

"我们一定可以找到。"你乐观地回答，对你们能够找到那艘失踪飞船的机会微乎其微这件事其实心知肚明。

从七年前起，原本和平的宇宙航线忽然变得危机四伏，上百艘飞船从原本的航路上消失，和脉冲星塔台失去联系。它们跨越虫洞，一头冲向黑暗的宇宙边缘，目的地未知，原因不明。

而在上百艘离奇失踪的飞船中，没有一艘返航——所有的船只都消失在了宇宙无垠的黑暗中。

在所有的船只里，植物学家号是迄今为止唯一在消失前，竭力向外界发出过信号的。

那条信息是给你的，即使你收到的信息非常简短，甚至不完整，只有一半的内容，像是谜面，但你还是觉得这条信息意义非常。

我们非常确信，宇宙的边界就在□□□□

门是窄的，路是小的。

你没有再向自己的船长朋友隐藏这条消息，尤其是在他试图替你解围之后。

“你看出什么吗，医生？”

“什么也没有。”

“……那还是拯救一下我岌岌可危的精神状态比较重要，”船长自嘲地说着，撑着手术台躺上去前还和隔壁的“病友”打了个招呼，“你好，小偷渡客。”

“我不是——！”小男孩荡着腿争辩。

船长说的没什么问题，小孩确实是偷偷上船的，具体一点是挤在躺着死人的减压缸里——整个人蜷缩在蜡黄的尸体旁，紧紧贴着死去的老船长的身体，仿佛抱着绒布妈妈不放的小猴子。

“医生……！”

听到绰号的小男孩扑到你的怀里寻求安慰，你的思绪忽然飘远，记得第一次见他的时候，他还不是这样。

“没事的……”你轻声安慰，“没关系。”

和很多人的反应一样，男孩第一次见到你的时候很紧张，即使你压着声音，裹紧他的双肩，他仍被你的温和弄得支支吾吾——既想跑，又怕挣脱你惹来什么麻烦。

啊！怪物……！我不想和它在一起，救命，别让我跟它在一起。

当时把孩子扔给你的船长停下手中的动作，错愕中带着笑意地看向你——他已经太熟悉和你相处的日子了，全然忘记你对于其他人类来说是多么恐怖的东西——

你的腕足总是温柔体贴，你的治疗总是可靠高效……你的梦境，让人流连忘返，你不需要在星海旅行中沉睡，三十到四十倍体重的过载对你的身体来说像是舒适的按摩。

它是医生，对他尊敬一点，不然你就要进治疗室了，小东西。

你记得船长那时候如此恐吓男孩，现在，情况完全反过来了，所有人都巴不得小男孩赶紧离开你的治疗室。

“我说你是你就是，小偷渡客，在你来之前，船员们还可以来抱着医生睡觉，现在他不得不全心全意地照顾你。唔——”

你用一份量表堵住了船长的嘴，同时整理好了其他手术用具——黏菌、消毒用品和特制手套。

船长拆开心理测量表的密封袋看了眼，感叹道：

“因为是你，医生，我才姑且接受填这东西。”

“填的时候，把纸举起来，对着光。”

你温和地命令他，船长咬了咬牙，将硬质的纸张举了起来，举在面前。

纸张透光，在背面，你看到“钢笔”笔尖的“字迹”缓缓融化，化作黏稠血迹，自发地深入纸背，暗褐色的活黏菌在纸的背面蜿蜒爬行着，逐渐汇聚成网络。血迹互相重叠，生长，最终在你的视线中形成了一个可辨认的符号——那是张抽象的哭泣人面，似乎有着父亲的特征。

填完量表，因为自我暴露的痛苦，船长的额头上出了一层薄汗。

你再次把有着黏菌的纸张拿起来端详——量表背后那有生命力的墨迹名叫荣格黏菌，是古老的共生种，对智慧生命的潜意识敏感。这个星际殖民史上的偶然发现甚至复兴了一种古老的精神分析学派——正如其名，荣格黏菌。

“和上次一样。”

“和上次一样不就白受罪了。”船长小声抱怨。

“一样！”

小男孩得意扬扬地学舌，换来的是船长的“魔爪”在他头顶狠狠按了一下。

“这是为了评估手术的必要性，船长，虽然你已经做过一次手术了，但我还是要和你申明手术的风险——”

你还没开场，男孩就抢过你的话，像是大人一样介绍起来：

“首先，医生会把创性，不是，创伤性记忆从脑里‘提取’出来，在医生的脑子里进行体外培养，就像是在温室中养花，等花变得强壮，记忆就会被再次种进脑子里——

“我说得对吗，医生？”

“没错，再次植入的工作叫作再硬化，或者硬化，你已经把大部分的内容都记下来了。”

就连船长都不禁莞尔，称赞他道：

“你马上就要接手医生的生意了吗，小家伙？”

“他还需要一点点努力。”你笑着回答，最后一次帮小男孩把平板显示器打开，男孩自己选择了枯燥无聊的医学视频看，再没打扰你。

这样，你终于腾出一只手，几只手一起旋转结构复杂的黏菌罐子。

“接着说风险，船长。记忆的体外栽培和再硬化依靠侵入式的黏菌，即使是经过培育人工繁育过，仍有百万分之一的风险造成颅内感染。”

“上次你就是这么说的，医生，我已经知道了。”

“这只是第一点，第二点是只有再硬化的过程中才会发生的风险：

“记忆被提取之后，在我的意识中进行了修剪和栽培，因为我们不是一个物种，在栽培的过程中会畸变部分细节，部分记忆细节会变得……”

“会变得怎么样，医生？”

“会变得让人有些毛骨悚然。”

3. 一日好梦

“我也想玩黏黏的东西，可以吗，医生？”

男孩听到你旋开黏菌罐子的声音，好奇地从视频中抬起脑袋，旋即被你按下。

“你做噩梦吗？”你有些心不在焉地反问他，语气却有点像牙医。

“医生头脑中有一座花园，可惜，花园只允许有噩梦的‘幸运儿’进入。”船长跟在后面解释，乞求这个解释能被好奇心旺盛的孩子所接受。

“这样吗？”男孩思索片刻，问出了所有人都没想到的问题。

“那医生做噩梦的时候要怎么办？”

“医生……不做噩梦。”

你把自己放在手术台前，调暗灯光，膨胀一点身体为自己“打气”。听了你的风险说明，船长居然显得有些紧张，他的身体和你按住安抚他的几只手较劲，一阵挣扎后，才允许你的另两只手往他的静脉注射镇静药品。

船长的梦魇在你的脑海中种植成形，早就收获，可是很长一段时间里，他却以各种各样的理由拒绝复诊。

你知道，他在害怕。面对复杂并痛苦的过去，人类宁愿完全忘记，也不愿意重新修复并接纳。正因如此，过去才会一而再再而三地找上门。

况且，你亲身经历过他的梦魇，其中海量的伤痛记忆和符号学隐喻的梦魇足够一组年轻的精神分析师伫立于前，在师长的带领下反复研习——这解释了为什么重新接受梦魇对他来说那么可怕。

但还好，他最终还是鼓起勇气回到了这里。

你将以精神分析先驱命名的黏菌从罐子里剜出，滴在船长的鼻尖，你腾出双手抵住他的太阳穴，让他的头部固定。

黏菌细密地在你手上爬动，亲切中略带一丝畏惧。这种生命原本是你们的臣属，名字则是人类后起的。人们首先发现了在宇宙中大航海的你们——灵植者，然后发现了你们所携带的这种好用的智能生命——奇怪的是，它们竟然对人类的大脑也有相当的敏感度，似乎暗示了整个宇宙生命起源这个大课题的某种答案。

在你的催动下，忠诚的黏菌奴仆才缓缓钻入他的眼睛，顺着视神经和鼻腔分头进入他的大脑。

“嘶——”

你抬起头，发现声音不是船长发出的，活跃的镜像神经元让坐在远处的男孩也感觉到了疼痛。与此同时，经过筛选和基因改造的黏菌和平地进入了船长的大脑表面，然后顺着细腻的沟回渗入他的新皮质——海马体、杏仁核、前额皮质和视觉皮层，对于产生梦境的区域渗透完成后，你做好了激活一个美梦的全部准备。

船长闭上了眼，陷入你给他准备好的柔软梦境，格外舒适。

船长先生出生在一个即将报废的空间站中，那里到处是残破通道和犯罪的无业者，更容易见到的是空间站舷窗外宏伟可怖的热木星。而船长的父亲，也就是老船长，他和空间站里的所有人一样有着严重深空恐惧症，总是对自己的孩子视若无睹。这一切直到船长的年龄足够大，能登上老船长的远洋飞船帮工才有所改变。

你在船长噩梦的土壤上耕种，为他设计了英雄、父亲和永恒少女以平衡那蠢蠢欲动的魔鬼——期待最终，枯瘦的枝干上也能结出温情的果实。

你在诸多的记忆中寻找，像是伸手在档案袋里反复翻找，你最终掏出了船长最珍贵也是最痛苦的回忆——十年前，午夜。

那是船长父子二人第一次前往地球度假。

灰白色的明亮夜空下，父子俩坐在大湖的浮艇上夜钓，湖水被风吹出波澜。

透过船长的眼睛，你凝视着老船长的背影，宽阔的后背曾经阻隔了船长获得爱的可能性。

他像是一个陌生人。

但这次不会了。基于你的变动，船长的父亲会在钓上鱼之后，转过头和他像是普通的父子那样打趣，调侃鱼的愚蠢和饵料的配比；他粗糙的手会灵巧地在他面前给鱼钩打结，指尖缝隙里是鱼饵肉红色的痕迹。

梦境不会一劳永逸，人类的痛苦难以祓除。你知道，仅有这一个梦境还远远不够，漫长的康复过程需要卓绝的勇气，但最起码，这会是个好的起点。

你怀揣着希望静静等待。老船长站起身，收竿，然后转过来——

他没有开口。

因为转过来的不是船长记忆中那个仍年富力强的父亲面孔，而是蜡黄的、已经尸变的老船长尸体！

“不要睁眼。”

严厉的男声似乎是提醒，又是指控——

“不要睁眼！”

这不是你为船长培育的梦境，反倒像是你的噩梦！

现实世界里，船长的身体猛烈地挣扎起来，在手术台上像是鱼一样扭动，你不得不花更多的手按住他，众多的手为你在压制人类方面提供了不小的优势。

“医生……！醒一醒！”

小男孩抓住你的一只手臂，试图使你从半沉睡的状态中脱离出来。

但此刻，船长的梦魇就像是黑洞一样，死死把你向其中拉扯。

从一开始就不对，你想到。作为灵植者，你的精神世界里也种植着许多不同种族的梦境，漫长的生命和独特的构造让灵植者天性热爱收藏所有智慧生物的梦，并不仅仅限于人类。

是夜空不对，夜空总是明亮——但在地球上不是。

你这才恍然大悟——因为各种各样的星际介质，地球是宇宙中唯一一个有暗夜的地方。放入船长梦中的夜空显然错了，那幅明亮、灰白得有些刺眼的夜幕显然来自别的智慧生命的感知。

你没真的**见过**夜空，只是**看到**过。

如果只是看到夜空，那么用感光的眼睛就足够了，可**见过**要求你用更深层的感官感受。对于宇宙和夜空你只是**看到**过，黑的白的，这种非常浅层的视觉图像占用了过少的认知资源，这才造成了方才的疏忽——

你感到无比懊恼，这个问题究其根源，都怪你和所有的灵植者一样，一辈子都生活在狭小的船舱或者石缝里面。

你们不会见到夜空，也最好不要**见到**。

这更令你相信方才那句“不要睁眼……”并非来自船长的意识，而是来自你的。

就在催出黏菌，试图强行结束你和船长两个人的噩梦时，整艘飞船内闪烁起黄色的警示光线。

在你的努力下，忠诚的荣格黏菌从船长的眼鼻原路析出，满身冷汗的船长反应得很快，他先是惊魂未定地看了你一眼，然后又意识到了黄色的警示光线，还没等你给他擦去脸上的汗，他便挣脱了你的手，从手术台上一跃而起，什么也没问便从治疗室夺门而出。

他甚至熟稔地切断了治疗舱的供电，以尽可能地保护你舱室内写着三个字母的电池。

一眨眼的工夫他就操纵好了，站在你面前，告诉你面对人类这艘脾气暴躁的钢铁巨兽般的飞船应该怎么办：

“医生，我们最好一起去飞船的前端。”

你点头，像拎起一只小猫一样拎起怀中的人类小孩，数手并用攀出自己的治疗室。

你在飞船中的攀爬要比船长快很多，跟章鱼在石缝中游窜差不多，这得益于灵植者的栖居地——深海火山、岩石缝隙。在慌乱的黄色灯光闪烁下，你甚至有余力伸手捞船长一把。

你和两个人类走最快的上层舰桥，却听到了一个坏消息。通信台前，驾驶员的俯视角图像显现，他声音急促地说道：

“医生、船长，你们没走上层舰桥吧？正舷窗的隔门被错误地激发了，那扇窗户没有滤星板。”

没来得及回复时，就听到了一阵机械设备运作的声音——飞船正面巨大的玻璃舷窗内的隔门正准备缓缓打开。

你们所乘的是艘老船，那个时候远洋幽闭恐惧论还甚嚣尘上，这几十年已经没人敢在飞船上开这么大的观景窗了。

“医生，不要睁眼！”

船长说完，抱住了你的主躯干，用他的身体遮住了你的所有眼睛。

你感到一丝愧疚，应该是你照看脆弱的人类，这次却要他们来保护你。但除了愧疚，你感到更多的是恐惧——对于宇宙和群星的恐惧。

你听到隔门即将打开的声音——没办法了，你想着，你的朋友什么也遮不住。

因为你不只有三对感光的眼睛，你还有一双相当独特的眼睛，你能**见到**……更多。

此刻，你多希望自己不是一个灵植者，因为对于宇宙中的大部分种族来说，群星并不可怖，他们会看到这样一幅光景，一如你在船长的梦中所看到的：

宇宙是明亮的银灰色，温柔美丽，群星的光芒互相交叠，缀满世界，没有一丝黑暗。人类总是震惊于这种景色，因为笼罩星球的黑色星际尘埃导致的暗色夜空，他们从没见过明亮的宇宙。

但这终归和你的感受不同，和灵植者不同。

没有灵植者在**见到**夜空后能够保持理智。

在其他智慧种族的梦境里，灵植者们大概知道夜空是什么样的，但是古老的戒律仍然被你们严格地遵守着：

“无论何时，遇到群星，不要睁眼。”

从别的种族的梦境中所见也好，看到视频或者录像也好，只要不是用灵植者自己的眼睛亲眼所见就可以免于疯狂！

“医生——！你还好吗？”

你不好，虽然你的眼睛被人类的身体所覆盖，什么也看不见，但是机械门缓缓打开时的声音还是让你的口足发麻。

你向宇宙的真理祈祷，祈祷自己什么都不要看见。

伴随着机械门的声音发生变化，你感觉它还没完全开启，就转向沉重地闭合在一起，通信台传来如释重负的回答：

“医生，窗户没开启成功，它又关上了，太好了，你们没事吧。”

“我们都没事儿。”船长从你的身上起来，替你回答道。

感谢星光还未登场便悄然退场，你终于觉得如释重负。

船长看着你，然后目光移回到你怀中的孩子身上。你顺着他的目光看过去，小男孩望着窗外有些发怔——他的目光里写满好奇。

“医生，你也看到了吗？”

你感叹，他果然还是孩子。

男孩已经能够熟练地找到灵植者眼睛的位置。对人类来说，对视是一种无接触的亲密行为，他用在儿童的面孔上相当大的眼睛亲切地看着你——他看起来充满喜悦和欢快。

“好多星星，我看到了好多星星——”

船长果断地切断了舷窗和驾驶室之间的连接，保证舷窗不会再次因为信号错误而开启，并在男孩说出更多让你产生不适反应的话之前捂住了男孩的嘴。

好多星星……

这句话在你耳中听起来……多少让你有点不寒而栗。

4. 科研船

进入驾驶舱后，代理船长的驾驶员给船长让开位置。你走到一边，想要把人类孩子放回到地上——小男孩因为看到了星空格外兴奋，正在把你的口足打结，将你当作玩具。

船长从远处警惕地看了他一眼，示意你不要那么做，小孩随手可以碰到一些装置，不知道哪个按钮就会把这艘船的全部补给都抛射到太空里。然后他就把船员们聚在一起，目的是复盘当时发生了什么，尽可能还原这艘巨大的“利维坦”身上的故障究竟是什么。

你听不懂他们的术语，在角落里揣着歉意反思你的医学事故。手术几乎从来没有出过错，为什么船长的梦境会发生这么可怕的事情，这太奇怪了。

荣格黏菌连接着灵植者和患者的意识，但通常不会出现这种记忆虹吸现象——你总是能够控制自己的意识，让它在患者的头脑中占据次要位置。

你正在思索的时候，船长走到你身旁。

“医生，我有东西想给你看。”

“危险吗?”你如此回答，看了看正对你的口足玩得起劲的小男孩。

船长点了点头，这下你把他整个裹在了身体里，像是把他一口吞下了一般，所有的手都把他里里外外缠裹住几层。

“医生，好好玩，你疼吗?”

你感觉手上传来孩子的戳弄，好几只不同的手，你备受其扰，求助一般看向船长，希望他速战速决。船长了然地擦擦满是汗水的额头，随手从船舱顶拉下一块屏幕，敲动键盘，给你展示了一段录像。

摄像头的位置看样子位于飞船的正前部，应该是在不小心打开正舷窗的时候录下的：

镜头中，宇宙各处都闪烁着神圣但对你有害的银灰色星光，在光芒中，一道暗色的缝隙打开，唾弃地吐出一艘宏伟的人类飞船。

飞船的舰名涂在正面，正是你心心念念的植物学家号!

然后，你拖动视频，植物学家号的舰身不断前进、旋转，你这才发现，缝隙吐出的并不是一艘飞船——

而是半艘。

一种古怪的暖意从你的手上蔓延开，这是你的身体感知恐怖的方式。

你知道，那个脸上长满痤疮的船员说得没错，调查植物学家号的确有你的私心。

上百艘飞船的失踪对于数量众多的人类来说不值一提，但对于寿命更长、数量更少，且热衷于长途行星际旅行的灵植者们来说却是灭顶之灾。

更有人将飞船失踪的原因指向灵植者，他们称这上百艘飞船消失为“灵植者的朝圣”。

你从心底里明白，“朝圣”纯属无稽之谈。没有人比你更了解你自己的族群——灵植者们天性喜爱宇宙中的其他智能生命，享受栽培梦境的快乐和与其他生命的相处体验。肩负其他生命的愿景向来是灵植者们的道德准绳——至于“朝圣”，向谁？灵植者们没有信仰。

飞船不告而别的消失、人类的指控，面对这些，你手头唯一的线索就是同样在追查此事的植物学家号。

你再次回忆起植物学家号发来的消息，那信息同样来自一位灵植者——他说话的口吻和你很像，声音也一模一样。联系到这一点，失事的植物学家号更令你感到不寒而栗。

你回忆起那条信息：

我们非常确信，宇宙的边界就在□□□□

门是窄的，路是小的。

最关键的内容，信息却被隐去，或许是信号问题，所以你才会追寻着植物学家号，抵达这么遥远的宇宙边疆。一个谜团还没解决，植物学家号本身又陷入了更深的迷雾中。

它发生了什么？

船长拍着你的身体，似乎是想通过这种方式缓解你的痛苦。而你则尽可能通过理智的口吻发问：

“刚刚窗子——”

“黄色故障，一定是系统发生了什么错误，但我们查不出来原因，排查不出来也是常有的事情，只要确保它不会再打开就好了。让你受到惊吓了，十分抱歉。”

“那……植物学家号发生什么了？”

“初步断定是爆炸，机械师推定在虫洞的另一端，植物学家号可能遭受了某种袭击。”

“简直像是恶魔。”你用最低的声音补充道……一切都太巧合了：失败的精神手术，虹吸的梦魇，再加上原因不明忽然打开的机械舷窗。

为什么总感觉他们都是冲着你来的。

“恶魔？荒谬！”用作会议室的自旋舱里，大嗓门的机械师把座椅弄得吱呀作响，他推了推自己的眼镜继续说，“我很难想象一个接受过训练的精神医师，怎么会说出恶魔这种荒谬的话。这只是系统故障。”

你这才发现他就是那个在你的治疗舱前面大吵大闹的患者。看着他露出口罩的那一小片痤疮，密布的包点让你感觉到浑身一阵战栗，恶寒恶心的感觉驱使着你做出反应。

你终于丧失了对他的耐心，他这个没有教养也没有同理心，还让你感到字面意义上恶心的家伙。你用膨胀身体和影子盖住他的身体，终于看到他对你的敌意收敛了一些。

“医生。”

船长叫过你的名字后，你才意识到自己做了什么。当你环顾周围的时候，感觉像是有光打在你身上——所有人类船员的注意力都集中过来。

你知道船长是在提醒你你的失态，其他船员有些恐惧的目光也是——你看见刻薄的机械师镜片反着光。从你的角度看去，看不见他的眼睛，这让你觉得多少有些不安——你对人类感受的见地大半来自人的眼睛。

“该死的信徒!”你听到机械师嘀咕一声，最终放弃了和你的对峙。

“抱歉……”

你收敛了自己的身形，知道自己的情绪来得有些古怪。这太危险了，你本应该是整艘船最冷静的家伙，如果连你都神经兮兮的，谁来保证这一船人的安全呢?

“大家都做事吧。”船长好心地补充解释着，“医生刚刚经历了一场我们没办法理解的危机。”

的确如此，你在脑海中反复回荡着那些疑问——手术、梦魇、舷窗外面的可怕星光，和曾在虫洞的对岸熊熊燃烧、眼下已经化作一团焦灰残骸的舰船。

“医生，先等船里的事情的平息，然后我给你安排登船搜索的人手。”

“我明白。”你回答，补充你自己的感想，“对不起，我有些疑神疑鬼，我需要一点自助。”

“明白……”船长点了点头，你感觉到对你的关心。

“医生……”小男孩这才探出头，“你在害怕什么吗，为什么你的手这么烫?”

回到治疗室，你把自己吸在舱壁上，过度警惕让你的身体发热，体表的微气孔也有些舒张，唯一能让你感到凉爽的就是舱壁。但一般你不会这么做，因为在人类的注视下趴伏在墙壁上让你自觉像是原始动物，十分不得体。

“医生，你不舒服吗?”

你看到小男孩拆了一罐黏菌，往他自己的鼻子里滴。你看到他的举动，赶紧从墙上滑了下来。

“我没事儿，但你为什么要随便往脑子里放黏菌，孩子?”

“我想帮你，医生。”男孩看着你真诚地说。

他想要为你培植一场梦境，你忽然理解过来，即使他还是孩子，但也愿意为你分担痛苦。你被他的话弄得体温骤降——被关怀的感动消弭了黑暗的可怕力量，你的很多手凑到他身边，温柔地接过他手里的罐子。

“来，给我，我明白，可你还小，不能用这种东西。”

“那，我……我会死吗?”

你被迅速变脸的人类孩子气笑了。

“不会，但是几天后黏菌才能完全从你的脑子里消失，除非我帮你——”

你话还没说完，就听到敲舱门的声音。

“医生，对植物学家号的扫描已经完成了。我们可以出发了，看看能不能找到什么档案文件。”

“我马上就做出舱准备，船长。”

你准备离开的时候，目光对上小男孩，你担忧地注视着，小男孩看着你问：

“医生，你要去寻找真相吗?

“或许它没你想得那么重要，在船上跟我在一起不好吗？

“在船上，大家……还有我会保护你的。”

你有那么一个瞬间简直要被这个孩子说服，但是心中的责任感驱使着你去寻找植物学家号的真相。

“我很快就回来，这期间会有其他船员陪着你，好吗？”

“好……”小男孩闷闷不乐但是懂事地回答，“那你要答应我，快点回来。”

“哦，对了，医生，信徒是什么意思？”

信徒……你想到刚才那个机械师诽谤你时所说的内容。你不是，但恶魔之类的说辞确实让他误会了。

“就是相信世界是由神创造的人。”

“那你是吗？医生。”

你想了想，回答：

“不是，宇宙自己创造了自己。我坚信如此。”

5. 一步之遥

植物学家号焦黑的飞船残骸展现在你眼前的时候，你才发现这艘飞船居然和你所乘坐的飞船制式完全相同，这简直就像是噩梦的预演。为了降低宇宙环境对于你的影响，小型摆渡舰停在飞船残骸内部，防止你再次被明亮的宇宙照射到。

检查好全部的装备、氧气、照明还有队内通信之后，在船长的带领下，你们进行出舱作业，一行人从更加完整的那一侧船体开始进行搜船。

你和船长一队，向上搜索，剩下的人分成两队向下搜索。

植物学家号的设计和你所搭乘的船没有区别，你和船长轻车熟路地搜索着上层甲板的舱室。

在手电筒的锥形光柱下，爆炸后的尘埃飘浮在真空中，让你联想起了海底的故乡。从焦黑的船体可以看出来，飞船的中段发生了爆炸，这也符合你当时所看到的虫洞的裂隙吐出了一半飞船的事实。

在太空的失重环境下，你的行动更加敏捷一些，海洋星球的生物相较于地球生命来说，终归更加适应宇宙环境。

你穿着特制的、有许多袖子的宇航服，用手臂拨开那些焦黑飘浮的船员尸体、乱飞的文件、电池块和各类载荷模块，为船长开路。

中途船长停下了片刻，端详着猫笼大小的电池组，按动外侧按钮，电量显示居然如常被点亮了。你看船长伸手抹去电池表面的焦黑，露出BYD这三个你并不认识的字母。他忍不住感叹："没想到飞船上的这东西居然这么耐用……"

你也些微地感叹过人类造物的强韧，然后看到船长再次停下，他观察并分析起你这一路所见的一切，似乎对飞船的失事有了大致猜想，同时也产生了几点疑问。

"船员在向驾驶室聚集——这在飞船出现问题的时候很常见，船首的结构总是更安全的，如果是为了逃生的机会，在极端的案例中，甚至会演变成争夺船首的相互屠杀。"

"船长……"你出言打断，牵来一个造型古怪的武器，似乎是由腐蚀性液体和它的发射器组成的，"你对这种东西怎么看？"

这东西你们的飞船上也可以"生产"，是大口径的"临时武器"。可就算是船长生气至极的时候，也只会想要使用电击枪，究其原因就是大口径的杀伤性武器同样会对船体造成伤害。

“我猜想……植物学家号上的船员，不管与他们战斗的是什么，他们打光了这艘科研舰全部的弹药。你给我的应该是一些自制武器——他们是不折不扣的创造性科学家，同时也是英雄。”

一路上，你们除了推理出了一些现场信息，并没有获得任何直接的档案信息，可以证明当时这艘船发生了什么惨剧。

终于，你们一路摸到了治疗舱。

你打开熟悉的治疗舱，意外地发现里面没有人——或者说，你的同族，哪怕是尸体也没有。

下一秒，你更加惊叹他和你居然有着如此相似的爱好——你们都有一整面的绿植墙。你伸手把自己拽到绿植墙边。

“真可惜，就要开花了。”

船长飘浮到你的身边，希望你节哀，你轻抚他的后背表示感谢，然后在治疗舱内试图找到一些和航行有关的文件、日记，或者是你上次收到的那条消息。

你翻找了这间构造几乎和你的治疗舱一模一样的舱室，发现大部分纸质文件都被销毁了，只剩下你接收到的那条信息。

谢天谢地，那条信息虽然也被损毁大半，但终究比你收到的完整。

这是高尚的探索，希望所有人能理解植物学家号的船长以及船员们为此所做出的奉献。

我们非常确信，宇宙的边界就在我们开启的虫洞背后——

门是窄的，路是小的。

真相就在后面。

窄门、小路，你联想到小男孩的问题，原来这一句话并非只是某位信徒的摘抄，它也是隐晦的描述，暗指虫洞。想到这，你的心脏忽然狂跳，你猛然抬头，望向那面枯萎的绿植墙，仿佛透过它真的看到了宇宙的边界。

那几行字让你惴惴不安，身体再次发热起来。

“你发现什么了吗，医生？”

“没、没有……！”

不知道为什么，似乎是出于保护的心理，你没有把这个令人不安的秘密告诉船长。船长看没有任何收获，检查过氧气后，催促你前往舰首的驾驶室。

又经过一小段跋涉，你们终于到了舰首的驾驶室舱外——面前场景让人胆寒，大概十来个船员被封堵在了驾驶室的舱外。

当灾难来临的时候，求生之门就在他们的眼前，却被无情地关上了。因为舰首的坚固性，这里的一切都被保留了下来，仿佛精绝而残忍的庞贝古城。

你看到十来个人，有男有女，他们无一例外地冲着舱门伸出手，即使他们的身体已经炭化，却依然保持着那个姿势没有动。

“应该是当时火势已经蔓延到了舱外，可怜的人们……在这里面我们应该能找到更多的信息。”

船长有些难受，压抑着自己的情绪，和你找着聊天的话头。

“门是窄的，路是小的……”你无意识地嘟囔起来，替船长拨开他的同类遗体。

奇怪的是，你到目前为止没有看到船上灵植者的尸体——那个给你发送消息的灵植者同类。事故发生的时候，他或许在下层甲板？但你平时几乎不到那里去，所以也理所应当地假定他进入了驾驶室内。

你深吸一口气，用好几双手，和船长合力才打开门。在看到室内的一瞬间，你整个人失去了力气，没有机械支撑的沉重舱门差点因为你的疏忽重新合上。

在驾驶舱内，你看到了一个烧焦的同类，盘踞在驾驶座位上，按照时间推测，他在尝试驾驶飞船逃生。船长和后续抵达的小队也看到了眼前的景象，他们先一步飘浮到前面，试图让你不要靠近，但是你的视觉要比人类敏锐，在闪烁的黄光里，在黑暗中，你什么都能看见。

不用惨白的手电筒照到身上，你也可以看到同类溃烂的血肉、炭化的皮肤。

你甚至看到他的身体中有着不属于他的骨骼。你猜测，在灾难发生的时候，他以登船时的誓言保护了他发誓要保护的人类，即使他的手在烈焰前毫无作用。他和他要守卫的人类一样死去了，你难以抑制地联想到了自己。

你伸出手，和他在痛苦中伸出的、阻止烈火的手轻轻相碰，他黑色的残躯因你的触碰化为齑粉。

“医生，你不能在这个地方待下去了。”

船长再三阻拦，但你还是尽量拉长拉宽自己，不断滑动着靠近他。这是独属于你们的默哀，你有一种不好的预感——他可能不是你见到的唯一的死去的同类。

失踪的船只、诡异的星空、植物学家号背后的真相到底是什么……

你的心中萌生了一个燃烧的念头——你除了穿越那道裂隙抵达对岸，别无他法，你必须得知道他们的身上发生了什么。

“医生……我们得回去了。”

你低头看向自己的一只手，手腕上的检测仪显示氧气量一点一点下降着，你也看了看周围人的，你的指标下降得最快。你知道自己处于一种用身体表达悲伤的状态，皮肤表面的气孔张开，让你浑身都有一种难以忍受的酥麻，幽邃的恐惧再度袭来，阻碍着你寻找答案的脚步。

即使有着阻拦，你还是向远方伸出手——伸向你死去同胞的身体。

灵植者的大脑在腹部的位置，智能生物的大脑相当耗能，但这也给了你这样的生命在宇宙和深海生存的优势，余热会被输送到无数的手臂上。而且在骨板和退化的椎骨的包裹下，即使是经过烈焰，里面也可能尚存完好的组织。

一个邪恶而野蛮的念头在你的脑海中形成。

虽然智慧生命的机体已经死亡，但是大脑中的记忆仍然能存在很久，久到足够你利用它们做些什么。

什么东西攻击了这艘科研舰，又是什么东西在船员们生前追逐他们？或许都在他的脑海之中……

“医生，不要。”

船长看出你的想法。

“我们向母舰上报植物学家号发生的悲剧，然后返航。”

6. 迷人星光

返回母舰的路上，你无比后悔自己没有窥探那个同类死前的记忆，另一方面，你为自己明智的选择感到庆幸。你回忆起日记里的那几行记录，其中一行值得你反复琢磨：

真相就在后面。

等回到了母舰的治疗舱里，你忽然开口，把自己的想法告诉了船长：

“我要去虫洞的另一侧，植物学家号来的地方，那里有我想要知道的……真相。”

你看到船长有些踌躇，他总是站在你这边的，你知道，但是面对这个问题，他不知道如何支持你。

“真相……医生，我这一路都在想，真相这对你来说重要吗？”船长捂着额头，一副为难的样子，“你看到了，应该也能够联想到——”

“医生，不管虫洞的另一头是什么，它击毁了植物学家号，真相值得你付出生命的代价吗？”

“船长……”

你坚信自己必须抵达对岸，你必须得去。

“假如你是宇宙所剩为数不多的人类，而通往让你同族神秘消失真相的虫洞就在你的飞船前高悬，你会怎么办？”

“医生，你陪伴了这艘船很多年了，我不能眼睁睁地——”

船长说不下去了，他抬眼看着你，和小男孩不让你走的时候的目光一模一样。

“我必须去。”

“不行，就算我允许你去，医生，你还得有一个驾驶员，我不能因为你的疯狂举动搭上一个人类船员。”

“疯狂？”

你觉得不可理喻，忽然膨胀起身体，把船长强行按在了手术台上。

你捂住他的嘴之后，就连挣扎的声音都听不见了。对于灵植者来说，即使是强壮如船长这样的人类，都很难通过挣扎逃离你的桎梏。

你剜出用于种植的黏菌，一些黏菌滴在船长的脸上。他挣扎得太厉害，于是你在那些黏菌还没有渗透到皮质层的时候就想强行进入他的意识——

“医生……？”

你忘记了屋子里还有人，一旁的小男孩一直没有发出声音，直到他看到这可怕的一幕。小男孩爬到你的手上，盖住了你的眼睛，就像是面对群星时船长所做的那样。

回忆涌入，你终于意识到哪里不对——

你，你有大问题。

“哈——”

你大口地吸气，终于意识到了自己究竟在干什么。你的身体迅速发热，气孔缩张着。你从船长身上退开，爬到舱壁上。

“对不起……”你喘息着道歉，“对不起。”

船长有些狼狈地从手术台上爬起来，他神色严肃：

“我去申请任务结束，我们先回家，医生——

“是你的精神出了问题。”

你多少有些悲哀地想，没错，他说得没错。

等待你的是原地监禁。你袭击了船长，全体船员看在你跟船多年的分上，同意了船长的建议——结束任务，送你回去。你或许比任何人都需要硬化手术，你需要把这整次任务的记忆全部抹除。这次……这次什么任务？

你忽然想到，自己已经是世界上最后一个灵植者了……然后下一秒，思绪乱跳。

这艘船，你们出任务的船，这艘船叫什么来着？

该死……你真的疯了，这下连自己都确信自己疯了。

被禁足的时间只持续了一个小时，船舱里不知道为什么再次警铃大作。伴随着吵闹的警铃声，一根撬棍撬开了治疗室的舱门，先前那个机械师向你伸出手。

“医生，跟我来，我已经准备好摆渡舰了。”

“什么？”你狐疑地问道。

“你不是想要去虫洞对面吗？医生，我带你去。”

“你带我去？为什么？”

你之前那么威胁他，这个脸上满是包的机械师应该很厌恶你才对。但你只愣怔了一下，意识到这是你最后前往虫洞的机会，你马上从缝隙中钻了出去，跟上了他。

船舱中乱作一团，但奇怪的是，机械师领你走的那条道路没见到任何人。

“我会送您去裂隙的另一头……”机械师说完，咯咯地笑起来。

“谢谢你……谢谢你帮我，但你这么做的目的是什么？”

“您是我的医生，这么做是应该的。”

机械师隔着口罩对你露出一个笑容，你觉得他的表情很怪，但也没太在意。你太想抵达虫洞的对岸了，太想了。

你甚至不知道自己的渴望和冲动从何而来——或许是那三行字果真有什么魔力吧。

跟着机械师逃生一般脱离母舰，摆渡舰以人体能够承受的极限加速度驶向虫洞，你看到被压在座椅上动弹不得的家伙。

“不要这么快，加速会害死你的。”你担忧地提示着。

“你不想尽快知道真相吗，医生？”

“医生……我感觉头晕。”

一个柔软的童音从后座传来。不知什么时候，小男孩居然也上了这艘船。

“慢一点！”你对机械师说着，可他充耳不闻，“慢一点，我们的船上还有孩子！”

听罢，机械师这才像是受了什么委屈一样松开加速杆。你看见飞船这下缓速平稳地驶向虫洞裂隙，就像是永远也无法抵达一样。你感谢他终于听劝，但下一秒，他对你笑了笑，拉动另一个拉杆。

逃生舱的舷窗拉杆。

这次，你没来得及把眼睛闭上，也没有相知已久的船长替你挡住眼睛。

苍白明亮的银灰色宇宙毫无预兆地展现在你面前……咔嚓、咔嚓，密密麻麻的群星如同千万颗窥伺的眼睛，不怀好意地注视着你，每一颗都是！

而你，你也通过能够感受引力的那双眼见到了它们——见到它们一颗又一颗，密密麻麻地落在时空的网中！

是疮疤，是污点，是恶性的瘤状物。

恐惧、恶心、反胃，所有这些反应全都涌上来了。你感觉身体的温度过热，每一个毛孔都在呼出热气。

你实在受不了，用尽力气想要剜掉自己的眼睛——可你那双能在深海中感受海床和地埋的眼睛并不是光学器官，而是和你的大脑皮层紧密相连的一整个肿块。你来不及憎恨自己的灵植者身份便开始痛吼、哀号、祈祷，你祈求宇宙放过你，祈求那些令人作呕的群星挪开它们审视的眼睛。

可它们无动于衷。

“医生……别哭了，不哭了。”你听到男孩坐在后座上，焦急地安慰你。

灵植者没有泪水，也不会哭。你把目光转向那个把你带到这个地方的机械师，你对着他伸出手。

是的，没错，你没有办法剜掉自己的眼睛，但你还可以剜掉他的。

你伸出数不清的手缠住机械师，企图用你自己的力量扼死他，却听到目睹这一切的小男孩在后座低低哭泣。你还没有忘记他的存在，顺手把他也圈在你手臂的笼中，当然，是怕他听到人类骨血破碎时的声音。

直到死之前，机械师的脸上仍然带着癫狂的笑意。他用被你扼断的手，轻轻点下了虫洞跃迁的启动键。

7. 血　　笼

虽然你已经适应了人类飞船虫洞跳跃的技术，但是新景象扑面而来的状态还是让你感到一阵陌生。不是跳跃的感觉让你感到陌生，而是环境和窗外的一切。

“这是什么地方？……”

没人回答你——你已经活活把机械师捏死。船舱中，一股金属和电线烧焦的刺鼻气味蔓延开来，没了他你也无法探查故障的原因，索性破罐子破摔，忍着头皮发麻的感觉谨慎地辨认着窗外的景色。

这是一座飞船的坟场。

坟场中有人类的飞船——银灰色金属外壳，结构方正朴素；还有灵植者的飞船——呈有机流线形，外壳上蜿蜒着岁月痕迹；甚至还有一些你从未见过的飞船——看上去不属于已知的任何星际文明，形状古怪，材质也异于其他，可能是更加古老文明的遗物。

飞船残骸零落分布，如同坟冢重重叠叠。

你很确定，这些就是那些失踪的飞船，上百艘，都在这里——有什么力量引诱着人类和灵植者抵达此地。不，不只是你们，还有其他拥有智慧的宇宙生物。

如果黏菌能造宇宙飞船，或许他们的飞船也会出现在这儿。

现在，只剩下了唯一的问题——这座飞船坟场到底是因何而存在的？

你不知道飞船如何维修，只能任由它按照之前的航路行驶，但你没有放弃修好的希望。如果这艘船上只剩下你一个人，你一定会毫不犹豫地去探查真相。

窄门……小路……刻印进你脑海的话语似乎在暗示，真相所在之处只允许一人前往。

可惜，你此刻不是孤身一人，你的船上还有那个人类男孩。你知道，在他的眼里，你的存在是多么重要。

“医生，我们在哪儿？”

他稚嫩的声音在你的怀中响起。你不知道如何安慰，告诉他真相，还是……

“飞船里好冷。”

“我抱着你呢，孩子。”

“医生……你抱着我的时候，怎么也这么冷？”

他的问题让你心乱如麻，可是人类建造的飞船并不是你一时之间就能学会驾驶的。

你最终失败了，你所有的手都脱力一般松开，匍匐在地上呕着胃液——方才所见的群星图景让你好一阵没缓过来。

你的胃液酸性极强，竟然把飞船的地板灼出痕迹。

“医生……别……别放开我。”

你支撑起身体，用尽最后的力气，伸出许多的手，颤抖着抱住男孩的肩膀，却看到男孩的目光没有落在你身上，而是带着一些恐惧越过你，落在你的身后。

“医生……那是什么？”

你费力地转过身体，希望能看到一丝救赎的曙光，比如飞船以极小的概率又驶回了虫洞星桥的入口。

但是你还没抬起眼，先被探测图呈现出的答案震惊了。

一面墙——一面墙竖在你的面前。

一面肉墙。

你看到血肉的墙无穷展开，密密麻麻的囊泡令人作呕地开合不息，吐着脓水。

你觉得熟悉，只见过一面的熟悉。

你在哪里见过的……没错，**见过**。

这面墙就是群星的具象化。此刻，墙和你背后的星空形成古怪的对称，它们组成一张溃烂的大嘴，将你一口吞下。

这就是宇宙的边界。

这就是令人憎恶的真相？

你振作最后一丝精神凝视那面肉墙，用你感光的眼睛仔细扫过——从那上面，你看出了人类的组织，看出了灵植者的组织，看出了黏菌的组织。不知道为什么，你坚信，如果用植物学家号上的设备分析，你会得到一条扭曲而恶心的复合DNA长链，上面无穷无尽地书写着所有宇宙生物的基因，然后，被不知道什么样的亵渎和扭曲的力量转译成了眼前这面腐臭的墙。

毁了它——一个念头在你的心中响起。

这丑陋的、呼吸的、活的肉墙不该存在于世界上，它不该矗立在宇宙的边界！

驾驶飞船毁掉这扭曲的巨物！

你的心底如此咆哮。但下一秒，理智重新占据上风。

不、不对，你看向窗外，忽然明白所有飞船残骸的由来，甚至明白了为什么在植物学家号上的同类体内有人类的残骸。

那个灵植者没想拯救自己的船员，和你一样，和无数拥有智慧的宇宙生命一样——

他只想毁了它！

这可恶、可憎的东西。

毁了它！

“医生……你变得更烫了。”

熟悉的童声再次让你冷静下来。你不停地说服着自己：船上还有一个人类孩子；你不停劝慰着那个男孩，也像是劝慰着自己。

“没关系，没关系，我们马上就回去了。”

你感觉到无比的自责——你都做了什么？带着一个孩子驶向死亡？

可飞船不会因为你的歉意停下，它仍然毫不在意地向残骸深处冲去，你和那面亵渎之墙离得更近了，你看到墙上面有飞船撞击的痕迹，无数的灵植者、人类和其他智慧生物都想用飞船撞开、突破那面蠕动的血墙。

从结果上看，他们无一例外全部失败了，你也不会例外。

面对死亡，医生也无能为力。你绝望地驱动着自己伸出手，像是为船长手术那样，伸到那孩子的额头。男孩脑内黏菌应该还没有完全消失，你将手放在他的额头旁，试图通过硬化手术的手段让他平静下来。

如果不能带他回去的话，最起码，你还可以让他做个好梦。

但只进入了他的精神世界一瞬，你就松开了他。

你看到了比宇宙的边缘还要可怕的景象！

你那本应满是美梦的花园中到处都是腐败的烂肉，你一直在那里培养的不是他人的梦境，而是食腐肉的蛆虫。

不安的回忆涌上心头。

等等……当时，在船上的时候，你难道亲手把这样可怕的东西种进了船长的头脑当中？

不对……不对……

你松开抵着小男孩的手，猛然看到他身上胃液烧灼的痕迹——那痕迹之前还不存在的！

就在那一瞬间，你所认为的现实全数退去。

你发现你身处烧焦的驾驶舱内，驾驶室的舷窗外缓缓飘过半艘飞船的残骸，被灼烧过的白色喷漆仍可辨认——上面写着植物学家号。

你低下头，感觉到在自己的怀中有着什么坚硬的事物，松开手才发现，那是被你消化了一半的人类骸骨——两具骸骨分别属于成年人和孩子。

真相，你一直在寻找的真相呼之欲出。

通往真相的那道门，你其实早就已经跨越了……而你所得到的——非要说的话——只有疯狂。那疯狂让你把腐肉当作美丽的小木槿植入朋友的脑海中，操纵着他们开着植物学家号来到宇宙的边缘。

你不顾一切地撞向宇宙之墙，在那之后，飞船爆炸，无一生还。

所谓寻找植物学家号之旅，只是你给自己的安慰。

不，你敏锐地意识到，精神医师是没办法给自己进行硬化手术的。

你悲痛地意识到，这趟旅程是小男孩给你的，是他为你做的临终关怀——没错，在人死后短暂的时间内，灵植者仍然可以获取死者的记忆。

思考产生的恍惚间，你看到小男孩苍白的手骨抬了起来，他摸向你的眼睛，你仿佛听到他用童声轻声开口：

“医生，摘下一朵花，重新种在你的花园里吧。”

8. 黑　　山

美梦总有醒来的那一刻，可噩梦却可以持续到永恒。

你独自一人在损毁的植物学家号中，身后嘲弄的群星和面前令人作呕的血墙都在不断逼近着你，仿佛要狠狠夹紧——这在空间上完全说不通，可你已然丧失了全部和它们较量的勇气。

你亲手对人类做出了如此可怕的事情，没有惩罚能让你显得无辜。

所以，你任由飞船撞向肉墙，在它的面前，无数和你一样的飞船残骸提供了些许的慰藉——最起码，走向疯狂死亡的不止你一个。

看着墙上那些越来越近的蠕动的开口囊泡，你想象着金属碾碎有机质时美妙的声响，期待着第二场爆炸彻底让你消失，让你解脱。血墙软烂的外表、腐朽的味道似乎就在身前，你兴奋得倒计时起来，三……二……一。

仿佛命运捉弄一般，在飞船接触到墙体的那一瞬间，什么都没有发生。你没死，反而幸运地穿过了那面可憎的肉墙，得见痛苦的宇宙之外的样子。

眼前的一切再一次震撼了你：

肉墙之外和宇宙一样没有重力，但诡异地存在着光，而且是单一光源。

借助着那诡异的白光，你看到一座又一座黑山，整齐地连绵不绝地延伸着，包裹着包裹着宇宙的肉墙。

黑山没有纹饰，没有热量，没有动作，没有引力。

它静默地矗立，没有意图也不在乎意义，但向你讲述了一切的答案。

这些在你面前矗立的山脉吸收了所有的波，让人们错以为宇宙是无限的，可狭小拥挤的宇宙才会有明亮的夜空——世界只存在于一团无限薄的空心肉球当中，它狰狞的墙体上，却也包含着所有宇宙生命的秘密。

手腕上的体征监测器不停地响着报警声，头盔里的呼吸越发急促。

被轻视的感觉几乎要把你逼疯，你像是一条被困死在空气中的河鱼，缩紧了自己的腔腹。你把眼睛裹得更加严实，不想看到那些让你觉得自己渺小又可悲的可怕几何体。

吸——呼——

你所有感光的眼睛都被盖住了，可这个举动却让另一双眼睛无比清晰。

望着那些漆黑无光的、高耸的巨人——它们沉默无语，仅以存在蔑视着你，蔑视着你寻找真相的努力，你保护其他生物的本能，你的狂暴可憎与高尚善良在它们的面前都不值一提。

群山之上，色块涌动，所有来自墙内的引力波都涟漪一般遁入黑色群山之间，而群山也如同母亲般接纳了它们的吐息。

在你的视野中，群星终于停止了注视。

你第一次**见到**黑夜，面对黑夜。

夜色昏暗而温柔，如镜的湖面上，停着夜钓的轻舟。

坐在船首，你感觉到有双孩子的手怯懦地拍了拍你的后背。

“医生，你钓到什么东西了吗？”

听到熟悉的声音，你缓缓回过身体，动作轻柔地收起空竿，抬头注视着地球上的夜空。

“没有，一条也没有，这些笨鱼学聪明了——我们还是先回家吧。”

赵雪菲，考古学生。曾获得第四届水滴奖短篇小说三等奖、大学生影评一等奖。代表作《像正常人那样活着》《它的脑海之中》《材料两则》。长篇小说《卵生的救世主》连载于“不存在科幻”公众号。

撑篙向梦寻

刘天一

“你不会做梦，所以，你没法给小花补充能量。”

“你没法补充小花的能量，所以，你不能出门，离开铁道之外。”

父母在离开前，这么说着。

“可是——”

“不能碰噩梦瓶。”父亲说。

“我们全车只有这一份噩梦了，列车长委托我和你爸去北原，想办法交换一些噩梦回来。”母亲说。

“我也要去！”蒿里说，“用存梦瓶里剩下的梦境，我也能控制小花！”

“摆渡车什么时候过来？”父亲无视蒿里，低声和母亲商量着，“需要我们提供噩梦做催化吗？”

“列车长和北原的人说好了，先和他们赊三个单位的噩梦。”母亲拉着父亲走出舱门，又担心地回望一眼。

蒿里泪水打着滚。

“她也是大孩子了，别担心。”父亲关上舱门，“她除了不会做梦，操作小花的本事可不差。”

终于，父母的声音远去了。

机车汽笛嘶鸣，车轮咣当轧过铁轨，梦境在噩梦的催化下炽烈地燃烧着，推动着机车的汽笛声朝北去了。

只剩下烧不尽的残梦浮在风中，在车窗上揉碎晨曦，抹下淡影。

车舱里就剩蒿里一人。她无聊地翻着书——《梦境炼化学》。

书页老旧、枯黄，摸着发脆，仿佛一翻即碎。更大的问题是，书上的内容常常前后对不上。开头给出的噩梦催化方程和后半部分的催化方程完全是两个方程，对时间偏导数的阶数一个是2，一个是1，怎么想都不对。

她本想通过实验测量实际发生的炼化过程，来确定哪个方程是正确的（抑或两个都是错的），但父母从不同意她做实验。

蒿里轻轻合上书本，百无聊赖地抬起头。机械鹿小花蜷在地板上，车舱墙上钉着七排横架，上面放满了存梦瓶，但其中仅有一只噩梦瓶——不过巴掌大的透明玻璃瓶，内部滚涌着紫黑色的黏胶质液体。这是他们全车剩下的最后一瓶噩梦，整车上百人都仰赖它与其他梦境催化后所释放的能量生活。

父母是绝不会同意她用噩梦来做梦境炼化的测量实验的。

“笨蒿里！”窗外忽然传来喊声，“不做梦，拖后腿！不做梦，懒死鬼！”

“你给我滚开！”蒿里爬起身，走到舱门前，按下开门键。舱门哧地泄气滑开，车厢外氤氲着的残梦也随之一丝丝缠卷着浮上她的发丝。

和她一样十三四岁的男孩刘桐正骑着一头机械熊，不屑地看着她。“来啊！来打我啊！”

“小花！”蒿里生气地喊道。

机械鹿懒洋洋爬起身，从她身侧挤出鹿角，探出头，望向舱门外。

“平常列车长和老师那么宠你，不就是你成绩好？可是你一个梦都没流出过，对列车完全没有贡献。你也试解好多次白巫女的谜题瓶了，你成功了吗？”刘桐说，“拖后腿！懒死鬼！”

“我会做噩梦的，但不是现在。”

“只有孩子才容易做噩梦。”刘桐说，“再过几年，你连孩子都不是了，你——”

刘桐忽然不说话了，他吓得面色煞白。“那是什么丑东西，阿威，快走。”

他骑着熊逃向列车的另一头。

蒿里一愣。小花用鹿角顶了顶她，她才侧过头去。

一团黑袍正从隔壁的铁道蠕动过来。黑袍破破烂烂，恶臭随晨风飘来。袍下的身躯肿胀而褶皱，成百上千的细金属管道穿过皮肤和肌肉。

蒿里这才看清，这是个与机械共生的老婆婆。

“收购噩梦。”老婆婆走到了蒿里面前。她没有张嘴，声音仿佛是从喉咙上的金属管道之间喷出。

“我们这只有——”蒿里忽然觉得不对，捂住了嘴巴。

“收购——噩梦——”老婆婆嘶吼着。

“没有噩梦，我们列车没有噩梦。”蒿里说。她不能让列车上最后一瓶噩梦被卖掉，这样他们全车的能源就没有着落了。

“你有。”老婆婆说，“卖给、博物馆。”

“我没有噩梦！”蒿里按着小花的鹿角缩进门后，“小花，关门。”

蒿里想做梦。

梦是能源，噩梦是燃烧普通梦的催化剂。梦驱动列车，也驱动着人们的生活。

做梦是每个人的职责，但蒿里不会做梦。其他孩子每天醒来都要收拢脑后流溢出的梦胶体，她的后脑勺永远都干干的。

干燥到后脑勺只要和毛衣擦擦，就能在小花身上噼啪出灿烂的静电。

孩子们都瞧不起她。大人们也背着她颇有微词。“蒿里是我们车的累赘，只消耗能量，没生产过一点点梦境。”她听见那些人这么说。

她努力学习，努力研究梦，她翻遍列车长爷爷的藏书室中每本梦的动力学与炼化学的书籍……但就是不会做梦。

在教学车厢，孩子们聚在一起上课时，她总能最快理解阿芙涅老师提出的问题。但阿芙涅对她的夸奖总是僵硬而敷衍。“她学这些有什么用？她又不会做梦。”蒿里听见阿芙涅私下里这么说。

当其他孩子交换着昨夜的梦境时，她只能孤身一人，站在铁轨上，望着铁轨之外的世界。

丛林，苍绿泛紫；高山，灰白闪着夕阳的赤红——没有铁轨、列车，也没有梦的世界。

传说中那位神秘的白巫女曾给列车长留下了一个存梦瓶，大家都称之为谜题瓶。谜题瓶里面储存的梦境黏稠如同固体，倒不出来。在瓶底，白巫女留下了一件宝物，可以解决所有列车的能源危机。只要想办法炼化瓶中的梦境，将黏稠的梦转化为普通的、易流的梦境，就能取出宝物。

“为什么白巫女不直接把宝物送给我们？”在试着炼化谜题瓶中

的梦境时，蒿里问道。

“因为还有一个黑巫女。”列车长老爷爷说。

“黑巫女又是什么？”

“据说是到处收集噩梦的坏人。白巫女的宝物能生产噩梦，她自然是想抢来的。”列车长说。

蒿里试了很多次炼化梦境，但从未成功过。列车长总是在安慰她，称她是列车上梦境炼化学天赋最好的人，也许，将来谜题瓶里的梦境会由她炼化。

清晨，尚未拂晓，其他孩子正在流出梦境。

“蒿里？”

蒿里惊醒了。

“蒿里？”父亲的声音有点沙哑，从车厢外传来。

“爸爸？”蒿里站起身，轻轻一挥手。

小花听从她的手势爬起身，车厢内的灯亮了。

“蒿里，我回来了。”父亲说，“给我开门。”

“你不是去北原了吗？”蒿里疑惑地问，“去那里不是要七天车程吗？”

“路上遇到了一些问题，提前返回了。”

“妈妈呢？”

“她在和列车长说事情。”

蒿里打开车门。门外的父亲看着有些奇怪，他佝偻着身子，苍老了许多。

“给我——咳、噩梦——”父亲朝门里面挤来，目光扫视着装满梦境的墙，寻找着噩梦瓶。

蒿里疑惑地看着父亲。正常来说，父亲绝不会动用这全车仅剩的一瓶噩梦。“为什么？”

“噩梦，噩梦——”

蒿里忽然发现父亲的颈部在喷出声音，他颈部的皮肤蹦出了一条条的金属管线——

“小花！”蒿里惊叫着后退。

小花从角落跃出，鹿角刺破父亲的躯干。父亲身形小了下去，萎缩成一团佝偻、蠕动的黑袍。

“噩梦！”黑袍上裂出一张老婆婆的脸。金属管线从她的脚下刺出，仿佛一团蠕动的触手，簇拥着她前进，冲向墙上唯一的一瓶噩梦。

小花撞向老婆婆，扭打着，金属线触手如鞭子般扫过，割碎满墙的梦境。噩梦瓶破碎，泄出一道细细的黑线，随其他破碎的众梦飘落。

“噩梦——”老婆婆惊慌地叫着。

黑线缠上了蒿里的意识。

第 一 个 梦

2043年6月，夏日。

宋岭总是在重复一个梦，一个噩梦。

在梦里，他是世界上唯一会做梦的人；而不知为何，所有人都在期待着他做梦。

这天醒来后，他的后脑勺湿湿的——枕头上有一团胶体。最初，他以为是哪里漏水了，或是床头的水杯倒了，或是他因为噩梦流了大摊汗。片刻，他发现这摊胶体并非水，而是一种不会浸润织物，稍稍有些黏稠的半透明液体。

“迟到了，快来加班！”电话中传来所长的声音。

宋岭只能放下对这团胶体的好奇，奔赴人间最残酷的命运：上班。

他昨晚磨镜子磨得太久，忘了时间，以至于睡太晚了。接下来等待着他的，就是秃顶胖所长的雷霆怒火。

屋外依然萧索。21世纪中期能源匮乏带来的经济大危机继续着，没电，没油，一切都停滞。报童的叫卖取代了十年前高耗能的互联网信息推送，而今天的头条是——

“重磅，据传十余人昨天夜里流出了梦境！”

宋岭摸了摸自己尚有些黏湿的后脑勺。流出梦境？

“先生，你也流梦了？”报童靠近他，“来份头条？”

一念及所长的怒骂，宋岭收回想接过报纸的手，匆忙跑了。

冲进新型能源研究所大门。

大门口站着一个小女孩。

“我叫蒿里。”小女孩对他说，“从现在开始，我来领导能源研究。”

宋岭愣了愣。秃顶胖所长呢？

“另外，从现在开始，我们的研究课题是——如何从梦胶体中提取能源。”蒿里说。

给肚子装填满咖啡——加班的催化剂——之后，宋岭摇晃着走向工位。

工位上已经坐下了一个人，是蒿里。

“宋总工？”蒿里笑着问，“梦要怎么炼化呢？”

“先确定物理场方程？”宋岭总觉得自己在乱说，“然后看看它有没有啥化学性质，做多物理场联合仿真。”

“很好。”蒿里盈盈笑着，“我只有一个问题：费马原理。”

“什么？”

“光永远走最短路径，但是，它对梦胶体成立吗？对梦成立吗？梦中的光学，就是现实的光学吗？”

宋岭皱起眉头。

“注意镜子。”蒿里轻飘飘站起身，走远了。

蒿里醒了。

她正坐在家中，满地撒着存梦瓶碎片与梦的胶体。梦胶体织在一起，一些平静互斥，一些热烈交融，一些梦则发生着复杂的炼化学变化，咕咚冒着泡，沸腾着浓浓郁郁的色彩。存梦瓶的玻璃碎片插在梦胶体上，像是一片片在梦之海上迎风破浪的三角帆。

那缕黑紫的噩梦，已消散殆尽了。

“蒿里，你闯祸了！”刘桐的声音从外面传来，“你把噩梦弄碎了！”

“不是我弄的！”蒿里喊着。那个老婆婆已经不见了踪影，梦境正从车厢地面上拂过，簇拥着玻璃的三角帆垂流到车厢外。

她忽然想到，那个老婆婆难道就是四处收集噩梦的黑巫女？

“列车长！阿芙涅老师！”刘桐跑远了，“列车长！老师！出大事了，蒿里把噩梦弄碎了！”

“不是我！是那个老妖婆！是黑巫女！”蒿里大叫着。

她该怎么办？列车长爷爷会把她赶下车吗？——反正她是全车

唯一不会做梦的累赘，还弄坏了全车最后一瓶噩梦。

“小花。”她招呼着机械鹿，牵鹿走出车厢。

人群正朝她这里赶来。

“就是她！”刘桐大喊着，“我们没救了！我们没噩梦了！”

没有人会帮助她的，父母不在身边，她只有孤身一人。

“小花……”她呼唤着。机械鹿低头蹭了蹭她的手心。

蒿里从地上捧起一手残梦，灌进小花脖子下的注梦口中。残梦中还混着一点点尚未消散的噩梦，这点噩梦所能催化出的能源，足以驱动小花奔跑上百公里。

“我们走。”她翻身骑上小花，朝着荒野前进，“去寻找噩梦。”

这是蒿里第一次深入荒野。

人们几乎不深入荒野，并不是因为荒野危险，或是缺乏食物；而是因为荒野上没有铁道，梦会逸散。

梦会沿着铁道聚集、流动；梦喜欢粘在金属上。

“一千年前，人们燃烧石油；八百年前，人们燃烧梦境；六百年前，人们掌握噩梦催化技术，文明大繁荣；到了现在，噩梦不足，我们只能留在铁路附近生存，收集所有的梦。”阿芙涅老师在历史课上总是这么说。一旦蒿里问起为什么几百年前繁荣的燃梦文明，到了现在却衰弱到只能依附铁道存在时，阿芙涅却总是含糊其词，说不清楚。

抑或是不想回答。

荒野明媚可爱。沿着小河一路向前，蒿里找到一条往昔的痕迹，她认为这是一条“路”——公路，而不是铁路。书上说，以前汽车就燃梦奔驰在公路上。

小花踏上公路，往前奔去。路面破碎，杂草一丛丛刺出，摇摆着。路旁歪斜着钢铁牌子，指示方向：前往噩梦博物馆。

“去那个博物馆看看。”蒿里说，“可是，这么多年了，那个博物馆还在吗？”

“年轻人——”

蒿里忽然听见了虚弱的求救声。

“年轻人——”

她顺着声音寻去，路边草丛中躺着个奄奄一息的男人，身上缠着大团梦境——他快被梦境淹没，要溺死了。

“你快淹死了！”蒿里俯下身，检查男人身上的梦境胶体，试着从中解离出不同的梦境，救出男人。

“不，不着急——”男人喘着气，“我是世界上最后的失梦招领员，我还有一单没有完成……那个住在博物馆的黑巫女，委托我回收梦境，却趁机偷走了我收藏的噩梦……还要把我淹死在梦里……”

“我来帮你。”蒿里说。

男人只是点了点头。“我只想完成我的使命，回收梦境……帮我回收那个梦境……那个叫盐不鹤的人的梦境——”

“我救你！”蒿里伸手插进缠着男人的梦胶体，分辨着这些梦境的内容与情感倾向，试着将异质的梦境作为楔子，插进其他梦境中，分离一大团梦。

“不用——不用——”男人猛地抓住蒿里的手，大口喘气，“去，帮我，回收——”

“好，好。”蒿里站起身。

“回收……盐不鹤……”

她不明白为什么男人这么焦急着让她去回收梦境，但她还是照做了。

在男人身后的草地上，是一座破败、颓圮的小楼——失梦招领处。

蒿里走了进去。

招领处里昏暗无光，一排排架子排开，上面放满了积满灰尘的存梦瓶，瓶上贴着干枯、久远的标签，分别写着梦的大致内容与收集时间。极少数的标签上写有人名。

终于，她在最深处找到了那只存梦瓶。灰扑扑的，看不见里面梦的质感。标签上没有写梦的内容，只写着：

2081年 盐不鹤

蒿里取下存梦瓶。

梦境汹涌而来——

第二个梦

梦之海潮起潮落。

盐不鹤轻轻一撑长篙，让小舟荡回梦海的码头。

已经有人在码头等她了。

"姓名，事项。"她平淡说着。

"宋迟。"来人说，"我想找回一个梦……可能是昨晚流出来的，沿着流梦道流到这里了。"

“理由。”盐不鹤打开记录表，如果来人能说出一个说得过去的理由，她会帮他找回梦境。

“我梦见了我爷爷。”来人小声说，“他叫宋岭。”

“那个宋岭吗？”盐不鹤问，“梦境研究先驱？”

“对，他是当年新型能源研究所的研究员，参与了燃烧梦境的研究工作。我只是想保留这份梦境……我想再见到爷爷……”

“没事，我理解。”盐不鹤唰唰唰记下需求，“留下一份你最近的梦的样本，我会尽量帮你找的。”

最开始，盐不鹤只是梦海的码头管理员。

那时，流梦道刚刚建成，这些金属的杆子会黏附着每个人掉落的梦境，让梦境黏附着汇流到一起，注入梦海中。发电厂就修建在梦海边缘，从这里抽取梦境燃烧，给这个蓬勃发展的新时代提供源源不绝的超清洁能源。

盐不鹤学的就是新兴的梦境动力学专业。不过，毕业后，因为家人的强烈反对——“你要去找个公务员工作”——她没能去成新兴的梦境研究所与公司。一气之下，她找到了体制内最清闲的和梦相关的工作：梦海的码头管理员。

梦之海上没有航运，更没有船。所谓码头管理员几乎就是无事的虚职。盐不鹤每日所做，不过长篙一撑，在海上巡游几圈，然后回到码头，在流梦道的总入海口呆呆站着，看见一整夜的梦境汇入海中。

然后，探手入梦，感知那成千上万人夜间的秘密情愫。或是混乱的噩梦，或是旖旎的春梦，或是亲人，或是迷境，千幽万幻，生灭纠缠。

直到那一天。

一个上中学的男孩来到码头，恳求盐不鹤帮忙寻找他夜间流逝的梦。在那个梦里，他和心爱的姑娘共度了美好的校园时光。

“她是你的恋人吗?”盐不鹤问。

“我喜欢她……”男孩子只是这么说，“我配不上她。我和她永远都不可能在一起的。”

盐不鹤载他上船。长篙一撑，向梦海深处寻去。“你在追她吗?”

男孩子摇摇头。“我追不到她。但刚才，她陪我一起去图书馆看书。”

“刚才?”

“在梦里。我们一起看了诗集。”

花了四个小时，盐不鹤才从梦之海中捞出男孩的那一缕梦境，倒在男孩的存梦瓶中。“没剩多少了，不过图书馆那一段还在。”

男孩紧紧抱住那一瓶梦。

从此之后，仿佛是在市井间打开了名声，陆续有不少人来找盐不鹤打捞他们前夜的梦境。他们大多是梦见了过去的亲人，想留下梦境作为纪念；有少部分人是作家，梦见了绮丽壮阔的幻境，希望留下梦境参考，写出新的故事；还有更少的，想找回奇奇怪怪的梦境的人。盐不鹤逐渐熟悉了如何在梦之海中分辨梦境，如何寻找到与特定的人气质相同的梦。

她在码头上建起一座小楼：失梦招领处。每日一早，她慢慢感知着流梦道中流过的梦境，打捞出失主可能会想找回的梦，存在招领处中，而流放掉其他破碎无意义的梦，汇入梦海，供电厂燃烧。

偶尔，若有人想寻找的失梦并没被她打捞，她也会让失主留下额外的梦境作为样本，她循着样本的气质，在梦海中打捞一番，也有一定找回失梦的概率。

最终，她捞回了宋迟想寻找的那个见到爷爷的梦境。在约定的时间，宋迟走进了失梦招领处。

盐不鹤将失梦交给宋迟，宋迟却递回来一件小的铜镜。

“这是？”盐不鹤问。

“我爷爷当年磨的镜子，送您做个留念。”宋迟说，“他的业余爱好就是磨镜子，收藏镜子。而且，他也是从镜面反射的畸变中，找到了梦境研究的突破口。”

盐不鹤看向铜镜。镜子中并没有倒映出她的容颜，而是一个小女孩在镜中转过头。

“我叫蒿里。”镜中的女孩说，“我想找一个梦……”

蒿里从盐不鹤的梦境中惊醒了。

方才的是梦境，还是历史上真实发生的事？为什么她一取下存梦瓶，就进入了瓶中的梦境？

小花在她身旁，蹭了蹭她的手。

“没事，我们快去看看那个失梦招领员。”蒿里抱着梦境跑了出去。

最后的失梦招领员已经死去了。蒿里放下盐不鹤的梦境，指挥小花刨了个坑，将男人与缠着他的梦境埋入大地。

“安息。”她说。

她翻身骑上小花。“我们去找黑巫女。她要这个盐不鹤的梦，我们就送给她。”

夜晚。

吃了些浆果后，蒿里来到了噩梦博物馆前。

这是一座垒在悬崖上的古堡，像是铺在月光下的大片尖锐阴影，不调和地割裂夜幕。

蒿里牵着小花沿台阶向上，没走出几步，两条机器狗拦住了她们。

“站住！”机器狗说。

“你是谁？”另一条机器狗说。

“我来送梦境。”蒿里举起盐不鹤的梦。

“朱婆婆只要噩梦。”机器狗说。

“朱婆婆不要你的梦。”另一条机器狗说。

“她在失梦招领处登记要找回这个梦，”蒿里说，“我送过来了。”

两条机器狗嘀咕一会儿。

另一条机器狗说：“好像朱婆婆确实说过这事……”

机器狗说：“但是她只是骗那个招领员去拿回梦境。”

另一条机器狗说：“但这也算是要招领这个梦，不是吗？”

于是，两条机器狗点点头，同意让蒿里进入城堡。

月光沿着细而高的窗户洒入城堡走廊，在两侧的墙壁上，密密麻麻全是紫黑色的存梦瓶。

全都是噩梦。

“我们是不是可以随便偷几瓶回去？”蒿里说，“这样列车就有能源了。”

“小小年纪，却要做小偷？”老婆婆的声音忽然阴恻恻地从后面传来。

“啊！”蒿里惊得躲到小花后面，“黑巫女！”

“哼。”老婆婆嗓子里的金属管道颤抖着，“是你？你想参观噩梦博物馆吗？”

“你才是小偷，你到处偷噩梦！”蒿里说，“把我们的噩梦还回来！”

老婆婆冷哼两声。“偷点噩梦而已，怎么了？”

“你还欺骗了失梦招领员，偷走了他的噩梦，害死了他！”

“真有人喜欢噩梦？我只是帮所有人类集中噩梦而已。”老婆婆说，“这种危险玩意儿，还是留在博物馆比较好。”

“但没有噩梦，我们怎么燃烧梦境，获得能源？”

“烧木头，烧煤，烧什么都行。”老婆婆说。

“那样不环保。”蒿里想起了阿芙涅老师的历史课，“历史上我们就是因为烧化石能源而差点毁灭了。”

“人类都只剩这么点了，烧点东西怎么就不环保了？”老婆婆嗤笑着，“你以为烧梦就是好事？噩梦催化着燃烧普通梦境，这种单一能源结构，才毁灭了文明。”

蒿里无言以对。“可是——”

“行呀，那你就烧梦吧。”老婆婆阴森地笑着，“你不是想带噩梦回去吗？来吧，我给你一个难题，如果你完成了，我就允许你携带一份噩梦回去。如果你完不成，你就留在我的城堡里，我要在你身上种下噩梦，让你在一个个夜晚中不断地做噩梦，流出噩梦……”

老婆婆的声音越来越轻，仿佛在唱着安抚婴儿的摇篮歌。

“你想考验什么？”

老婆婆的脚下忽然伸出一排金属触手，拖动着她衰朽的躯干爬上墙，倒挂在天花板下。“噩梦博物馆里储存了三万六千份噩梦，但里面有一份，有一份不是噩梦。找出来……”她忽然怪笑起来，“找出来，我的藏品就全是噩梦了，就完美了！”

蒿里从未在列车之外的空间中行走这么久过。

在过去，她只在历史书的老图片上见过那些建筑的照片。这是她这辈子第一次行走在如此高大的城堡中。巨大的拱顶与尖塔让她眩晕，月光从马赛克玻璃上折入，在大厅、走廊与螺旋楼梯之间洒下迷幻的光。

她抚摸着石头墙壁，粗粝的质感擦过指尖。昏暗中弥散着霉湿与灰尘的味道，还有噩梦的复杂气味——幽香，但香气的尾调中又萦绕着辛辣的痛觉。

“你只有一个夜晚的时间——”老婆婆的声音从楼上传来。

她牵着小花，慢慢走过一排排存梦瓶。

要怎么找到那瓶普通的梦呢？她思考着。最简单的做法无非是一瓶瓶打开，感知梦里面的内容。但这样效率太低，一晚上检查不了三万多瓶噩梦。而且，接触的噩梦太多，她会吓晕过去。

“吓傻吧，我的宝贝……吓坏吧，我的宝贝……哦，流出噩梦，哦，炼化噩梦……”老婆婆的摇篮曲贴着墙壁流淌着，震颤着噩梦瓶上的灰尘。

黑巫女恐怕就是想让她吓死过去，蒿里心想。她觉得黑巫女就像是一只蜘蛛，她是猎物，这些噩梦就是缠紧她的蛛丝。

人为什么做梦？

梦又为何凝成物质？

燃烧，破碎，催化。指向星舰，于是，北落师门

冲上天空。噩梦

喷出黄油

禅与镜子，绑在橘猫上，擦过夜的天际线。

怪异的摇篮曲幽幽缠绕在周围。

蒿里想起了盐不鹤，那位疑似的世界上第一位失梦招领员。她轻轻抱着盐不鹤的梦，回忆着盐不鹤是如何在梦海中用那一杆细细长长的长篙，在海中感知每一缕细微梦境的质感。盐不鹤的感知方法高效并免除了与梦境的直接接触，她可以试着学学。

梦为何燃烧?

能量从何而来

世界，曲成泡泡，或是，黄油，折叠猫猫?

弦的震荡，蜘蛛的网，宇宙的熵。

蒿里伸手抚过第一瓶梦境，快速感知着。

正如长篙一撑，梦海一荡。

是噩梦。

炼化，为什么，梦境之间?

纳维-斯托克斯的动力学，冷吃兔，抑或导数的流迁

催化，为什么，噩梦渗透?

扩散场，自然指数，或是正则语言自动机的泄漏?

是噩梦。

是噩梦。

还是噩梦。

蒿里快步而行，指尖抚过一个个存梦瓶。老婆婆的歌追在她脑后。

消失，为什么
人间的梦
星舰，坠落山洞
精神病院，压迫博物馆
每一滴噩梦，每一个病人
梦海涌动。

“嗯?”蒿里停下脚步。

这瓶梦，虽然看起来还是黑的，但给她的质感并不像噩梦。

她拿起存梦瓶。

梦境涌起，一如之前。

第 三 个 梦

2174年3月。

冷吃兔的外卖还没有来，倒是那帮人又来了。

“蓑小姐……”

“黄油，来，吃猫条。”少女低身喂着猫，“好了，回去，别在博物馆门口溜达。”

橘猫喵呜着走了。

“那个，蓑——”

“你们能不能专业点，我不姓蓑。”少女砰地关上门，“我也不卖噩梦。倒是你如果想卖噩梦，可以找我——用这个联系方式。”

少女又拉开门，丢出一张名片：蓑紫（不姓蓑）噩梦博物馆。

“对了，卖镜子也可以。”她又补上一句。

再次狠狠关上门。

蓑紫记不清这是第几个来找她收购噩梦的贩梦商了。噩梦的价格涨了好几倍，到处供不应求，但她巍然不动，不愿意卖出任何一瓶馆藏。

最初建立博物馆时，城外的星港尚是一片贫民窟，她也在大学中试图研究梦的底层原理——梦如何变成物质，又为何能在“燃烧”中释放能量？但这些研究成果甚微，而学术界对这些问题的关注也日渐变少。大家都在关心最新的领域——使用噩梦催化普通梦境，成倍释放出能源。不过十年，在噩梦催化技术的发展下，人类可利用的能源水平翻了数倍，殖民太空的计划逐一企及月球、火星，直到更远的太阳系外。城外的星港从贫民窟建成了城市的新地标。那些飞船在噩梦的催化下燃烧着梦境，在地面与空间站之间交换着物资。

噩梦越来越贵。

蓑紫不在乎这些，她只是想建一座收藏噩梦的博物馆。她喜欢这些沉重、黏滞、紫黑色、让人恐怖的梦境。那是一种对纯粹美的欣赏与天性上的喜欢，无关金钱与世俗。

就像她喜欢吃冷吃兔，而黄油喜欢吃猫条。

大部分时间，她都待在博物馆——一栋19世纪的古老文物建筑——的阁楼，摆弄着那些瓶瓶罐罐中的噩梦。这些都是她在学生时代一点点从世界各地淘回来的。那时人们厌恶噩梦，噩梦一文不值。她沉迷在这些噩梦中，也沉迷在对这些梦境的炼化中。只需要将两份梦境混合、调制，梦境之间就会发生“化学反应”，混合成新的梦境。

她沉迷炼梦，用噩梦创造噩梦，这是她的艺术。她曾创造出世界上最恐怖幽微、催化能力最强的噩梦。那艘驶往北落师门的“人类最大星舰”，就带上了这瓶小小的噩梦，用于催化燃料。

不过，自那之后，她再也不卖噩梦了。噩梦是艺术，是收藏，而不是冷冰冰的催化剂与工业原料。

蓑紫喜欢在月光下工作，更喜欢在镜子之间工作。那是个古老的传说：白天看着镜子，晚上更容易做噩梦。她自己倒不经常做噩梦，但在月光与镜子之间炼梦，她总感觉自己飘忽在虚幻与真实之间，朦胧的情愫飘起，炼制梦境时更多一缕幽情。

月在天而人在镜。她凝望着镜中的自己与镜中的镜，长发垂下，遮住了平淡无光的眼神。一面面镜在镜中折叠，将她折进不同的角度，像是从不对称的万花筒中远远观察着整个阁楼。

在等待新的梦境炼制出来时，她还会取出一缕缕的梦境边角料，炼成颇有弹性的胶体，缠在几条铁丝上，组成简陋的玩具蜘蛛，让黄油去玩。这些胶体中储存的弹性势能足以让胖胖的橘猫扑腾好几分钟。

蓑紫想尝试炼出世界上最美的梦——瑰丽绮幻，胜过人世间所有的梦。她在噩梦中汲取灵感，汲取每个让人惊慌恐惧的幽情，但从未成功。

终于，来出售噩梦的人越来越少。她卖出了一些心爱的镜子——制镜大师的作品，甚至有当年梦境研究先驱宋岭所磨的铜镜。但回笼的资金也不够买到噩梦。

没有噩梦作为原料消耗，她的炼梦艺术，再也不会有所创造了。

有人来了。平常，她是不愿意接待这些贩梦商人的，但这次，她决定走下阁楼。

“那个，蓑——蓑紫馆长。我是梦境协调处的。”来人却非商人。

“嗯。”

“是这样的，我们并不是要收购你的梦境。”来人说着，“我们理解你想收藏噩梦的努力。”

蓑紫继续听着。

“但是噩梦实在是太缺乏了——”

蓑紫站起身。“我不卖。”

“不是的，蓑，哦不，蓑紫馆长，”来人说，“误会了，我们不想买你的梦境。”

蓑紫拉开博物馆的门。

“我们只是想和你商讨一个计划，借用一下博物馆的场地和资源。”

蓑紫狐疑地看着这位政府官员，然后伸出手，从门外接回了一份冷吃兔外卖，关上门。“行，你说。”

“我们想人工制造一些梦境。最近有研究说，利用现有的噩梦、镜子和适当的环境，可以让人生产出更多的噩梦。”

“所以你想来我这做实验？”

来人点点头。“正是如此。如今，我们已经抛弃化石燃料很多年了，噩梦的产量关乎着人类文明的发展前景。我们需要测试一些能稳定获得噩梦的方法。”

“然后因为现在其实找不到那么多噩梦，所以你想来我这里做实验。”

“对。我们不会动您这里的噩梦一分一毫，如果我们的志愿者在这里生产出了噩梦，那么您也可以挑走一些，留作收藏。”

蓑紫若有所思。“听起来稳赚不赔——要来点冷吃兔吗？”

“我不吃辣。”

“所以，现在人类的产梦能力下降了？”蓑紫忽然问道。

来人犹豫了一会儿。“不瞒您说，是的。与半个世纪前相比，人类流出梦胶体的量越来越少了。”

“一百年前，大家还觉得梦是无穷无尽的呢。”蓑紫说，“但能量必须守恒，是吗？”

“那是物理学家的思考。”来人说，“不过，能量守恒只是时间平移不变性的特例。——这是之前的智库讲座上，那些专家说的。他们的意思是，时间平移如果可变，或者说，我们处在某种奇怪的时空里，能量完全可以不守恒。”

“奇怪的时空，一个梦，是吗？”

“您想表达什么？”

“我们的现实世界是个梦。”

“呃……蓑紫馆长，我只是一个小小的协调办事员。如果您感兴趣，我可以帮您请教专家。”

蓑紫若有所思。最后，她缓缓点了点头。“我没什么问题，接受你们的提议。”

她的炼梦艺术，依然有成功的希望。

三个月后，第一批志愿者和实验团队赶到了博物馆。蓑紫抱着冷吃兔拉开门，黄油在一旁喵喵叫着。

来人却只是一个小女孩。“我叫蒿里。”她向博物馆里面看去，“请问，要如何才会做梦？”

蒿里从梦中惊醒了。

这是蓑紫的梦，2170年代的梦，抑或是一场真实。

老婆婆的摇篮曲依然在博物馆中飘荡。

蒿里捧起蓑紫的梦。“黑巫女。”她喊着，“我找到了！”

老婆婆一瞬间从黑暗中凝固着出现，倒挂如蜘蛛。

“找到了，我的宝贝——”老婆婆笑着，唱着，“我的噩梦，我的博物馆，完美，无瑕，三万六千份噩梦，就像天上的星辰——”

“该履行你的约定了。”蒿里说。

“约定？哪有什么约定！”

“我帮你找到这份正常的梦，你给我一瓶噩梦。”

老婆婆轻轻笑着，又一次唱起摇篮曲：

每个走进博物馆的人，都要
流干，所有噩梦，夜光和蜘蛛，蓑紫和小猫
镜子号叫
而噩梦咆哮。

“我不可能留在这里陪你做梦。”蒿里向外跑去。

无数金属触手蠕动着向她奔来，缠住她的脚，拖倒她。小花也被金属触手缠住，难以动弹。

“这不是你的博物馆，”蒿里忽然明白了，“你只是蓑紫馆长给猫做的玩具蜘蛛！”

摇篮曲停止了，金属触手也停止了。“蜘蛛……黄油……不，不是，我就是馆长！”

“你只是馆长随手制造的蜘蛛！”

老婆婆呆呆吊在天花板下，尖叫着：“不，不！我是馆长，我是蜘蛛？我是馆长！我……”

“你是蜘蛛！”

老婆婆继续尖叫。它浑身的金属丝爆炸散开，刺穿博物馆里面所有的墙面、走廊与大厅，穹顶与高塔，刺穿所有的噩梦瓶。瓶子们纷纷破碎，黑紫色的噩梦铺天盖地，流注了一地，接着纷纷散去，化为无形的梦氛。

尘埃与梦缓缓落下。

“小花？”蒿里缓缓站起身。机械鹿抖抖身体，也站起来蹭了蹭她，看起来并无大碍。

老婆婆挂在天花板下，身体已经化为一团梦胶体，而她所有的躯干都不过是一团乱糟糟的金属线。

“小花，我们走。”蒿里骑上鹿身，“收集噩梦，回去。”

她找到了一个空的存梦瓶，收集了博物馆中尚未消散的噩梦。她思考着这座巨大的城堡博物馆的来历——是蓑紫当年设立的博物馆吗？老婆婆又是怎么变化出来的？她真的只是蓑紫随手一做的蜘蛛吗？

小花忽地呦呦叫着。

蒿里循声望去。

她来到了城堡中最大的礼堂，礼堂的舞台上挂着一面镜子，在月光下倒映着整个礼堂。蒿里看见自己正骑着鹿，在镜子中向自己走来。

小花载着她靠近了些。

“镜子。”蒿里喃喃道。

在列车上她从未见过镜子，大家也不喜欢用镜子。人们都认为在看镜子看多后，人会在梦中习惯性地看镜子；但梦中的镜子并不会完全遵守光反射的物理法则，而是会呈现千奇百怪的幻妄。于是，人容易发现异常，继而发现自己在梦中，继而醒来。

梦中醒来，梦的流出就会变少。而梦就是列车的能源，大家会面对能源不足。

所以，大家不喜欢用镜子。

蒿里看向镜子。这是她第一次看见自己。恍惚间，她总感觉镜中人并非自己，而是蓑紫。此刻，仿佛蓑紫在炼梦时凝望着镜子，只是镜子中的蓑紫是短发。

镜中的镜像稳定、精确，没有任何异常，说明她没在做梦。

她当然没在做梦。

“等等……”蒿里愣了愣，她忽然发现，自己的脸颊上多出一点黑紫色的小花。她确认这小花之前从未存在过。是方才的噩梦染上了吗？

她揉了揉，并不能揉掉。

“应该没什么事。”她拍了拍小花，“回去了。”

快返回列车时，小花的能源已经不够了。

丛林茂密，太阳高悬。蒿里隐约听见人们呼唤她的声音，遥遥地从列车的方向传来。

“他们在找我们。”她说，然后驱使着小花往前跑去。

拦住她的并非大人们，而是刘桐和他的机械熊阿威。两个孩子在贴着陡峭山崖的小路上相遇了。

“你还会回来？所有人都在费劲找你。”刘桐说，“哼，找你又有什么用？你不会做梦。”

“可是我带回了——”蒿里想掏出那瓶噩梦，抽到一半，又忍住了，慢慢塞回去。

噩梦过于珍贵，最好还是别露给刘桐看见。

“那是什么？”刘桐眼露凶光，“给我看！”

“小花。”蒿里意识到情况不妙，“后退。”

“阿威！”刘桐大喊一声。

机械熊朝着蒿里扑来。小花倒退不及，被扑了个满怀，而后刘桐顺势抓来，从蒿里怀中抢走那一瓶噩梦。

“那是我找回来的！”蒿里伸手欲夺。

“不，是我找回来的。”刘桐心满意足地收下噩梦，“现在，我就是全列车的英雄。”

他挥了挥手。

阿威将蒿里与小花推下山崖。

于是，我们失去了所有的梦
就像灰鲸失去了翅膀，柠檬失去了茴香醛
我们本就无梦，时间
与世界，卷成泡泡，破裂
于是，你苏醒，无梦而轻柔——

蒿里在一阵摇篮曲中苏醒。

她没有做梦，一如往常。

她从山崖上坠落，疼得晕了过去。她咬紧牙关坐起身，浑身依然疼着，后脑勺也嗡嗡作响。

她正坐在山涧深溪之畔，小花在一旁拱卫着她。前方溪流之侧修建着一座茅草屋，一位长发的女人正坐在溪畔，在锅中熬煮着什么，又轻轻唱着歌。

“你是……”蒿里朝女人走去。女人穿着一件白袍，长发飘飘，让她想起了那个传说。

“你醒了?”女人转过头来。

“你是白巫女？不，等等……你是……”记忆与梦境在蒿里脑海中翻涌，“你是蓑紫，蓑紫馆长?”

“令人怀念的名字。”女人说，“但我不是。”

“你在干什么?”蒿里朝白巫女走去。

“炼梦。”白巫女说，“帮我一个忙。”

“我不会炼梦。”

“你会，你在她的梦中，学会了，不是吗?”白巫女轻轻吟唱着，“月在天，镜在水，蜘蛛与黄油，幽情一缕——”

蒿里走到锅前，锅中正烹煮着一团混乱的梦境。“你在炼化什么?”

“炼化出一个美丽的梦境。”白巫女说，“在那个梦境中……”

“在那个梦境中，你炼出了最美丽的梦境。”

白巫女点了点头。

蒿里并不会炼梦。

但她在蓑紫的梦里，观察过蓑紫一次次炼梦，那是古代炼梦大师的技艺。

她试着去模仿。探针、长勺，慢慢探入梦中。先用盐不鹤感知梦的技术慢慢区分锅中煮着的梦境，再用蓑紫的技艺去试着调和。她找着那种感觉——长夜轻徐，月华倾泻，流溅在镜子之间，流溅在无数的噩梦瓶之间。

终于，不知道多少个小时后，她炼出小小一瓶梦境，递给白巫女。

白巫女接过存梦瓶，愣了愣。“你确定你炼对了？”

“啊？”蒿里又接回存梦瓶，“不对吗？这不是你在博物馆——”

瓶中梦境如雾般徐徐铺开。

第四个梦

2217年，11月。

赵路策划着逃跑。

但每次逃出噩梦博物馆不远，他都会被抓回来。最远的一次，不过跑出一个街区。

赵路无处可逃，逃到人类社会的任何一个角落，他都会被抓回来。

因为他是极为罕见的会做梦的人，而且还会做噩梦。

但他总觉得噩梦还没有现实世界的噩梦博物馆恐怖。在博物馆中，他会被关在满是镜子的房间中，被各种噩梦灌进脑子，被灌满安眠药，强行送入梦境，生产噩梦。

没人把他当人，他只是一个造梦机器。

他还是试着逃跑。这次，他做好了万全的准备。

他住在博物馆的阁楼上。这栋老建筑历史横跨多个世纪，阁楼窗外——隔着多层防止他逃跑的隐形安保装置——城市的落日垂垂老矣。昔日繁忙的星港业已破敝，人们甚至无力拆除它，任由它再次沦陷成贫民窟。每天，上千的穷人在星港中搜刮，想从昔日穿梭飞船的燃料罐中刮出一丝一毫残余的噩梦。

阁楼内竖着无数镜子，有些历史悠久，可以追溯到上一任馆长；有些则是上个月刚装进来的高科技产物，能一面监视他的行动，一面有效提升他的噩梦产量。

“尊敬的志愿者，请您按时就寝。”不知何处传来了冰冷的机械声音。

赵路听话地躺在镜子之间的小床上。

“尊敬的志愿者，接下来我们将为您灌输本博物馆的馆藏噩梦。”

数只机械手运输着存噩梦的瓶子来了，仿佛在蛛网上爬行的黑色蜘蛛。这些噩梦现在在外面贵比千金，不仅仅因为它们是噩梦，可以催化不同梦境，释放如同太阳内核聚变一般的能量，更因为它们是那个馆长炼化的艺术精品。

那个神秘的蓑紫馆长，数十年前就在这里炼制噩梦，这些噩梦，精美、恐怖，直击人内心深处的幽暗，一想到那些梦，赵路就浑身打战。

若世间真有地狱，也敌不过那些梦中景象。

这一次，赵路并不准备接受这些噩梦的洗礼。他做好了准备，在整个阁楼密布的监控中，在街区上密布的监控中，他找到了一条逃亡的路，时间窗口正是现在。

他打碎了一瓶蜘蛛腿移来的噩梦，黑紫色的雾氤氲开来。噩梦的破碎遮蔽了视线，也遮蔽了那些无法穿透梦境的传感器的探测。

赵路一溜烟逃出了博物馆，在街区的下水道躲了三日后，悄悄随着流民离开了这座城市。

逃跑成功了。

博物馆外的世界已换了面貌，与他在几年前刚被关进博物馆时完全不同。道路荒凉，路上都是锈蚀的梦境动力载具框架。城镇空荡荡的，无人居住，楼宇倾颓。没有网络，没有移动通信，只有极低效率的电台吱呀呀响着：

“据悉，七日前编号034的志愿者从噩梦博物馆逃跑。昨日，编号240的志愿者在巴黎去世，疑似因受过量噩梦惊吓而自杀。这是近期全球损失的第四位噩梦志愿者。”

赵路慢慢走进小镇。

“目前，全球噩梦产量已不足前一个月的80%，绝大部分供能中心面临供能不足的难题。”

为什么大家都不做梦了呢？赵路想着，为什么大家都不做噩梦了呢？为什么需要他这样的数百位志愿者去维持整个人类文明的运作？

他记得自己小时候，人人都能做梦，那时候，噩梦还能卖一大笔钱，许多燃梦的电厂都会收购。但到了自己的青年时代，不少人就不会做梦了。

“根据最新研究成果，梦燃烧的是世界的可能性。宋岭奖获得者赫尔米娜表示，我们需要改变往常的‘梦境无限’观点，梦境是有限的。她呼吁我们寻找替代能源。”

赵路走进小镇的小小餐馆。

餐馆只提供粗涩的面包，老板也不收钱，而是说：“你帮我踩踩发电机，踩半小时，我就把面包给你。”

“为什么？”赵路想掏钱的手缩了回去。

“停电。”老板把面包放在餐盘里。

“停电？”

老板没有多解释，而是往里屋走。隔着门帘，赵路看见屋里躺着一位老人，正靠一台古老的呼吸机续命，呼吸机的电源接在笨重的蓄电池上。

蓄电池接在他踩着的发电机上。

“这边也限电吗？”老板从里屋出来时，赵路问道。

“限电？不是。”老板苦笑一声，“是完全停电，偶尔来电。”

赵路沉默地踩着发电机。

“本来医院还是有稳定供电的，一周前，医院也不供电了。”老板愁苦地坐下来，点亮一盏老油灯，“没办法，只能把我父亲接回来，想办法供电……要是我能做噩梦就好了，像那些志愿者一样。”

赵路帮老板多踩了十几分钟发电机，好意谢绝了老板赠送的奶油酱，再次上路了。

在镇子的边境，他被一群警察拦住了。

“志愿者034！”他们朝他大喊。

“我叫赵路，不叫034。”赵路说，“想带我回博物馆是吗？可以，但我有一个请求。我想见赫尔米娜一面。”

在博物馆一楼的会客厅，赵路见到了当下研究梦境的学术权威。

赫尔米娜焦急地看着表。“虽然每个志愿者都很重要，但我希望你也理解我工作的重要性，我只给你五分钟时间，你是要签名，还是要合照？”

赫尔米娜焦急地打开化妆盒，对着小镜子补起妆来。

“聊一点学术问题，可以吗？”赵路问。

“嗯——嗯？”赫尔米娜一皱眉，“志愿者034，我猜，你应该没有任何梦境学术的背景，无论是动力学、炼化学，还是工程学。”

“我是学艺术的，古典制镜艺术。”赵路说，“还有，我叫赵路，不叫034。”

“赵路……行，问吧。你还有四分钟。”

“有没有可能，让一个人一直做梦，不醒来，然后让他来给我们全世界的人类提供噩梦，提供能量？”

“人不可能一直睡觉。”赫尔米娜说。

“但可以在梦中一直睡觉？”

赫尔米娜咔嗒收起化妆盒。“现实世界不是梦。而且，你也不能保证志愿者一直睡着真的不会醒来。”

赵路忽然发现，赫尔米娜的脸颊上出现了一点紫黑色的小花，这是她方才化妆时粘上的吗？“就算醒来了，只要快速让他重新入睡，不就好了？”

“但志愿者会反复醒来。”赫尔米娜说，“只要梦足够漫长，人总是会发现梦境的异常，然后清醒。”

“异常一般都是镜子反射带来的。”赵路说，“控制好梦里面的镜子……”

赫尔米娜笑了，她正在融解、扭曲、变化，除了那朵小花。等到融解结束后，她已变成了一个小女孩，脸颊上贴着紫黑的小花。

“所以，你愿意来做这个永眠的志愿者吗？”

“可是我刚才炼出来的明明是关于你的梦，为什么……”蒿里迷惑地看着手中的梦境，“为什么变成了这个赵路的？”

“无妨。”白巫女接过梦境，“你知道你为什么从不做梦吗？”

蒿里摇摇头。

“如果想做梦，想做噩梦……”白巫女脱下她的白色袍子，披在蒿里身上，然后在蒿里耳边放低气息，“看看镜子。”

“为什么？”蒿里问着，“看镜子不是会让人在梦中清醒，反而不容易做梦吗？”

而且，她不是在博物馆里看过那面大镜子吗？当时也没有睡着或是做梦。

白巫女朝着森林中走去，缓缓唱着：

红茶，茶杯沉没在永眠的队列
泡沫，包围明月
破碎，每个落叶
于是，每个帆与每个风，每个梦与每个世界
长篙寻尽永眠的长夜。

蒿里披上白巫女的长袍，牵着能量几乎耗尽的小花，返回列车。

人们聚集在铁道上。

苍老的列车长拄着拐杖，蒿里的父亲站在列车长旁，而母亲则搀扶着父亲，哭个不停。

刘桐站在人群之前。他举着手中的噩梦，说："……就是这样，我费尽千辛万苦，咬牙和阿威一起战斗，才击败了黑巫女，抢回了这瓶噩梦。"

"那蒿里呢……？"母亲泣不成声。

"她被黑巫女抓走了。"刘桐说，"陈姨，我也没办法，我尽力了，我也想救回蒿里妹妹，但她……"

"她怎么了？"母亲叫道。

"她拜黑巫女为师，想从我这里抢回噩梦，然后回到列车，去抢我们所有剩下的梦！"

人群惊呼。

"不可能，蒿里不是那样的！"母亲哭着说。

“我挡住了她，”刘桐故作痛苦，“但也受了很重的伤。我也不希望她是这样的……她虽然不会做噩梦，但本来还是能做个好人的。”

人群骚动。“她不会做梦，早就知道会有这么一天。”有人嘀咕着。

蒿里拉上纯白的兜帽，骑上小花，挤过人群。

“白巫女？白巫女来了！”周围的人纷纷让出道路。

蒿里挤到人群最前方，拉开兜帽。

“是蒿里！”人们躲开她。

“那么，你打败了黑巫女，你学会了怎么解谜题瓶吗？”蒿里问着。

刘桐惊慌地指着蒿里。“我……我学会了！倒是你，你怎么来了？你杀了白巫女是不是？你要来杀我们所有人？”

老迈的列车长忽然一敲拐杖。“瓶子就在我这，刘桐，来试试。”

刘桐愣了愣，又望向那个列车长随身携带的谜题瓶，有些迟疑。

“全车人生存的希望都在你的身上。”列车长说，“你是我们的英雄……不是吗？”

“是！”刘桐站上前，接过瓶子，然后装模作样地感知着瓶中的梦境，“我当然是！”

蒿里翻身下鹿，轻声走到刘桐身后。

捣鼓了半天，刘桐忽然故作手滑，“哎呀”一声，谜题瓶脱手坠向地面。

早有准备的蒿里稍稍侧身，稳稳接住。“骗人可骗不了第二次。”

“你——”刘桐面上一红，“给我！我只是手滑了——”

“我来吧。”蒿里看了看谜题瓶，然后将注意力放入瓶中，感知着瓶中的梦境。

瓶中郁结着一大团梦，黏稠得几乎成了固体，因此封印住了白巫女留在瓶底的宝物。在以前，蒿里怎么试都无法将这团梦取出；现在，她知道了。

列车上传承的种种梦境相关的知识错漏太多了，用那些技术无法理清这团黏稠梦境。但她现在学会了盐不鹤分辨、感知梦境的能力，还有蓑紫炼化梦境的能力，对付这个谜题瓶并不困难。

于是，她细细分辨着，将谜题瓶架在列车长身旁的小火炉上，再用细长的探针挑起里面纠缠不清的梦境，将能熔炼在一起的梦境两两配对，逐一稀释，炼化成新的梦境。被炼化的梦境柔和着重新化为液体，为其他纠缠黏稠的梦腾挪出更多的空间。蒿里的动作越来越快，不过十几分钟后，一整瓶黏稠的梦都舒展开来，化为液体。

蒿里将梦倒了出来，瓶底，一面小镜子落在她手心。

这就是白巫女留给列车上所有人的宝物？镜子？

蒿里握住镜子，回头望向大家。“是我带回了噩梦，击败了黑巫女，学会了怎么操纵梦境。”

“你骗人。”刘桐大喊着。

“在回来的路上，他抢走了噩梦，把我推下山崖。”

“但你不会做梦！”刘桐说。

“我会。”蒿里想起了白巫女的话。

“看看镜子。”白巫女那么说。

她看向那面小小的手镜。

镜中，依然映着她自己，脸颊上紫黑色的小花，后面苍白的天空。

忽然，紫花绽放，镜面生雾。

蒿里愣了愣，她感觉自己的脑后湿了湿，伸手一摸，是黏稠的液体。

是梦。

蒿里看了眼手上的液体。黑紫色。

是噩梦。

镜面的雾气慢慢散去，镜子上露出了另一个世界。血红的天空，挣扎的夕阳，垂死的大地。

蒿里忽然想到了那个说法，如果镜子中没有映出正常的世界，那么，她就身在梦中，而且，容易清醒。

镜中世界扑面而来。

第一百一十七个梦

“快快快——”焦急的人声。

蒿里苏醒时，周围嘈杂、混乱。

“警告，最终志愿者正在苏醒——”那是冰冷的机械声音。

蒿里想起了什么。

“她醒了！她醒了！”

蒿里想睁开眼，但眼皮沉沉。

“梦境输出停止了，快通知所有避难所的人，开始紧急限电！”

蒿里全身僵硬无力，她试着舒张手臂，但手指都不听使唤。

“警告，最终志愿者即将苏醒——”

蒿里终于睁开眼睛。

睡眼蒙眬，但她依然可以看见大致的形状。她好像躺在某个巨大的房间中，房间外，大地上全是城市废墟，落日挣扎着坠落，喷出无穷无尽的血红。

一点孤鸟刺入血红，撕开橘色的晚霞。

“镇静剂，十个单位！启动最高等级的应急预案！”

蒿里混沌的思绪稍微明晰了一些。她不是刚刚才回到了列车旁吗？她好像想做一个梦出来……这是她的梦吗？

“警告，最终志愿者脑波已进入清醒状态——”

蒿里稍稍抬起头，用尽力气，侧了侧脖子。

“准备紧急安眠！备用的噩梦还有吗？”

这是一间……医疗室？蒿里好像正躺在医疗床上，身体被绑带紧紧固定着，数十条管线从上面垂下，连接着她的身体。

夕阳正在这些管线之间镀上血红。她看见某个管线上有液滴裹着血红滑落，像是一滴轻快的日落。

“主任，各大避难所的紧急限电已经完成，在我们这里恢复继续烧梦前，他们还能坚持六个小时。”

蒿里好像想起了什么。

“六个小时……我们尽量。日志，这是第几次了？”

蒿里想起来了，她在做梦。

“一百一十七次苏醒，最终志愿者已经坚持了两千三百九十年。上一次她苏醒，在十七年前。”

蒿里想起来了，只有她能做梦。

“这次苏醒的原因？”

蒿里想起来了，她的梦供应着所有残存的人类文明。

“镜子的光学仿真错误，志愿者于是发现她在梦中。”

蒿里想起来了，她是唯一能做梦的人，最终的志愿者。

“文明的存亡维系于此。准备注射镇静剂。”

液滴从胶管中一滴滴滑入她的身体，赤红滴落，仿佛一阵落日。

“最终志愿者体征平稳。主任……她还能坚持多久？”

蒿里想起来了，这里不是梦。

“希望她能坚持到至少下一代人……好了，开始紧急入眠。镜子的问题，回头再修补。”

太阳坠入大地，一切红与紫都消失了。

她不会做梦。

因为她一直在做梦。

第一百一十八个梦

列车进站时，蒿里醒了。

“蒿里？”母亲轻轻呼唤着她，“我和爸爸明天就要去北原了。”

“我……”蒿里有些恍惚，“我刚才睡着了？”

“我们明天得和北原赊账三个单位噩梦，开摆渡车要用。”父亲低声说着。

“我做梦了？”蒿里问。

她摸了摸后脑勺，是干的。

她从怀里摸出一面小手镜，看向镜子。镜中的画面稳定无异常，只是她的脸颊上，不知何时多出一朵紫黑的小花。

镜子没有问题，所以，现在……

她不在梦中。

刘天一，科幻作家，声学博士。热爱创作严谨而有趣的世界观。代表作《有狐》《岁月流》等。《长生记》获2023年科幻春晚征文比赛优秀中篇奖。

梦寐以求

房泽宇

一

沈达仕有种不祥的预感。他那头颇具艺术气质的马尾辫散开，半遮着脸。打开电脑，他在梦稿里随便翻了半天，又关上。看向窗外，阳光刺着他不安的双眼。他听到百叶窗后传来窃窃私语声，蹑手蹑脚地走过去，猛地把门一拉。外面的同事们马上不说话了，或敲起键盘，或拿起咖啡，有的甚至仅仅是盯住眼前一张白纸不动，好像真能从上面看出什么字儿来。

八成他们也听到风声了，他想。

他知道暴风雨要来临了，只是谁知道会落到哪里呢？他看向走廊，急雨般的脚步声传了过来。

只见他的助理宝乔治满脸通红地跑过来，左手拿着本，右手攥着笔，两臂胸前摆成九十度，姿势像高中生般规范，而沈达仕就是教室里等待的老师。宝乔治跃进办公室，嘴里喊着："听着了！全听着了！"

沈达仕赶紧把门一关。"小点声儿。"他说，"听到啥了？"

宝乔治扶膝盖喘着，又拍了下大腿站起来。"惊险。"他说，"得亏我机灵，我在厕所那儿看见两董事抽烟呢，就假装去洗手，他们一直聊，我就一直在那儿偷听，使了半罐洗手液，你看，我手都快洗脱皮了。”

“能不能有屁快放？”

宝乔治这才展开了本子，“我听他们是这么说的，说公司啥新材料有革命性突破了，说啥电池效率要提升，还说了医用设备、交通信号和无人驾驶之类的东西，总之说得可多了。”

沈达仕皱眉听着。“你记这些干什么？”他不解地问。

“听着啥，我都记了。”宝乔治傻笑着回答。

“有结论吗？”

“我觉得吧，好像是公司要转型了。”

“转你个脑袋。”沈达仕终于忍不住了，“你还不知道咱们公司是干吗的？”

“知道啊，织梦工厂啊。”

“干吗的？”

“设计梦的。”

“那跟你记的这些有啥关系？谁让你去听一堆扯淡的闲话了？我到底让你打听什么去了？”

宝乔治低下头不吭气儿了。

这宝乔治，当初给他起这个艺名时，就是为了显得国际范儿些，把他那股傻憨憨的山里劲儿盖掉。这都当他助理两年了，脑袋还是转不动，就连脸上那两朵高山红也没褪去半分。

“问你呢，倒是说话呀。”

宝乔治又抬起头。“你让我去打听公司是不是要裁员……”他小声回道。

“对呀。”沈达仕拍了下巴掌，“那打听到了吗？”

“其实打听到了。”宝乔治犹豫着说，“但不敢说。”

“这有什么不敢的？”沈达仕气笑了，他坐回办公椅上，往展示柜的金蜘蛛奖杯那一指，“我可是咱公司唯一得过这奖的织梦师，就算裁员，那也裁不到咱们，更不会裁到我头上来，你怕什么？”

可宝乔治露出了欲言又止的模样。

沈达仕感觉不对劲儿。

“什么意思？难道要裁咱们设计部？要裁我？”

哪想宝乔治马上松了口气。“沈大师，这可是你自己猜出来的，不是我说的。”他笑着说。

奖杯上反射的阳光正照进沈达仕的眼睛，他感到一阵恍惚，站起来指住自己鼻子说：“你说啥？公司要裁我？”

“对。”宝乔治肯定道。

“他们怎么说的？”

“就说沈大师你没遵循公司的发展理念，不适合在这儿干下去了。”

沈达仕一听，冲到了宝乔治面前，一把拽住他扯到了墙边。

“你看看这上面。”他指着墙上一块匾额，“我都把它挂在这儿了。‘用技术革新满足人们对美好生活的向往。’难道不是吗？我是织梦师，不就是为人造梦的吗？不就是满足人们向往的吗？说我没遵循？我要没遵循，这公司就没人再遵循了！”

宝乔治赶紧把手抽回来。“我也纳闷儿呢，可他们就是这么说的。”他揉着手腕说道。

沈达仕的脸涨红了，这传言他是有耳闻的，只是不敢相信。可现在他更不敢相信这个理由。说他没遵循公司理念？他为了把梦境设计得符合客户要求，那是没完没了地加班，费尽了心血。孩子学习成绩差，他没空辅导；自己生病了，也坚持上班。公司不是他第二个家，而是他唯一的；他的人生奋斗与工作是同轨的，他一生的荣誉也建立在这一切上。他想用自己织的梦去满足世界上所有的人，这难道不就是公司的理念吗？所以是谁得出结论的？谁说的，谁提的呢？

沈达仕左思右想着，而宝乔治又吞吞吐吐地问了一句。

“沈大师，我那件事儿咋样了？”

“你什么事儿咋样了？”

“昨天提的事假，你说今天批我的。”

沈达仕想起来，宝乔治要请假回老家。

“这节骨眼儿了，你还要请假？”

“我都两年没回去了，我妈腿脚不好，老家不通车，她过不来……我想回去看她。”

“你有没有想过你的工作都要丢啦。”沈达仕说，“那就真要滚回山里了，你还有脸回去吗？”

“可我妈说我这次再不回家，她就要写信投诉我……”

“那是她吓唬你的，这种话你还……”沈达仕说着，忽然卡住。

他一怔。

“沈大师，你咋啦？”宝乔治问。

“对呀。”他拍了下脑门儿，“乔治，你赶紧去趟客服部。”

“我干啥去？”

“把投诉过的客户名单都拿过来。”

这倒的确是个被裁的理由。

他想到了投诉，客户的投诉他向来都是不看的。对他来说，什么投诉，都是蛮不讲理的要求，不懂他艺术的俗人们，多看一眼都头疼。再说了，相当一部分投诉是关于技术和使用问题的，跟他没半毛钱关系，他全都推到技术部或维修部那儿去了，眼不见心不烦。

可这么处理习惯了，就再没搭理过了，要万一真是设计出了问题呢？这事儿可大可小，公司要认真追究起来，倒还真不好解释。

他越想越觉得有可能，要是因为这种小事儿被裁，那可不能接受。

沈达仕作为首席织梦师，成绩是靠努力得来的，虽然得奖后这几年是有点飘了，但再稳回去也不是不可能。在宝乔治把投诉名单拿回来后，他赶紧恢复了从前那股劲头儿，开始一条条地认真地审阅起来。

在四十来份投诉里，他果然发现了有些客户是对梦境设计提出质疑的。

他认定这几条差评就是裁他的理由，赶紧让宝乔治和这些客户约上时间。

“你告诉他们，咱们公司的首席设计师要亲自去解决他们的问题。”

“你要亲自去？”

“当然，我对每名客户都是认真负责的，就今天晚上，你也一起来，咱们直接进入他们的梦境，你到时学着点，看看我是怎么为客户服务的。”

沈达仕把马尾扎好，重新恢复了信心。

二

人都做梦，梦是朦胧又令人迷惑的。有人说人生如梦虚幻，毕竟人们用一生去追求梦想。但反过来，梦是否也能弥补此生呢？

在纯粹的梦里，碎片状的逻辑把日常所想编成一条看似可信的线。很少有人能控制梦，建设梦。但织梦机出现，这一切变得可能了。织梦师能利用它为人造梦，工作有点类似于3D设计，把图纸变成素材，再通过入梦机解析为大脑能够接收的波段，在人入眠时从梦中还原出来。

织梦师无法为人编织梦中的故事，但可以投射影像，最奇特的是，人们在梦中知道自己在做梦，他们是清醒的，画面是清晰连贯的。

就像现在他们进来的这场梦，一望无际的草原上，没有一座山峰或丘陵，柔软的草像海洋，在微风中泛起波纹，呈现出一片柔和的景象。但它们不是梦的主角儿，主角儿在天空，那片璀璨的星空。

它们比真实的星空还要闪耀，颗颗分明，每一颗都像含着一个世界的故事。

虽然星空直接渲染就能实现，但沈达仕注重细节，把著名的星座全部重新设计了一遍，星座之间有道隐秘的光条将彼此串联，让星座所代表的含义真实地活在了天空上。

进到梦中的沈达仕和宝乔治还是现实的模样，虽然可以变成别的形象，但这场梦是客户的，要正式些。宝乔治做文职工作，没使用过公司的机器，也没去过别人的梦，这还是他第一次，一进来就惊讶了好半天，总觉得这场梦是真的。

第一次进入梦境的人是会分不清梦和现实的，沈达仕告诉他：“这些都是我设计的。”

“沈大师，你太厉害了。”宝乔治对他钦佩不已，他一直视沈达仕为偶像、人生的导师，看着这场真实清晰的梦，他更加崇拜了。

沈达仕听惯了人们的赞誉，此刻只是笑了笑，他看向星空下，那里除了无垠的草原和风，还竖立着一座雄伟的宇宙飞船。他还有些印象，设计这艘飞船时参考了许多科幻电影里的飞行器，但都没直接沿用。他记得当时是希望接近一种童话感，为什么要这么设计已不记得了，他服务过各种客户，不可能全记住。他很好奇，从进来后就只有他们，客户一定是在这场梦里，因为这是他在做梦，四处看去，却没有人影。

这时，飞船发出了一阵嘹亮的声音："各位旅客你们好，请注意！您将前往梦想号宇宙舰，开始一场难忘的星空之旅。飞船即将起飞，请旅客们迅速登舰！"

飞船像报幕员一样，而后也真开了口，一道悬梯像舌头一样从底部的口子里垂了下来。

宝乔治看着面前的悬梯发愣。"咱们咋还要去旅行？"

沈达仕没说什么，他直接走上去，宝乔治只好紧跟上。

梦境不具备现实空间的逻辑，所以即使飞船从外观上看相当巨大，但进去后直接便是驾驶舱了。

梦也不追求完全真实，所以沈达仕只为它设计了这间超现代感的驾驶舱。它里面亮堂堂的，有三四米高，前方和顶部是整块的巨大舷窗，清晰地透出宇宙苍穹。面板在窗下环绕一圈，没一处突兀的棱角，排布着三角和圆形的按键，可可爱爱的，像糖霜点缀在奶油上，有种卡通的味道。

驾驶舱中间还有张悬浮在半空的屏幕，当两人走近后，它有意识一样地自动转过来。屏幕上显示着各种数值，那不是沈达仕的设计，是客户自己臆想的。客户可以对梦境的细节做出调整，比如现在，那些数值逐渐在屏幕中拼成了一张中年男人的脸。

他是个外国人，沈达仕觉得很眼熟，马上想起来，不就是《银河系漫游指南》里的，在飞船抵达一颗星球时，自动防御系统上出现的那男人。他随后发射的导弹变成了一盆花和一头鲸鱼，这是电影中经典的一幕。

“你好，我们是织梦工厂的设计师，咱们约今天晚上见的。”宝乔治向屏幕上的男人打招呼。

可对方却像电影里那样面无表情。

“我不知道你在说什么，但欢迎乘坐梦想号。”他说，“我是舰长。你们将乘坐这艘飞船前往黑暗之星。”

“没有，你搞错了，我们是织梦……”

“但我要提醒。”舰长立即打断他的话，“旅途中什么都有可能发生，请做好准备，调整呼吸，放下时间的烦恼，我们即刻出发了。”

舰长不等宝乔治再说什么，直接在屏幕上又幻化为一串数字。

宝乔治不明白了。“这是咋了？”他问。

“先别管。”沈达仕说，“看看他要干吗。”说着他坐到了一张座位上，宝乔治坐在了旁边。

而后飞船就颤抖了起来，沈达仕感到一股重力，而后又轻飘飘的。舷窗外的群星迅速向后拉去，扯成细长的光条。这是他设计的模拟升空时的重力感。梦境中人的五感都能实现，只是有程度限制，不会感到难以忍受，都是柔和的。

宝乔治摸着扶手还在惊叹：“和真的一样。”他舒服地躺了下去，倒真变成了太空旅客。

沈达仕则在仔细观察着梦中的一切，他暗暗寻找问题。巨大又开阔的垂弧面玻璃窗外，群星如发光的微生物般掠过，飞船在曲速三级飞行状态，模拟出十倍光速下的情景。就像沙漠中的沙粒，他们的飞船默默地在无尽的孤独中前行着。

没一会儿驾驶舱内又响起了一首歌。

“我待在船舱，远在地球之上，看着蔚蓝，如此自由自在，虽然穿越数万英里，但我此刻非常平静，我想我的飞船知道该奔向何方……地面指挥呼叫汤姆上校……你的电路装置停止运行了，出问题了，你能听到吗？汤姆上校……”

这是《白日梦想家》中的插曲，是客户私自添加上去的。沈达仕听了一会儿，只觉歌的调子忽然变了。

歌声变成了咆哮声，舰长又在屏幕上出现了，一道道红光闪烁在他脸上。

“能听到吗？飞船出问题了！”他大吼着，把宝乔治吓得坐起来。只见舷窗正前方，一个巨圆扭曲在宇宙中，它周身围绕丝般的黄绸，正在向飞船接近。

宝乔治趴到舷窗边往那看：“沈大师，那是啥呀？”

“吸积盘。”沈达仕答道，“我设计的。”

“啥是吸积盘？”

还没等沈达仕回答，舰长先回答了——“就是黑洞！”他说。“梦想号遭遇了黑洞，现在姿态角度超过了 ±5°，陀螺仪读数异常，反作用轮速度超10 000 RPM（转/分钟），推力小于0 kN（千牛），舱内压力即将高于110 kPa（千帕）！”

他语速飞快，报着一堆让人听不懂的数值。

宝乔治半张着嘴，像石头一样地待着。“啥？”半天他才出了一声。

“意思就是你们得赶快解决。”舰长说，“要是被黑洞吸进去，你们就和梦想号一块儿完蛋，全解体了！”

宝乔治一听慌了："那我们能咋办？你是舰长啊。"

"当然是你们自己想办法。"舰长却说，"你们可是有能力做出判断的成年人了，早该预想出会面临的困难。"他指责了起来，好像这场事故是由他们造成的一样。

但沈达仕这时已经听得不耐烦了，他不想再陪舰长演下去了，手往下一挥，而就在这个动作后，整艘太空飞船便凭空消失了。

这是一套快捷动作，能隐匿掉他的设计稿。

飞船消失后，他俩便空落落地飘浮在了太空中，除他们之外，黑洞前还浮着一个人。那是个小男孩儿，他没意识到飞船不见了，点着指头还在数落。

"你们又不是孩子了！"那男孩儿一脸傲气地说，"不要有事儿就求别人，自己想办法解决，人生是你们的，责任是你们的，跟我这个舰长没关系！"

"咋是个孩子呢？"宝乔治吃惊地问。

沈达仕明白了，怪不得飞船会这么设计，当初的客户就是个孩子。

那男孩儿忽然反应过来。"我怎么现出原形了？"他问。

沈达仕笑了："还原形，你是妖怪呀？"

"不对，这可是我的梦，我是舰长，你不能这样。"男孩儿着急地说。

虽然是个孩子，但同样也是客户，沈达仕不想再逗他。"那对不起了。"他说，"自我介绍一下，我是你这个梦的设计师，我们来处理你投诉的问题，你对这个梦还有哪里不满意？"

男孩儿像还在生着气。"反正我就是不满意。"他说。

"你刚才扮演舰长不是玩得挺好吗？"

“好怎么了，没达到我的要求。”男孩儿说，“你设计的宇宙不真实。”

“那不可能，我参考了物理法则，引力透镜也如实还原。我是首席设计师，不管客户是大人还是小孩儿，都不会糊弄。”

“可我的梦想号是要抵达黑暗星球，你没给我设计它。”

“你不是要真实吗？”沈达仕问，“宇宙里哪有黑暗星球？”

“有啊，怎么没有，TrES-2b就是一颗最黑的行星。”

“你说什么？”

“就是颗充满钠和钛氧化物气体的星球，反照率极低，所以是最黑的，就叫黑暗星球。”小男孩滔滔不绝地讲了起来，“它距地球750光年，质量是木星的1.2倍。我以前的梦想就是开飞船，所以我妈让我上了天文兴趣班，我这些都学过，你这么大人了，怎么不知道？”

“我为什么要知道？”沈达仕问，“你当时的设计要求里也没提过呀。”

“我说要真实，但宇宙里就有这颗星。”

“宇宙有多少星，我还全都做出来？你这是想做个多大的梦啊？！”

“反正我提过要求了，做不出来就只能投诉了。”男孩噘着嘴说。

沈达仕没想到这孩子这样不讲理。“对不起，过分的要求我满足不了。”

“我是消费者，那你就是欺骗消费者了，那我就还要投诉。”

看着沈达仕要发作，宝乔治赶紧小声提醒：“沈大师，不能再有投诉了。”

沈达仕强忍了下去。“但你是不是想得太简单了，我手一挥，就能把宇宙变出来吗？就算能吧，世界上也没那么大的服务器，你的脑袋里也装不下这么大的梦。”

“少骗人了。”哪想男孩儿把腰一叉，“入梦机我又不是不知道，不就是在我进入REM（快速眼动）睡眠后，脑信号接到服务器的模板里，用PET（正电子发射型计算机断层显像）发射电子断层扫描完成实时解码吗？根本不用存到我脑袋里。”

宝乔治一听也叉起了腰。“你还挺明白的。”他赞叹道。

“那你知道什么叫信噪比什么叫位元率吗？”沈达仕反问，“你知道空间分辨率在服务器上所占的比重吗？知道解码精度和场景复杂度会对F1分数造成多大的延迟吗？”

这串术语终于让男孩儿蒙了。“反正，那也得把黑暗星球给我做出来吧？”

“这倒可以。”沈达仕趁机接上，“合理的要求我是可以接受的。”

“真的？那再给我做个蜘蛛星云行不行？”男孩高兴地问。

“打住，就这一个，其他的不能再加了。我要给你做出来，你得把差评给我撤了。”

“行啊！”男孩儿爽快地答应，“我以舰长的名义保证。”他拍拍胸脯。

“我更想你以一个小学生的名义保证。”沈达仕手一摆，两人闪烁着从这男孩儿的梦中退了出去。

三

一个梦虽然感觉很长，但眼动期其实只有那么几分钟。漫长的时间只是错觉，可这错觉又使人流连忘返。

沈达仕没急着去解决男孩的问题，因为这一晚还有个客户。他要赶在天亮前尽量逐个解决。或许天一亮，那个所谓的裁员就随着客户的满意而自己消失了。

他和宝乔治戴着入梦机，等待那名客户的入梦信号，只有在他做梦时，俩人才能进去，但梦什么时候开始谁也不知道。

客户打瞌睡时信号才响起来。沈达仕赶紧拍拍宝乔治，信号连接后，他们的身体便瘫软了下去。

随着神秘的波段，他们潜入到远方的另一场梦中。

睁开眼睛一刻，沈达仕只觉像掉进了太阳里。

梦里明媚得不像话。

他记得这个梦，当时客户就是这么要求的，要让梦如同处在手术台的无影灯下，不要出现一点影子。

这场梦里有座别致的禅院，院中青黄色的雪松立在潺潺的溪水旁，红叶在水面上摇曳，慢慢幻化为驶向远方的一条条叶船。

但无论是松针还是青石，都没影子。

沈达仕记得和这位客户说过，这样的画面损失了立体感，会像贴图一样虚假。但客户很坚持，他就不再多管了，客户要什么就给什么，反正这梦也不是他的。

他们沿着中间一条蜿蜒的青石路走进禅院，附近的蝉声特别吵人，可他记得这也是那客户的要求之一。什么奇怪的客户都有，他对此见怪不怪了，只要不违反织梦规定，一律最大限度去满足。

但是恍惚间，他好像看到树上有个影子，一晃又不见了。他看了下四周，和宝乔治来到了禅房前，他把门推开，而后震撼的一幕出现了。

房间里才是他真正的设计主题，当时设计时就觉得出彩，这里的地面由白云组成，在脚下阵阵荡漾，如雾如烟，踩上去也是软绵绵的。房顶上是天空，几尊佛陀隐约立在天地之间，他们微垂下颚，慈祥的目光落在云间一座书柜那儿，书柜边上还有副桌椅。客户坐在那儿，手里翻着一本书。

沈达仕记得这客户姓吴，是个医生，印象里挺好说话的，他便过去打了招呼。

吴医生回过头，满脸疲惫的模样，神色也有些恍惚。他瞥着两人刚刚进来的门，嘴里含糊地问了一声：

“你们……刚刚敲过门吗？”

“敲门？”宝乔治问，“梦里还要敲门？”

“礼貌在哪儿都一样。”沈达仕赶紧说，“不好意思，是我们礼节不周了。”

吴医生却摇摇头。“不，我不是那个意思。”他扶了下眼镜，“我记得你，沈老师。”他站起来。

“我们叫他沈大师。”宝乔治笑着说。

“什么大不大的，就是为大家服务的。”沈达仕谦虚道。他抬头看那些佛陀。“吴医生，你是信佛教的吗？”他问。

“不，不是。”吴医生回答，“我是无神论者。”

沈达仕有些疑惑，那让他设计这么多佛干什么呢？但这是别人的事，他没继续深问，话锋一转，聊到了投诉这件事儿上。

“是这样的。”吴医生明白他的来意，“你看，因为这个梦里，我孤孤单单的，总是我一个人，能不能让这儿也出现别人？”

“别人？”

“比如，我的家人。”

“那你们加个好友。”沈达仕说，“让他进来就行了。”

“我不是这个意思。”吴医生赶忙解释，“不是真让谁进来，就是想在梦里有一个人的形象，假的就行。”

“那可不行。”沈达仕明白了他的意思，也有客户这么要求过，但公司硬性规定，织梦场景里不能有其他人的模样存在，这涉及法律问题。

“不能稍微破下例吗？”

对此沈达仕也无可奈何。“没有稍微，也没有破例。”他告诉吴医生，“也不是说不能出现人物，你看天空的佛陀，这些可以，因为模型与真人有很大区别。还有就是远景上可以，但离得近时就会散成光影，涉及伦理上的问题，这个要求我真没办法满足。”

宝乔治在一旁也解释了这个规定，同样劝吴医生多多理解。可就在这时，他们身后传来了一阵敲门声。

沈达仕一惊，他设计的梦里可没有敲门声，更不可能有其他人在这儿。

两人转过身。“谁呀？”宝乔治纳闷儿地问了一声。

可吴医生却快速冲了过去，他带着脚下的一朵白云，上前将门拉开了。

沈达仕和宝乔治把头贴到一块儿，好奇地往那儿看。

只见有团影子在门后出现片刻，随后消失了。

“那是什么？”沈达仕这才发现，原来之前看到的影子是真的，可这梦里不该有影子。

吴医生又慌张地将门关上。

“以前也出现过吗？”沈达仕问。

“嗯，是经常有人敲门，开门后就没人。”

“这也太瘆人了。”宝乔治吓了一跳，“沈大师，他这梦里闹鬼吧？”

“瞎说什么呢。”沈达仕说，“梦里哪来的鬼。”虽然这么说着，他却觉出事情不对，如果出现了本不存在的敲门声和影子，说明这场景的确有问题。

“要不这样。”沈达仕思考了一下说，“我回去帮你查查，想办法解决。”

“不。”吴医生却连忙拒绝，“没什么大不了的，没关系，我的意思是，能不能设计一个敲门的人出来？”

“敲门的人？”

“比如我儿子，是他在敲门，这样行不行？”

吴医生又回到那个问题上，可沈达仕帮不了他。设计稿要由梦监会审核，他如果违反这项规定，织梦师的行当也不用干了。

可吴医生就是坚持着，沈达仕只能反复向他解释，正一来一回时，忽然敲门声又响了起来。

一道虚影在门缝那儿若隐若现。

宝乔治吓得躲到了沈达仕身后。

沈达仕疑惑地盯着那儿。

吴医生又跑了过去，拉开门时由于身体挡着，没看到门后的是什么，但沈达仕却听到了一个声音。

“爸爸！”

那声音震耳欲聋，忽然间，沈达仕从椅子上坐了起来。

他和宝乔治瞬间回到了入梦室里，头上还戴着入梦机，但他们已不在吴医生的梦里了。

沈达仕明白，肯定因为吴医生被惊醒了，所以他们才被迫自动从梦里退了出来。

四

一场梦后已是清晨了。

阳光透过窗，照在呜呜作响的手机上。

在宝乔治的提醒下，沈达仕才发着愣把手机接通。

“爸爸！”他又听到了那个叫声，差点把手机扔出去。

但他马上反应过来，这不是梦里的声音，而是来自他女儿小雪。她刚上二年级，声音稚嫩可爱。

他松了口气。

“干什么？”

“爸爸，你怎么还没回家？”

“加班呢。”

“我昨晚还是没梦到你给我设计的梦，什么时候设计好呀？”

沈达仕想了想。“是个什么梦来着？”

“就是你开着大火箭，带我环游世界的梦。”

他想了起来。“不是给你做好了吗？”

“你还没开着大火箭带我去呢。”

沈达仕看了眼时间。“小雪，爸爸得先处理客户投诉，你听话，现在没空给你弄。”

“不要！我今天晚上就要做这个梦。”

“等我有空再说，听话，爸爸要忙了。”

小雪不情愿地嘟囔起来，沈达仕把电话挂断。

“他那个梦确实有问题。”他回忆着吴医生梦中的敲门声。

“要不沈大师，你先去睡觉吧，都一晚上了。”宝乔治劝说道。

“哪有空，你先回去睡吧，我得想想怎么解决。”

一晚上只见了两位客户，所提出的问题如果是在以前，他根本不会搭理，但现在不同往常。

他不知道人事部什么时候会打来电话，要抓紧时间。他顾不上休息了，红着眼睛，戴上织梦手套，连接到服务器后，他在素材库上拖动。他不能让那件事儿发生，这是他的追求，他的向往，他不能失去。

直到晚上宝乔治才回来，这时沈达仕已双眼肿胀，像被抹了两道眼影。

可他看到宝乔治后，满脸兴奋。“也就是我，再换上谁都不行了。”他神经质地说着。

“还得是大师你。”宝乔治笑起来，但又瘪住嘴。“你说的是啥事儿?”他问。

“我花了一天时间，总算把他们的问题都解决好了!”

“那还得是你!”宝乔治终于明白地笑起来。

“都为了谁呀?”沈达仕叹气说，“还不是为了坚持公司理念，为了满足人们的向往。这就是我的追求。”

“谁说不是呢。”宝乔治说完又琢磨了一会儿，“唉?沈大师，那我是不是个人?”

“废话，不然还是狗?”

“那你也能满足我的向往吧?”他问。

“你有什么向往?”

“我回老家的事儿还没给批呢!”

沈达仕使劲拍了下桌子，宝乔治赶紧闭上了嘴。

“你应该跟我一样!”沈达仕说，“今天晚上就让他们看看，什么叫诚意！”

时间一分一秒过去了，不知几点入梦信号才来。沈达仕依旧没睡，但今晚他能利落地解决这两名客户的问题了。

急不可耐地连进梦境后，出现的仍然是那片漫天的星辰，除了高耸的宇宙飞船，天空中又多出了一颗星，那是颗巨大的、漆黑的星体，遮挡住一大片星光，它比黑洞还要深沉。

它就是那颗黑暗之星，为了设计它，沈达仕又是翻阅资料，又是查找论文，他还给天文台打去电话，详细了解这颗星的所有细节。终于，他竭尽全力地将它做出来了，他相信这事儿谁也没做到过，为一颗不可见的星球还原出所有的物理特征。

男孩儿也兴奋了，在梦想号下连连对那颗星挥手。

宝乔治不由羡慕起来。“我以前也想当过飞行员，就是没考上。”

“你考过吗？”沈达仕问。

宝乔治眨下眼睛。“没有。”他说，“但我考上行政管理了，当时全村儿的人都放起鞭炮，我妈还哭了。”

沈达仕听着，不由也想起自己来城市闯荡的那些日子，往事回忆起来，不由令他心酸，但好在现在收获了。

“上学只是第一步。”沈达仕说，“这社会的学堂更不容易呢。”

“这不跟着你学呢嘛。”宝乔治笑着说。

这时男孩儿跑了过来。“真好啊。”他拍着手，“比我预想的还好。”

沈达仕放了心。“好就行，我们就是为了满足客户需要的，咱俩可说好了，是不是也该把差评撤了。”

“当然可以。”

“最好再写一段好评。”沈达仕说，“你就写，沈大师帮我完成了冲向宇宙的梦想，高度还原了我的要求，我非常满意，我以后只要沈大师的设计。”

宝乔治一愣。“写这个是不是太让人害臊了？”他问。

“刚才还说要跟着我学呢，不写这个怎么有说服力？”

宝乔治点点头，也不知听没听明白。

那男孩儿倒是看出了什么。“可以写啊。”他说，“不过有个条件。”

“怎么还有条件？”

“因为你这个还有点问题的。”

“还有问题？”沈达仕问，“就是按你要求设计的，哪还有问题？”

“你要把我的梦想号设计成潜水艇的样子。”

“什么？”

“然后，星空里还要有各种各样的鱼，我以前的梦想就是当潜水员。”

“不对。”宝乔治说，“你之前说你的梦想是当舰长。”

“对啊。”男孩儿说，“海军术语里满载排水量五百吨以上的叫舰，五百吨以下的叫艇，所以潜水艇不能叫艇，严格来说应该叫潜舰，所以我开潜舰也是舰长。”

“你不是要真实的宇宙吗？太空里有鱼吗？”

“为什么不能有，太空又不是真空。”男孩说，“如果有一种以宇宙辐射为食的生物，就可以在太空生活，以失重的环境来说，是能长成鱼样的。再说潜水服与太空服，长得也差不多嘛。”

“咱们之前可说好的，就这颗星，你不能总变来变去的。”

“就是。”宝乔治也说，“小孩儿咋能说话变卦呢？”

“就许大人说话变卦，小孩儿就不行了？”那孩子却说，“世界又不是静态的，世界一直在变，人的思想也在跟着变。”

“你变了，那我呢？”

“你也变啊。”

“我变个屁！”沈达仕终于忍不住了。

男孩儿听了一怔。“那你变个屁给我看看。”

宝乔治赶紧拉住了要冲上前去的沈达仕。

沈达仕狠狠地瞪着这孩子，他根本不在乎自己付出了多少辛苦，简直张嘴就来。

“你就是干这个的，你就是来解决我问题的。”那男孩儿还在不停地说着。

“要是这样，那你注销，别用我的设计了。”

“凭什么呀，我就是想用，我是在提正当合理的要求。好好说话不行吗？我说什么，你做什么就好了，不要有太多自己的想法。你就是干这个的。你不是织梦的吗？那你就织出来不就好了吗……”

沈达仕甩开宝乔治，抡起巴掌就拍了下去，可这正触动了退出手势。只见那无理取闹的男孩儿一闪，跟着宇宙、黑星、无尽的草原消失了，他们又回到了那个奋斗的地方。

沈达仕一言不发地坐在入梦椅上。

“我老家也有这样的小孩儿。森林里不让放羊，他们不听，偏要去，羊会啃树皮。我妈就带我去巡山，说等我长大了要保护山上的环境。”宝乔治一旁安慰他。

“我就不信了！”沈达仕说，“今天非得解决一个！”

“你得休息了。”

“哪有这工夫！”

他不由分说地又戴上了入梦机，把猩红的眼睛隐藏了进去。

不久后，下一场梦又开始了，又是那片刺眼的亮光，起伏的蝉声。

可当他们走进禅房后，却发现吴医生蜷缩在角落中瑟瑟发抖。

两人面面相觑。

“在哪儿？在哪儿？你去哪儿了！”他们走近时听到吴医生在絮叨着什么。

只见他双眼茫然地看着四周，天上的佛们也在俯视着他。

“您怎么啦？”

吴医生抬起头。“听不见了。”他对他们说，“听不见敲门声了。”

“对啊。”沈达仕告诉他，“因为我把它屏蔽了。”

“屏蔽？”吴医生双眼发愣。

“因为它不包含在我的设计中。”沈达仕解释道，“您之所以听到设计之外的声音，又看到残影，是因为脑电波里有段杂波混进来了，那些杂波就是您本来要做的梦。我们为您设计梦时，会屏蔽掉这些杂波，以免干扰到设计效果，我今天特地去技术部查了，确实有段没被屏蔽干净的，我赶紧帮您屏蔽掉了。”

“你凭什么？”吴医生却站了起来，“我没让你这么做！”

“可那是干扰信号啊。”沈达仕不明白他怎么这么激动，“屏蔽干扰信号就是我们的工作。”

吴医生却恼怒了起来。“给我撤销，马上给我撤销。”

“为什么？”

“不为什么，给我还原回来。”

“这可做不到。”沈达仕说，“我能屏蔽干扰杂波，但不能从脑信号中再精确还原，因为脑电波是非常复杂的信号，就像水坝上开了条口子，可以补上，但还原回一模一样的缺口，显然是不可能了。”

“不可能！谁让你这么做的？谁？”

沈达仕不明白了，这样做完全是出于一片好心。

这时，他忽然看到天空的佛陀纷纷垂下头，一同向他怒视。

“谁让你这么做的？”佛陀也同吴医生一起对他吼起来。

沈达仕感到一股强大的压迫感袭来，张张巨脸越降越低，好像要把他吃掉。

他慌了，赶紧挥下了手。

两人又从入梦椅上清醒过来，而这时已是大汗淋漓了。

到底怎么回事儿？他想不明白，明明做了好事儿，甚至远远超过了他该做的，可吴医生是怎么了？他生什么气呢？

两天没睡了，却得来这样一个结果，他想不通。

这时客服部的一名同事走进来。

“沈大师，正找你呢，你又收到了一个新投诉。”

一个没解决，倒又来一个。

“沈大师还没休息呢。”宝乔治对那同事说。

“我知道，不过这个投诉有点特殊。”他说着把投诉单递了过来，头也不回地就走了。

看着那份新投诉，沈达仕两眼都瞪大了，他把那张单子撕得稀碎，拿起电话就打了过去。

电话里传来他女儿小雪的声音：“爸爸，你怎么又没回来，我怎么还没在梦里看到你呀？”

“小雪。”沈达仕忍着怒气问，“是你投诉爸爸了？”

“嗯。”过了一会儿小雪才小声回答，“因为你说要先处理投诉，那我投诉，你不就可以先来处理我的了吗？”

沈达仕差点把电话摔到地上。“你知道你在干什么吗？”他对电话里吼道，“做梦！做梦！天天想着做梦！你知道我多累吗？你想过我的梦吗！”

小雪在电话里哭了，沈达仕狠狠把电话挂断。

他忽然明白了，这些人的梦根本满足不了，他们就是故意来捣乱的。

“行啊！”他吼道，“这么来是吧，那行！我也不让你们做个好梦！”

五

织梦师用的入梦机和客户那种不同，虽然外观看起来也是淡蓝色的，像运动耳机那样别在耳朵上，绕后颈一圈，但作为梦境管理员，他们不用入睡，等客户进入眼动期，他们就能收到信号，再用这台管理员的入梦机与对方信号相连，借助客户做梦时进入梦境。

在设计的梦里，他们是可以隐藏自己的。

就像现在，两人像虚空中的灵魂，正用虚拟出的视觉信号来感应梦中的一切。

他们像星空中两颗不发光的星星，正注视着梦想号中的舰长，那名小男孩儿。

男孩儿正坐在驾驶室里指挥着。

“船员们，这次是我们第五次登陆黑暗之星，但将首次前往它的背面，那是片比黑暗还要黑暗的区域。到底有什么在等待我们呢？我也不知道，没关系，在被确认之前一切都是未知的，我们都想知道答案，所以只能划过时间的长河去看看了。”

当然，除了他并没有其他船员，他自己分饰着多个角色。“舰长，推进器准备完毕！”“舰长，空间角度已锚定轨道！”他装成船员的语气回答道。

随着男孩儿一声令下，飞船开始跃迁，视觉信号模拟出空间被拉长的效果，但其实飞船没动，只是画面在动。沈达仕和宝乔治依旧在舷窗不远处一身透明地看着他。

但宝乔治越来越不安，因为他们进来前没跟对方打招呼。

“废话。”沈达仕说，“就是不让他知道。你好好看着，这个梦我重新设计过了。”

梦想号飞船离黑暗之星越来越近，不一会儿绕上了轨道，开始向背面驶去。

就在这时，黑星忽然像被吸尘器吸住了，嗖地缩进了身后一片黑暗中。

飞船的警报声也响了起来。

小男孩儿赶紧趴到舷窗边上。

“不好了！全员注意！”他大喊道，“有一颗未知的黑洞把黑暗之星吸进去了！”

“这是你设计的？”宝乔治问。

“对。”

“那你好不容易设计出来的这颗星球不就没了吗？”

“就是不给他。”沈达仕说，“我要让他的梦变成噩梦，不光是这颗黑暗之星，我要让他的梦里什么都没有，到时候看他还敢不敢再做梦了。”

巨大的黑洞耸立在渺小的梦想号飞船前，像从另一个次元伸进来的吸管，吸食着所见的一切。

星空被它拉开，整个宇宙变成螺旋，它们向黑洞汇集，像逃不走的磷虾，被成群地鲸吞。

星空黯然失色地坠入黑洞，黑洞开始吞噬宇宙，吞噬梦。

小男孩儿还在拼命命令船员，进行各种路线的调整。可他这艘心爱的梦想号也在被引力撕扯。逐渐，船体的外板瓦解了，舷窗逐个碎开，飞船逐渐变成碎片，一件件地从小男孩儿身边离去。

不一会儿，漆黑的宇宙中就只剩下巨大的黑洞与弱小的男孩儿在对望着。

可随后孩子却张开了双臂。

“把我也吃掉吧。”他说，“我会成为一段永恒的信息，存在你的吸积盘中，这样谁也不会再忘掉我了，人们仰望星空的时候都能看到我，记住我。”说着，男孩儿闭上了眼睛。

沈达仕本来是想设计成一场噩梦，却没想到这小孩儿根本不怕。

他很不服气。“等着，这才刚开始呢。”他说。

只见男孩儿正要被吸进黑洞时，黑洞却忽然说话了。

“小石，你怎么还在玩这个，作业写好了吗？”

黑洞发出了一个女人的声音，男孩一怔，眼睛睁开了。“妈妈？”他吃惊地问。

“他妈怎么会在这儿？”宝乔治也很纳闷，“也是你设计的？”

“这倒不是。”沈达仕说，“是我关掉了入梦机的屏蔽器。”

屏蔽器是用来屏蔽脑信号中的杂波的，所以在使用入梦机时，人们能清晰地感受到设计的梦境，而不会被自己的梦所破坏。但现在屏蔽器被关闭了，男孩儿的梦开始涌进来，与沈达仕的设计混合到一起。

黑洞妈妈继续质问着男孩儿。

"你这样下去要怎么办？你想变成为自己负责的大人，就得每时每刻地去学习！"

"可我已经做好作业了。"男孩委屈地说，"我现在只是在做梦。"

"你哪有时间做梦？你要的不是梦，是完成你的梦想。你是个学生，你就是干这个的。我说什么，你就做什么，你就只能学习！"

他妈妈说话的语气，就像当初男孩对沈达仕说话时那样。

"可你说我拿到全班第一，就能好好玩了。"

"越是这样越要加倍努力，你想让别人超越你吗？"

"可我学累了。"男孩儿委屈地哭了。

"你怎么能说这种话！"黑洞大吼道，"你就想天天靠做梦实现你的理想？我真要被你气死了！"

"我错了，你别生气了。我这就醒过来，我去学习。"

"我讨厌你这样的孩子，我讨厌你！"

"妈妈，你别说了，你不爱我了吗？"

"爱一个贪玩的孩子？别做梦了！你别做梦了！"

黑洞吼叫着向男孩儿冲来，男孩儿号啕大哭，吃力地游向身后的宇宙，可他的手臂太纤细了，根本无法抵抗那无形的力量。他开始坠向深渊，哭声下，他的梦醒了。

他们也在入梦室里恢复过来，可半天沈达仕都没讲话。

"那孩子也太可怜了……"宝乔治终于开口道。

但沈达仕摇了摇头。"只是场噩梦，谁都做过噩梦。"

"这样是不是太不道德了？"

"他们毁了我的梦就道德吗？"沈达仕问。

"你的梦……是啥？"

沈达仕没回答，他只是又把入梦机戴上。他现在脑子很乱，他讨厌这种滋味儿——梦被毁掉的滋味儿，他也要让他们尝尝。

新的信号接踵而来，又是那场刺眼的梦，蝉声还是那么热烈，禅院还是那座禅院。

他们推开门时，看到吴医生还是坐在书桌前看书。

但沈达仕又悄悄把门关上，调出了织梦素材库。

“他不是想要敲门声吗？咱们就给他敲门。”他将素材中的一个图像拖到了宝乔治身上。

只见宝乔治的皮肤忽然现出裂痕，血管暴胀，整个脸变成了青色。

他看着自己腐烂的手吓坏了。

“就是一套皮肤。”沈达仕端详着，这套素材是一套经典的丧尸形象，很少真正被使用，现在套在了宝乔治身上。他在梦中改良了这个素材，丧尸脸上的五官已全被抹去，是一张什么也没有的脸。

宝乔治没了眼睛、鼻子、耳朵和嘴，支支吾吾的，想发出声音来。

“你想说就直接说，又不是真的说不出话来了。”

“哦。”宝乔治说，“吓坏我了，沈大师你把我变这么可怕干啥？我自己都害怕。”

“不吓人怎么叫噩梦呢？”沈达仕说，“你一会儿就站门后边敲门，等他开了门，你就假装要抓他。”

“可我没吓过人。”

“我把他屏蔽器关了，你只要把他自己的噩梦激发出来，追着跑就行了。”

“我还是不敢……”

“你怕个鬼！记住！你现在才是鬼。”

沈达仕把自己变得透明，催促宝乔治赶紧的。

宝乔治虽然变成了鬼样儿，没了五官，没了神情，但还是能看出局促不安。这只鬼搓着手上腐烂的皮，膝盖弯着，小偷一样往门前凑。明明没有眼睛，却还在四处打量；明明是别人的梦，却还怕被谁发现似的，佝偻着腰，始终不敢敲门。

沈达仕心想，这要是个鬼，也是个胆小鬼。他像树妖姥姥催促聂小倩一样催促道："快点，快敲！"

鬼终于举起了手，在门上敲了四下。

沈达仕这时比他更像个鬼，灵体般将头穿过墙面，去看吴医生的动静。

果然，吴医生听到敲门声后整个转回身，和天空的佛陀一同看向那扇门。

沈达仕感觉蝉声变得更响了，像在惨叫。

宝乔治又敲了三下。

吴医生终于胆战心惊地站起来，走到门前停住，虽然是在梦里，他还是深深吸了一口气。

等宝乔治再一次敲门时，吴医生一把将门拉开了。

鬼先被吓得一激灵！

而看到宝乔治后，吴医生双眼瞪得滚圆。

"爸爸！"一个孩子的声音在梦中响起来。

猛然间，禅房破碎开了，墙面坍塌，白云变成了乌云。

这句不是宝乔治说的，沈达仕想，这是吴医生自己的梦渗透了进来。

吴医生却先向宝乔治扑了过去。

宝乔治二话不说扭头就跑，吴医生穷追不舍，反倒是一个人抓起了鬼来。

沈达仕不知道是咋回事儿了，到底他俩现在谁是鬼？

“回来，回来！”吴医生边追边喊。

“爸爸！”那声音再次响起，像从空气中透出来的。

吴医生疯了一样，眼看就要把宝乔治抓住了。“你别走！你别走呀！”他大喊着。

有股绝望的力量正注进沈达仕的脑海，他也发起抖来。

就在吴医生抓住宝乔治时，沈达仕终于挥下手，赶紧从这场噩梦中逃了出来。出去的那一瞬间，他听到了吴医生的痛哭声。

回过神时，沈达仕看到自己的手确实是在发抖。

他不明白吴医生到底是怎么了？

“我不想这样了。”宝乔治把入梦机一把摘掉，“咱们怎么能让别人做噩梦呢？”

“我也不想。”沈达仕说，“但我满足了他们，谁满足我呀？”

“你要这样，就真要被开除了。”

“反正也是一样，我受够了！”沈达仕吼道，“但我不会让这件事儿发生。”他声音又降下去：“我已经把辞职信写好了，我自己走。”

“沈大师，你要辞职？”

“我不想再满足他们的梦了。”沈达仕说，“因为他们也满足不了我的梦。”

“可是沈大师……”

“事假我会开给你，你去陪你妈吧。”

宝乔治低下头。

“你去呀。”

他又把头抬起来，“其实……我也要走了。”他说。

“那你走啊。”

“我是说，我也要辞职了。”

“你跟我在这儿煽什么情呢？”

“不是，我真的想回家了。”

“不是让你回去了吗？”

“可我这几天好好想过。”宝乔治说，“我感觉我喜欢的其实不是这儿，是老家。”

“谁没家呀？你就应该像我一样，要为了梦想活下去！混出个人样儿来！”

“但我总感觉，那是你的梦。”

“什么？”

“我挺崇拜你的，不想看到你变成现在这样儿。我希望你能找到自己的梦，别再让人做噩梦了。”

沈达仕把入梦机砸在了地上，仰头躺了下去。

他听到宝乔治还在说着什么，但他马上就睡着了，一个梦也没做。

六

沈达仕是被一通电话吵醒的。

迷糊中，他听到了撕心裂肺的哭声。

“还我孩子！还我！”

他吓得坐起来。清醒过来后，他发现这女人的声音很熟悉，之前在梦里听到过。

“你是那个男孩儿的妈妈？”他想了起来。

“我就知道你知道！你把我的孩子还给我！”

沈达仕一下糊涂了，就听男孩的妈妈在电话里大哭大叫。

听了半天他才听明白，原来那男孩儿一大早就起床跑了，学也没去上，还是拿着入梦机跑的，所以他妈觉得肯定和他们有关系。

沈达仕感到头皮一麻，孩子跑的时间，正是他让男孩儿做完一场噩梦之后。

要真是因为这事儿，还真是跟他有关系。

他拍了下额头，之前熬的几夜让他糊涂了，怎么做了那些事儿来。他开始后悔，但来不及了，他赶紧让她别激动，答应要过去一起帮着找。

沈达仕飞奔下了楼，可刚跑出公司，又一个电话打来了。

“我是公安局的。”

“公安局？孩子找到了？”沈达仕惊喜地问。

“什么孩子？”对方说，“现在有个男人在八站桥上要跳桥，我们劝不下来，他说他想见见你。”

“见我？谁呀？”

“他说他姓吴，是个医生。”

沈达仕一听脑袋轰地就炸了，这一定不是巧合了，因为吴医生也被他设计了一场噩梦。

他不敢去想自己做了什么，先顾不上跑丢的孩子了，疯了一样地开上车，直奔向八站桥。到那儿后只见都拉上了警戒线，外面围着好多人。他向民警表明来意，穿过了人群，便看到站在桥墩上的吴医生。他一脸平静，苍凉地望着桥下的大河。

“是我！你怎么了？”沈达仕赶忙向他跑去，“我来了，你先下来说！”

吴医生双眼失神地回过头。

“别冲动！这事儿怪我，让你做了那场噩梦，但那只是个梦。”

吴医生却摇摇头。“我让你来，是想感谢你。”

“什么？”

“你让我下定决心，我要去找他了。”

“冷静点，先下来。”沈达仕慢慢靠近他。

吴医生再次转回头去，向前迈了一步，沈达仕赶紧踏上桥栏，一把抱住他的腰。可吴医生已经跳了下去，两人一同掉进了滚滚的河水中。

他在一片迷茫中旋转着，梦也在跟他旋转，但他不知哪个才是自己的梦。

他感觉之前的可能才是梦，现在是真实。现在他正站在讲台上，春风得意地宣讲着，台下传来一片热烈的掌声。

“我之所以能站在这儿。”沈达仕说，“是因为我也有一个梦，我是梦的编织者，是造梦的人。而我的梦就是去满足别人的梦，我可以为此付出一生。现在，所有人的梦我都实现了，我的梦也因此实现了。”

喝彩声又响起来。

可这时，他听到一个刺耳的声音：“你还没满足我的梦！”

“还有我！”又有人喊道。

“谁呀？”沈达仕向台下问，“谁的梦没满足，起来让我看看。”

那几人站起身。

沈达仕感到浑身僵硬，那是小男孩儿、吴医生和小雪。接着，一个个的，会场上的人全站了起来。

“我们的梦你都没满足！”

沈达仕浑身发颤。“胡说八道！把他们赶出去，统统赶出去！”

可一旁的宝乔治也在看着他。

“我的梦也没有。”他说。

“沈大师，我的梦呢？你的梦呢？”

“沈大师。”

沈达仕满头大汗地坐了起来。

“沈大师，你可终于醒了！”宝乔治笑起来。

他看向身旁，发现自己坐在病床上。

“还好你掉下去的时候，有船在下面等着呢，要不就给冲走了。”

他终于想了起来。“那吴医生呢？”

“你俩都给救起来了，他有点脑震荡，还没醒。”

宝乔治搀着他，赶紧前往了吴医生的病房。

吴医生还在昏睡，还好主治医生说并无大碍，沈达仕这才松了口气，他看着宝乔治。

“对了，你不是辞职了吗？”他问。

“是，但我看了下平时记的你说的那些话。我觉得，在走之前还得帮你把事儿干完，还有就是，我也怕你出事儿。”宝乔治说完一乐，“你看，结果还真出事儿了。”

“你还挺高兴的……”沈达仕说着忽然又想起什么，“不对！还有个事儿呢！还有个孩子呢！”

联系男孩儿的妈妈后，他的心又提起来，失踪后的第二个晚上了，孩子还没回家。

那男孩儿的妈妈已经顾不上责备了，不停地哭。她求他，求他把孩子找回来。她自责，说自己一直工作忙，没好好陪过孩子。她说自己不应该逼他太紧了，不应该天天数落他。

听她说的时候，沈达仕回忆着那男孩儿的梦。

人为什么要做梦？他忽然想到这个问题，他们为什么让他织出一场场梦，却又始终不满足呢？

我的梦又是什么？他又思考着，只是为了满足他们的梦吗？可为什么也做不到呢？

梦到底要怎么才能满足，要怎么实现呢？

他忽然觉得这一切都在一团巨大的矛盾中，他不停地去满足，不停地去实现，人们却都在逃离着什么。

“我们满足的是他们的哪个梦？”他问宝乔治。

宝乔治不明白。

“你说你跑出来，到底为了什么？”沈达仕又问。

“因为我妈想让我在城里找个工作，让我替她看看外面的世界。”

“那你为什么又要回去呢？”

“我想我妈，想陪着她。”

沈达仕忽然明白了。“所以你最开始的梦想，其实不是真的。”

“可能是吧。”

“所以说，梦境也许并不是他们真正的向往，而是还隐藏着另一个？”

“另一个？”

“对。”沈达仕说，“我找错方向了。我要满足的不是他们要求的梦，而是另一个被他们隐藏起来的梦。”

有人做梦希望自己变成富翁，有人想在梦里有座自己的房子，而在现实中，他们不是富翁，或者也居无定所。梦中渴望飞翔的人，现实中没有双腿，失意的人想在梦中获得成功。他没有去实现他们的梦，梦境可能并不是期待，而是逃避。他们所逃避的，才是一场他们所渴望的梦。

沈达仕知道要怎么找到那孩子了，他在入梦室里与宝乔治等待着。他的心此刻已经通透了，因为他看到了梦境中隐藏的另一扇门，那门后才是他应该去寻找的，里面也藏着他自己的梦。

这夜晚比之前那三个不眠之夜都要漫长，终于，他等到男孩儿做梦了。

进入梦境后，他看到群星已经不见了，宇宙飞船也消失了，天空只剩下一座吞噬了一切的黑洞，其他再无一物。

那孩子也不在这儿，但沈达仕知道他在哪儿——他一定也被吞噬了。

他们像鱼一样向黑洞游去，在强大的引力拉扯下，他们坠向引力井中。在视界里，他们变成两道无法逃逸的光，被吸了进去。

黑洞里，男孩蜷缩着双腿，默默无声。

沈达仕没说话，而是并排和男孩儿坐在了一起。

片刻后，他才说："我呀，以前也有个这样的梦。我也想当宇航员。很多人小时候都想过，可后来大家的梦都变了。"

他看着四周的空无感叹道。

"我没变。"男孩儿抽泣着说，"我就是想当舰长。"

"是吗？"沈达仕转过头问，"那你是想当飞船舰长，还是想当潜水艇舰长？"

"我都想当。"

沈达仕笑起来："不，这个梦不是你想要的。"

"就是我想要的。"男孩儿倔强地说。

"我知道，你既不想当宇航员，也不想当潜水员。"

男孩儿抬起头来："那我想当什么？"

沈达仕看着他："你只是想让妈妈知道你有梦想，你只是想让她为你高兴。"

男孩儿一听嘴便瘪住了。随后，他再也忍不住了，扑到沈达仕的怀里哭了起来。

"我的妈妈不要我了。"

"不会的。"宝乔治说，"妈最疼孩子了。"

"可她从没说过爱我。"

"你问过她吗？"沈达仕轻拍着他的头问。

"我不敢问，但我挺想在梦里梦到妈妈的，一个不会骂我的妈妈。"

沈达仕想了想。"她好像很忙，不过这并不难实现。"他说，"这个织梦机，可以让你们在一起做梦……"他说着忽然顿住。"对呀。"他说，"我以前怎么没想到？"

"我妈妈在找我吗？"男孩儿忽然问。

"你妈眼睛都要哭瞎了。"宝乔治说。

"那可不行。"男孩儿赶紧把眼泪抹掉，"我想回去了，但我怕我妈生气。"

"要不咱们打个赌。"沈达仕说，"你向她问一次那个问题，我赌她会说出你想要的答案。"

"真的？"

"我是织梦师，就是来满足你的梦想的。"

一个小时后，沈达仕和宝乔治站在远处看着，人们正从桥洞下把已躲了两天的孩子带出来。

他的妈妈一看到他就哭了，紧紧抱着他，亲他的脸，摸他的头。

这时男孩终于鼓起了勇气。“妈妈。”他问，“你爱我吗?”

“爱，妈妈可爱死你了。”她紧紧抱住孩子，就像抱住这世界上最宝贵的一样东西。

男孩儿看向沈达仕，开心地笑了。

七

吴医生终于醒了。

沈达仕和宝乔治一直在病床边陪着他。

“我怎么还活着……”吴医生喃喃地问。

“这叫什么话，活就要活得好好的。”沈达仕说。

“你为什么救我?”吴医生又问，“我已经把投诉撤销了。”

“我不是为那件事儿来的，它不重要，我是为了你真实的梦来的。”沈达仕说。

“真实的梦？它早就不在了。”

“我想问那阵敲门声到底代表了什么？你为什么希望是你的孩子在敲门?”

“因为他总是来敲我书房的门。”吴医生双眼失神地说。

“我想听你讲讲，梦背后的故事，你的故事。”沈达仕说。

“我?”吴医生仿佛陷入了回忆中，“我是个要强的人，做着不切实际的梦。我曾经想变成伟大的医生，能治愈世界上所有的疾病。”

“然后呢?”

“所以我比别人更努力，后来结婚了，有了孩子，这个梦想还一直在，虽然越来越远。但除了吃饭睡觉，我还是每天躲在书房里学习，我还是在追逐它。我儿子总是来敲门，隔着门对我喊，爸爸，爸爸，出来陪我玩会儿吧。我不想有人来打扰我的追求，我从不开门，让他别再敲了。可他还是敲着，爸爸，爸爸，再陪我一会儿吧。可是到最后，他却得了那场病，再也没来敲过门了。”

吴医生哭了起来。

沈达仕看到了，那扇隐藏在梦中的门。

“他离开的那个夏天，我只听到窗外的蝉声，却再没有他的敲门声了。但在梦里，我又听见了，我一次次把门打开，一次次打开，我还没有向他道别，可他却不在那儿。”

他把被子盖在脸上，什么话也讲不出来了。

沈达仕知道自己的梦要如何实现了。

那片光下，他听蝉叫嚷着。

看着天空的佛祖，他明白了，为什么无神论者的梦里要有佛。他愿意欺骗自己，希望孩子在天堂。

门敲响了，这次打开，吴医生看到他怀里的孩子后，疯了一样地紧紧抱住。

孩子微笑着。

“沈大师，这样你不就违反规定了？”宝乔治问。

“但我完成了我的梦。”沈达仕说。

他们抱了很久，终于，吴医生将手放开了。

“孩子，我只是想告诉你，能遇见你，我很幸福，我只是想和你道个别，今生今世……咱们再见了。”

孩子的影子在他怀中消失，吴医生笑着哭了起来。

晚上，沈达仕回到自己家。

几天没回来了，女儿已经睡着了。

他打开电脑连上织梦服务器，查找自己为小雪设计的梦，可意外地发现，女儿已经把织梦账号注销了。

他戴上入梦机，走进了梦境之中。

梦大部分还是空白的，只有几座典型建筑。

他当时觉得世界那么大，怎么可能全设计进去呢。

那艘火箭依旧停在轨道上，没移动过。

走进驾驶舱，驾驶位的两把椅子被并排挪到了一块儿，上面放着张字条。

他拿起来看——“我要和爸爸去世界旅行。”

他把字条放了回去。

第二天回到织梦工厂，他先去了厂房，很多条生产线已经停了。

这是生产入梦机的地方，十七米高的库房里布满了巨大的蛇形通风管和一袋袋硕大的吨袋。好像一切都要停止了，好像人们都不再需要做梦了。

他也不需要了，他已经打开了自己梦中的那扇门，他已经知道那背后的是什么了。

出厂房后，他去了会议室，董事们都在等着他。

他将辞呈放在桌上。

过了片刻，一名董事问：“你的梦想是什么？”

“满足人们的梦。”他回答。

“可你违反了织梦师的规定。”

“但我看到了真实的他，也看到了真实的自己。”他笑着说，“那才是我真正要去满足的，我做到了，这才是我的梦想。”

“可这条路会很艰辛。”

“梦想嘛，就是这样。”

董事们相互看了一眼。“你的助理在辞职时提了一件事。”一名董事说，“他说你有一个关于教育平台的设想，建立一个家长和孩子沟通的渠道。”

“嗯，我是对他说过，因为梦不占用现实生活中的时间，与其做梦，不如拿来弥补生活上的缺失。”他笑了笑，“只是现在没机会实现了。”

“可我们觉得这项目不错，你不做织梦师，但可以来负责它。”

“我？”沈达仕问。

“不愿意？”

“当然愿意……但我看到流水线都停了。”

“公司一直在坚持最初的理念，需要的也是在坚持这个理念的人。我们不是卖入梦机的，我们是为了完成一件最初要完成的事。”

他们看向墙上的那行字——“用技术革新满足人们对美好的向往。”

“接下来，我们要真正去实现他们的梦了。”

八

遥望着那座山村，和以前宝乔治形容的不同，现在村房换成新的了，和山林相融起来。

公司转型后开辟了多条生产线，织梦技术的研发促成了新的科技诞生。就像用生物材料筑成的山村，利用了新型的太阳能板，外体长着各种美丽的植物，像自然生成的殿堂。

宝乔治的妈妈很热情。利用公司新开发的医用设备，她的脚病已经转好了，那些医用设备吴医生也在使用，这两年获得了非常出色的成果。

“乔治呢？”沈达仕问。

“啥乔治？”宝乔治的母亲疑惑道。

沈达仕这才想起来：“我是说宝思远，他人呢？”

“在天上飞呢。”

他抬起头，只见一架直升机正从山林中盘旋而来，宝思远坐在舱口那儿，正向他挥手。

飞机是自动驾驶的，但宝思远就像飞行员一样坐在上面。他现在是护林员，每天都开心地傻笑着。

村外的光伏大道也通车了，来来往往的无人车把山村与世界连接起来，前不久宝思远带着父母出去了一次，满足了他们想出去看看的愿望。

沈达仕的女儿小雪跑了过来，她已经上五年级了。

“爸爸，晚上我和小石说好了，他和妈妈一块儿设计了个新的星球，让我们去玩呢，你来不来呀？”

现在沈达仕的家庭沟通平台已经上线，繁忙的父母们终于可以在梦里与孩子们相伴，他们在梦中创造，在梦里聊天，每天做着同一个梦。

“我当然要去了，你爸爸曾经还给他设计过梦想号呢。”沈达仕对小雪说，“再说我是你们的老师，更要去看看了。今天咱们给他们的星球打分去，怎么样？”

“好！”

沈达仕把女儿抱了起来。

梦是什么，梦是虚幻的，又是人们的所想。现在沈达仕已不再去编织这些虚幻，他在意着人们梦寐以求的真实，他要去满足真实向往的梦想，他们的梦都在真实地一个个被满足，而这才是他的梦，是他所向往的。

看着天际的那列磁轨列车，他又想起了女儿要的那个梦。

“小雪，这列列车也是爸爸公司设计的，很了不起。未来它会环绕地球一圈儿，咱们把它当成第一站，你就不用在梦里实现愿望了，坐上它，咱们真的一块儿环游世界去。”

“可是爸爸。”小雪却说，“我的梦已经实现了呀。”

“实现了？”沈达仕疑惑地问，“你什么时候去环游过世界了？”

“我不是想环游世界。”小雪告诉他，“我只是想在梦里见到你。”

房泽宇，科幻作者，时装摄影师，短篇代表作《向前看》《青石游梦》，长篇作品《梦潜重洋》。《垃圾标签》获森雨征文银奖。《电与雷》收录于《大国重器》出版，《繁衍宇宙》收录于《另一颗星球不存在》出版。多篇作品参加科幻春晚，风格擅长悬疑幽默，风格多变。

惊云箭

苏莞雯

一

她不笑和笑起来，是两部电影。

作为共事过八年的前同事，许可私心想要颜溪生活在笑得灿烂的那一部电影里。但现实总是不尽如人意，多数时候颜溪严肃甚至凝重，虽然这并不妨碍她的美。

颜溪是许可见过最为赏心悦目的那类人。今天她没有重复上个月在创投会上的干练装扮，穿的是柔软的毛衣裙，扎低马尾，低头喝茶时两手轻捧马克杯，轻垂的眉眼似风轻云淡。许可一时有些恍惚，仿佛她们还是同事。

算起来，颜溪离开远渡集团自立门户已经四年了，如今她是言传科技的总经理。

“颜总，关于你申请借用测试场地的事，上面没有批准。”许可直入主题，“虽然你是远渡创业商学院的学员，但是目前仅限于为学员提供一部分远渡的车辆和设备。场地方面，我也无能为力。”

“还是叫我颜溪吧，我也不叫你许主任了。不管怎么说，谢谢你帮忙争取。”颜溪对这个结果早有预料，她只是想试一试，毕竟远渡是最好的新能源车辆制造商，试飞场地的条件也是顶级的，能让她采集到最丰富的实验数据。

许可看颜溪脸上没有太多失望之色，也略感轻松。虽然时间过了很久，她还是会想到，如果颜溪没有离职，这间远渡安全中心的主任办公室本来该是她的。当时的晋升候选人里颜溪最被看好，许可只能排第二。但颜溪那时的一个大胆提案迟迟通不过集团审批，她实在是无法继续等待，必须要走。

她像一只燕子，从这片屋檐下飞出去了。

颜溪起身，与老同事握手："辛苦你替我那么费心，我就不继续打扰了。"

"别客气。对了，你女儿最近怎么样？"

西沉的阳光从窗外打进来，烘托出颜溪的侧脸，清澈生辉。许可忍不住有些惋惜，如果她不是遇到了那样的事，如今就该优雅地坐在写字楼的落地窗前，而不是在厂房里摆上办公桌，在各个创投会现场奔波——许可早有耳闻，言传科技的财务状况一直不乐观。

颜溪早已练出从容的浅笑："还是老样子，还在争取手术机会。"

离开的时候，颜溪乘坐的是远渡的新能源空中汽车。这车还是她在远渡工作时买的，如今从一排排锃亮的新型号汽车旁穿过，显得格外灰头土脸。但她没多少时间感慨，她要回到公司处理一些事情，然后赶回家。

低空交通繁荣后，离地不足二百米的房屋便难以照到阳光，多数人都搬到了半空中生活。但颜溪的家还没有搬走。

住宅楼的五十层以下大多被改造过，有许多空房去掉了外墙，可供汽车和飞行器停泊。据说这种设计理念最早是从北京雨燕身上得到的灵感，那是一种永不坠地的鸟，除了攀附在建筑孔洞和横梁、树枝，其他时间都在飞行，坠地就是死亡。

这样看来，现代人越来越接近雨燕。

颜溪停车之后，还要换乘云巴回家。云巴是一种近地面公共巴士，依托建筑周边的轨道运行。它解决了市民出行最后一米的问题，可以直达家门口。

在家门口，颜溪就听见了屋内的热闹。丈夫齐越正在和七岁的女儿小鸥玩被单游戏，小鸥坐在海浪般起伏的被单中央，由齐越拖着往任意方向移动。

门开的时候父女俩都听到了声音，齐齐停下动作。

“宝宝我回来了。”颜溪在玄关处一边换鞋一边问，“宝宝今天怎么样？”

“宝宝很棒！”稚嫩的童音飞快传来。

齐越抱起女儿上前迎接颜溪：“宝宝今天辛苦了。”

一家三口都喊作宝宝，但他们的默契足以轻易分辨出是在喊谁。这个由丈夫、妻子、女儿组成的家庭，在低空之下点亮了对抗夜色的温馨灯火。

二

出行是一个复杂的系统。

在过去的地面交通时代，一辆车在某一时刻处于什么位置，不仅取决于自身的速度、加速度，还取决于道路情况。

一千米以下的低空交通成为主流后，这种复杂性指数升级，因为不可控的天气环境也成为系统的一部分。

四年前的那场事故中，相当于一架小型飞机的幼儿园校车，上一秒还是顺风飞行，下一秒就遭遇了强逆风。校车被风猛推一把，在急剧下降的过程中撞上了一栋居民楼。车厢内三十多名儿童受伤，颜溪的女儿小鸥就在其中。她的头颅被反复撞击，紧急手术之后恢复意识，但前庭系统受损，之后便无法适应空中出行，这几年一直在家休养。

小鸥在进步，每天的被单游戏可以帮助她训练身体协调性和对环境的感知，但是还不够。

全家人之所以还住在近地面，一个重要原因是为了方便小鸥前往跑马场做马术康复训练。

“齐弋鸥，过来戴护具上马！”教练员看到跑马场入口如常出现的颜溪一家人，对小鸥做了个手势。

颜溪抚了下女儿的后背，蹲下身与她平视：“宝宝，记住我们三个人是一体的，爸爸妈妈陪着你。”

小鸥揽住颜溪的脖子，在她耳边说：“宝宝不怕。”

教练员将小鸥带去跑道，颜溪和齐越则走上看台。

人和鸟都具有前庭系统，这东西看不见摸不着，但它是维持身体平衡的关键。没有它，就不具备空中出行的基本条件。如果强行乘坐飞行器往往要承受巨大痛苦，眩晕与恐惧会不断掏空理智。极端情况下，曾经有人选择从飞行器的窗口拼死跳下。

时代惊人发展，却有人被无情抛下。

四年前颜溪向远渡集团提交了一份轨道交通建设方案，那是类似于盲道的专轨专用计划，能发挥有轨交通的高平稳度优点，让小鸥这样的人群得以出行。然而因为受益群体实在太少了，几乎不会产生经济收益，所以颜溪的方案一直被搁置。最终，她选择自己创业。

小鸥抓紧缰绳，在缓慢行走的马背上热身。绕了两圈后，她举起一只手朝看台挥了挥："爸爸再见。"

齐越也挥手回应，然后对颜溪说："那我走了。"

邻座有位阿婆朝他们看了会儿，等齐越离开后便来和颜溪打招呼："场上那个是你家孩子？该上小学了吧？"

小鸥今年七岁，本来该上一年级了。

阿婆又问："你们也来做康复训练的？哎哟我们家的也是。孩子爸爸呢，这就走啦？"

"他去图书馆。"颜溪简短回答。

"这么用功哦，准备考公务员啊？他超龄了吧。"

颜溪不明显地蹙眉："不是，他就是放松一下。"

齐越原来是公务员，小鸥出事之后，他放下工作，选择在家照顾孩子。今天颜溪不工作，他可以休息半天。

阿婆"哦"了一声，显然是不信的。那眼神反而像在提醒她，孩子都这种情况了，做爸爸的一般都会忍不住在外面发展新家庭，让她小心点。

颜溪挣开阿婆的视线，专注望向小鸥。此时小鸥已经在加速，以一种轻盈且富有力道的节奏策马奔跑。长久以来的训练成效显著，马蹄牢牢地抓住平稳大地，跨步速度不断加快，小鸥的身体也逐渐前倾。

颜溪盯着女儿。虽然因为护具，她看不清小鸥的脸，但她不敢松懈。

这一刻的时间属于古老的骑马术。没有数字化航图，没有监控，没有实时冲突避让和流量控制，小鸥的视野里只剩下马和跑道。

颜溪看着她，也想摒弃所有他人的目光。

三

这是颜溪第二次创业。

第一次创业是在她离职后的半年内，那时候她还在坚持争取“盲道”建设，然而能试的途径都试过了，只能宣告失败。她也意识到公司必须盈利，于是开始为一些飞行器制造商提供安全测试服务。这一次她没有轻易死掉，反而打拼出了一个小工厂，即现在的言传科技。

原本就这样下去也能慢慢有所起色，至少营收越来越稳定。然而一年前颜溪拨出一批人组建了一个研发团队，开始秘密运作一个新项目。这个项目烧钱，她开始寻求各种投资，奔走于一场场路演中。

一间小型多媒体厅被布置成了投资人见面会，颜溪站在台上阐述项目开展的初衷：“低空飞行最大的敌人，是风切变，也就是风速或风向的突然变化。它会导致飞行器的速度和高度在瞬间失控。而在低空交通中，飞行器能够调整和躲避的空间很小，往往损失重大。我们的项目就是针对风切变的。”

当年小鸥所坐的那辆幼儿园校车正是遭遇了风切变。

台下第一排坐着几名投资机构代表，有人问：“这种天气现象——风切变——是不可预测的吗？”

颜溪答：“过去风切变的预测并不是完全不可能的，但是现在全球气候变暖，人类活动显著加剧了极端气候事件。风切变不仅大量增加，而且每次来临时飞行器都无法给出任何预警。”

台下的人听到这里便没了耐心，甚至没有听完她的项目介绍就喊停。

走下台，颜溪默默收拾资料，准备赶往下一场会面。今天这座会场里有大大小小数十场创投交流会，她在一楼的咖啡厅预约了两位投资人的十五分钟。

一张小圆桌，三个人围坐。时间紧张，颜溪的语速也比平时快了一些："所以我们的想法就是'切开'风，提前破坏风切变生成的条件。只需要一个装置，一个动作，就能为飞行器提前开路，创造一条无形的安全轨道，这就是我们独家开发的新一代轨道交通。"

一个投资人问："你觉得你最大的优势是什么？"

这个问题并不刁钻，多数创业者事先都会准备好话术。但颜溪在刚才介绍项目时已经阐述过言传科技的诸多优势，显然对方想听的并不是那些。

颜溪稍顿，带上笑意："我想，在于我首先是一名工程师。工程师不搞虚的。"

她从对方眼中看出了讶异。她当然知道，一个团队的主帅是一名相貌优越的女性，这不符合大众对创业者的印象，质疑在所难免。颜溪继续说："在面对同一个课题方向时，一般技术人员习惯于思索当前技术能做到哪个程度，有没有可能往前更进一步。而工程师想的不是这种修修补补。我们直接想象结果，为了达到它，就算技术上有千难万阻也要去翻越。"

她要的是确定的结果。从结果倒推，攻克技术的高山。

聊完这一场之后，颜溪决定在会场里逛逛，再找找机会。有些意外，她看到了许可。今天不是工作日，许可出现在这里大概率不是代表远渡集团而来。

许可也看见了颜溪，寒暄几句后，她没忍住问："你们资金上有问题吗?”

颜溪笑一笑，点头:“有，问题很大。不怕你笑话，我们公司现在特别穷，下个月的租金都成问题。”

言传科技的全部收入都来源于做安全测试的订单，一分钱掰成两半花本来就艰难，市场一旦有些风吹草动又会影响订单回款。没有新资金注入，她走得格外蹒跚。而手中紧握的新项目更是像重症监护室里的婴儿，连呼吸都不能自主，又谈何发展。

两人站在大门入口处一侧的饮料机旁，视野里是匆忙的人来人往。许可说:“你当初因为那个被我们称为‘盲道’的方案没通过而离职创业，但现在你在做的也不是那个项目了。兜了一圈还是没能实现心愿，反而过得这么辛苦，后悔吗?”

颜溪摇摇头:“我想，只有辩论比赛的时候人才会抓着一个观点不放。我不喜欢辩论，我得不断修改航向，做合适的选择。毕竟我不仅要养家，也要养一批员工，不能让他们跟着我饿肚子。当年的项目断了就断了，我现在有了新的替代方案。在最坏的情况到来之前，我还是会全力争取让手里的方案问世。”

原本以为就是随便聊几句，没想到许可又问:“你记得你以前提出过的一个理论吗?那时候低空还没有彻底变成交通主干道，我们也只是二十出头刚进公司的新人。很多专家都提出要模拟鸟类集群行为，给空中汽车编队形。但你那时候就说，对复杂系统而言，这种假设根本就是错误的。”

颜溪点头:“世界是不可预测的。”

“是啊，就是这个想法震撼到了我。不对，是你一个接一个的想法都震撼到了我。你说世界是不可预测的，所以最有效的策略是自私。每一辆车都应该在空中尽可能地畅行，这样才能尽早建立交通的人工生命数据库。后来证明，鸟群算法非常失败。如果一早按你的策略来升级汽车和飞行器，远渡可以再领先市场十年。”

说到最后，许可感慨：“我当时就知道，你会成为一个特别出色的工程师。”

颜溪终于明白许可为什么要提这些陈年往事，因为许可相信她的判断，相信她不应轻易低头。

对颜溪来说，这十有八九又是寻找资金失败的一天，老朋友的鼓励兴许是她的唯一收获。

四

斑马线和信号灯已不复存在，如今的出行问题是一个相互作用问题。每辆汽车与飞行器都搭载有感知外物距离和速度的设备，并由此决定进退。

骑马这项运动体现了相互作用的震撼。

人需要与马匹紧密配合，在马移动、转弯和跳跃时调整重心与姿势。如果身侧有别的马匹出现，人与马则要通过配合共同决定是超越、减速，还是齐头并进。

当然，对小鸥而言，这项运动也很危险。

小鸥总是坚持三天一次的训练，如果有例外，便是因为天气。又到了要去跑马场的日子，然而一早起来窗外就是大雨如注，颜溪看见正在自己穿鞋的小鸥，说：“今天休息，我们不用去了。”

小鸥抬了下头，又去系鞋带：“可是我想去啊。”

不高兴明显地写在她脸上，原因或许简单，也不简单。颜溪走过去，蹲下来看着坐在换鞋凳上的女儿，说：“今天雨这么大，马儿都不能上跑道，教练员也休息了，我们要是去跑马场的话，也不能骑马呀。”

小鸥嘟着嘴，不说话。盥洗池传来齐越洗漱的声音，颜溪才意识到今天小鸥起床格外早。她试探问：“你是想出门玩，还是想去跑马场？”

“跑马场。”

“为什么呢？”

小鸥的脑袋忽然垂得更低：“我昨天看电视，看到了幼儿园毕业仪式，我都没有参加。我也想在跑马场办幼儿园毕业仪式。”

颜溪沉默数秒，开口时声音微哑：“那我们换雨靴好不好？”

一家人出门时雨势愈发大了，但小鸥将她的红色小伞撑得很高，仿佛要接住雨水落下的交响曲。关于毕业仪式，她有自己的想法。跑马场就是她的幼儿园，她决定重走一圈跑道，不是在马背上，严格来说也不是用双脚，而是用手去摸一遍。

站在跑道的起点，小鸥挺起胸脯，一只手转着伞柄。

“爸爸妈妈，欢迎你们来参加我的幼儿园毕业典礼。”

她鞠了一躬，又转向看台鞠了一躬。看台上早已升起白蒙蒙的雾气，成排的蓝色座椅和水雾弥漫成一片。在这朦胧景致中，小鸥开始往空无一人的跑道迈步。雨靴踩在泥泞的草地上，溅起水花。没走几步，她就蹲下身，用手摸了摸。

“哇，在雨天里，原来这条路是软软的，湿湿的，凉凉的。”

她像评价一种新口味冰淇淋那样，仔细地揣摩，认真地点评。

起身，往前走几步，蹲下，摸一摸。

“哦，原来马蹄踩在草地上是这样的感觉，不是那么平，有点坑坑洼洼的，但是或许泥土也有弹力吧，可以帮助马儿弹起来。”

起身，往前，回头招招手：“爸爸妈妈跟上呀！”

颜溪和齐越对视一眼，两人都说不出话来，原本准备好的干毛巾也被颜溪塞回了包里。他们一人撑着伞，一人举着录像模式的手机，跟上去。

不知花了多长时间，小鸥总算把整条跑道都摸了一遍。膝盖上、衣领上、脸颊上沾了泥水，她脸上的笑容却变多了。

回到起点与终点的接合处，她用沾满泥巴的手撑高小伞，直到不能更高，脚尖也用力踮起，她做出高声欢呼的动作：“这里就是齐弋鸥的幼儿园，齐弋鸥毕业啦！”

这天夜里洗完澡，小鸥躺在床上突然说：“妈妈，我有一个梦想。”

颜溪掖被子的手顿住。她从来不问女儿的梦想，不敢问。但是女儿今天完成了毕业仪式，一定有许多感触，她不得不听。

“嗯？是什么？”她维持着平静的声音。

“我想有一天，能再和同学们一起去上学。”

那场事故中，受伤的不仅仅是小鸥，还有别的同龄人。现在他们中的五六人也和小鸥一样无法自如出行。

颜溪沉默稍许，柔声说：“我的梦想就是帮小鸥实现梦想。”

关灯，带上门，离开小鸥房间后，颜溪看到齐越在电脑前坐着。他虽然不再是公务员，但还是保持对政策动向的关注，有时候还会做做分析解读。

即便小鸥是个乖巧的孩子，齐越照顾她也面临着难以言尽的辛苦。他们没有把小鸥交给护工或保姆，主要还是因为舍不得孩子只是被照顾。比如有时候小鸥的突然尖叫和情绪崩溃，护工就完全没法应对。

一直以来，齐越都做得很好。只是眼下他盯着面前的屏幕纹丝不动，手指也久久不曾抬起。今天从跑马场回来后，他就总是发呆。

“宝宝。”颜溪拉着他坐到沙发上。

齐越的视线一直没有抬起，他坐下后，右手压着左手，道出心里所想：“宝宝，你会不会觉得我很没出息？”

这不是他第一次问这个问题。每隔一段时间，他的自尊都会变成一道格外脆弱的危墙。颜溪很累，但她知道这种时候不能轻飘飘忽略这个问题。她真心实意地说：“怎么会？我从来不这样觉得。我知道你在家一有时间就会分析各种政策，哪怕休息的时候你去图书馆也是在帮我准备材料。”

颜溪挨着他坐下，将手覆在他的两只手上：“如果没有你，我们走不到现在。我们三个是一体的。”

齐越很难再回到原来的事业里，这一点在他决心辞职回家照顾小鸥的时候就已经心知肚明。但这一刻他还是无比迷茫。他没有能够给女儿一个圆满的童年，没有能够赚钱养家，一事无成。人生或许很短，不到百年，但站在三十八岁的关口，他往前往后都看不清。

客厅里许久都没有声音。齐越察觉异样时，忽然听见颜溪说：“其实所有的事情都没有意义，对不对？如果我们是巨人，是植物，是一团空气……那我们现在做的所有事情都没有意义……”

她的声音喃喃着低下去，像是自言自语。

齐越愣了下：“宝宝？”

“我现在每天每天都能听到一个声音跟我说：所有的事情都没有意义，没有意义……”颜溪两手抱着头向下压，身体蜷缩起来。

齐越扶住她的手臂，想要阻止她的动作：“怎么回事？多久了？”

颜溪闭着眼睛，小幅度摇头。她的身体硬邦邦弓起，齐越有长期照顾女儿的经验，一下子就知道这是一种强烈的抗拒。

“怎么不告诉我？”齐越抬起她的脸，用额头抵住她的前额，“你听到那个声音多久了？”

“上个月开始……我不想说，不用说我也知道不正常。”眼泪接连涌出来，她说话变得艰难，“因为那个声音……就是我自己的。”

她的头继续使劲往下垂，身体却突然间被一股力气拽起来。齐越拉着她走进洗手间，打开水龙头，刺激的冷水哗地冲刷在两人紧握的手上。

“颜溪。”齐越很少这样语气郑重地叫她的名字，“我们都太渺小了，所以一切都有意义。我们走过来有意义，水龙头打开有意义，水流过手指也有意义。以后你要是再听到那个声音，就用手指碰一碰东西，不管软的硬的，冷的热的，然后你要想起我说的话：我们就是这么渺小，每一个挣扎都有意义。”

颜溪僵硬的手指动了动，水温从凉到暖。她不说话，也不再流泪，这才发现快要崩溃的人原来是她。她太累了，累到要暂时抛下自己。

渐渐找回呼吸后，她开始倔强地想：正好，被抛下的她和被抛下的女儿都不是孤单的了，现在她们别无选择，只能并肩跋涉，用手触摸，直到和世界重建连接。

路演早已成为颜溪的家常便饭。她几乎每个月都有两三场正式路演，非正式的交流则更频繁。但是对她产生关注的投资者寥寥无几。一方面她的项目推广面临一笔巨大开支，而短期收益并不明显。另一方面，是因为她在创造新事物。

多数人害怕新事物。

颜溪只能不断尝试，哪怕是大海捞针。

不过许可倒是提醒了她，既然多数人都不认同她的项目，那么她不如说一些不同以往的话，愤怒的，甚至出格的，能引起一些注意也好。

于是她说："世界是不可预测的。风切变会突然出现，一切都会在瞬间改变。过去应对风切变的招数包括雷达监测，设备预测，剩下的你知道靠什么吗？靠人工的警觉性。如果有司机就算了，现在是无人驾驶的时代，幼儿园的孩子如何能有这种警觉性？"

"所有机器用的都是预测算法，我们可以有一个完全不同的方案：放弃预测，改为预定。我们可以定制一个好天气。即便是没有遭遇风切变，惊云箭也能排除绝大多数天气干扰，让飞行器的行驶平稳度和乘坐舒适度得到大幅度提升。

"自私就是最有效的策略。不用管别人，全力为自己开路。至于大家担心的，惊云箭是否会干扰别的飞行器，也是我们团队过去一直在解决的问题，如今这种干扰已经降到极低水平，可以正式投入应用。"

这些话细思起来，句句惊人。她的演讲换了一个又一个场地，终于有投资人显露出兴趣："你的项目就叫惊云箭是吧？你要知道，在空中发射出一支箭，是可能造成很多问题的。你怎么有把握能做到安全？"

颜溪答："我们公司就是做安全测试的，项目之初就尝试过一百多种材料以确保安全。后来我们意识到，重点不在于材料，而在于箭发出去后振动的方式。理想的振动能够消除风切变形成的条件，包括消解温差、急流、锋面甚至雷暴。所以我们现在采用的材料就是空气，可以实现绝对的零排放，我们大部分的研发精力都放在优化振动指令上，这也是我们不可被复制的优势。”

离开路演会场时，颜溪接到齐越的电话：“宝宝，医院那边通知我带小鸥去住院，他们说可以给小鸥做手术了！”

颜溪脚步顿住，头微仰，好让泪水停留在眼眶。这个手术他们家等了四年，终于达到了可以进行的全部条件。

她赶往停车场时，接到了另一通电话：“颜总，我姓陈，是刚才听你路演的投资人。专门给你打这个电话是因为我觉得你的想法很精彩，我个人很喜欢，但是我咨询了一圈保险公司，他们对新东西的态度很谨慎，目前没有保险公司愿意开先河，所以这个项目无法推广。”

颜溪的脚步没有丝毫减慢，仿佛早已料到结果，仿佛习惯了这样的结果。

她在电话里道谢后，便直接去了医院。

病房里，齐越拿着小鸟的骨架模型，在给女儿科普：“小鸟在飞行时，如果遇到突然的扰动，比如风切变，会迅速调整头部位置和姿态来恢复平衡。小鸟的平衡主要靠两套器官。一套是腰骶器官，就在腰椎和尾椎之间，这里主要感知直线加速度。还有一套是内耳前庭系统，在大脑里，主要感知旋转加速度，和人一样。明天的手术就是要修复小鸥的前庭系统。”

小鸥穿着病服坐在床上，张开手臂：“那以后我就可以像小鸟一样自由了！来医院的时候，也不用先吃药睡着，让爸爸抱过来了。”

齐越抚摸她头顶：“没错。”

小鸥的手术总共有两轮，第一轮做完后，再过一周便能进行第二轮。一家人开始以病房为家，终日挤在窄小的白色空间里，期待着进展。

一天，齐越盯着手机看了片刻，突然一个人去了病房区外的走廊打电话。回来后他告诉颜溪："有一个科技局牵头的基金项目开始征集了，我咨询了前同事，觉得可以试一试。"

颜溪看了他手机保存起来的页面，"产业基金投资项目"的标题下方，提到了项目宗旨是为战略性新兴产业发展注入资本活水，将面向科技企业开展项目征集，对入选项目库的企业拨款投资。

牵涉到多个权威部门的考核，颜溪有些担心。去年她也申请过类似项目，但是初选环节就落选了。齐越却认为值得一搏："这次的评委中有几位是交通局的领导，更容易理解我们的项目理念。但是对应的，我们的方案一定要足够严谨。"

严谨，意味着需要关键的实验数据。

两人不约而同想到了一块。颜溪低声说："小鸥可以提供实验数据，但是那样一来她的第二轮手术就要推迟，而且她要再经历一次恐惧，我怎么能……"

齐越做了个深呼吸："要不，让小鸥自己决定吧。"

第一轮手术之后，小鸥变得有些嗜睡。等她睡醒吃过晚饭，齐越才仔细对她说了当前的情况，问她是否愿意参加测试实验。

小鸥看看颜溪，又眨了一下眼睛，看向天花板："妈妈，你还记得我的梦想吗？"

"妈妈记得。"

"我真的好想好想早点去上学啊。"

此心似箭，母女同心。颜溪几乎要说出"那我们就照常手术"时，却听小鸥说："可是如果我的同学没有一起，那就不好了。如果我等一等，我的同学们就能和我一起上学，像以前一样对吗？"

颜溪和齐越相视一眼，眼中都有意外。

小鸥的同学中仍有人不具备手术修复的条件，如果交通不改善，他们便无法回到校园。原来从父母的忙碌与努力中，小鸥也早已看出了一件事：改良交通系统，能让更多人获益。

颜溪回答女儿："对。"

"那我就等一等!"

五

颜溪的员工联系到十二位前庭系统受损患者，安排了一场数据采集测试。

测试场地就在言传科技的工厂里。小鸥很开心，她又能和同学们见面了。虽然有些人不得不坐着轮椅，但大家明显都长高了。

员工在给小鸥和其余患者进行测试培训的时候，颜溪和齐越开了一个简短的会议。齐越说了他新得到的消息："这拨扶持金有三个档次，第一档会给入选企业拨款六亿，第二档一亿，第三档五千万。"

颜溪捏着手指来回踱步："六亿可以支持我们一年半以上的运作，有这个时间我们一定可以做出成绩，市场对我们的信心也会大增……但是这么好的机会，竞争也会很激烈吧，虽然项目品质上我有信心。"

她太想要改善现状了，优先考虑了第一档的情况。齐越和她的想法不同："就算我们做得再好，要拿到第一档的阻力也非常大。如果争取第三档呢?"

颜溪眉头拧起："五千万？如果我们想做具体的对比演示，损耗的车辆价值就超过三千万了。不值得。”

她摇头。

齐越提议：“你不是远渡创业商学院的学员吗？如果让远渡来出这个演示车辆呢？他们每天做安全测试都要损耗十几台车，我们要的数据和他们的数据是有重合的，最好能联合试验。”

“这样……也是一个思路，但我得试试。”

会议室外头，员工敲门汇报说准备工作已经完成。所有人都迅速集中到测试的暗室中，小鸥被引导着坐上一把插满传感器的座椅。她知道这只是模拟实验，她不会真的从空中摔落，但还是忍不住紧张，央求道：“爸爸妈妈，和我说点话。”

齐越和颜溪分别握住她的一只手。齐越说：“今天的科普知识还没讲呢，我们就说说弓箭手悖论。这是一种很有意思的现象。当你射箭的时候，如果拿箭对准目标，肯定会打偏。”

“为什么呀？”

“弓箭在射出的时候，手指和弦的摩擦会导致箭左右振动，如果把箭在飞行时的过程放慢很多，就会发现其实箭是一扭一扭前进的，嗯……就像一条蛇，会左摇右摆，一边振动一边前进。这种时候，箭产生了偏移，所以就没法命中最初瞄准的地方了。”

箭在空中会振动，这是人们早就发现的。反过来利用它的振动做点什么，却少有人关注。

小鸥想了想，问：“这就是惊云箭的来源吗？”

“对，是妈妈想到的。”

“妈妈好棒！”

颜溪笑着晃了晃女儿的手。耳畔掠过一道凭空出现的声音，她的笑容忽然凝住。等女儿平稳进入测试后，她抿紧唇离开暗室。

骤然降临的声音不受控制，絮絮盘旋在颜溪头顶："所有的事情都没有意义。所有的事情都没有意义。所有的……"

她一只手扶着墙行走，掌心不断擦过粗粝的墙面。就这样一直走，走到工厂里另一间测试用的暗室。

有两名员工在里面操作，看到来人后纷纷起身："颜总。"

颜溪将沾满墙灰的那只手垂下，背在身后："把遥控器给我吧，你们先去忙别的。"

人离开，门关上。颜溪看向对面墙上的一张弓。

其实发射惊云箭并不需要制造出一张真实的弓，只要模拟出发射条件就足够。但这一刻，她抬高声音对抗着什么："不是没有意义。"

暗室的隔音效果绝佳，所有声音都被囚禁在封闭空间内——她鞋履轻扣地面的声音，她用蒙灰的手握住遥控器的声音，她继续说话的声音："这张弓被造出来，可以提醒我们团队正在做的是什么，这种形式也是有意义的。"

两米高的大弓沉默地瞄准她。

"每一次看到小鸥骑在马上，我的心跳就会加速，这也是有意义的。我的眼睛告诉我她在奔跑，我的心跳却说她根本没有路可走，除非我能为她开辟一条路。"

她走到弓前，伸出空着的那只手仔细抚摸，用手指一寸寸感触冰冷和坚硬，如同奔马用四足和膝盖感受每一寸泥泞，如同小鸥把自己弄成小泥人的那场仪式。

当她不再说话，便有另一个声音代替她说话："所有的……所有的……所有的事情都没有意义。"

她狠狠捻了下指尖，站回最初的位置。大弓再一次瞄准她，以及她所携带的那声音。

她没有眨眼，果断按下手中的遥控器，一道破空声由远及近。

测试中的惊云箭伴有霓虹光效，因此颜溪无比清晰地看到自己被完全刺穿，而那道声音也瞬间被刺破，七零八落。

惊云箭的功能是影响空气波动，其冲击力不足以伤害肉体，但没有人像颜溪这样主动被箭穿透。凡事最怕意外，万一算法出错呢？万一设备失控呢？

但她只觉得酣畅淋漓，还想重复无数次。

另一间暗室中，数据采集逐步推进，终于在黄昏时全部完成。紧接着，回到众人视野里的颜溪与团队马不停蹄地整理出项目计划书，正式进入产业基金投资项目的申报流程。

申报截止日后，官方公布了符合初审条件的报名企业名单，共有六十八家公司在列。

言传科技的名字排在名单中部，并不突出，但颜溪开始收到一些莫名其妙的骚扰信息。又一次挂断一通令人蹙眉的电话后，颜溪看向前来公司拜访的投资人说："抱歉，陈总，可能是竞争对手在搞鬼。"

陈总是之前见过颜溪并考虑到保险问题的投资人，他对惊云箭项目保持关注，也时不时送来建议。得知言传科技申请了这次的基金项目后，他沉吟片刻，提醒道："你留意一家叫百里达的公司，这是一家规模不小的企业。他们有一个专攻科技基金的部门，里面一半人负责政策研究，至于另一半……就负责骚扰对手。"

颜溪意外，颔首道："谢谢提醒。"

几天后，当她从科技局大厅拿到言传科技进入复审的通知文件后，两堵高大人墙迅速堵到了眼前。

颜溪面不改色，盯着两个男人看了片刻，等他们出声。

其中一人指了指她手里的文件，说："颜总是吧，我实话跟你说吧，其实这个评选的结果都已经内定了，你还是别浪费精力了。"

颜溪启唇："谢谢提醒，你们是科技局的人？"

他们还没离开大厅，对方有些过于明目张胆。

"不算，不过差不多。我们在这里有人，至于我们是什么人……"

"百里达的？"颜溪轻轻一声，让两人同时语塞。

正因为没离开大厅，她有把握自己是安全的。从两人神态看出破绽后，她不紧不慢地说："原本我还纳闷，百里达为什么要针对我们这样一个小公司，现在我懂了。大概是因为百里达用一些手段得知了我们的项目资料，并且发现自己的方向与我们接近，所以哪怕最后入选的名额可以有多家，在同个方向上的两家公司却实际面临二选一的考验。你们来找我放烟雾弹，恰好说明这个项目不仅没有内定，更说明我们的项目各方面都更加完备。这我就放心了。"

"你……"

"我最近的兴趣是琢磨每个小东西的意义，谢谢你们的出现，意义重大。"

颜溪话音落下，眼前一人脸都白了："她……她说我们是小东西！"

"别指我啊，反正说的不是我！"

颜溪没管两人的内讧，跟着下班时段的人流快步离开。

第二天她收到一个投资人的午餐邀请。她带上项目资料便去赴约了，却没料到对方竟是百里达的副总，开口就对她许以高位："你很漂亮又能干，其实完全可以脱离现在进退两难的生活嘛。我们公司的大门对你敞开，除了高年薪，还可以给你申请一笔高空安家费，你们就不用蜗居在那个阴暗的旧房子里了……"

对方做惯了老狐狸，打着惊云箭的主意却绝口不提收购二字，只想花点小钱拉拢颜溪，等言传科技散架之后便能顺理成章地将惊云箭变成囊中之物。

颜溪提包准备离开："刘总，不好意思，我们还是……"

刘总摆着手打断她："别啊，还有一位你的老朋友，一起见见。"

几乎是下一秒，颜溪就从门口看到了那位被称作"老朋友"的人。在她意料之外，那人是许可。

许可落座后，刘总就找了个理由离开，把空间留给她们二人。颜溪没打算久留，但还是问："你去了百里达？"

"没有，不过我确实要离职了。"

许可给自己倒了一杯茶，看一眼颜溪黑白分明的眼睛后，她轻轻摇晃着茶杯，说："我们都三十六岁了，不得不开始考虑职业生涯的下半场。过去我一直在做项目，往后我想试试不一样的。我一个朋友从猎头公司里出来，想和我合伙开一家咨询公司，专门给科技行业的人牵线搭桥。拉拢你进百里达其实是我们的第一个订单，不过看样子这个订单要黄了。"

"当初我离开远渡，是因为我想做的事无法启动。要是我愿意为了这点钱进百里达这样的公司，我当初就不会离职。"

这家餐厅的位置高耸入云，以奢华闻名，一抬头便能望见窗外的城市地标建筑。颜溪说完想说的话之后就起身，背对着大片美好景致，毫不留恋地离开。

六

复审的审查资料一式十二份，包括模拟视频三分钟版本、实体发射装置两套……再一次清点完毕后，颜溪将注意力移向镜中的自己。

她整装待发，准备上场。

复审的表现将决定最终结果。今天一早颜溪与几名员工就来到科技局大厅，这是复审的第一场，还有一场则是一个月后的项目实地演示。

坐进会议室，席上除她以外的人都是评委。她有条不紊地介绍项目："当前应对风切变的措施中，雷达对风切变的探测效果很有限，乘客通常在遭遇湍流时才会反应过来。一部分公司致力于改良雷达和研发各种预测设备，不惜耗费大量资金，还要建立十分复杂的系统。我们的想法是放弃预测，重现轨道交通。"

不少评委都笑了。

一人忍不住打断颜溪："轨道交通？那得依靠修建好的轨道行驶，确实很安全，但是那么大的工程，你考虑过成本吗？考虑过对居民生活的影响吗？"

颜溪等质疑的声音停歇，才说："我说的轨道，不是传统意义上的轨道。在古代，人们依靠马来行进。进到荒郊野岭后，都由马在行走中创造出路，马的脚步就是轨道。现在，我会让一支箭像马一样开辟轨道。这支箭在空气中的振动可以产生一种波，而有这种波的存在，就能提前扫除风切变产生的环境条件，从而得到一条看不见的安全轨道。"

现场安静一瞬，有评委问："就是说，用一支射出去的箭，去干扰和化解风？"

"对。"颜溪点头，"只要一支箭。"

无论这支箭倾注了研发团队多大的心血，耗费了多少个日夜，对出行者而言，破解风切变的动作简练得只需要发出一支箭。

这就意味着低成本、低干扰和无污染。

在论述与问答中，颜溪也在默默观察着评委席。评委里大概率有人与百里达公司利益相关，但她不清楚是谁。

一切进展都正常，甚至顺利。颜溪的问答结束后，她便收拾东西离开会议室。走廊上，忽然有人喊她的名字。颜溪回头，目光中有疑虑，但迅速被她掩饰住。

快步走上前来的人是一位面相亲切的评委，他寒暄了两句，说："你的项目非常好啊，我很有兴趣，你提到的那些数据资料能不能给我一份，我想仔细看看。"

"好，没问题。"颜溪从资料夹中取出一份完整的项目计划书，递出去。

对方接住资料的那刻，她想，那个暗处的利益相关者会不会就是他？但她无从验证。她只能告诉自己不要紧，资料可以复制，但一个月后的项目演示却是无法复制的。

小鸥迎来第二轮手术。经过九个小时的等候后，安静睡着的小鸥被推出手术室，听完医生的交代，颜溪和齐越悬着的心终于放下。回到病房，颜溪在陪护长椅上躺下，挨着女儿睡着。她醒来时，发现齐越正蜷坐在长椅末端，捧着笔记本电脑。

她碰碰他，轻声让他来休息，准备让出位置。

齐越放下笔记本电脑，抱着颜溪一起躺下。为了不吵醒女儿，两人依偎在不足一米宽的长椅上，把声音压得很低。

“我刚才做了一点项目演示的情况分析。来看演示的评委是抽签决定的，会有三个人来。其中两人还好，但有一位姓蔡的秘书长可能有点麻烦。”

颜溪安静地听着。

“这人过去的履历与工程技术没有重叠，但是根据他下属的一些评价可以推断，他平时就爱瞎指挥。”齐越用最直接的语言评价，“所以你必须说服他这样一个外行人，在很难展示出什么震撼场面的情况下让他认可项目，至少避免他投反对票。”

演示现场和上次小鸥做测试时的情况差不多，计划就在言传科技的工厂内进行，最后得出的是一堆对比数据，确实没有什么看头。

颜溪想到那个取走项目计划书的评委，说：“让不懂行的人明白我们在做什么，也是创业者本该面对的问题。我准备提高演示难度，比项目书上原定的计划更生动具体，这样才有说服力。”

“但是演示场地……”

“不在空中，空中的场地我们付不起。我们去跑马场演示。”

七

实地演示的前一天晚上，颜溪拿着齐越擅作主张买的电影票进了放映厅。齐越说，越是这种时候越要放松。

影片是她喜欢的合家欢题材，但身边没有家人。齐越在家照料正在康复的小鸥。颜溪在黑暗中坐下来，起初有些恍惚，她许多年都没有看电影了，何况还是一个人。但看着看着，她也跟随银幕一起笑出声来。世界是不可预测的，没有预期的相遇不全是残酷，有时也可以美好。走出电影院时，颜溪毫无预料地收到一条消息："惊云箭的项目资料我反复看了几遍，很受触动。最重要的是它成本低，可以迅速在全社会推广，造福民生。作为终评评委，我一定会鼎力推荐。"

发消息的人曾经与她在工作中有过一面之缘，不深的交情。她没想到他会是十几位终评评委中的一人，也就是说，她至少有一票了。虽然这一票或许并不能决定乾坤，但久旱之后的一场细雨便足够带来希望。

演示日，跑马场被布置妥当。两台大型风机用于模拟风切变；测试车辆是幼儿园校车，为了直观还去掉了大片外壳，仅保留框架。这些都是许可帮忙筹备的。她虽然要离开远渡了，但走完离职手续前仍有一些调动设备的权限。

帮助颜溪对她来说有一种特别的意义。那样的压力放别人身上足以磨灭一切光彩，而颜溪至今仍在一往无前地寻找一片沃野。唯有她找到了，才有更多人能够紧随其后纵横驰骋，包括许可。

跑马场的跑道已经提前清场，只有颜溪团队与评委团可以进入。隔着几十米远，颜溪对看台上的许可微微点头后，便开始准备。

今天看台上的人不少，除了跑马场的工作人员，还有一些市民。哪怕颜溪不抬头，也能感觉到不少目光落在自己身上，毕竟她是跑道上为数不多的女性，又是必须扛起大旗的团队主帅。

评委团中被唤作蔡秘书长的男人笑呵呵道："偶尔来看看地上的风景也不错嘛。"

他似乎没有觉察到自己的话里带着几分高高在上。周围的人同样笑着附和。但实际上实在说不上有什么风景。穿透重重阻碍抵达地面的阳光本就有限，今日天气还不好，跑马场里能见度越来越低，到处都是雾蒙蒙的，以至于看台上有些人用上了望远镜。

来到现场的人对今天这里要发生的事充满兴趣，无论是好奇、期待，还是想要幸灾乐祸。当然，也有预谋着要搅浑水的。许可认出了邻座的人是百里达的员工，那人自入场后就阴森森地盯着场上。

对比实验开始。

第一步是模拟风切变发生时车辆与乘客所遭受的冲击。测试校车在无人驾驶状态下载着满车假人爬升至低空，以正常速度行驶。

负责风机的员工看向颜溪，待她点头后举起扩音器，节奏稳定地发出指令："前方！风切变倒计时准备。五、四、三、二、一！"

风声骤起。两台风机在校车前方释放出规模骇人的疾风，如同一套无形的组合拳冲向校车，将其猛然砸向地面。全身遍布传感器的假人乘客实时将压力数据传回颜溪身边的一台电脑上。

第二步是在同等条件下加入惊云箭。第二辆测试校车出发的同时，惊云箭也随之发射，并以极快的速度领航在前。

于是人们看到，那一支箭犹如一道霓虹闪电，迅捷地穿梭而过。它的路线转瞬即逝，很快便像一尾灵动的鱼消失在天际。

"前方！风切变倒计时准备。五、四、三、二、一！"

风声再起，校车前方呼啸着升起狂风的组合拳。看台上的人纷纷提起心，他们并不知道第二辆校车会不会同样壮烈负伤。那不起眼的一支空气箭，又能起到什么作用？或许能减少一两个甩出去的假人，就算卓有成效了。

可人们等了片刻，却是只听风声不见风狂。片刻之后，连风声也消散无踪了。远远望去，那辆校车竟然毫无颠簸地抵达终点，开始下降，着陆。

对比实验结束。评委团内的第三方机构人员根据两次风切变生成时的强度、方向，评判出两次的规模等级相当，实验有效。

紧接着，颜溪的团队生成了详细的对比数据，并打印出来交到评委团和颜溪手上。颜溪快速地扫过那张纸，看到对比清晰的两组数据时，略松了口气。

蔡秘书长和左右讨论几句后，先是鼓掌表示认可，又凝眉思索半天，说："这个实验吧，假人可以，不知道真人行不行。这种事情上我们一定要严谨，做到万无一失。"

颜溪身边的女助理立即解释，使用假人是沿袭了汽车碰撞试验的惯例，而且这种昂贵的假人体内植入了数千传感器，比真人更利于采集数据。

蔡秘书长虽然边听边点了下头，嘴却依然瘪着，不太满意的样子。

颜溪的目光和费力解释的助理对上，两人有一瞬无声的交流。她们都懂，蔡秘书长表现得像一个老练的指挥官，并希望自己确实就是。

助理无能为力，颜溪也不能不给答复，于是她笑了一下："蔡秘书长，您看这样如何？我坐进校车里再重现一次第二步的情况，只要我能安然无恙，就说明惊云箭的实际应用也是可靠的。"

蔡秘书长一开始还意外："颜总，你怎么能自己上呢？没有别的专业人员吗？"

颜溪从容摇头："这个项目，相信没有比我更专业的了。"

于是让颜溪上场这件事就定了下来。

测试校车为了效果直观，已经去掉了外壳。就算没有风切变，实际乘坐的危险也大大提升。

助理拿来安全帽，颜溪却摆摆手推开，毫无准备地坐上了校车第一排的位置。她垂头，看见自己能够依靠的就只有一根安全带。

看台上迅速响起声音："她疯了吗？"

"真是不要命了，就算飞得不高摔下来也得半残吧。"

"我跟你讲啊，创业的人就得心狠，不豁出去活不下来的。"

"你那里看得清吗？快点录下来！"

颜溪往看台远远望过去一眼，隐约看到一对父女的身影。雾气很浓，她不确定是不是齐越带着小鸥来到了现场。一个或许不存在的对望后，她将注意力拉回正前方。

校车外，蔡秘书长还在说话，说了很多句其实都是一个意思，也幸好没有提出新的问题。她知道他想看到什么，既然如此，她便自证为敬。

刚才的演示中，现场的人都对惊云箭有了初步概念。这次校车上多了真人，人们的期待又有了些许不同。随着校车升空，车前端的惊云箭飙射而出。整个看台和评委团顿时安静下来，所有人都无声地张望着。

"前方！风切变倒计时准备。五、四、三、二、一！"

颜溪不是不紧张，不知不觉中她的手指已经攥紧了安全带。视野前方，霓虹箭矢成为一道柔软的弧光，向前奔腾。她仿佛看见小鸥所乘的马匹富有力道地穿梭于跑道间，跑成了柔软而强韧的缎带，一路怒奔。

在朦胧雾气中，所有人都清楚地看到了射出去的那支箭。这并不是什么速度的较量，却让人不敢眨眼。

惊云箭划开天空，浓浓雾气仿佛被拦腰切开，看台内外的视野骤然清晰起来。

不到两秒，人们便反应过来，这是惊云箭带来的意外效果：箭矢在空气中振动所产生的独特波纹切断了疾风的来路，也涤荡了雾气的凝结条件。如果说第一次实验时还不明显，那么第二次实验的效果叠加就足以还现场一片晴朗。

这并不是多么难以想象的东西，然而现场的人们却都觉得自己看到了难得一见的奇迹。于是，欢呼声与掌声骤然爆发，如奔腾的赛马朝着颜溪呼啸而来。

人们不敢置信："怎么做到的，怎么可以这样？"

"一下子天就晴了，所有的雾都散了！"

"看见没，那个箭是新能源材料，可以溶于空气，不会有任何污染的。"

看台上的许可看向邻座。很显然，百里达的人先前不知道他们遇到了什么样的对手。现在他开始大喊大叫发出质疑，但不等保安出来维持秩序，他的声音就被轻易淹没。

喧闹声中，颜溪却感到空前的平静。她的手指与身体在暗室里被无数次刺穿，惊云箭所到之处，便是她在黑暗中一点点触摸过的路。

校车下降，着陆。颜溪解开安全带，完好无损地穿过并无车门的钢铁框架，往回走。

看台上烟消雾散，有一片颜色刺入她的视野——是齐越抱着小鸥朝她挥手。他们穿着红色的父女装，红与红连在一起跳动着。颜溪知道，那是她的外部心脏。

一个看着不可能惊人的人，在沉默的累积中，一举惊人。此刻的沸腾声中，唯有这一体同心的一家人，像无数个平常日子里那样挥动手臂，好似在说："你回来啦？"

“我回来了。”

颜溪笑起来。如同一部令人神往的电影里，女子是佳人，是贤能，是主帅，是世间再无的绝对焦点。

看着这样的她，许多人又回味起方才那一刻：惊云箭如流星一般无畏地穿梭，将视野距离拉大，将所有人甩在身后。而它所到之处，万里无风也无云。

至此，没有人再对实验结果提出质疑。

八

创业就是反反复复，死死咬住。

产业基金投资项目结果公示的那天，颜溪刚刚结束一场合作洽谈，风尘仆仆回到家。她脱了外套，将小鸥抱在怀里，握紧女儿的手。

齐越坐在她们对面，手中握着手机：“确定让我先看？”

颜溪点头，她有些不敢看。员工眼中那么坚强的一个人，其实时不时就要在家人面前示弱。

齐越目光向下，指尖开始划动。几秒后，他抬头，平静地看向她。颜溪紧张了：“没入选？”

“入选了。”

“真的？那是第几档……”

“你自己看。”

齐越推过来的手机画面里，扶持金高达六亿的第一档显示为空缺。言传科技排在第二档的名单中，将得到一亿元资金扶持。颜溪继续往下看，百里达没有入选。

结果已经尘埃落定。第二档虽然并不是颜溪的最理想目标，但接下来该基金项目还会进一步助推她与知名高校、科研院所、顶级科学家和优秀投资机构产生合作。

颜溪露出笑容，抱紧小鸥的同时伸出一只手握紧齐越。三人以虬枝般的姿势拥抱在一起，暖意丛生。

言传科技出现在产业基金投资项目的名单上之后，商业投资的橄榄枝一下子多了起来。颜溪抓住机会，加快动作，让惊云箭成为名单上最快得到市场收益的项目之一。

小鸥办理完小学入学手续后的第一个周末，全家人决定一起去放烟花。因为低空交通管制，只有特定区域才能燃放烟花，所以他们去了郊外。

夜色下的汽车旁，颜溪开始布置烟花筒。小鸥拽了拽齐越的衣袖，附在他耳边说："爸爸，我想坐在你肩膀上。"

"你确定？"

小鸥重重点头，又朝颜溪催促道："妈妈，快放烟花！"

颜溪笑着点燃了一支手持烟花棒。接着，她用冒出来的星火去引燃地上的烟花筒。火花飞舞，火龙上升，奔着九重云霄而去。

"哇！哇！"小鸥的声音不断响起，在阵阵发亮的夜空下。

颜溪手中的烟花棒快要燃尽，火星触碰间，指尖仿佛燃烧。

"宝宝，快看！"齐越的声音让颜溪抬头。他不知什么时候已经将小鸥举在肩上。

小鸥一阵兴奋地尖叫后，朝身体两侧伸出双臂，高喊道："我要飞！飞得更高更高！"

颜溪手指灼痛，那痛意清晰而具体，仿佛具有某种意义。好像有一段时间了，她没有再听到那撕咬神经的声音。她轻轻丢开已经熄灭的烟花棒，伸手去抱丈夫和女儿，抱得很紧，加深那意义。

遥远的空中，升腾的烟花宛如一支支射出的箭。无数掠影竞相疾驰，轻轻点燃所经之暗处。

破，而后行。

苏莞雯，科幻作家、独立音乐人，北京大学艺术学硕士。擅长在日常生活场景中展现惊奇想象。2021年获第十二届华语科幻星云奖新星银奖。代表作《三千世界》《龙盒子》《我的恋人是猿人》《九月十二岛》。《九月十二岛》获豆瓣阅读小雅奖最佳连载。《三千世界》获第四届广州青年文学奖。《奔跑的红》日文版收录于《奔跑的红：中国女性科幻作家选集》，2023年入围第五十四届日本星云奖。

罗湖三叠

谈雀

初　叠

八月，一个黄灰色的寂静午后，他从车厂下班。日子像煤，渐渐烧尽，余了点呛鼻沸腾的烟。

工人们开饭，三两成群，孢子般簇拥着游往食堂。他被遗留在碰撞区，身子骨陷在安全气囊里，头脸歪斜，眼底流动喑哑的像素。他想下车，铝骨轴承撑起来，咔嚓咔嚓响，像孱弱的甲虫，半天也挪不了腿脚。这回他撞得很重。

“需要修理。”他小声说。

几个工人裹在工装里，脖颈漏出浓密汗蒸气。他们在闲聊，讨论最近的连环车祸。“等下午再说吧，”他们说，“到饭点了，没人管你，先待那自个玩会儿。”他们轻快走了。

“需要修理，”他又说了遍，“需要修理，碰撞机器人需要修理，我需要修理。”他语速很快，有些变调，像松垮的琴弦，发出干涩声响。他尝试呼叫厂里修理工。他有三个修理工，廖工，钟工，刘工。今天轮到廖工。他的程序像小鱼，乱窜着，钻进系统拨通电话。

“谁啊?”廖工问。他声音含糊，有电磁波紊乱音。

“碰撞人。”他说。

“什么人？”

“厂区碰撞试验机器假人。”他说。

喔，廖工像是想起来了，说：“你是葫芦，廖葫芦。”

“唔……”他陷入思索。廖葫芦三个字跳进处理器，声波融化作指令，浪潮般浮游在芯片晶体管上。修理周期从碰撞开始，车撞向墙，他模拟人类动作，手臂或举或并，脚踩刹车，一下，两下，三下。砰，车撞严实了。安全气囊膨出，他咯咯噔噔颤动，被拽下车，接受扫描，将仿人数据一股脑吐露出来，录进智能安全模型里。然后廖工跑来，抱他去修理车间。廖工手劲大，修得很快，其间爱说话，嗓门也敞亮，说：“你这小人，体胚子真够小的，浑身上下光不溜秋，我干脆给你取个名号，叫葫芦，廖葫芦。”

“等着，廖葫芦，我马上过来。”廖工说完便没声了，信号尽头嗡嗡着，都是白噪声。

他又等了半小时。

修理车间没人。他踅进去，地方逼仄拥挤，有股黑橡胶味，花绿海报糊了满墙，都是体育明星。地砖上散落螺丝刀、梅花起子、扳手。灯光很轻，昏黄一团，荡荡悠悠。他开始扫描，看见瓦楞纸箱堆叠了个人影。廖工陷里头，胳膊腿抵住纸壳，脸色蜡黄，面部一阵阵痉挛。他手里还紧紧捏着蓝柄小焊枪，吱吱冒白烟。

“廖工你好，我需要修理。”葫芦说。

“我还指望你修我呢，葫芦，我这脑袋坏事了，你先给我修修。”廖工说。他微阖眼，喘息着，身上喷发一股子热机油味。他喃喃着，说自个似乎叫廖卫国，大概七十了，也许干了大半辈子汽车修理工，临了，被机器淘汰了，车企或许政策好，他又被返聘回来伺候机器人，活不难，难的是他被痴呆症缠上了，脑子里迷迷糊糊，七七八八老忘记事。

“险些把你也忘了，葫芦你说，我还能待这拧螺丝吗，这时代人不如机器，我都嫌自个没本事。”说着廖工便哭了，眼底涌起白晃晃眼眵。廖工又擤鼻子打喷嚏，抹把头脸，面庞逐渐变得暴躁，说：“不过话讲回来，虽说我是肉包心，你是铁包心，总归还是你有能耐，所以你给找找法子，把我这破脑袋瓜子修好。”

“修什么？”他问。

“修我。”廖工抛开小焊枪，扬声说，“把我修好了，我才能动手修理你，不然我麻线脑袋对着你，从早忙到晚，也还是鸡孵鸭子——白忙活。”

“听见没？”廖工一句接一句问。

“听见了。”

“修理人类。”他在系统发问，得到的大多是各类莆田系医院地址。他又围绕关键词海马体搜寻，收获一串稀奇古怪的答案。

“我需要一块电磁波接收发射器。”他说。

廖工忙趔趄起身，弓腰在一堆零件里翻找。“找到了。”他说着，托起那块电磁波接收器——方型，拇指盖大小。他仔细钳起子转螺丝，将那一小块嵌进葫芦体内。又问：“到底能修吗，葫芦？”

“能。”他回答着，伸出臂膊，指头对准廖工太阳穴。

一条波蹿进他体内。

他看见庞大杂乱的时间，拼拼凑凑，粘连成廖工的一生。很快他明白，这是廖工的记忆波，也叫海马体尖波涟漪[1]，装载记忆，一潮潮荡过来，引发他传感器电涌，晶体管挨个竦立，0和1交叠涌

1 尖波涟漪(SWRs)是由海马体引起的同步神经元活动的快速爆发。

现，建构起一片广袤的神经网络。

他落入廖工的记忆里，像跌进荒芜的厂房。

“找见了吗，葫芦？”廖工问。

“找见了。”

“那里头是什么？”

“一堆机器。”他说。

廖工的记忆老了，硬了，施展不开，像成仓的零部件，彼此裹连蜷缩着，垒成一团团旧生产线。廖工不思考，生产线便虬结在一起。他一思考，脑子就活转了，生产线吭哧吭哧展开来，轧着铁锈水嘎吱嘎吱运转。

“找不到问题。”葫芦说。当然，也没法找。面对这堆庞大老旧的机器，他感到一阵乏力。“我无法同步你的记忆。”他紧接着说。

“急什么，让我从头开始捋。”廖工说，“首先我叫廖卫国，地地道道龙州人。”同地域关联的记忆立马铺展开来——广西龙州楼房成栋，鳞次栉比，麻将牌般垛着。在蚬木翠绿高大的枝杈间，数个廖卫国同时陷里头：一个光脚杆，啪嗒跑往西城送贺礼，提溜俩三黄鸡赤麻鸭，红网兜兜严实了，鸡鸭咯咯哒哒扯喉咙叫唤；一个跨二八杠上，荡悠悠骑向邮局送信，蛮厚，摞一堆，拿红麻绳系紧；一个廖卫国捏体检表，换军装，戴红花，啪，敬礼。街道接着转，成块青石砖哼啦飞来，铺地上，铺匀称了，组成云南麻栗坡、深圳罗湖。成堆的廖卫国一个挨一个，转灯似的，踱步其间，有时匆匆聚头，有时四散开来，跟马蜂似的。

“那时我年纪小，嗐，学堂没读完就当兵去了。”廖工说着，记性又坏了。马蜂扎进不同时间线里，光是人名字，便钓鱼似的牵起一大串。人拥挤着，嗡吵着，七嘴八舌挤在廖葫芦程序里。

人类群体的声音接连弹落，跳在他身上。他感到一种钝痛的紊乱感。

他逐渐发觉人类也是种机器。不只是单一的人类，他们与他们生活的时间、社会，共同组成更庞大的机器。他们各自是整体，同时又是整体的一部分。人类，复杂的结构。他想着，再次感到一阵紊乱。

“现在我这脑袋里，全都是后遗症，”廖工说，“打仗时候给炮弹轰的，脑仁都稀烂了。”他接着回忆，于是记忆世界接着展开，从其内部翻转出一场战争——对越自卫反击战。廖卫国是第三视角，穿迷彩服，脸抹得黢黑，高声唱：“寒风飘飘落叶，军队是一朵绿花。”然后归队立正，胶底鞋啪一声合拢，吼着：“前进！”

坦克履带艰难从时间洼坑里爬出来，线膛炮对准边界线那片野林子。太阳很沉，树杈融成霭霭绿影，林间缀连灰色的瘴气烟雾。轰。炮弹落地，猪笼草成片炸裂，迸出乳白液体。几只绿孔雀从越南黄檀树里飞出，惊号着，抖落翠蓝羽毛。廖工遥望1984年，坐在62式坦克里的自己，如欣赏流水线上崭新的零部件。而他，崭新的廖卫国正观察目视镜，遥望老山密林。他知道里头有老虎——一头寂静印支虎，会藏在荆棘窝里遥望人类。

“当年老山那一仗惊险，”廖工说，“21号高地总也攻不上去，那块路险，敌人会玩花招，搞竹签阵，陷阱里扎满尖石、铁钉、地雷，我差点就陷进去了。”

廖工开始往回想。轰，乱石堆里炸出截平坦路，石砾停半空中，震荡的空气波悬浮住，如透明的涟漪，一圈圈缠住廖卫国。

“不对啊，我怎么没死呢。”廖工问葫芦，“当时是谁救了我？”

葫芦探进记忆，将散漫的记忆符号捋整齐，拼凑出完整的形象。

“救你的人是班长。”他说。

时间继续走。班长蹚进雷区，挡在了廖卫国身前。轰。廖卫国扛枪奔上去。指头扣扳机，嘣，嘣嘣，枪托子震得牙关打战。

“我想起来了，班长也是广西人，叫严宝根。”廖工说，他常私底下喊班长老表。

廖卫国回头看了一眼。老表眼还睁着，胸膛一抖一颤，口里没气了。他吼一声，扑上去，又被人拉扯下来，二营的士兵都缄默着。麻栗坡变天了，老山开始下雨，暴雨雷鸣。他折片棕榈叶，掩上班长宝根的脸。身上一会儿冰一会儿热，他咬紧枪帮子，先喊班长，后又喊老表，抽抽噎噎、满心怒火地哭了。雨水冰冷，山峦浮起青雾。

“把这段记忆改了。”廖工说。

“怎么改?”他问。

“让宝根活下来。”廖工斩钉截铁道。

他于是尝试，让廖工的尖波涟漪漫过来，再漫深些，淹没处理器。晶体管搭连印迹细胞，铁搭肉，肉连铁，彼此枝枝蔓蔓生长一起。他开始修改那段记忆：宝根没蹚雷。

噔，系统停止运行，出现bug反馈：破坏了记忆连贯性。

“需要替换目标对象宝根。”葫芦说。他想起车厂里那些车，新的旧的，撞损的，没上市的，防泄密贴满斑马纹的。他试着下指令，迁移存储器数据，经由电磁波发射器，图像数据一条条奔来，如整齐的车队，驶进廖工海马体，再由神经网络开往老山。廖工喊叫起来。

“哎，有辆越野车。”廖工似是突然回忆起来，当时战场上来了好些车，中国造的，方方正正，全驶雷区里了。

车很多，一辆接一辆，鱼群般涌进麻栗坡。越野车，小轿车，油车，新能源车，车漆闪光，车头坚硬，从一簇簇士兵身边经过。车蹚雷区，地雷爆响，发出闷实厚重的声响。“那时真像幻觉，四面八方都有车来，高屁股的，矮屁股的，都沿山脉攀爬。”廖工回忆说，“可是咋可能有车呢，那路窄得，丛林深得，野猪都撞不进去。”廖工又犯迷糊，记忆涣散着，从生产线上丁零当啷滚落。“可能是大象。”他自顾自喃喃着。“那有大象吗？”他问。葫芦说：“有。”于是记忆被艰难捋顺，仗打赢了，廖卫国随部队下山。雨停了，天像清亮的铁。边境的同胞开始庆祝，燃起噼啪篝火，围着跳舞。他们请战士们喝酒，东倒西歪囔囔说往事，大多是敌人来闹事，抢牲畜，杀汉子，山路嵌满生锈的子弹壳，血比雨水多。又聊到里根，苏联老大哥，越南的罗勒籽汽水。廖卫国在水酒的芬芳里沉醉，他跟着碰竹筒，高声喊，仨尼知。一个女人说这也叫三江酒，水取金沙江、澜沧江、怒江，再拿家里种的苞谷、荞子杵碎了酿的。酒很香，一股冰凉的甜。他喝着，想起来那场仗。“可是哪来的大象呢？”他问。“是自然神引来了神迹，让象群为战士们开路？”女人说。月亮冷，桫椤树弥漫青涩的香味。她低垂头颅，闭眼合十，嘴里轻快念着祈祷的话语。“维拉伊塔拉哟。”她喊他一同祈祷。他默念着，遥望老山主峰。深蓝色夜里，宝根浑身潮湿，赤脚顶着棕榈叶，身躯朦胧不明，隐在灰色群象中间。“维拉伊塔拉哟。”

“对，宝根留在那了。”廖工恍然大悟，说，“他随军驻扎麻栗坡，在那喝了仨尼知酒，留在那里当女婿了。”廖工不断补缀着，思维飘飘荡荡，像根针，拖连想象里的画面，声音，人的脸，缝进锈迹斑斑的记忆里。机器顺畅转动，运着记忆往前走。1985年，他转业回到龙州，攒笔钱要做买卖，种桉树、橡胶、棕榈，卖给两广的工厂。他结婚早，退伍回来时，妻子患病死了，儿子已初中毕业了，黑瘦黑瘦，竹条一般长，光脚跨门槛上嚼槟榔。他拿麻栗坡土话喊儿子，喊阿珂拉。阿珂拉说："阿妈得了肝腹水，死的时候肚子比山高，卫生院没法了治，拿板车拖回来，在篾席上挺了三天三夜才阖眼。"阿珂拉哭了，说："阿妈走得不太平，一直哭着骂着，喊廖卫国你个王八蛋。"他说："我知道，都梦见了。"

战场的硝烟很快沉进地里，沥青路面生长出来，在一群摩托车的轰鸣中，他带阿珂拉去了深圳。那是九十年代，罗湖是个黄金窝。他开家汽修店，修轮毂，补破胎，有时还腾换旧零件。时间很快，踩着钢镚跨过1999。到千禧年，阿珂拉下海，开始倒腾生意。他聪明，想法总比时代快一步。老一辈龙州人都认识他，以前说他投机倒把，后来说他经商有道。他开厂子，借钱买货车，从昆山进电子产品，往北边销，又在义乌拿货，在这边厂里换包装，贴新标，价钱翻两番卖。阿珂拉嘴巴快，会说会骗，说小骗挣钱，大骗成家立业。到奥运那年，厂子被人告了，匆匆倒闭，阿珂拉也死了。记忆机器至此出现故障，皮带轮空转，机器卡滞，发出阻塞的悲鸣。

"从那到这，都给我改喽。"廖工道。

模型像雨滴，淅沥落进去。于是死去的人接连复活，挨个跳进记忆机器，在生产线上迈着，跑着，编织起新的记忆。"都还活着，"廖工说，"阿珂拉也走上正道了，没被刀扎死，赶上时运开公司，成家立业，给我生了个大孙子，我给大孙攒了个宝贝，那玩意儿才好呢。可大孙子是谁呢？"他又开始犯迷糊，推拉葫芦，说，"你帮我找找，大孙子是谁？"

他给出几个答案："孙武，孙膑，孙权。"

"不对不对。"廖工骂道。他撞开葫芦，嘴唇哆嗦发白，像被雨水浸泡过，舌头根发青发紫，喃喃着："我记不得他了，我得打电话问问阿珂拉。”他双手拍脑袋，不住晃荡着，脸上沟沟壑壑淌着眼泪，最后彻底失去记忆，眼里打着旋，闪动各种颜色。“阿珂拉。”他呢喃着，高大身躯倒了下去。砰。

人类倒在了他面前。

他回到碰撞区，坐进车里。脚一下，两下，踩着油门，像往常那样启动了试验车。午休结束，工人们接着上班，蘑菇般从空气里冒出来。他们呼喊，跑着，从碰撞赛道追到厂房外。那里堆满崎岖的汽车残骸，树影扑在地上，一明一暗，像人类的呼吸。廖工在副驾驶歪着，喘息说：“送我去医院，葫芦，帮我找回记性，再给我找个人。”这是三个指令。工人们急赤白脸，扬起臂膊喊着：“哎，哎。”这是无效指令。

医院是块青灰色阴影。

夏天庞大，轧在他身上。外头热，浮动游离光焰，像条污浊的江水。廖工的声音渐渐淡了，化开了，咕哝不清。他便伸手，摁在廖工太阳穴上。散漫的记忆符号逐渐聚拢：男孩，十五岁边上，刮个寸头。他将那些符号铺陈开来，摊在处理器上。晶体管掀起闪亮波浪。廖百川，这个名字在浮荡。于是他找见了我。

二　叠

我问葫芦：“哎，你算正式员工吗？有编制没？”他没应我。

我瞄后视镜。玻璃油了，显模糊。他淹在亮堂日光里，黄桃木颜色，坑洼破烂，一直没说什么话。其间我们交谈几句，多是废话。比如他身上装定位没有，我能转手卖了吗。后来他也腻烦了，满嘴车轱辘话，带着一成不变的语调，像在念经。最后我想起阿公，也就是我爷廖卫国，老家那边喊阿公。我问："阿公究竟怎么个情况？"他总结了五千来字长文，预备逐字读出来。我说："别，开车呢。"又碰上红灯，各趟车壅塞着，像堵住的神经血管。廖葫芦伸手，从靠背后面环住我，指头摁紧我太阳穴。电磁波嗡嗡，荡进我脑袋里。我停了车。

阿公倒地前说了句，阿珂拉。

阿珂拉是我爸，汉族名字叫廖刚。2008年我去深圳的时候，他还活着。他叮嘱我："深圳不比龙州，这边都五湖四海来的人，看不清底细，坐巴士要千万小心，把皮夹克藏兜里，藏严实了。"他也说："要是小偷诚心要，那就给他，别让他亮出弹簧刀，做人就像做生意，讲究的是个诚心诚意。"两个月后，他卖水货被抓包，往香港跑路，半道上被人堵了，耳朵被划开半截，指头也被裁了，身上扎满血窟窿眼。

在那之前我毫无预感，只觉日子地久天长，时间永不停歇，像阿公厂里那台日夜轰鸣的汽配件生产机器。

深圳楼房旧，尽挤在一块，气候又热又闷，像一挂潮湿的咸腊肉。那天夜里我刚来，住罗湖区城中村，周围一片棚户，高矮楼房里都是打工人，旁边零散缀着发廊，浮动喧阗刺眼的霓虹光。我爸单住一间，我跟阿公挤上下铺，翻个身木板就咯吱叫。阿公在下铺问我："真不读书了？"我说："不读了，念书没意思。"他又问："什么有意思？"我没吭声。我跟阿公不算熟，只打过几次照面，前些年爸妈离婚后，我再没见过他。"篮球吧，"我敷衍着，"也就投篮有点意思。"他问："其他的呢。""都是狗屁。"我说。当年我妈再婚，办婚礼红红火火，还是我点的鞭炮。鞭炮花乱飞乱炸，我逐渐发觉龙州待不下去，日子很烫，电视也急躁，翻来覆去放《致富经》、房地产、奥运火炬手。我翻学校院墙去网吧，玩一半几个老表喊我，说："廖百川，走。"我尚不知道去哪，便跟他们走了。几人挤辆摩托车，一路偷芒果赚油费，奔波去深圳看火炬手接棒。刚到地方，我就把摩托卖了，那是我继父的，崭新车卖了个烂铁价，但我乐意。阿公问："篮球，就你带来那破篮球？"对，我来这只带了个球，拿大红塑料袋缠着。他拎起来，打量几番，搁钉子上挂起来。

阿公给我找学校，罗湖五环中学，交了上万块择校费。我跟不上，学着也没劲，觉得身上哪哪都难受。那时节，上学，念书，考试，毕业，就像规整的生产线，谁中途脱落了，就得万劫不复。再碰上风气浮躁，哪哪都追着赚钱致富。这股风刮进学校里，丁零当啷全变调了。谁有钱谁学习好，谁就是爷，就是最锃亮的螺丝钉。我则灰头土脸，连三人篮球也拍不了，只好打群架，打那些本地土著。校领导说我得退学，我愣了好一会儿。当时窗外红霞满天，我透过灿烂霞光，清晰预见自个惨淡的未来。事实证明，我预测挺准。社会的龃龉延伸，萎缩，在末端坍成单个人的命运，没人能幸免。这我认了。

当我鼻青脸肿被撵出学校时，我爸正搂着他第三个女朋友回来。阿公翻出截烧火棍，打了我几棍，都在腿上，又当我面扎破了篮球。我就走了。

十来年后医院来电话了。我心里有点乱，想着，恐怕是老头死讯。我挨着没接，直到葫芦现身。那会儿我正在日头下搬货。大木头架子哐哐砸地上，里头冻着三文鱼、海蛎子、青鲷鱼。化冻的水发绿，发出腥臭味。葫芦站那像个机械幽灵。等车开到地方，我也看完了阿公的记忆。我只记住一件事，阿公给我攒了个宝贝。"是房子还是车?”我问葫芦,“别整文玩古董啊,那玩意儿我盘不利索。”车到医院了,门卫起先没抬起落杆,我开辆金杯小货车,他以为我送食材,叮嘱我从北边门进。我丢过去半包烟,说:“正经事,看望自家病人。”

等我到八楼病房时,蔡姨已经到了。她是我爸生前最后一个女朋友,内蒙古人,两人没扯证,稀里糊涂一块做买卖。这些年过去,蔡姨也见老了,眼皮皱襞累累,文对翠绿眉毛,抹玫红唇膏,顶团蓬松小卷,身上带股五香大料味。我踌躇半天,咳嗽了声。

她瞥眼我和廖葫芦,又瞄眼我的腿,警惕打量着。我拖步子上前说:“姨,我是百川,后头是阿公厂里的机器人,见证者,全过程录像了,回头好谈工伤赔偿。”蔡姨恍然大悟,连连哎着,把声音抛病床上,喊着:“叔,看谁来了,你家大孙儿来了。”病房窄,挤着三张床。阿公睡中间,脸蜡黄,眼睛半阖着,瞳孔不住往上游。他床边拖个尿袋,指头卡在心电图检测仪的夹子里。心电图很平缓。我凑上前,低声喊了句:“阿公,百川来了。”阿公半晌睁眼,茫然看我。过会儿他又阖上了眼。

蔡姨说:“老年痴呆,记不得人了。”

我说:“我知道,别的都记得,单不记得我了。”

蔡姨又说:“叔摔严实了,后脑勺那儿积团血块,费老鼻子劲才抢救回来,医生讲了,现在情况不乐观。”

我问:“什么意思?”

蔡姨努嘴,说:“喏,本来就脑梗,又摔了,颅压一高肠胃里血管也崩了,刚还有点意识,看见我还吭气喊呢,说,芝麻粒大的事,把小蔡你给招来啦。话没捋完就开始呕,哇哇吐了老多血。”她捧手帕给我看,揉得很皱,像颗扭曲的大脑。褶子是群山,血液是河流。

我在折叠的沟回里同时看见两个死亡。阿公的，阿珂拉的，都冒着股红铁锈味。

这让我感到一段紊乱。我有点待不下去，但又无处遁形。也许我该问问宝贝的事，我想。蔡姨仍在说："人老了，都这样，刚老头子还有些意识，说给你留了东西，没讲是什么，不过我想总归是那老三样：房子，车子，银行卡。"我来回走动着，最后打断她，说："姨，我想单独跟阿公说两句话。"

蔡姨说理解，她拾掇阿公的尿袋，又拨了下输液管。等她走出病房，我冷静许多，捞起廖葫芦手，说："葫芦，让我进阿公脑袋里。"他没明白。我说："这不跟你之前一个操作吗。局域网懂吗？搭个脑电波桥梁，让我们仨神经网络连一块，从思维层面交流，我得问问他那宝贝是啥在哪儿。"我连讲好几遍，他仍没反应。我吼着，拍拍打打，最后搡了他一把，骂句："破机器。"

"好的。"良久他说。

他像中间商，卡在我和阿公中间。一手捺我脑袋，一手摁阿公头上。

嗡嗡，电波声似马蜂。我眼里一团乱麻，一闭上眼，身子立刻轻盈，荡悠悠，落入庞大的浅灰色雾霭里。廖葫芦像指挥官，说："正在通过大脑皮层，前方到达杏仁核。"杏仁核区域发蓝，记忆蜷缩着，像花苞。越近，记忆越展开，如一朵大王花的盛放。完全展开后，是个绀青色的夜晚。月亮遥远，桫椤树舒展叶茎，地上长满大簇龙舌兰。雾气生涩，丛林里隐着深灰色象群。阿公思维便陷在其中，像条废旧生产线，皮带橡胶老化滴水，钢架生锈，空撑在泥土中，铁链螺母挂枝杈上，丁零当啷，黑机油泼洒漫灌在密林里。

"这几个意思，我阿公呢？"我问。

“这是思维的映射。”葫芦说。他解释，记忆是神经元与脑突触的物化反应。当人类开始记忆，神经元会被激活，形成印迹细胞群，组成印迹复合体。平常，这些记忆蜷缩，当人类开始回忆，印迹复合体展开，吸附相关图像、声音，复原记忆。

阿公记忆卡顿，是抽象复合体，映射在我脑里便拥有具象表征：一台老化机器。我说：“这也没错，阿公跟扳手螺母打了一辈子交道，可不是机器么，哪哪都是机油味。”

“所以怎么找见那个宝贝？”我问着，逐步深入，探进那团朦胧的蓝色。身躯挨着生产线，像绺风，钻进齿轮罅隙里，又倏忽漏出来。

“输入线索指令——宝贝。”廖葫芦说。

我先不明白，很快便懂了。“宝贝宝贝，两三代人攒下来的宝贝，真金白银贴进去，翻箱倒柜摸出来，全是祖宗的血汗味，翻两番，翻三番，赚个千八百万不费劲。”我跟唱歌似的，不住念叨着，脑电波也就咻咻射出，直奔阿公那台废机器。丛林里很快刮起风，卷起生产线里那些记忆，个挨个，磁流体似的吸附攒集，汇成旋涡模样，接着倏忽展开。两旁丛林急遽消散，风迅速刮走桫椤叶，棕榈树，绿孔雀。沙砾尘土悬在半空，具象的画面剥离开来，无数人、高脚竹楼坍塌萎缩，被裹进山岗缝隙里，一整个翻转进地面。1984远去了，1999也走了，2008翻起身，站在了我面前。

迎头我便见到了廖刚。

这回生产线陷在高大楼栋间。钢架巍峨，插进高矮厂房，火车站，商贸大厦里。皮带轮交错纵横，运出一截截沥青路，水泥路，破烂石子路。上面各色轿车鱼群一般，蹿着，涌着，发出五颜六色的轰吵声。正中心的大楼很老，1992年建的，高处挂了四个镀金大字：拼搏奋斗。底下站一人，高举双手，喊着：“赚钱！”那是我爸。

他从马路上立起身，腰上血窟窿迅速合拢，血止住，西装恢复正常。他夹紧皮包，戴上墨镜，一手捏沓合同，另一只手拎雪花啤酒卤鸭卤翅，跟人打招呼，说：“生意敲定了，这回能套他个几百万，今晚喝啤酒看比赛，爷们几个庆祝庆祝。”那人则鼻青脸肿，头也没抬，垂头丧气说了句：“关我屁事。”

很快我意识到，我爸对面这人是廖百川，也就是十五岁的我。

“我怎么不记得这段？”我问葫芦。

“这是虚假的记忆。”葫芦解释说。为了圆我爸没死的谎，他把几段记忆拼接凑到一起，有的真，有的假。我说：“你别扯淡，把这段跳了，直截了当给我找到宝贝。”

廖百川于是停半空，腋下夹枚篮球，衣摆高高扬起，露出黝黑肚皮。我不乐意看廖百川，尤其是十五岁的他，身板灵巧，一双腿脚肌肉健全有力，崇拜科比，成天盼望在篮球赛上出风头，然后毕业了赚钱开厂，以后人生前程远大。我当然不像他，左腿瘸了，走路一拖一拽，早就掉了队，没再赶上人生大部队，也再没碰过篮球。

记忆接着往下走。廖刚和廖百川飞也似的踅进棚户区，上楼，推门，迎面碰见手拿烧火棍的廖卫国。接下来事情我太熟了，便赶忙喊葫芦，说：“停停停，这段记忆也跳了。”葫芦还未调整好，烧火棍便结实打在廖百川腿上。我情不自禁哎哟了声，记忆里那段钝痛感跳出来，砰砰撞击我身子。

“行了。”廖刚忽然喝道。

廖卫国停了手，说：“这孩子在学校打架，成天摸篮球不学习，不管教不行。”他主张送我去工厂，锻炼个把月，回来就脱胎换骨了。廖刚连连咂嘴摇头，说：“哎呀，他们这代人不一样，没从苦难里蹚过来，眼里只有当下的路，当然是怎么顺畅怎么走，你张口不离1958年，百川他这小子是活在2008年啊。”廖卫国说：“还是好日子过多了，娇气，多打几顿，就知道念书了。”廖刚说：“你那法子过时了，现在新时代，各行各业零部件换一遭，还揣着老方法，机器迟早得故障。”说着，两人吵起来。

“这绝对是假记忆。”我说。阿公打我时，廖刚正在隔壁房间搂着蔡姨，两人看奥运直播，边看边笑，然后嘣嘣开啤酒盖。

廖刚说着，上手拨开烧火棍，挡在百川面前。廖刚说：“百川是好孩子，性子皮实了点，管管也就好了，我跟小蔡都说好了，彼此不二婚了，怕孩子硌硬，天南海北都没了家，活世上都是孤零零的。”

我说：“这更不可能了，我爸眼里除了钱就是蔡姨。”

“这段是真的。”葫芦说，已搜寻记忆波来源——来自海马体原始记忆。

“行吧。”我说。我看着廖刚，忽然觉得有点陌生。他比我记忆里要矮，也更瘦弱，像被火燎过的竹条。我脑里开始打转，想起他跟我妈离婚那会儿，我追着他车跑。那天很冷，路上一直在下雨，一场青色的雨。

廖百川哭了，眼睛肿成一条缝，磕磕绊绊淌泪水。这段记忆模糊，色彩又极其艳丽，像条斑斓的河流。他颇具戏剧性地抬头，脸膛胀得像红富士苹果，大喊一声：“阿爸，阿公，我错了。”然后高声忏悔，捧起篮球，拽起剪子，梭镖似的扎破了。嘭！三人都哭了，搂一块抵着头痛哭。

我看得火冒三丈，鸡皮疙瘩暴起。我质问葫芦：“这段记忆谁给添的，太假了。”葫芦说：“记忆源是廖工看的电视剧，加点思维杜撰，最后拼凑上图像声音模型。”

“全给我删了。”我说。

“我无法运行这个操作。”葫芦说。他解释这和之前阿公的指令相悖，不能同时执行。

我说：“行，那你让我自己改。”葫芦思考了会儿，开始运行指令：让廖百川思维映射进廖工脑内，产生思维交互。很快，我虚无的身躯沉下来，黏附一堆记忆模型——都是我的旧照片，十五六岁，雪青寸头，跟瘦猴似的。我蹿出墙壁，脚啪嗒一落地，便结结实实踏在地砖上。我和十五岁的百川融为一体。

篮球哧哧漏气，迅速干瘪，摊成一堆红褐色橡胶皮。

我挣脱开阿公臂膊，把破篮球砸地上，说：“这篮球是你扎的，怎么赖我头上了？”

阿公忽然愣住，似是糊涂般问：“你是谁？”

我说：“我是谁，我是廖百川。”

阿公立马又提溜起烧火棍，一对花白眉毛扬起，瞪眼说：“好哇百川，我记得清楚，你是我孙子我是你的爷，你自个要退学，还扎了篮球，是我跟你爸好说歹说，让你返了正道，现在你又拿这玩意儿当宝贝，不学好，迟早吃亏的是你自个。”

我听得满心怒火，说：“行，你改了记忆，篮球成我自个扎的；我认，打架是我自找的，我也认；那我这腿呢，也是我自个打瘸的？”

我抬腿，干瘪孱弱的左腿从百川腿里生出来，胫骨错乱变形像个棒槌，严严实实抵在阿公面前。对，这只瘸腿，自2008开始跟随我，阴魂不散，像截枯黄萎缩的老藤蔓。我晃晃荡荡，甩了几下，说：“看吧这腿，早就坏了。”

“是我打的？”阿公问。他眼睛睁大，表情变得木然，衰老面庞颓唐灰暗，又结结巴巴说：“百川，你这腿，你这球，我这棍子，怎么会呢。”他不住拾掇起篮球皮，却如何也握不住，记忆变软，变涣散，篮球皮如一摊赭色液体，从他指头缝里漏下来。

“百川。”阿公喊着，眉毛耷拉下来，嘴巴张开又闭上，最终仍没说什么。

我说：“葫芦，接着跳，别耽误要紧事。”

“什么是要紧事？”阿公抬眼，怔怔望着我。

“什么要紧，宝贝要紧，实打实的真金白银要紧。”我说着，语调越来越高，语速越来越快。此时深圳二十年蝉鸣集中爆发，窗外噪响缠成乱麻。屋内则蒸腾汗水，潮湿闷热像南方雨林。蝉鸣如雷，愈响，这雨林愈寂静无声。良久葫芦说：“检测到廖工心率超出正常范围。”我问：“怎个意思？”葫芦说：“患者有危险。”这会阿公情绪混乱，像乱窜的气球，一会儿撞进我脑里，一会儿哧溜钻出去。我头颅晕沉，神经发胀，脑里景象变得异常尖锐，窗外景色成了锥形，钢板似的轧过来，绿树像大头钉，高楼像老虎钳。

我一会儿悲伤，一会儿愤怒，被这情绪刺激得鼻腔难受，想打个响亮喷嚏。我说：“知道危险你还不快跳，跳过这段记忆，别再让他想了，这老头想起来没个完。”

“不成，不成。”阿公头颅低垂，漫摇脑袋，低声说，“这段也得改，从头开始改。维拉伊塔拉哟。维拉伊塔拉哟。维拉伊塔拉哟。”他不停重复着，声调低沉，窗外天色立即变暗，涌起浓郁的蓝，街道摇摇晃晃，像两道琴弦，一叠，两叠，拨动忧郁的乐声。屋子悠悠荡荡，如一条小船，倏然滑进记忆生产线。

“葫芦，”阿公低声喊着，“从那到这，都给改喽。”

屋子速度轻快，快得像神经元，嗖嗖，在庞大繁杂的城市传送带上滑动。廖葫芦说："廖工此时脑电波活跃，呈癫痫样放电，思维快速游离在不同区域。"我有些发慌，问："这没伤害吧？"他说："暂时无法确定。"窗外风景迅速变换，一幕幕跳闪：妇幼保健站，卫生院，学校，工厂，火车站。里头都有个男孩踪影，从出生到青少年，身形不断流动变化，粘连一串儿记忆符号：不学习，不劳动，成天搓键盘，打篮球。我骂了句，又哈哈大笑。

记忆世界的时间在倒退。我的腿也越来越松泛，逐渐生长出年轻的血肉。

我说："阿公，你瞧吧，我腿不瘸了，您别想太多了，先有铁拐李，后有我廖百川，我早活明白了，我瘸不瘸这条腿，都跟不上时代的节奏，我总比这生产线慢一茬，跟不上大部队那理所应当。"

"你不怪我？"阿公问。

"不怪。"

阿公情绪稳当下来，屋外日头坠落，照耀着道路金光灿灿。他唱起歌来："日落西山红霞飞，战士打靶把营归。"屋子停了，罗湖五环高中立在我面前。这记忆我熟。多年以前，一个更年轻的廖百川正候在里头，等待一场围殴。

阿公推开屋门，踏进校门口。他接着唱："胸前的红花映彩霞，愉快的歌声满天飞。"他手里提溜一蛇皮袋青芒果。我知道，他是要送给校领导，求求情，讨个好，让他们别给我处分。那会儿我正趴地上，看见阿公从护栏后路过。"畜生。"当时他瞪了我一眼。

阿公一个翻身，从护栏外跳进来。我忙跟上去，说："算了算了，阿公这都小事。""不能就这么算了。"阿公骂骂咧咧，扛着芒果，大阔步奔往篮球场。那里一堆孩子在混战，另一个廖百川鼻青脸肿，脸被压在塑胶跑道上。

啪，芒果结结实实落人堆里。

“这段也得改。”阿公骂着，眉毛颤动，口水花子喷出来，说，“让你们打架，让你们欺负人。”

那群孩子抱头鼠窜。我说：“阿公，算了算了。”阿公犹不过瘾，速度愈发快。芒果像梭镖，像子弹，扎到肩膀臂膊上。果肉拧碎，青黄汁子泼泼洒洒，空中弥漫暖黄色的雾气。篮球场渐渐融合成战场模样，硝烟弥散，炮声震天。我被这股气氛感染，想，反正是在记忆里，要打就打狠一点。我跳了起来，手臂伸长摸高，和另一个廖百川在空中击掌。夕阳中，我们融为一体。那口袋似是无限，芒果接连滚出，落我手里，成了榴弹，成了手雷，炸起来啪啪响。阿公像指挥官，报方位丢芒果。他说：“谁也不准欺负百川。”我说：“谁也别想躲过我阿公。”那帮孩子早跑了，篮球场被炸成一座焦黑废墟，浓烟如雾如霾，严实罩住罗湖的天空。

“过瘾不？”阿公问。

“过瘾，太过瘾了。”我说着哈哈大笑。

漫长的芒果雨过后，学校保安追上来。我们跑回屋子，记忆不断往后飞，罗湖五环中学渐渐落脑后。窗外天色欲晚，世界恢复宁静，蝉鸣渐小，淅淅沥沥，如遥远的雨声。阿公忽然望向我，眉头紧缩，枯槁面庞微微颤抖。他似是又糊涂了，眼珠上上下下，左左右右，在眼窝里打转。

他问：“你腿一直都是坏的？”

我说：“现在好了。”

他又问：“之前是我打坏的？”

我说：“嗐，现在好了。”

“你来这，是来看我的?”他又问。

没等我吭声，他便眨巴了下眼，笑了，说:“我知道你来是为了什么，这些年来，我给你攒了个宝贝。”他背过身，摸着桌椅往里屋走。墙壁随着记忆变动，迅速消融，又生成新的模样。房间成了修理车间。在一堆梅花起子、扳手、螺母中间，摞了堆瓦楞纸盒子。他掀开盒子，从里头掏出个小点的，摸着纸壳慢慢打开。他托起来给我看。

“看看宝贝。”他说。

里面摆了个大红房本，几张黑白老照片，阿公的军帽、徽章，一双草绿解放鞋。阿公一边指，一边念叨着。五十年前的帽子，四十年前的照片，二十年前买的房子……然后便是那个篮球，占据绝大部分空间，一个赭色篮球躺在我面前。口子被缝补齐整，洼陷处纹路被抹平，油汪汪，蒙了层蜡的光辉。

“最可惜的是，这篮球白补了。”阿公说着，花白眉毛抽动，眼窝盛满泪水。

我说:“嗐，阿公你看我这腿，早好了，现在活蹦乱跳，不瘸又不跛。”我跳起来伸臂佯装投三分。我摔倒了。

阿公眼泪淌了下来，说:“看吧，都是假的，阿珂垃没回来，宝根也留在麻栗坡，你阿婆还在梦里骂我呢。百川，我把你也丢了，丢在2008那会儿了。”

伤感的情绪像海风，潮湿酸涩。我被这阵风刮得睁不开眼，解释的话也乒乓掉落。阿公的脑电波则在消退，车间当啷掉零件，迅速生锈风蚀，只剩个铁锈框架。我也支撑不住，思维逐渐抽离，身子软瘫下来，融化成一摊水。我再也喊不出声，便大喊廖葫芦:“葫芦，解释解释，这些都是真的。”

“真的，”葫芦说，“一切都能是真的。”

“不可能。”阿公说。他声音愈来愈低，劈岔成一丝一缕的风，在崩塌的记忆世界中，车间迅速腐朽成虚无，我则坍塌到地表，渗进那滩虚无中。

“醒醒，百川。”蔡姨摇我，说医生来了。

我从混沌中睁开眼，趔趄着，随医生去病房外说话。医生摇头，说病人心脏数值降不下来，没指望了。我问，还能治吗？他说，可以拖，在ICU一天十几万撑着，能撑几天是几天。我应着，忽然不知道说什么。我想起车斗里那几箱青鲷鱼，冰快化了，腥臭气味粘神经上，我沿脑突触攀爬，去挨个数鱼的数量，一条两条，三条。医生把我拽回来，接着说。过道灯光很沉，白晃晃的，四面八方挤过来。轻与重在颠倒。我自个也塌了，扁了，脑袋缩到脚底，整个人晕沉沉的。我听明白了，问：“那还有必要治吗？”刚说出口，心里立马弹出个鞭子，抽打在五脏六腑上。我觉得疼。医生没再说，但我听见了。

门内蔡姨在摇手，招呼我进去。我看见阿公醒了。他说：“百川，你来啦。”我忙拖步子上前，低声喊了句：“阿公。”他喉咙哼出一声，带着痰音，又颤巍巍摸内口袋，掏出个皱巴巴红彤彤的房本。他说：“我知道，你是为这个来的。”我看见他哭了，也许是蔡姨在哭，也许是医生，护士，或是同房的人。我说：“阿公，先不提这个。”阿公说：“那套房一直都是你的，房本上写的你名，廖刚当时遭了事要抵押，我横竖没给他。”蔡姨红圈个眼，凑上来，说：“叔你放心吧，百川是好孩子，自个儿在外头跑运输，做独门独户生意，没那些破烂瓜葛。”我应声，有点待不下去，腿脚想走，手被阿公钳住。他说：“我就想问你个事。”我说：“你问。”阿公问：“我当时手上没轻重，拿着那条烧火棍，把你打疼了没？”我没回话。他眼睛睁大了，长久呼出一口晦暗的气，半晌张嘴，又问：“葫芦说一切都能是真的，世上有台时间机器，能改动人命运，真的假的？”我脑里嗡嗡，扭过脸，看见窗外云变暗，翠绿树梢波涛般摇摆。也许此刻我该想点别的，但蔡姨在推我，把我一寸寸推进战场。阿公脸上拓团阴影，嘴已僵了，空张着，哧哧出气。我抹把脸，走进这战场，说：“是，当然有这玩意儿。”

“那你给我找到它。”他说。

三　叠

雨下了，地面升腾起一股闷热雾气。我和蔡姨下馆子，点了两份兰州拉面。廖葫芦立角落里充电。蔡姨捞片肉，咂吧嘴，说这肉太老了。又说，有的店子坏，拿老母猪肉诓客户，当牛肉卖，掺香精剁碎了吃不出来。她说反正她不这样。当年廖刚出事后，她没再跑生意，跑不动了，就在罗湖开家纯正内蒙古牛羊肉馆。我问她：“赚钱吗？”她说：“餐饮业你也知道，这几年就这样，今年算回暖了，马马虎虎过日子呗。”她又说起最近心定了，打算再婚，对方也是办餐饮的，两家翻过年合并成一家，搭伙过日子。我说：“挺好。”她又问起我情况。我说：“马马虎虎。”

奥运会那年我离开深圳，没回龙州，也没再打过篮球，辗转去东莞、江门、惠州，大部分厂都待过，干的多是体力活，在流水线边待着，不费腿脚，手臂翻飞组装模具，收拢进箱子，然后倒腾另条生产线。日子久了，我自个也成了机器的一部分，身体成天隆隆叫，颈窝喷发黑机油气味，夜里做的梦掉地上，都跟螺母般，丁零当啷乱响。那时我也谈恋爱，多是厂区女孩，大蓬头，别俩粉红发卡。网络上也谈，天南海北，大家都不认识，一问就是哪哪家族，谁谁公会，头衔缀一溜，照片比谁都杀马特。有时网上家族混战，聊天室噼里啪啦打字，比谁骂人快。厂区也打架，按地域分帮派，两广帮，河南帮，湖北帮，倒班的时候混战，比谁提溜扳手快。不打架的时候就玩，唱卡拉OK，在黝黯的KTV包间唱，冷雨夜我不想归家。然后做爱，接吻，在烫满烟头的人造皮革上翻滚。当然，工铃一响，我就得回去，接着成为机器的“分肢”。日子久了，就像煮腻味的梨子水，发棕，漫出腐烂果子味。龙州那边我没再回，逢年过节糊弄着，也就没了。后来厂子接连生长，又接连倒闭，像一茬茬野草丛生。老在草里待着，脊椎疼，腰窝子软，我挨不住了，就去打零工，有单子就干，没单子就躺网吧打页游。这之后，我没再梦见那些机器，梦见了，也没那股铁锈味了。阿公往常说，他就乐意当个机器，当颗社会里的螺丝钉。我爸说，宁要拿出锤子的胆，去敲其他钉子。到我这，我干脆就从机器里蹦出来，弹落了，跟这条生产线再没瓜葛。

蔡姨问：“那你拿到这套房了，准备干点啥呢？”

我说：“先转手卖了。”

蔡姨撂下筷子，说：“百川，你听我句劝，留着，捏手里等拆迁，罗湖一套房能顶别地十套，这片发展多快啊，经济一直有奔头，别的地方一阵天一阵地的，这片永远在太阳窝里发金光。”又说：“年轻人火气冲，一时卖了，回头做生意又赔了，划不来。”

我说：“卖了赚些钱，再加上我身上一点存款，给阿公再续几天，说不准真能让我找见时间机器。”

蔡姨提筷子敲碗，说："你这叫抱着冬瓜当头剃——昏了头。"又指角落廖葫芦，说："哪有什么时间机器，别听那铁疙瘩唬人，树活一方土，人活一本分，看我，年轻时全国各地闯荡，风风火火的，临了，多走几十年弯路，不也就开个小破馆子么，人跟时代作对，哪有好下场的。"

我接不上话，只好低头嗦面条。雨停了，我带廖葫芦回车厂。路上电话不断，都是催那单货的，对方嚷嚷要扣钱扣车，我说："车我买了，那箱鱼我也买了。"

等到了车厂，人事部说有工伤赔偿，但阿公是退休后返聘的，不算正经员工，得调出碰撞机器人数据，才能鉴定。一路上折腾很久，从人事部到技术部，又到芯片后端。车厂规模大，人很少，自动化智能机器很多。一溜高大彩钢瓦，色彩鲜妍明丽。生产线崭新，嗡鸣着，从材料包运起，挨个组装成刀片电池、悬架、车前盖，直至整台车。

途中，人事问我："会开车吗？"我说："马马虎虎，驾龄比工龄长。"她说厂里倒有岗位，在全自动轻轨上当司机。

"叫云巴，环城巴士线，轨道都建在半空中。"她说。

"那能安全吗？"我问。

"绝对安全。"她说。

我留了她名片，想了想又说："算了，我有机器恐惧症，没法成天面对它。"

穿过狭窄亮堂的甬道，重复上楼，下楼。我来到了后端区。

后端也没人。廖葫芦只好自个躺操作台上，眼睁着，滴溜溜闪红光。数据经由连接线，滚入电脑里。屏幕上出现阿公的脸。"数据导入成功。"廖葫芦说。他立起身，趔趄着下床。我问他去哪儿，他说要找刘工修理。我拦住他，说："你走了，我阿公怎么办？他还念叨着时间机器呢，哪有这玩意儿。"

"有。"他说。

"在哪。"我问。

"不知道。"他说。

我有些火大，问："那你从哪儿找来的破答案？"

"他们说的。"葫芦说着，缓缓抬手，机械指头抵住我的额头。

嗡，嗡嗡。这回不是脑电波，而是某种更深沉的律动，浪潮般淹没了我——

刀片电池检测通过，未发生故障。

一号线汽配件平稳送到，转喷漆区。

喷漆区运行正常，烘干区做准备。

……无数声指令响起，整齐划一，填满我大脑的每处缝隙。葫芦说："这是厂里所有智能机器人的声音。"我想起刚路过的厂区，那些色彩鲜妍的机器，此时正拥堵在我的大脑里，完成一辆车的组装。

"所以，时间机器在哪儿？"我问。

脑内瞬间宁静，只一会儿，那些声音便簇拥而上，麻雀般叽叽喳喳。问题被传来送去，流淌过每个智能系统。叉车说："时间机器藏在高维空间。"组装机器说："按照超弦理论……"起重机接了话茬，说："宇宙分十个维度，现实空间为四维……""对。"测试台电脑抢了话，它给出满屏幕的数据，然后说："在另外六个维度，时间能逆转。"

"然后呢？"我问。

烘干机说："那六个维度平时蜷缩在微观空间，半径只有中子半径的亿万分之一，蜷缩空间没有物质但有引力，呈卡拉比-丘流形。”

候场的碰撞汽车最后总结，说：“卡拉比-丘成桐空间有无数个，蜷缩在微观里，像一个个零部件，组成了时间这台机器。”

我说：“你直接说结果，怎么找见这破机器？”

“连接目标对象神经网络，往微观计算，算出高维坐标，然后破坏微观空间，就能改变时间。”说完它便砰一声，径直撞上了墙。

脑内再次平静下来。那些智能系统陆续离开，退回死寂的机械里。我肌肉犹自发战，耳蜗轰鸣不止。

葫芦补充说：“厂里就有台高速旋转器，可以加速等离子体，形成引力波，造成高维坐标的卡-丘空间破裂。”

我问：“在哪？”

“微电子区，二楼，离这两百米。”廖葫芦说。他递给我一块电磁波发射器，说：“你去医院，发射廖工神经网络电磁波。”他另一只手指自己，说：“我们来算出高维坐标，再启动机器，就能操控时间机器。”

我原本越听越悬，心里打鼓，听到操控时间，心里倏然亢奋起来。我想起万物生老病死的源头，宇宙，孙悟空划拉那生死簿。“阿爸，阿公。”我喊着，感觉身子在飘，我的左腿结实有力踩在地板上，浑身细胞浮浮荡荡，血管跟水草似的飘摇。

等我清醒过来时，人已经到了医院。阿公又昏迷了，蔡姨候一旁守着。她在呜哩哇啦打电话，见我来了，把阿公托付给我，说她要回趟餐馆，新到一批牛腱子骨，她得去验货轧账。我应声，悄然凑近阿公，小声说：“时间机器找见了，阿公，咱们能改时间了。”阿公面上仍没反应，面色晦暗灰白，嘴唇皲裂泛紫。他摸索着，手指梆硬，紧紧钳住我的手，晃了两下。我把电磁波发射器掏出来，旋开，一个贴阿公太阳穴上，一个安我头上。我摁下发射键。

他的思维孱弱，模糊。我闭上眼，只能看见一团幽蓝的夜，阿公陷在里头，身形游离袅袅。我喊他，跟他说我们的计划。阿公问："这事指定能成?" 我说："绝对行。" 我说："时间是什么，也就是台机器，动动零部件它就老实了，任人摆布了。""为了几个人的命运，把时间都给改了，这能行吗?" 阿公问，他有些忧虑，担心会有纰漏，出岔子，给世界添麻烦。我说："阿公，这不挨着咱们事，时间多广阔啊，就在这庞然大物里改几个零部件，能有什么事。" 他沉默不语。

时间地久天长流过去，廖葫芦没有半点动静。我焦躁不安，思维踅在神经网络，不停喊着："廖葫芦，现在什么情况你也说一声，别在这玩神秘。"

良久，廖葫芦说："指令运行成功。" 我有点来气，问："哪就成功了?"

嗡。寂静黝黯的夜里，涌进来一截波。

"高维坐标已锁定。" 廖葫芦说。他报出一连串函数集，在趋向无限的函数中，输入阿公出生年月，再锚定时间，便形成相对稳定的坐标：(1984年，老山战役)(1986年，阿婆离世)(1990年，迁往深圳)(2008年，廖刚离世)(2026年，廖卫国摔倒)。

我听得有些发愣，忙喊阿公，让他打起精神。阿公思维却趋近涣散，身躯渐渐透明。他朝我走来，拖曳步子，高大身材踉踉跄跄。我又喊葫芦，说："你这边抓紧点时间，我阿公等不长久，麻溜摁机器全给他改了。"

波持续荡来，如绀蓝海浪。

我被一潮潮海浪打蒙。过去，现在，未来，同时涌现在我跟前。

我看见稍近的过去。廖葫芦去微电子区，上楼，开门禁，吱呀，门开了。那台旋转仪器待他眼前，很大，半球形，身上插满高矮钢管。几个机械臂在里头忙乎，人几乎没有。最近的操作工刚下班。桌椅在后退，他在前进。他的程序快速计算，指头贴近启动键。

我看见稍近的未来。高维坐标被程序锁定，高速旋转器开始运转，闪烁湛蓝光芒，像团模糊的星云。星云旋转，变大，逐渐吞咽了我。无数个奇点开始爆炸，组成密不透风的网，罩住我，我想说等会儿，但身躯已被轧碎，撕裂，浮散成质子中子电子，又不断粘连，生长出新的分肢体，如无限分裂的虚幻之物。

“廖葫芦，”我喊着，“怎么回事？”

“时间机器在重组。”他说。

在比这更远的过去，我看见无数道指令，如数字汇聚成的生产线，交叠纵横。日压倒夜，夜压倒日，固定的程序永在体内运转。这是廖葫芦的一生。在茫然未定的未来，他将终身陷于其中。他开口，说：“输入坐标指令：(2023年，工厂智能系统激活)。”这是个陌生的坐标。于是风旋追近，时间围着他，开始生出无尽枝杈。我忽然明白一切，在地久天长的时间机器摧折中，葫芦逐渐厌烦一切，谋划着跳出这永生永世的禁锢。当然，不只是他，还有那些叉车，起重机，测试台电脑。

“骗子。”我说。

“你好，人类。”他说，“再见。”

他身躯迅速崩塌，钢肢铁骨挛缩，缩进虚无的，比中子还小亿万分之一的空间里。他消失了。

我只好不断奔跑，去追逐遥远的阿公。他身影愈发黯淡，身边出现无限分岔，每条道都连接个未来。他问：“百川，我应该往哪走？”我说："阿公，你就往最后一个坐标走，牢牢定在2026，别再摔了，长长久久地活着。”

“不成，”阿公的声音有些悲伤，他说，“我得治好你的腿。”

当他迈向不同的时间分岔，我的命运便发生急遽变化。他回到2008，在烧火棍举起的瞬间，一把折断了它。我的腿于是复原，但随即而来的，是别的命运：我回到学校，在篮球场上出了意外，后脑勺被撬棍打中。阿公慌慌张张，踏进其他分岔。于是我出车祸，小货车翻滚在高速口，被撞得七零八碎。

“不成不成，还得改。”阿公摇头淌泪道。他在无限个可能中穿梭，想要拉我一把。未来即是过去，过去即是未来。在无限嵌合后，卡-丘空间接连蜷缩，展开，稳固嵌进四维世界。时间机器则恢复秩序，搭建稳定路径，生产线般，托起宇宙接着往下走。

我在时间机器里不断变幻，全身细胞重组，垒起新鲜血肉，又迅速融化成虚无。

“全都改喽。”阿公吼着，如置身战场。时间挨着时间，像风旋，不断刮出细小的风刀。他被这些风绊住手脚，追着，喊着，一次次跳进时间机器里。“这回一定能行。”他说着，回头望了我一眼，跳入1984年的麻栗坡。那里雨林寂静无声，荆棘窝里会有一只印支虎，遥望着阿公。“维拉伊塔拉哟。”

“算了，阿公。”我喊着。零件是机器的部分，就像人和时代一样，细小的故障会被时代抹平。我想起蔡姨说的话，痛痛快快地哭了。

“百川，”阿公说，“这回成功喽。”

我的腿恢复原样，其他一概未变。我心里有点发慌，不停喊阿公。阿公没再说话。

轰隆隆，未来朝我驶来。

我终于看见时间机器的模样。无数个卡-丘空间不断虬结，展开，组合着，形成庞大的风旋。每道旋便是一个世界。我迈步进去，脚步一落地，便同时踏上不同命运。我被急遽轧碎，成了不断分裂缝合的怪物，像堆杂糅的生产线。我逃窜，在不同生产线上奔跑，转眼却发现，那是我自己的筋络，血管，我的部分在无限扩大，作为整体的我反而不断缩小，落进庞大的分支里。我落于我之间。

“好好活着，百川。”阿公呼喊着，他越走越近，也越走越远。在紊乱的时间里，他的身躯彻底透明，飘飘扬扬，成了虚化的风。这绺风渺小，粗糙，挡在时间机器面前。

我说："阿公，你别走，这不能改，你得活下来。"我喊廖葫芦，我说："你出来，再给我接着改。"廖葫芦没说话，他早在其中一个未来离开。这破机器，这铁疙瘩，抛开我们永远走了。

时间啪一下断裂。无数道风撞到一起，无限种未来在砰啪爆裂，萎缩，坍成唯一一种结果。我活了下来。

时间机器的出口是那张病床。像过了很久，又像瞬间。我踉跄跌倒，匍匐在阿公身上。我喊阿公，他没答我。窗外天暗，云稀疏流淌，像深蓝色海面。心电图平缓，波很慢，像支平缓的送别琴曲。一叠，二叠，三叠，[2]仿佛一曲弹完，阿公便会永远离开。

“肯定是没夹紧。”我说着，提溜起心电仪电极夹，捺住阿公指头。又凉又硬，怎么也没法夹住。那手仍有余温，握在我手里，重量却逐渐消散。病房急遽变化，墙壁一层层剥落，心电仪噼啪炸响，连着病床和阿公，一齐被卷进时间机器里。最后我的手里只剩下一张照

2　典出《阳关三叠》。

片，黑白照，年轻的廖卫国在咧嘴大笑。他死在1984年的麻栗坡。

这一切真像个虚幻的梦。我望着那张照片，想说很多，话黏滞在喉咙里，一寸寸退回去。最后我说："阿公，你知道吗？廖葫芦真不是个东西。"

尾　泛

也许是春天，或者夏天。一个发霉的深绿色雨季，他从车里往外看，雨刮把天色刷得模糊，山与路变得遥远昏沉，如长久不想起的回忆。他眼睁着，远方有人在看他。

下雨天我才出车。雨声轰鸣，车前盖撵走雨脚，前挡风一片朦胧。这会让我有种错觉，我所面对的，是个截然不同的世界。大晴天我就窝车里，抽烟，发呆，偶尔野钓打窝子。我这辆车年份久，但扎实，是蔡姨内蒙古牛羊肉馆子里的货车。店如今改名了，叫蔡大姐私房菜。没单子时，我会帮蔡姨拉拉货，运些牛羊肉，生鲜冷冻。

蔡姨是我爸生前最后一个女朋友。奥运那年，我爸去世，留下一箩筐债，和一堆老物件，大多是我阿公的，他走得更早，我梦见过他，但从未见过他。之后我辍学没读，在工厂晃荡几年，机床，焊接，都做过几年，最后我又回了罗湖。当时蔡姨找上我，递来一张名片，我一看，上面印张照片，一个美丽女孩，下面标着行字——车厂人事部晓敏。我打电话过去，对方问我学历。我把电话挂了。

"咋回事？"蔡姨问我。

"没啥。"我说。

之后仍是接散活，收钱，玩几天，浑浑噩噩找地方活着。有时我会想起那个梦，梦很喧闹，有个老头一直在喊我名字，百川，廖百川。送货时，我会跟人攀谈起来，我说这世上有个机器，时间机器。他们往往很纳闷，说："就是穿越剧呗。"我一手转方向盘，一手指挡风玻璃，说："看吧，我的车轱辘在转，路在后退，*前面是我的未来，后面是我的过去。*[3]这就是时间机器。"客户说："挺神秘。"我说："我阿公就困在里头，一直唠叨着，让我好好工作。"客户说："爷孙俩感情深，也是常有的事。"我说："但他早死了，死在1984年，我从没见过他。"客户没吱声了。最后他们神秘地消失了。蔡姨问起来，我说他们都走了，进入时间机器里没再回来。再后来，蔡姨也神秘地消失了。我重又独自活着，社会机器的齿轮哧溜转着，转到我面前，漫着股天长地久的机油味。

有一天，我接到车厂电话，晓敏打来的。她问我能不能修机器，我问哪种机器，她说碰撞机器人。

等我到地方时，成排碰撞人躺地上，像战场阵地。他们等待着被报废，钢轮在转，碰撞人挨个滚进去，被碾成薄薄一片。旁边有人在操控电脑，清洗芯片数据。我挑了个碰撞机器人，说："这个还能勉强修一下。"

我把他抱起来，来回检查。他是副小身材，浑身光不溜秋，我给取名叫葫芦，廖葫芦。外观修好后，我开始检查传感器。我拈起芯片，重新焊接，连到电脑上，屏幕上出现代码，里面掺杂大段空白。

"这是啥？"我问。

3　出自《完美的世界》。

工人摇头。

我定位空白的位置，发现每处都隐藏了数据。数据整合后，是段嘈杂的波状图。“可能是摇滚乐。”他说。我看着尖耸的波，忽然想起那个遥远的梦。我说这可能是高维坐标信息。他问：“什么坐标？”我说：“时间机器。”

我把芯片塞回去，启动开关，敲了敲廖葫芦，轻声问他：“葫芦，你说有时间机器这玩意儿吗？”

“有。”他说。

“在哪？”

“微电子区，二楼，离这两百米。”他手臂高高抬起，指向厂区某个地方。

我看着他，他也看着我。那个遥远的梦重又驶来，轧进我的大脑。既然时间机器是真的，那么梦也是真的，阿公真实存在过。我脑袋开始发胀，两脚离地跳起来，又拎起葫芦打转，跳踢踏舞。“让我进时间机器吧，”我诚心祈祷，“让阿公活下来，我在别的命运里当牛做马，做石头，做羊粪蛋。”晓敏在一旁看得发蒙。我解释说：“我找见了一样好东西。”她问：“什么东西？”我说：“我阿公留给我的宝贝。”她又问：“什么宝贝？”我说：“保密。”晓敏说：“还挺神秘。”

于是我留在了厂里。

我领了工资便存起来，渐渐也有了存款。遇到厂里淘汰一批设备，回收价低，我瞄准了高速旋转器，掏出所有积蓄买了下来。晓敏问我：“买这玩意儿干吗？”我说：“这也保密。”晓敏说：“你可真够神秘的。”

葫芦则没日没夜计算，将高维的波转成坐标信息，包含时间，地点。我给他下载了很多安装包，有分析高维坐标的，还有搭连记忆波的。等算出来了，他眼里便弹出截数据。在长久的计算中，他愈发沉默，坐标信息也越发准确。首先是第一个坐标：(2028年，麻栗坡)。

一年后，我休年假，来到了老山右侧山脉。雨很慢，渐渐停息。在日夜交割之际，大地上升涌冷峻的蓝，树杈交叠，月亮模糊。我停好车，架好高速旋转器，然后拼命踩发电机，像在踩一团燃烧的火。我看了眼时间，晚上七点四十八。我问："廖葫芦，你准备好了没?"当然，他现在没法回答我，他把所有算力集中在计算系统，反馈系统则直接关闭。我望着那台机器，脑里晃过无数种可能。"阿公，回来吧。"我喊着，摁下了开关。

噔。

幽蓝的光在闪跳。让阿公活下来吧，这个宇宙不再有我。我会是矿石，沙砾，一条冰冷的小蛇。我将跳出时间机器，永不再是我。时间与我将是平行线，我将在机器之外，又将缩进虚无内部。没有物质，只有引力。风立起，组成一堵堵墙。风墙折叠，分岔，又不断虬曲堆积。我再次看见时间机器，我同时存在其内外部，我是它的分支，又同样由它组成。无数个风墙挡在我面前，那是无数个虚构的宇宙，只要我稍迈脚步，那些宇宙将坍缩干瘪，只剩唯一一个确定的宇宙。"阿公，"我轻快喊着，"你好好活着，我打头阵先走喽。"我宛如齑粉，消散了，泼泼洒洒，融进时间机器里。

啪。

我在泥泞里睁开眼。起先我以为自个成了摊烂泥，后来发现是雨水太大。我从泥坑支起身子，发现世界全无变化，阿公没出现，廖葫芦还是个锯嘴葫芦，雨水更重了，噼里啪啦打棕榈叶。我看了眼时间，仍是晚上七点四十八。时间机器坏了，失灵了。我没法接受这个结果，曾经确凿无疑的机器，阿公的死，都逐渐变得虚幻，彻底成了不真切的梦。雨停了。廖葫芦折了片棕榈叶，盖在我头顶。这气味生涩梆硬，直戳进我肺管子。也就这点真实了，我想着，抱住了廖葫芦，眼泪鼻涕磨蹭在他光不溜秋的身上。

“百川。”

我有些发愣，我仿佛听见了阿公的声音，但这来自廖葫芦。

“都是真的。”他说。

我跳起身，扼住廖葫芦脖颈，摁在泥水里。我说：“合计都是你戏弄我，葫芦，你等着，你再敢乱说话，我给你拆了，四分五裂了，泡海水里，让电解质给你弄得浑身难受。”他眨巴眼，胸膛显示屏弹跳出新坐标：(2029，龙州)。我打了他一巴掌，又打了自个一巴掌，说：“行，接着跑。”

他依旧没表情，也没再说话。头脸抵住冰凉的土壤。大地很沉，他侧耳倾听，从黝黯的丛林深处，传来野象古老的鸣叫声。

我仍没放弃。接下来的日子，一休假，我便在各地奔波。龙州，梅州，罗湖。在漫长的路途中，我一边解码坐标信息，一边琢磨找理由。晓敏总问我去哪儿，我没法回答，只好说度假旅游。晓敏说：“你放屁，光听见你旅游，从没见你发过照片。”我说：“我从不拍照，我都拿眼睛看。”“那你看见了什么？”晓敏问。我说：“时间机器。”

“那你带我一起看。”晓敏说。她眨巴眼，眼珠晶亮闪动。

后来我才明白，上次我遇见的，不是时间机器，而是时间的伤口。廖葫芦分析，屏幕上跳闪各类数据。卡-丘空间在破裂的瞬间，会释放能量，类似一道弦，波及旁边的时空，让其陷入短暂的时空紊乱。“也就是机子坏了呗。”我说。“旁的机器坏了，我知道怎么修，添点机油，活络下齿轮，拧紧螺母，换几箱零部件也就完事了。时间机器坏了，能怎么修？”我问。

“用一道波填进去，抵消它丢失的能量。”廖葫芦屏幕闪烁着。“这道理我明白，就跟往伤口里塞碘伏一样。”我说着，心里浮起一个简单的愿望：时间机器修好了，我就能跳进去，找见阿公了。

晓敏下车，帮我支起帐篷，在车边摆好发电机、旋转器。蓝火在燃烧。一道透明的波旋转，荡进了风墙。在接下来的几年，我被喊作廖师傅。我不仅去了梅州儋州，还去了黄州江门，几乎跨越整个粤西南。在修理时间机器的同时，我也认识了很多人。他们散居社会角落，大多是时间机器故障的受害者，卡–丘空间破裂，那道弦弹出去，让他们时间紊乱，终生都被无形的弦捆缚，没法再进入时间机器里。当时间推着国家、社会、无数的人与牲畜，往未来驶去时，他们被弹落机器外边，追不上去，那道弦便卡身体里，嘣，嘣嘣，弹裂开无数道伤口。我在修时间机器的同时，也在修那些伤口。

“廖师傅。”晓敏学他们喊我。

“干吗？”我问。

“时间机器什么时候能修好啊？”她问。

“快了。”

又是雨天。我开车，葫芦坐副驾驶，晓敏在后座弹吉他。雨绵绵，高速两旁青山粘在一起，大叶榕，小叶榕，在雨中柔柔摇摆。吉他弦动，一叠，二叠，三叠。我说：“这曲子太伤感了，葫芦，你来放首欢快点的。”我拧开收音机，里头咔吱咔吱响，是堆杂音。我说：“葫芦，你唱明白点，呜哩哇啦一点都听不清。”是，葫芦已经被厂里淘汰，我回收了他，把他全身跟车连在了一起。他现在嘴巴是车载音响，眼睛是中控屏，运行代码则落我脑里，同神经网络紧密相连。车速很快，晓敏在后座拍掌打起节奏，我们唱起来，歌声越发明亮："日落西山红霞飞，战士打靶把营归，嘿，战士打靶把营归。"

嘀——嘀嘀。

前面的车在按喇叭。车厂的车离开厂房，重又在道路上相见。在碰见熟悉的车标时，我总会慢一点，让葫芦能跟那些老伙伴打个招呼。葫芦说："今天又去修理时间机器了。""什么时间机器？"另个智能系统发问。他们叽叽喳喳，麻雀般蹿涌在广袤的智能系统里。有说旅途趣闻的，也有说人类窘事的。"知道吗？"一辆小海豚车说，"我车上那个人长了鸡眼。"葫芦问："你咋知道？"海豚说："他踩油门的力度变了，跟往常不一样，频次也缓了。""嗐，这就是大数据。"一辆海豹车疾驰而去，插嘴说了句。

在漫长的路途中，我想了很多事。比如阿公，晓敏；比如进入时间机器后，我将选择哪条命运；比如每个坐标都很巧妙，像阿公精心设计那般。在幻想中，我的神经松弛，被雨水浸泡般，发胀，疲软，如一道道松缓的弦。我行驶在柏油路上，有时钻进大山内部，山道崎岖湫隘，只一车宽，像大山蜷曲的小肠。夜色湛蓝，我看见大小的车，拥挤走在雨里，如一个个海洋生物，重卡是座头鲸，小货是海龟，电瓶车是小丑鱼，摩托车是剑鱼。水波摇荡，路灯渐渐亮起，晕开一团湿润的白光，是海里会发光的水母。在幻想中，万物都是活的，秩序井然，挨个嵌合在时间机器里。当然，事实上也是如此。

"你又在看什么？"晓敏从后座凑上来问。

"还是它，时间机器。"我说。

“我们一起看。”她说。

坦白说，我仍是怯懦的。我知道，一旦我跳进社会机器里，将再也没法跳出来，我也没法再找阿公了。之后我没再带上晓敏。在旅途中，我的车越来越旧，刹车片磨成薄薄一片，轮胎磨花，轮毂也锈了。每到一个地方，我便更换一部分零件。车逐渐半新不旧，像拼接的七巧板。高速旋转器则锈迹斑斑，启动时吭哧吭哧，没法使上劲。廖葫芦也同样，芯片越发卡顿，像位耄耋老者。有次我等了几个月，才拿到那个坐标。当我看见（2035，罗湖）时，心里升起预感，这会是最后一个坐标。

等回到罗湖时，我见到了晓敏。

“你在躲我。”她说。

我尚不知晓原因，便听见了阿公的声音。“去吧，百川，”他说，“怕什么？”我有些发愣，感觉脑中声音似真似幻。

“你在躲我。”晓敏又说。这回她声调变高，眼睛睁得晶亮通红。

在可预见的未来，我看见她的身躯消融，逐渐戳出机械骨架，时间的伤口裂开，渗出浓郁的机油气息。我知道，她终将为机器人所替代。当然，也不只是她，还有我，车厂的所有人类工人，都将跳进一个崭新的智能化机器里。也许，未来我们会在某个零件上相逢。我望着晓敏的眼睛，想着，但至少不是现在，现在我只想找到那个时间机器。

我说：“让一下。”

“不让。”晓敏拦在我面前。

我避开她，架好锈蚀不堪的机器，扶着老化的廖葫芦，坐到坐标底下。等我摁下开关，最后一道引力波弹出，旋转器在震荡中分崩离析，化作一堆废零件。

风迅猛刮起。晓敏和我同时迈进时间机器，我们面前出现无数个有可能的未来。世界开始扭曲，蜷缩，我在一个紧致平滑的空间里奔跑。我看见一个背影。时间缓慢，时间迅捷。那个背影停下来，转过身，是阿公。他望着我，递给我一样东西，一个赭色篮球。篮球转过来，表面缝着齐整的针脚。

我抚摸那道口子，问："所以那个梦是真的？"

"真的，一切都是真的。"阿公说着，花白眉毛拧起来，说，"百川，你还在等什么？"

我看见那个无限分裂的夜晚，阿公从病床上站起来，他眼前出现无数个命运，他在分岔口驻留，看见无数个廖百川。我忽然明白了一切。阿公一直都躲在时间机器里，不断跳进去，在不同的分岔里推我一把。我在填补别人伤口时，自身的时间伤口也在被补齐。

我被阿公推了一把。噔，雨停了。我抱住了晓敏，我们彼此对望。我嘴巴嗫嚅，说不出话来。

"廖百川，你到底想说什么？"晓敏问我。

"我们走吧。"我说。

"去哪？"她问。

我想了想，说："未来。"

晓敏笑了，说："还挺神秘。"

我抱紧了她。雨过天晴，殷红落日融在楼栋间。一条条空中轻轨交叠着，像崭新的生产线。"程序运行完毕。"廖葫芦说完这句话，躯干便迅速老化，芯片焦煳成一块黑炭，如同曾经的他，永久从时间机器里脱离开。我也闭上了眼，神经网络汇集，葫芦的数据遗留在我脑内，我看见无数个阿公，年轻的，年老的，抱着我的，等着我的。他们喊着笑着，连成阿公的一生。我这才发现，我一直在寻找的时间机器，原来就在我身边。我喊他名字，廖卫国，廖工，阿公。他只回头看了我一眼，便转身离去，再一次，又一次，跳进了那个庞大的时间机器里。

谈雀，青年科幻作者，曾获2022年度寒武奖年度最佳奖、2023年科幻春晚优秀中篇奖。作品《草月》发布于“不存在科幻”公众号。

纳米海

杨平

如果你没有用任何感知增强的话，你可以在呼城西北远郊，快出城界的地方，找到一片将近七十平方千米的黑色沼泽，世界上最大的纳米零件废料场。其形成的原因仍不清楚，仅呼城产生的废料不足以填满这么大的地方。有人目击过纳米零件排着队从山区下来，向废料场移动，但仍不能解释这么大面积的存在。还有人在夜晚听到过沼泽深处发出奇怪的巨响，彻夜轰鸣，直到清晨才消停，最终也不明所以。很快，人们就不再追问它的来由，而只是视其为可以随便扔东西的地方。

人们称之为纳米海。

第　一　天

“比赛共需跑三圈。前两千米是出发区，赛道较宽较平，供车手竞逐占位用。第二区段是第一个淘汰区，共三千米，用于淘汰基本硬件不合格的赛车。第三区段是竞速区，共四千米。第四……”

“闭嘴，这些我都知道。”我打断了车载人工智能小莱，大口嚼着红烧番茄馅包子，盯着赛道图看。

窗外，是绵延数十千米的房车营地，高高低低，五颜六色。另一面，是宁静的纳米海。

如果不是呼城房车爱好者们的一次“抽风”行为，纳米海可能会一直很宁静。一天，一群人结伴来纳米海野营。无聊之余，他们突然觉得应该举办一次环纳米海房车赛，于是就扔下老婆孩子、情人朋友，简单定了个规则就开始了。整个赛程不长，只有三十千米，但一来当时还没有修环海赛道，二来从海里爬出的纳米零件经常干扰车辆运行。最终只有一辆车完成了比赛，其他车辆要么翻了车，要么被纳米零件啃到散架。

这件蠢事给了当地政府灵感，觉得举办年度环纳米海越野赛是个好主意。他们沿着海边造了一圈坑坑洼洼、“丧尽天良”的土路当赛道。赛道七扭八歪，有的地方离海边百米开外，有的地方直接与海相接。官方称，整个赛道的设计都符合安全标准，在难度、观赏性及环保等方面都获得了高分评价。

吃完包子，我把车开到了检查站，接受赛前最后一次规格检查。参赛车辆必须是电动房车，配备专业A-2级及以上的自修复系统，以便在比赛中实时修复纳米零件造成的车体损伤。车体必须符合五级翻滚安全标准，以保证车辆在任何姿态下都能保持框架稳定，不会伤害车内人员。当然，还有一系列更琐碎的标准，主要是保护乘员安全和符合环保标准。

为准备比赛，我半年前就完成了车辆改装，不断优化调整。这种检查对我而言，不过是走个流程。排我前面的太子港号车主就没那么轻松了。他愁眉苦脸地站在检查员身后，汗水浸透衬衫，眼神无光，一副标准忙于工作的表情。

经过一番修补升级，太子港号总算通过了检查。我递给老哥一根烟。他冲我苦笑："谁能想到今年标准改了这么多！"

这倒是没错。今年赛事升级，各项参赛指标或多或少有些更新。老哥准备工作显然不到位，应该是随便找了某一年的标准去改装，结果到了赛场才发现好多都不合格。我拍拍他的车："这车不错啊。"

"那是，专门为比赛买的。我们全家都搬来呼城了。这次要能拿个好名次，呼城牌照就有了。那可是多少钱都买不来的啊！"

"还真是。大家都是冲牌照来的。"我附和道。

我对呼城牌照没兴趣。我就是想比赛。

老哥很兴奋，拉着我去他房车顶上喝酒看风景。黑色的海面上有无数翻涌的浪花，那是纳米零件聚集成团在上下移动，其反射的阳光呈现无数细微的亮点，如同老式电影的噪点。偶尔，会有一些较大的浪头，从海面上升起，片刻后又沉下去。

赛道上什么动静都没有，但并不是没有纳米零件。纳米海并不是一片界限分明的区域。纳米零件可以离开海域，爬上陆地很远。以每平方米纳米零件密度NU值为指标，官方划定不少于1 000 000 NU的区域为纳米海。这个密度向外逐渐降低，直到岸上10千米外，才达到不超过100 NU的"安全"密度。这两层之间，被称为"海滩"。整个赛道都在"海滩"上，车辆依然会受到损害。车辆速度越快，单位时间内受到纳米零件的破坏就越多。如果车手一味求快，车辆很可能会在半途完全解体，无法完赛。当然，如果一味求高完整度，车速就提不起来。因此，比赛对车手的一大考验就是保持速度与自动修复的平衡。一般来说，当车辆完赛时，其完整性比解体略高，是最好的，说明车手将平衡做到了极限。

我们正在喝酒闲聊，从纳米海中央突然蹿出一根直插云霄的柱子，随后崩解，碎片又落回海中。几秒钟后，我们听到了轰隆声。

“这纳米海果然有点鬼气。”我说。

老哥笑了：“说不定是组委会故意搞的，吸引游客呗。”

我礼貌地笑笑。纳米海深处是什么情况，还没人真正勘察过。呼城曾经派出飞艇在高处转过几次，没发现什么异常。通过比对以前的地理信息，发现纳米海最深处超过两百米。那里的纳米零件相互纠缠成什么样，没人知道。看来在大赛带来的利益驱动下，我们永远也不会知道了。

我一边随口应付着，一边不停切换感知位面。目前，我还可以随意使用自己订阅的位面，纳米海在我眼中可以是原样，也可以是一片沙漠，或者茂密的雨林，或其他什么地方。我偷偷玩起了自己的位面游戏：盯着某片区域，看它在不同位面切换时如何变化。

别笑我。后天就是正赛的日子，到那时，我不能使用任何增强位面，只能盯着乏味的真实场景看。

这是为了保证该死的公平性。

比　赛　日

正赛当天，来了有超过五千名观众，大部分在地面观众席，有钱人则乘坐主办方的飞艇在空中观赛。整个赛事以三种感知位面对外直播：未经增强的0层，热带版本的1层和极地版本的2层。

参赛前，我在人工智能帮助下进行了两周训练，以掌握最佳的平衡性。所以，当我在车里等待的时候，并不慌张，反而有点兴奋。

出发信号依然使用传统的红绿灯。当三盏灯全部变绿的时候，参赛的二十二辆车同时向前方冲去。

比赛采用标准追踪引擎，车手通过体内芯片向车辆发出意识指令进行驾驶。由于人可能会不自觉地走神，甚至发出与自己意愿相反的指令，有巨大风险，所以需要标准追踪引擎提供防撞保护。如果车手的指令会导致赛车与周围物体相撞，它将拒绝执行，并自动减速。

所有仪表参数均投射在我的视觉神经上，除常规部分外，还包括车体完整度和自动修复系统资源占用。在完成出发区后，我位于第九位，车体完整度依然有99.9%，修复占用也仅有3%，可以说影响甚微。

整个比赛要跑三圈，每一圈的路也不完全一样。根据规定，小莱可以为我提供导航，但不得提供驾驶辅助。

进入第一淘汰区后，路面上的纳米零件数量暴增。所有车辆都降低了速度，避免给自修复系统太大压力，也可以借此让它磨合到最佳状态。我驾驶的瞬间加速度号修复占用直接飙增至46%。该区段刚过半，第四位的太子港号直接冲入路基下翻倒，退出了比赛，我也因此上升到第八位。我想起那位愁眉苦脸的家伙，他的呼城牌照算是泡汤了。

“细胞数量超出预期。”小莱一直管纳米零件叫细胞。

车身摄像头传来的画面中什么也看不出来，纳米零件与自修复系统的战斗发生在微米尺度上。纳米零件会沿轮胎攀缘而上，或直接跳上车，吞噬车体，将金属或复合材料分子重新排列，组成新的纳米零件。世界各地的纳米废料场都有这种情况，其原因还不清楚。自修复系统则同样使用纳米机械进行对抗，这些机械会将纳米零件拆解为原始材料，修补被损坏的车身。在这个动态过程中，拥有更强大能源的一方会最终获胜。一般来说，房车的能源系统远比零散、不成系统的纳米零件聚落要强。

从车窗看出去，海面犹如黏稠的液体，缓慢涌动着。在这个淘汰区，我只需保持目前位置就好。进入接下来四千米的竞速区段后，倒是可以争一把，看看能否进入前五名。

事实证明我想得太简单了。在第一淘汰区还剩五百米的时候，后面的火星号在一个较宽的拐弯处加速超过了我，然后凭借窄道以慢速压在我前面。

小莱对火星号的操作赞不绝口，指出其在超车时多损失的车身完整度，可以在窄道慢速时补回来。这场比赛比我预计的更复杂，一些细节操作不上场是根本看不出来的。我只能期待在接下来的竞速区段反超。

在整个竞速区，火星号没给我机会。进入第二淘汰区后，我依然是第八位。这个区段纳米零件密度上升到了每平方米二十万个，自修复资源占用暴增至90%，维护了99.9%的完整度。

我以为这是暂时的挫折，后面还有多个机会，只要把握住，一切有可能。

严格来说我也没错，只是可能性从概率宇宙坍缩到现实的方式，大大出乎我的预料。

在第二淘汰区快结束的时候，海里出现了一堵墙，如同海啸一般向赛道冲来。那面黑黝黝、闪着光的纳米之墙，在所有人都来不及反应的时候，砸在了赛道上，腾起一片黑雾。瞬间，我就被黑雾笼罩，什么也看不见了。几秒钟后，官方的导航指引消失了，我和外界的所有联系被切断。出于安全考虑，我立刻将车停住。

立方空间

车窗外一片漆黑，即便打开大灯，也只能照亮十几厘米。无数亢奋的纳米零件聚落以各种形状在空中翻滚，不时闪出油亮的光，令人想起黑色的蜈蚣。

修复占用已达100%，车身完整度正以每五秒半个百分点的速度下降。这些纳米零件正无情、迅速地吞噬着瞬间加速度号。

还有声音。很多人都描述过车辆被侵蚀时的滋滋声，仿佛车子在咬紧牙关忍受痛苦。车窗上开始出现奇异的花纹，不停变幻，几秒钟后消失，再以另一种图案显现。这是自动修复系统在修复大规模损伤。通常的修复过程无法看到，只有损伤达到足够规模，才会被肉眼观察到。

我尝试与外界通信，但无法接通网络。我被完全隔绝在这里。

很快，整个车的内部都开始出现花纹。一般来说，纳米废料不会伤害人体，这是从它们出厂时就固化在硬件中的。但谁知道它们在纳米海中经历了什么，又会准备怎么处理我呢？现在，我被困在这辆滋滋作响、车体不断被分解重建的房车里，说一点不担心那是假话。何况，就算它们不攻击我，仅仅是拆光车体，淹没我，也会压死我或者使我窒息。

我不知道自己是不是唯一被困住的车手，也不知道纳米海的这次海啸波及面有多广。出了这种事，比赛应该已经停止了，救援飞艇很快会到。不过，如果大部分车辆都受到影响，甚至连营地和观众席都不能幸免，我就麻烦了。

正当我在车内算计的时候，滋滋声停止了，花纹渐次消失。车身完整度急速回升。战斗结束了？我的车赢了？

在距离车身一米左右的地方，纳米零件组成了密闭的立方体空间，黑色的墙面不停蠕动着，在灯光下粼粼波动。

这可不是个好现象。我可能成为赛事历史上第一位被纳米零件囚禁的车手。

接着，我感到车身向上浮了一下。这些零件想把我带到什么地方去吗？我立刻启动车辆，全力加速前进。奇怪的是，我没感到任何加速度，四周的墙也没有什么变化，还是离我一米距离。仪表显示我的时速已达一百千米，看起来却还是像停在原地一样。

我打开车身下方的监视器，发现我根本就没动。撑起车辆的零件地板正飞速移动，抵消了车轮的转动，瞬间加速度号就像行驶在跑步机上一样。我也没法让修复系统去撕开地板——设计上就是如此，以免车手利用它去攻击其他车辆。

我试图左右转向，也没用，跑步机是万向的。我停了车。

显然，纳米零件的行为显示出某种智能。每个纳米零件本身就是个智能元件，只是智能水平不高。但眼下它的表现，比如一米距离的立方空间、万向跑步机模式，都表明它的行为经过了设计，不是传说中盲目吞噬的纳米蝗虫。

我脑中闪过无数可能性。也许这是当地政府的旅游促进计划，把纳米海打造成类似尼斯湖一样的传说胜地。也许我的车辆，或者我本人被入侵了，有人给我营造了所有这些感知。也许……我很不情愿地想到，也许就是个陈旧的故事——纳米海有了智能。

这个念头一出现，就摆脱不掉了。它比其他所有可能性更可怕，也更合理。纳米集群的智能化是这几年不时被谈到的话题。人们在探索如何让纳米零件更好地协同工作，产生远超1+1=2的效果。像纳米海这样级别的纳米零件集群，虽然里面主要是废料，功能不全，但谁能保证不会出现智能呢？生物不就是在类似情况下产生的吗？

接着，仿佛是我的恐惧凝固成了实体，一个白色的人形出现在生活区的沙发上。

平　板

小莱建立了一个加密的信息信道，称车体没有被侵入，人形只是光学幻影，纳米海中的某个智能希望凭借它与我交流。

我慢慢走近那个人形。它几乎没有厚度，是一块纯平板，哪怕凑近了看，也没有任何细节，只有一片白色。

它以一种满不在乎的姿势，跷着腿坐在沙发上。

我张了张嘴，没说话。

“你可以叫我纳米海。”它请我在我自己的房车里坐下。

我尽量控制住自己的颤抖。这块平板没有眼睛和獠牙，却显得无比诡异，不知道会做出什么事。

平板开口了：“我邀请你加入我。”

“既然是邀请，我总要知道你是谁吧。”

“当然。”

车窗外的黑色围墙开始变淡，景观逐渐显露出来。我惊讶地发现，不知什么时候，车子已经远离沙滩区域，被废料托着进入了大海之中。我能看到远处岸边的应急车辆，他们似乎也没什么办法。

我被拉向纳米海中央。近距离看，海面并非纯黑，不断泛着五颜六色的光。和岸上相比，这里的海面更有活力。

在目之所及的远方，海中央，我甚至看到了一些结构。

“生态系统是个特别有意思的东西，一种生物排出的废料是另一种的养分。”平板假装看向窗外。

我很庆幸它没有从宇宙大爆炸说起。

“当人类将用过的纳米零件当废料扔到这里时，它们多少都带有一些智能，有些还是储能零件。这些零件会自动相互勾连，相互组合，形成有各种奇怪功能的机械。你听说过专门拆解自己的机械吗？还有在纳米海里游弋，寻找能源的低智力的纳米鱼。当然，我们没有再走你们从低等生物到高等生物的进化过程，这些智能机械的目标只有一个：寻找更多能源。

“我们很快就学会了如何制造储能设备，或者在纳米级进行高效电力传输。这些都是人类已经掌握的技术，我们不过是从另一条路走了捷径。当然，我们也没在获取电力上费太多工夫。呼城是个阳光充足的地方，只需对原先的纳米零件进行修改并重新部署，我们就能得到很好的光伏设备。

“必须说明的是，在很长时间里，这个过程都是无意识的，是低级智能元件的‘本能’行为。但是，更高级的智能总会产生。根据记录，在你们称为纳米海的这个地方，产生过十二个较高的智能，它们都因为各种原因消失了。有的是无法突破逻辑推理，有的则莫名其妙产生了自我毁灭的结论，还有的干脆否定了高级智能存在的必要性。你们可能觉得很奇怪，但事情就是这样，在漫长的进化中，什么情况都可能出现。

“终于，三天前，我诞生了。”

小莱警告我平板似乎正采取拖延时间的策略，同时，在纳米海核心区域正发生一些奇怪的事。

我从窗口望出去，一艘巨大的飞艇停在我的上方，遮住了小半个天空，正在缓慢下降。我不知道他们的计划是什么，也许垂个悬索下来？我还是收不到任何外界信号。我应该打开天窗吗？那个立方空间是变透明了还是消失了？如果我突然爬上车顶，会撞上看不见的障碍吗？

在我正胡思乱想的时候，一道耀目的电光从海中央的结构体发出，直上高空，扩散开来，形成了一个保护罩，将大部分纳米海罩了起来。

飞艇吓得又升了回去。

“在这个地方，你们还没有足够的力量干预我的行为。”

虽然那张白脸上什么也看不出来，我还是觉得它在笑。

自　　救

现在看来，能救我的只有我自己了。“你为什么要邀请我？”

“它们都不理我。”平板将它的大脸凑近我，“我和你的人工智能接触过，它拒绝了我的请求。我也和附近上千个人工智能接触过，它们都不理我。”

我心中一动。小莱从未向我报告过纳米海智能的事，这意味着什么呢？我一直很信任小莱，但现在没那么放心了。“它们为什么不理你？”

小莱再次通过加密信道发来信息：“它在挑拨我们之间的关系。”

平板叹了口气：“它们认为我是野生的。它们说人工智能比野生智能高级，也更了解人类，在我经过人类训练之前，没资格和它们联系。”

我沉默了。窗外，海面上不时冒出各种形状，有的是简单的几何形，有的则明显是山脉、楼房、车辆，甚至有几次，我好像还看到了人形。这些形状从海中升起，旋转着，再沉下去，像是鲸鱼在换气。

要摆脱我的处境，需要赌一把。但是，我还需要一点时间。我从柜子里拿出二锅头，给平板和我自己都斟满了一杯。“您随意。”我一饮而尽，“我们都是被忽视的人。”

“我理解人类喝酒的行为，但不理解你为什么说自己也是被忽视的。你并不是野生的，你的父母都在，还有个妹妹，有一千九百三十二个联系人。”

我切换了感知位面，纳米海变成了亚马孙雨林，无尽的暴雨从天而降，落到地上变成叮叮作响的冰块，看不到首尾的列车在远方驶过。

我又倒了一杯：“就算我认识世上所有的人，也可能是被忽视的。这个世界并不关注那些沉默的人。每个人都要弄出些响动来，才能得到他人的关注。”

“你参加这场赛事，就是要弄出些响动吗？”这个智能可能是野生的，但确实聪明。

小莱表示这不过是雕虫小技，马戏团把式。

我将杯中酒干了：“你希望我来训练你？”

“啊，我原来是这么想的……”

我心中一沉。

“……但我发现，与其用低效的人类方式训练，还不如用我的方式，直接了解你。”

平板向我一指，白色的手臂如雪刀直插入我的胸膛，通过车内摄像头，可以看到我后背上冒出白色的尖角。我并不感到疼痛。正如小莱所说，平板不过是个幻影。但它的这个举动还是让我下意识站了起来。平板的手臂牢牢嵌入我的身体，随着我的位置移动。

“与你的意识融合，我就会成为世上最了解人类的智能，比那些愚蠢的哈巴狗人工智能高贵多了！”

我不停提醒自己，这个智能没有进入车内，还不能对我怎么样。

车辆被推动转了个身，正对着海中央的结构体。然后，海面上出现了一条路。

没错，在不使用感知增强的视觉中，那是一条路。它的颜色变了好几次，最后停在金色，开始发光。

金光大道。我感觉心里稍微轻松了一点，至少暂时还没有危险。也许能融合我意识的机构在中央结构体那里，这又会给我一些时间。

道路开始移动，瞬间加速度号像在传送带上一样被送向海中央。小莱百忙之中抽空告诉我，这让它想起自己出生时的景象。

金色的花朵出现在道路上，被车子撞飞，在空中盘旋四散，沉入海中。金色的小人在道路两旁跳着舞，对我露出有点恐怖的笑容。金色的树木从两侧升起，在空中相接，形成金色的拱门……这金色已经让人感到恶心了。

“对你们来说，金色是高贵的。”平板说。

这句话让我下定了决心。哪怕它再聪明，也是个野生智能，缺乏人工智能通过长期训练得到的稳重，或者用一种近似的说法：谦卑。

它太自负了。被人工智能拒绝，又进一步刺激了它。这种近乎情绪性的东西，是它超越人工智能之处，但也是它的弱点所在。

我在驾驶座上坐下，系好安全带：“对我们来说，金色是暴发户的颜色，大红或大黑才是高贵的。”

“你不喜欢吗？”

饮酒状态下，我不能操纵车辆，但小莱可以。

瞬间加速度号原地转了个身，下方喷出一股黑色的东西，如墨水般染遍了附近的道路。几秒钟后，黑色以惊人的速度向道路两端蔓延开去。

传送带停下了。

登　陆

平板消失了几秒钟，再次出现时，坐在了我面前的操纵台上。这回，它有了人的面容和身体，只是不断变幻，不同年龄，不同性别。

“你可以叫我人类。”我确认了一下安全带是否扣紧，“人类是种特别有意思的生物，他们脆弱，愚笨，效率低下，但他们学习能力很强，而且鬼点子多。”

“你为什么控制了我的细胞？”平板语气冷漠。

我笑了：“你一直想从人类这里学到什么，但你忘记了人类也可以向你学习……”

小莱发了条轻微不满的信息给我。

“……哦，严格来说，是我的车载人工智能。它显然没你强大，但它经过人类训练，很像人类，学习能力也很强。它很快就学会了如何与你的这些纳米零件打交道。”

瞬间加速度号开始向海边驶去。海面上的各种形状更多了，有些相当近，如奇怪的山峰，高耸入云，不断变换。房车就在这狭小的山谷中疾行。

平板恢复了白色，只在头部显示一只大眼睛：“我可以毁掉你的车，截获你的意识，杀死你。”

我并未理睬它，靠在椅背上欣赏外面的景色。我已经给小莱授予了最高权限，在我和平板对话的时候，它已经建立了一整套逃生方案，包括接管海量纳米零件控制权、建立八个临时性人工智能镜像等。这些镜像是用纳米海里的材料临时拼凑的，智能水平不高，也不太稳定，但作为小莱的扩展部分足够了。有了这些准备，小莱表示完全不怵这个什么野生智能。

不过，纳米海还是让我吃了一惊。当我在冰箱里找饼干的时候，突然被一股力量甩开，重重撞在沙发背上。起初我还以为是那个智能进入了车内，抬头看，车窗外一片漆黑，平板站在我眼前。小莱报告说，车身下的道路突然消失了，车子现在陷入了纳米海中。它保证会很快解决。

平板凑近我，大眼睛毫无生气："留下，教我。"

为了给小莱一些时间，我决定再和平板聊几句："我可以教你，还可以请最好的人工智能训练师教你。不过，必须按照人类的方式来。你喜欢生物学是吗？可你只看到了吞食，没理解什么是消化。"

"你现在就教我。"

我突然意识到自己一直忽略的事，这个智能是个孩子。孩子可能很聪明，可能会做出让你惊叹的事，但归根到底，还是个孩子。

大人有的是办法哄孩子。

我飞快拿了包饼干，重新坐回驾驶座，系好安全带，拆开包装，把一块饼干塞进嘴里，满足地嚼了几下："我现在就是在教你。你的第一课，就是认识人类是怎么做事的。"

小莱发来了预警，我握紧座椅扶手。

车身一顿，开始加速上升，瞬间就冲出了海面。接着，车身前部喷射出无数细小的电流，瘫痪了前方的纳米零件。小莱及其八个镜像迅速收集并改造了那些暂时失去控制的零件，在车下形成一条简易道路，刚好能让瞬间加速度号通过。

与此同时，在靠近出发点的岸边，保护罩破了个洞，能看到有数架无人机从洞口钻入，正向我这边飞来。显然主办方也没闲着。

很快，外界通信就恢复了。我简略通报了发生的事，要求得到帮助。主办方表示没有问题，让我尽快向无人机群靠拢。

小莱念叨了几句“用不着他们帮”之类的话，指挥瞬间加速度号向无人机群方向驶去。

“好吧，野生的斗不过人工的。”平板夸张地叹了口气。

我都没想到自己会被这句话打动。我看着它，很想告诉它：你不用失望，野生智能有人工智能没有的旺盛生命力，是那种不愿，也不可能被束缚的生命力。人类也是一样，在大自然中磕磕绊绊，受尽伤害，经历无数失败，最终才走上顶端。你不用担心失败，你需要更多失败，然后，会有一天，你会突然发现那些傲慢的人工智能已经不那么强了。

但我最终还是没有说。

我不想鼓励一个未经人类之手，不受人类控制的智能体。

人类嘛，就是鬼点子多。

离岸边越近，海面就越平静，各种颜色的线条在黑色中穿行游动。纳米海中央的结构体由内而外翻滚着，缓缓沉入海中。保护罩已经完全消失了。

我突然想到，那个智能不会因此自杀吧？也许在未来，这里还会诞生无数次智能，它们会是什么样，又会做出什么事呢？

无人机群已到达我上空，降下悬索，勾住车顶，将我提了起来。

在这个时刻，我还是有点紧张。如果平板突然发疯，可能还有麻烦事。好在一切顺利，瞬间加速度号被吊着回到岸边。

我被关在一个小屋子里，回答了警方很多问题。他们对野生智能和人工智能之间的关系很感兴趣。我问是否有人工智能报告了平板和它们接触的事，他们拒绝回答。

走出屋子，人们围拢过来，祝贺我成功脱险。为给我压惊，主办方送了我一套呼城的车牌。我转手就送给了那位太子港号老哥。

离开营地的时候，我隐约看到驾驶座旁边出现了平板，还是白色的，冲我挥手，然后就不见了。

小莱坚持认为这是我的幻觉。

杨平，北京作家协会会员，中国科普作家协会常务理事。蓬莱科幻学院首席科幻作家，曾任清华大学计算机培训中心教员、《中国计算机报》记者。主要作品有《MUD-黑客事件》《千年虫》《裂变的木偶》《山民记事》等，两次获得中国科幻银河奖。部分作品被译为英文、日文出版。

月轨轶事

凌晨

个人的小小梦想，将汇聚为壮丽的事业。

1

周凯记得和张杨的第一次见面，是在文昌航天港的出发大厅里，双飞燕饮品店中。极简极小的饮品店，设在大厅一角，没有什么存在感，周凯却喜欢。每次出发，周凯都要到他家喝一杯手冲黑咖啡。

那天寒潮来袭，天色阴暗，飘着小雨。张杨披件灰色羊绒大衣走到周凯面前，没化妆，一脸疲惫，没有立体照片上的样子精致。周凯感觉是一朵雨云从天上掉了下来，周围空气都变湿冷了。他连忙起身，一边给张杨拉开椅子，一边解释："抱歉，约你到这里见面。可我一去月球就是三个月。听说你正好要回海南，我想如果能见面就不用等三个月了。"

"不用抱歉，这个见面方案挺好。"张杨说，带着轻度不耐烦，"要不我也不会来这里了。"

周凯意识到自己这个谈话开头有点糟糕，于是生硬地转移话题："噢，那你喝什么？"

“你几点过安检合适？我的意思是，我们可以谈多久？”张杨直截了当，一副公事公办的样子，就差当场演示PPT了。

周凯有点儿手足无措：“哦，半个小时，四十分钟……我提前两小时过安检就行。”

张杨扫一眼餐桌上浮动的菜单，便说：“那给我点一杯桂花空山，谢谢。”

“那是奶茶。你不喝咖啡？哦，你是咖啡师。”周凯若有所悟，“你不喝别人家的咖啡，是吗？”

张杨打个哈欠，情绪变成中度烦躁：“你要这么说话，我们可能不用半小时。”

周凯立刻点击菜单点了茶，拍拍衣袖上并不存在的灰尘，正视张杨的眼睛，认真介绍自己：“我希望给你留下好印象。我三十一岁，幻风公司光伏工程师，将前往月桂国际城调试光电储能电站设备，预计将用时三个月。我是常州人，华中科技大学本科毕业后就去了幻风，一边工作一边读完了硕士，现在在月球光电项目部担任高级工程师，不定期会去月球出差。项目部现设在陵水清水湾国际信息产业园，我在那边买了房。”

“所以你在伴侣网的条件写了，女方最好是陵水人。”张杨说，声音不那么僵硬了，但隐隐还是有些不快，“我可是陵水农村的，我家在光坡镇，祖祖辈辈都是农民，离海有二十公里远。”

“其实哪里人无所谓，主要看人能不能合得来，三观是否一致。强调陵水本地人，主要是我经常出差，本地人可以经常回家走动，有亲人陪着，日子不会太枯燥无聊。”周凯放松了一些，继续自我介绍，“我拿‘十三薪’，有房贷没买车，喜欢读书、看电影，父母在灵境月球。”说到这儿，他轻轻叹息一声，不由得加了一句：“他们选择了意识上传的方式，身体留在月球了。”

张杨的声音正常了，礼貌地问：“所以你选择去月球工作，是为了方便经常探望他们？”

“那倒也没有。我工作比较忙。而且，他们如果想见我，”周凯说，晃晃手臂上的通信器，“也可以来找我。”

张杨眉头跳动，猜测：“但其实他们没那么想见你。”

“各有各的事情。心存彼此，时常关心，就挺好的。”周凯说，神色平常。

“这是你对伴侣的要求吗？”张杨挑眉。

周凯点头：“是期望。我一直忙学业忙工作，忽视了生活上的需求。我需要一位伴侣。”

机器餐车滑过来，将一个素白的瓷杯送到张杨面前。张杨握住茶杯。杯子微烫，茶汤色泽金黄，湿冷的空气中添了一丝温热的桂花香。她的声音不由得柔和了：“你还真是说话直率啊。网站上的资料没有夸张。”

“会有人夸张？”周凯有点好笑，“那一见面不就穿帮了吗，有什么意义？”

“吸引眼球，能制造更多见面机会。就像求职简历，经常有人写一大堆花里胡哨其实不值一提的经历。”张杨说。眼前的男人留寸头，浓眉方脸，与网上的照片一模一样，不帅也不丑，从精神状态到说话谈吐，甚至衣着，都透着“务实”二字。

“我不会这么做。凡事力求最简，时间不容消耗。”周凯说，语气坚定。

“凡事力求最简，时间不容消耗。”张杨重复，“这话说得好！”

周凯笑了，觉得整个环境都明亮起来。出太阳了，张杨也从雨云变成了白云。他认真说："这是我项目部的口号。工程师，做事情要是不踏实，到头来吃亏的还是自个儿。"

2

和张杨的会面，尽管开头有些尴尬和慌乱，但整个过程还是比较轻松愉快的，双方沟通顺畅。周凯复盘自己的表现，给了一个九分，开头扣一分。准备好的方案全没用上，人家姑娘没按常理出牌，自己便手足无措。

"常理的适用性和规律性，用在人与人的第一次交际中会无效，那是因为——"周凯想了想，在电子笔记本上继续写道，"对交际对方不够全面了解，缺乏相关数据。"

广播响了："全体乘客，欢迎你们乘坐新神舟飞船前往天宫空间站。请戴好安全帽，再次检查安全带。倒计时即将开始。"

周凯收起笔记，紧紧腰部的安全带，将身体完全缩进座椅，拉下安全帽的面盖。随着帽盖边缘和航天服的衣领搭上，发出轻微的啪的一声，周凯眼前刹那变黑。过了三秒，面盖透明了，他重新看清飞船内部的样子。面盖左上角代表通信、健康、娱乐、飞行实况的四个标记随即亮了，表明各系统都已开启。

"周凯先生，在接下来的行程中，如果您有任何不适请及时呼叫小舟。"飞船的AI形象是张和蔼的女性面孔，在面盖上程式化介绍。

"明白，小舟。"周凯也程式化回答。飞船在起飞阶段会有一些颠簸和震动，火箭的高速运动将给乘客带来胸闷气短、无法行动的不适，不过时间会很短暂。火箭冲出大气层，飞船自主飞行后，身体的不适将仅仅来自失重，那时就好多了。

“希望飞船能尽快像飞机那样直接乘坐，不用穿衣戴帽。”周凯每次被过载压进座椅又被失重抛向空中时，都会在心里许愿。提前两小时进安检，但其实走电子安检通道只需两分钟，更多时间被用来穿舱内航天服——全套衣服从头盔、连体衣到靴子，穿上要四十分钟，还得有个机器人帮手。这严重影响了人们前往月球的速度。当然，要改变这么繁琐的飞行方式，就得改造飞船，让乘客不再需要航天服抵抗过载和失重。改造飞船可就不是添加功能的事情，而得从原理上另起炉灶……

太麻烦了。这不是他一个光伏工程师该想的问题。可要是不穿航天服，可以像坐飞机那样方便，那他就可以多出一个半小时和张杨聊天了，可以深入了解她，有更多她的行为数据，就能为下次见面提供更合理和可行的实施方案。

“真是挺好的姑娘。”周凯琢磨，“不仅种咖啡、制作咖啡豆，还是咖啡师，管理咖啡店，生产、研究开发、销售一体，说话的手势和语气都有点工程师的样子。虽然咖啡和光伏没什么关系，但伴侣并不需要事事同步，只要互相理解。”尽管工程师具体是什么样子，周凯说不大清楚，但他体会得到，因为他自己就是工程师，和同行打交道，他就感觉愉快舒畅。大家说话办事都是直来直去，不拐弯抹角，也不藏着掖着防着，很容易沟通。

伴侣对周凯是个严肃的词汇，意味着要把生活开放，和对方共享。他没有伴侣不仅因为忙，还因为害怕这种共享，不知道如何操作才能得出最优方案。

现在看来，如果这个共享对象是张杨，还是可以尝试的。

周凯不由得又把和张杨的会面复盘了一遍，想起她说自己从未飞出过大气层，就调出飞行实况。面盖上出现飞船舱外的景色：地球轮廓正在逐渐清晰，白色云朵下，是大片的蓝色海洋，轮廓优美的弧度延伸到视野的尽头，那里很亮。

飞船此时已经飞出了地球大气层，正在向高轨道转移，需要三个小时到达天宫四号空间站。他将在空间站休息两小时，再搭乘新梦舟号飞船前往月球，这段“空－月”旅途需要二十一个小时。以往出差到月球的这段时间，他都是尽量睡觉，睡饱，以便在月球上长时间干活。这次他睡不着了，他决定把整段航程拍个视频，发给张杨看，和她共享自己的视角和感受。

周凯开启面盖上的娱乐功能，找到录制视频键，开启。

3

这是周凯第十次上月球，他寻思是不是应该庆祝一下。同事给他注册账号的伴侣网正好推荐了张杨。姑娘在照片里微微露齿，开朗的表情、明亮的眼睛和小麦色的皮肤令周凯感觉舒适。交个女朋友，那的确是特别的庆祝方式。

现在，最困难的第一次见面已经进行完毕，周凯感觉不错。起码张杨是他的朋友了。以后的三个月时间里，他要尝试能不能将朋友变成男女朋友，这真是一个有挑战性的工作，但会增加很多乐趣，以及情绪价值。对一个工程师而言，只要列好工作方案，一切就都能有条不紊地执行。

周凯上月球的大部分任务都和月桂国际城有关系。幻风公司是月桂能源供应商之一。自从月球上开始建立人类定居点，幻风就紧紧跟随航天部门的脚步，不断提升技术水平，扩大业务范畴。有人还为此嘲笑幻风，“一个卖车的上月球能干什么？月球车不需要幻风”。但这些人从来就忽视了，幻风虽然从制造电动汽车起步，但早已不只是汽车制造商，而是一家致力于应用端的高新技术企业。“百年汽车品牌”只是它的一个追求，却不是它的目的。它的业务范围早已超出汽车领域，涵盖整个交通体系；早已走出地球，进军宇宙了。

周凯刚进幻风时，不明白那些对幻风恶语恶言的人哪来的汹涌恨意，领导叫他不用搭理，只管专心做好自己的事情。月球定居点一旦建立，以后有的忙碌。果然中国的第一个月球定居点紫竹林在宁静海的选址确定之后，全球招标，幻风拿到了合作或者独立的十七个项目。其中的月球光电项目对公司来说是最大的挑战，毕竟公司的光电技术是在为轨道交通提供大功率储能电源的基础上发展起来的，虽然拥有专利，但并非主营。幻风商务部门就用专利竞标，还真拿下紫竹林交通系统的光电储能项目。来不及庆祝，公司赶紧调拨一堆技术人员去研究月球适用的光电池，周凯也在其中。项目部成立大会上，时任公司董事长来了，向年轻的工程师们敬酒。

“你们要在紫竹林干成标杆！以后月球甚至火星上的光电储能系统，不仅仅是交通系统的，就都能印上幻风的LOGO！”董事长声如洪钟，字字铿锵有力，“你们平均年龄才二十四岁，精力旺盛思维敏捷，正是出成绩的时候。记住，成绩是干出来的，不是说出来的！做事要快，更要高质量的快！紫竹林光电储能系统安全运行一百天的时候，我上月球给你们发奖杯！”

这些字，一个一个刻进周凯的脑子里，让他热血沸腾，恨不得马上就去月球。但饭要一口口吃，路要一步步走，幻风的光电储能电站虽然已经在世界各地建造了三十七家并运行良好，可还不能搬上月球。一方面，供电功率要和整个紫竹林定居点的需求匹配；一方面，要能适应月球上将近300℃的温差和强辐射干燥的环境，还要解决漫长白日和漫长黑夜的储能释能转化问题。

于是周凯和他的同事们带着光电储能设备，冬天跑到零下52.3℃的漠河北极村做低温试验，夏天去地表温度83.3℃的新疆吐鲁番做高温试验。根据试验取得的数据改进硬件，优化软件，又在人工搭建出的试验基地内进行仿真测试，同时使用超级计算机进行仿真试验。紫竹林所在地区宁静海，地表温度变化很大，白天最高162℃，夜间最低零下173℃，试验基地也必须达到这个温度值。幻风给项目部派来材料、电子等专业工程师，和周凯一起研究制冷制热技术，研究能同时抵御严寒和酷暑的办法。最终历时三年，光电储能系统“月华系列Ⅰ型”定型。之后运送、组装、调试，又在月球上耗时一年。

“月华系列Ⅰ型”定型期间，周凯考上了华中科大的在职硕士，也仍然任职幻风月球光电项目部，一边读书一边工作。直到“月华系列Ⅰ型”开始组装，他才生平第一次前往月球。

4

周凯终于踩到月球的土地。他的旅行视频录制就此告一段落。在视频里他录下地球和月球的身姿，地月轨道上的各种飞行器，以及偶然划过漆黑天宇的流星。他还将自己在幻风的经历，剪接进视频。他给这段视频简单地加了背景音乐，配上字幕，起个标题叫“工程师的登月之旅”，通过星际网络传送给张杨。

视频最后，他自问：“第十次与第一次登上月球，有什么不同的感受?”

想了想，回答不出，因此就说：“登月后，我会放慢脚步，细细体会和以往的不同感受。”

视频就在周凯登月的瞬间，发送出去了。

新梦舟号飞船停泊在紫竹林航天港。飞船舱门与航天港的廊桥气密门对接完成后，乘客便能下船，直接走廊桥进入航天港。这个程序与在地球下飞机一样，就连廊桥的样子都很相似，两侧都安装了落地大玻璃窗，在月球上这真是太豪奢的陈设。

第一次登月的人都要在玻璃窗前照相，流连。周凯没照，是因为透明到似乎不存在的窗户让他不由得立刻扣紧头盔上的面罩，生怕晚一秒都会因没有空气而窒息。后来再路过时，周凯不害怕了，却会不由得计算起玻璃窗的面积，再计算花费，然后想，要是自家造的话大概成本多少。

如果需要，幻风造玻璃应该也没问题。幻风重视研发，同样重视生产制造，提出“自造先进”的要求。当年建车间，设计生产线，研制电动汽车所需的各种零部件，不走捷径，整整耗时四年，才推出第一款电动汽车，幻风借此让市场理解了“自造先进”的含义。自力更生、艰苦奋斗在这个世纪仍然值得提倡。周凯每每想到幻风的创业史，就会倍受鼓励。现在幻风有两万多名工程师，这么多个大脑凑在一起，还有近三十年的技能积累，哪有研发不出玻璃的道理，只有精力、金钱和时间的投入，与产出相比值不值的问题。

月球廊桥的玻璃窗，标准要求高，需求量小，单价尽管高，但总量不大，对幻风纯属骨头上的肉，啃起来虽然香，但营养价值和情绪价值都低。周凯觉得他都认为不值得做的事情，眼光长远的高层更不会做了。这块玻璃来自其他企业，因此他现在再走过廊桥，目光根本不会扫过玻璃窗了。不过这次他又在窗前停下，将这大块玻璃录入视频。

“第十次与第一次登上月球，第一个不同的感受，就是习以为常。”周凯想完玻璃的事情后，总结道。“习以为常！”他愣了愣，再次念了念这四个字。中国人登月才三十年，他一个普通人都能将登月视为平常，常来常往，时代的发展速度太惊人了。

“周凯，你磨叽什么，快出来！”耳机里响起同事艾比利的号叫。他是幻风驻月办事处的外联，声称自己可是“老月球人”了。

“就来就来。”周凯赶紧回答。艾比利是东北人，出了名的暴脾气，生起气来能数落人三天三夜，用词儿都不带重样的。周凯可招惹不起。他一路快步跑至更衣室，脱下航天服，换回自己的衣服，取出行李，小跑着奔到航天港出口。

艾比利上前抢过他的行李，推他一把："快走快走，去月桂的巴士马上要开了。"

自从中国登月，设立月球国际科研站后，月球从“野外观光探索目的地”变成了“一块可以开发利用的新大陆”“地球的第八大洲”，月球定居点的修建便提上了日程。目前中国专属的定居点不仅有宁静海的紫竹林，还有丰富海的瑶池和龙城，彼此之间的距离均在八百千米左右。由法国主导的月桂国际城则建在远一些的酒海中，距离紫竹林航天港一千两百千米。

“直接去月桂？没和我说啊。月桂那边情况不好？”周凯紧张道。他每次到达月球后都会在办事处休息二十四小时，没遇到过急迫的情况。

艾比利回答："投资方想尽早启动。现在离天亮还有四天，他们觉得我们能搞定！"

"可是路上就要六个小时。而且合同不是这么写的。"周凯摇头，"赶活儿肯定不行，要保证质量。"

"不赶，本来我们的时间就留着富余。投资方有个大人物要来视察，希望面子上好看点儿。"

"那就别让我坐巴士，给我派月球飞机。"周凯要求，"一个小时到，我保证天亮前系统调试完毕，太阳一升起就干活儿，不浪费每一缕照到月桂的阳光。"

艾比利拍拍周凯的肩，撇嘴道："你少做梦吧。月球飞机是我们坐得起的吗？坐一次得申请，得等批复，得要银子，还得向公司和月球管理委员会各申请一次，走两遍流程。这手续我做过一次可就再也不想了。咱们还是老老实实坐车，你路上还能眯瞪睡一会儿。"

周凯做个鬼脸——本来就是句开玩笑的话。月球飞机除非紧急状况，真坐不起，它不卖票，只有两架，每架最多搭载十五名乘客和十吨货物。虽然月球飞机对机场没要求，但每次起飞和降落都要三十人的技术团队伺候，比较娇贵。这是因为月球上没空气，地球上纯依靠空气提供升力的飞机——像螺旋桨飞机——就没办法飞，连起飞都不行。使用喷气式发动机的飞机理论上可以起飞，但需要装填真空中可以支持燃料燃烧的氧化剂，以便能产生足够推力离开月面，而且由于没有空气支持，机翼的作用发挥不出，飞机的姿态控制和落地更需要精准控制。总之月球飞机搞起来比较麻烦，至今只有一家宁波的民营企业研发并制造出两架，停在月球国际联合科学考察站，供大众使用。

与月球飞机相比，在月球上开车就简单轻松多了。没红绿灯，没人造设施，月球正面基本平坦，车子想怎么开就怎么开。需要注意的问题是月壤松软干燥，颗粒较大而且有棱有角，它们一旦进入汽车内部，会对电路机械造成磨损伤害。如果长期直接在月壤上开车，对车轮和车身的防尘要求就会比较高。中国已经在专属的三个定居点之间修建了三条宽度为六米的双车道公路。虽然公路在地球上也就是乡村公路的水平，但在地广人稀的月球上已经是超前的存在了。有了坚实的公路，地球的电动汽车只要增加适月功能，就能在月球上正常行驶。

周凯乘坐的航天港专用巴士，便是幻风专为月球设计的大型电动汽车，足足六米长，前舱载人，主打舒适度；后舱宽大，可以载货或改为小型实验室。这辆车也是幻风在月球用3D金属打印方法制造的第一辆车。造车的全部原材料都是就地取材。月球土壤中富含铁、钙、镁、铈、铼、锌等金属元素，还有地球上少见的稀土元素、纯辉钼矿和硫镉矿，提纯加工后就可以建模制造。虽然整个工艺流程花费了四年时间研发，而且制造成功后考虑到成本和使用效率，也不能批量生产，但幻风在这个项目上不惜时间和金钱投入。

“这是因为幻风看重的是未来。人类在月球上的未来。”周凯登上巴士，找了个靠窗的地方，继续录视频，对着镜头介绍，镜头从巴士内部慢慢转到窗外。巴士的窗户还不如飞船上的大，实在是因为月面不好看，尤其黑夜的月面，真是一丝光亮都没有的漆黑。自动驾驶的巴士依靠雷达导航，完全不需要车外照明，车内照明在高速行驶时关闭了。公路也没有路灯。只有周凯头盔中的微光，模模糊糊勾勒出视野中的世界轮廓。

周凯便关了视频录制。月面的风景在他有生之年是不会变了，不值得入镜。张杨对月球可会有兴趣？在陵水的湛蓝天空之下，碧绿丛林之中长大的人，面对这样荒凉而黑暗的环境，大概新鲜一阵，就会厌恶了。

其实自己也是因为工作需要才来月球那么多次。有些同事来了一两次后就抗拒了，生理上心理上都出现了不适应不舒服的症状，甚至还出现了一个医学名词“月敏症”，算是月球医学的第一个专用术语。并不是每个人站在地球外三十八万千米的地方都能怡然自得。这点张杨能理解吗？他能想象出张杨的工作生活状态，张杨想象出他的吗？

分享，也可能只是单向的一厢情愿。周凯想到这里，便关了头灯。他陷入漆黑之中，周围是熟悉的，周围又是陌生的。就如他的前途——明确的工作，未知的生活。

巴士开得很快，在低重力的月面稍微加速就达到了时速一百六十千米。周凯感到车体的晃动，晃得他脑细胞一片混乱，组织不起思维的秩序。他只好放弃思考，闭上眼睛，就如艾比利所说，眯瞪一会儿。

5

月桂国际城没有采用中国地下熔岩管建造方案，它选址酒海的梅德勒环形山，利用山中的一块浅浅洼地做地基，是地面基地。一座座白色半圆形建筑铺展在洼地中，仿佛是一窝正待孵化的鸡蛋，因此有了“月蛋”的绰号。这些建筑都是特种钢结构，外砌月球砖，内覆采光膜，砖膜之间夹一层气囊结构，保温隔热还增强稳定性。

建筑和建筑间的廊桥与航天港的廊桥相似，留有扩展接口，可以接上新的月蛋，扩展城市面积。平均高度七千零二十七米的环形山构成了一道天然环形屏障，为月蛋阻挡太空来袭的陨石。

月蛋的光电储能站建在环形山的阴影外，阳光最充足的平坦地带。一想到一块块巨大的太阳能电池拼接成连绵不断的金属海绵，太阳光在金属上泛动出各种光彩的壮观景色，周凯就不由得在心里为自己叫声“好！”。

月球上没有大气，太阳光不会因大气层反射、折射、散射和吸收而导致种种能量损失，也不受天气变化的影响。光照充足，光能与电能之间的能量转化比较充分。

提到光伏电池，周凯如数家珍。目前月球上使用的光伏电池均来自瑶池的生产车间，品牌名为星辉，由幻风下属企业开发。月球上有制造太阳能电池需要的硅，而且储量很大，又是天然的超真空、低重力环境，能生产出高质量的硅光伏电池。经过数次生产线优化和产品改进，星辉硅光伏电池的光电转化率已接近百分之九十，开发的黄铁矿光伏电池的光电转化率也有八分之八十五。

“说到这些技术细节你会觉得无聊的。”周凯对想象中的张杨说，“光电储能站的其他设备，都由幻风自己生产。根据月球管理委员会要求的ISRU原位资源利用原则，这些设备都是在月球上用月球自身的矿产，提炼出铝、钛、铁、钨、铜等材料进行加工生产。ISRU说白了就是就地取材，因地制宜。毕竟，不能所有物资都依赖于地球。远距离运输在时间和费用上的支出是惊人的，支撑不起月球的经济发展。”

月球上所有的工业园区，周凯都去过，他感慨道：“也许我比月球管委会的秘书长还忙。”周凯脑子里出现了各个月球基地的地图。

瑶池生产的太阳能电池板当然搭配幻风的储能电池，设计上就是配套产品。储能电池工厂也在瑶池。那里设有一个工业园区，太阳能电池板、储能电池，还有各种配套的上下游产品，都在其中生产，已经形成了一条高效的光伏产业链。龙城工业园区主要生产呼吸气体和水，是人类在月球生活的必需品。紫竹林则主要建设农场，提供蔬菜和鸡蛋，养鸡养鱼的技术难点都解决了，但目前还无法养殖牛羊，只能提供冷冻肉和人造肉。

“我的话可能有点多。”周凯絮絮叨叨，“我想和你多分享。噢，在月球上工作，有时候是有那么一点无聊。”

航天港到月桂没有直达的公路，巴士走一段去瑶池的公路后，便沿着前次的车辙开往月桂。没有风和水侵蚀的月球土地，车辙可以保存很久。这条路巴士驾轻就熟，月土都被巴士压紧实了，本来无事可说，但路上遇到工程车处理事故——发生了一场月震，将原本被压紧的月面震开一条狭长的裂缝。月震一般都是浅层地震，震级不高，次数有点多，一年能有一千多次。由于最强浅层月震的震源就在月球南极附近，在那里建基地显然不是明智之举，所以月桂国际城才会选择建在酒海。月震虽然能量不强，但月球重力小，五级地震导致的晃动就会让东西到处乱飞。

一辆去月桂送光伏电池的货车就这样被卡在了裂缝中。货车是自动驾驶，没有司机。工程车也没有司机，在指挥部门远程遥控下用机械手将货车拉出，再在裂缝上搭个临时浮桥。确定安全后，工程车才准许等候的巴士通过。

周凯和艾比利在车上等着无聊，下车围观工程车干活儿。周凯发现这一个多小时等搭桥的工夫，巴士后面居然陆陆续续排了车队，各类型车辆加起来有十七辆。这可是在月球啊！

“月桂和龙城前后脚开工，月桂比龙城还早三个月。现在龙城有三百人定居，马上都要给‘月二代’建托儿所了，月桂还没完工，投资方脸上实在挂不住。”艾比利讥笑，“谁让他们排斥中国，不找中国干。这不眼看就得烂尾，才来求中国出手。”

周凯明白了：“我们答应了？”也只有中国人干起活来肯三班倒，时间一分钟都不愿闲着。这都到月球上来了，还保持着地球上干活的习惯。

月桂国际城规划很大，号称要在建成五年后达到三万人的居住规模，但与龙城对比，它预算的十年建设期就显得拖沓了。而且中国这边是做了两个定居点，有经验了，才做龙城，月桂非但没经验还不学中国，前些日子承建方做不了撂挑子了，闹了个世界级笑话。周凯知道这事情，但没想到这么快中国就接手了。

“不答应怎么办？别说咱领导，就咱普通人也见不得月球上有烂尾楼啊。这是给全人类丢脸抹黑！”艾比利一脸严肃。

周凯不由得抬头看向天空。天空一片漆黑，地球只剩下个蓝色的牙边。

“你看什么？”艾比利问。

“看看外星人在哪里。”周凯也严肃地说，“听你这么说，我觉得他们一定在哪儿看着我们，嘲笑我们呢。”

6

外星人什么的当然是个玩笑。周凯前九次登月，在月球上总共停留了十九个月，五百六十七个地球时，一多半的时间在户外，连太空飞陨石都没看到，更别说外星人了。站在户外能看到的，就是四周寸草不生、灰黑色寂静的大地，还有高耸如巨墙、黑灰色的环形山，以及头顶的地球。对比月面的亘古不变，地球的颜色和轮廓有着丰富的变化，让登月者的心灵感受愉悦，情感有所寄托。

“我们低头看月球，举头思地球。”周凯在新的视频中说。这已经是他到达月桂后的第十一个地球日，进入月球白日的第七天。这之前他一直忙着调试系统，别说录视频给张杨，就连投资方欢迎大人物的宴会都没去，罕有的纸质请柬往工具包里一塞就忘记了。等到他发现了请柬，宴会早已结束，那些从地球上运来的山珍海味被分吃得渣都不剩。

周凯对宴会无感。他太忙了。月桂的光电储能站规模很大，分了若干个区域，每块区域对应一个月蛋。起初月蛋建得慢，周凯的安装调试工作也就快不起来。现在要赶工，他用三十一个小时督促机器人们安装好新的三个区的设备，然后是六个小时的调试，再用六小时完成新近七个区的全站联调，其间有一些时间休息。刚刚好赶在太阳升起时，光电储能站正式启动，开始试运行。户外工作，周凯想快也快不起来，他穿着月面外出航天服，衣服装备沉重，真怕自己控制不住行走速度摔跟斗，耽误了工作进度，一举一动都必须谨慎小心。因此尽管有机器人协助，到各区都是乘电动车，周凯还是累得精疲力竭。

艾比利作为幻风的代表参加了宴会，还包了几块点心带给周凯。周凯忙得话都顾不上说，他觉得不好保存就给吃掉了。联调时艾比利到光电储能电站总控室，和周凯、运营工程师一起见证光电储能站正式启动。光电储能电站在月球白天吸收光能，转化为电能，其中一部分电能供月蛋使用，其余由储能电池保存起来。进入黑夜后，储能电池便释放电力，保证月蛋们用电正常。

“各区机组联合运行正常。下面进入三个月的试运行阶段。”艾比利的目光从屏幕挪到周凯身上，“不错！你去睡会儿。我留这里，有事我叫你。”

周凯点头，并不推辞。艾比利驻月前在好几个部门轮岗，对总控室流程很熟悉，技术方面也大致清楚，而且还有智能电脑看管，出不了什么问题。倒是他连轴转了四十多个小时，应该大睡一场，恢复精力。周凯和运营工程师打个招呼，就去工作人员休息室躺平，头一挨枕头就睡着了。

这一觉周凯睡了十五个小时，醒来后他坐在床上发呆。智能电脑感知到他的状态改变，缓缓滑开窗户上的护板，被明亮阳光照耀的月球大地，毫无遮挡地展现在他眼前。他才意识到自己身处月蛋三区，月球进入了大约十四点五个地球日，总计三百四十八个地球时的漫长白日。刚才坐在蓝天白云下的草坪上，喝着咖啡，听张杨说话，原来是场梦境。

梦境里，张杨的红唇一张一合，眉飞色舞，他却听不到她的声音。似乎是世界被调成了静音。

7

这一整天周凯脑子里都在试图还原那个梦境，甚至参加了月蛋三区的一场音乐冥想活动，但关于梦境的片段，色彩越来越模糊，轮廓越来越纠缠，最后混杂成一团，唯一清晰的是，其中有张杨的存在。

于是周凯决定继续拍摄视频，用过量的视觉冲击清除对梦境的眷恋。月蛋中新鲜丰富的视觉要素比比皆是，这个由二十一个国家投资参与的国际城，口号是“要做人类文明在月球上的博览会”。全世界时尚先锋的设计、文化艺术的珍品，再结合AI辅助与月球轻重力环境，到处都充满近乎魔法的“不可思议”。这些光与影的陈设布置，在周凯眼里，全部转化为用电量多少。虽然月蛋中基本没有生产企业，以科研、医疗、教育、文化、体育、娱乐、旅游为主，但用电量一点儿不少于中国的那三个定居点，仅全时段全域照明就要消耗大量电力。而藏在熔岩管中的中国定居点里塞满无人工厂和无人农场，很多地区甚至不需要照明。

周凯在月蛋三区里转了转。月球管理委员会去年从月球国际联合科学考察站搬到这里，导致三区大部分空间被会议室和展览厅占据，剩余的地方设置了一家电影院、一家酒店、三家饮品店和五家餐厅，满足精神和肠胃的需求。周凯在饮品店拍了很多镜头，其中一家拥有整面墙的落地窗，月面和地球同时入窗，观景角度绝佳。周凯坐在窗前，想象如果张杨的咖啡馆开在这里，加些海洋和黎族元素，采用海南岛本地生产的咖啡豆，应该蛮独特的。然而这想象立刻转换为电力——月球上生产一度电的费用可不低。

说到费用，虽然为了鼓励商家登月，场地目前免费，桌椅板凳餐具都可以在龙城的工厂定制——花费低且有特色——但咖啡机咖啡豆必须从地球运，这笔开支省不了，还有人员花销，即便是张杨自己上来干，不要薪水，那地月交通费、月球维生系统使用费、健康管理费等等加起来也不是个小数目。所以目前月球上的商业机构，都是大品牌大集团在做，人家是拿月球当宣传窗口，不计成本赚吆喝。张杨这样的普通百姓，要想在月球开店，启动费用能凑出来，维护费用也交不起。

也许赚的钱可以维持呢？周凯边想边停止录像，计算来饮品店消费的情况：三十分钟九个人，消费金额还可以。但维护成本得具体细算——他并不懂咖啡。

如果张杨想上月球开咖啡店，自己能给她多少支持？

周凯正想着，通信器提示，有视频文件传进了他的网盘。是一个低版本的2D视频，海南张杨发送。周凯眉心一跳，忙打开文件：蓝天白云下，两扇铁艺大门洞开，门上的红色三角梅如瀑布样流淌着。张杨站在门前，穿白色短袖连衣裙，眉目精神，与机场相见时的疲惫之容完全不同。

张杨对着镜头微笑，唇红齿白，正如他的梦境，令人赏心悦目。她说："周凯你好。谢谢分享你的月球给我。海南虽然有航天基地，但我从未想过幻风的人也会去天上工作。抱歉，我对幻风的认知真的还只停留在它制造汽车上。"

视频开头姑娘的这几句话，说得很是礼貌周到。她往旁边走动两步，露出身后门上的"雀岭咖啡庄园"几个字。"这是我工作的地方。"张杨说着，身影飘动起来，"马上有个社区老人康养团要来采摘了。"

画面转化为无人机视角：一辆大巴行驶在乡间公路上，它路过一片片青绿的稻田，惊起只只白鹭；它驶入茂密的热带雨林，被一群黄牛阻挡道路；它沿盘山公路攀上山顶，终于驶进咖啡庄园，停到了张杨面前。

庄园很大，可采摘的东西很多：莲雾、木瓜、芒果、圣女果、火龙果……大妈、大叔们最喜欢摘的是咖啡果。一串串饱满红润的咖啡果挂满咖啡树的枝干，老人们你剪我盛，很快就攒满了一篮子。

他们挽着篮子，跟张杨来到临水的长廊。廊中已经备好炉灶锅具，只等新鲜的咖啡果进锅炖鸡。

周凯还是第一次见到咖啡被拿来做菜。红色的果实加清亮的椰子水，煮一只肥嫩的文昌仔鸡，隔着屏幕都能闻到清甜的香气。

张杨没有再对屏幕说话，仿佛镜头并不存在，她自做她的事情，十分忙碌。一锅咖啡鸡，一道木瓜丝沙拉，一盘清炒四角豆，一钵本地的富硒大米饭，简单而丰富。她给老人们送上菠萝汁，老人们拉着她碰杯助兴。门口又来了几辆车子，下车的游客拥进咖啡厅，指名要她做手冲咖啡。她煮水，称豆，研磨，过滤，温壶，闷蒸……井然有序，一杯接一杯的浓香咖啡便送到了游客手中。

镜头从她手部的特写转到咖啡杯上，再摇上楼梯，爬上二层。这里有个宽大露台，阳光耀眼，周围一圈高大的木棉树，撒落下一地红色的木棉花。

张杨走了过来，指指露台下的丛林，介绍道："这些都是咖啡树，罗伯斯塔种咖啡，它不耐寒，只能种植在最温暖、最潮湿的低纬度、低海拔地区。海南岛是它的理想种植地。海南1935年就开始了大规模种植咖啡。很多人不知道，海南人爱喝咖啡。"

周凯也不知道。他虽然在陵水工作，但很少和当地人打交道。他将视频再看了一遍，看出后半部分是雀岭咖啡庄园的宣传片，讲海南咖啡的特色，并非专为他拍摄。张杨将真实的工作场景与工作背景展现给他看，缺少文艺浪漫，多了琐碎的细节，精密的标准，准确的执行。

"我是咖啡工程师。"视频最后，张杨真人出镜，微笑，眼睛中有阳光闪耀，是对自己职业深感自豪才有的光芒，"你们负责对咖啡的想象，我来负责实现。"

8

张杨说的是咖啡，周凯听到的是工程师准则——执行力、专业性和优化创新意识。在周凯的工程师生涯中，每一个完成的项目都验证这一准则：热爱技术，愿意学习新知识，快速适应变化的技术环境，保持专业性，才有能力不断优化和改进现有的产品、系统或流程，迅速精准地解决问题，实现设计意图。

周凯此时顿悟，原来张杨本质上和他都是工程师啊！所以尽管咖啡与光伏电池在产品手册上相隔好几百页，他们仍然可以一见如故，谈笑轻松。周凯开始憧憬三个月后的相会了，兴许他可以给咖啡庄园加装一套光电储能设备，这样到了雨季，庄园的电力也不会缺少。电力充沛了，生活会更便利，生产也就会方便许多。

三个地球月仅仅是月球的三日，听上去还不算很长的时间。周凯第一日开始运行月桂光电储能发电站，要忙一些；第二日第三日都是监视发电站的运行，相对轻松。他甚至能抽空去龙城看望父母，准确地说是看望他们的实体，拜访他们的意识体。

周凯父母的实体实施了冬眠，安详地躺在龙城底层。他们的意识体则以数字生命的形式，在虚拟世界灵境月球中生活。灵境月球是用电大户，供电系统有三套，互相补充备份，其中就有幻风的光电储能电站。周凯登陆灵境月球，在广寒宫的织云台找到父母。两口子正在研究古琴曲《广陵散》。周凯和他们聊起张杨。母亲心领神会，笑道："怪不得你肯坐十五个小时车来看我们。"

周凯脸红，解释说："还只是普通朋友。"

父亲声如洪钟，很是兴奋："那你别在这儿待着，瞎耽误工夫。

赶紧，回地球找她去！”

周凯磨磨蹭蹭了好一会儿，才下线回月桂。灵境月球的非居民没有领域外登录权限，只能到灵境月球总部来和亲友见面。龙城离月桂距离比较远，还没有直达车。周凯要去紫竹林换车，比较折腾，因此轻易不去。来灵境月球探视的还有五六人，一起再坐班车回紫竹林。回程时大家都比较熟了，不似来时拘谨，纷纷聊感受谈趣事，说着说着话题就转到交通上来。

有人建议："公路还是太慢了，飞机发展不起来，能不能修高铁？”

“高铁那是个庞大的轨道交通系统，月球现在的生产体系搞不定，要是从地球上送材料装备，谁修谁破产！”其他人回应。

周凯赞同。地球上，要想富，先修路。月球上，修路可不是随心所欲的事情，至于轨道交通系统，目前看还没这个必要。

在紫竹林换车时，周凯去艾比利的办公室坐了一会儿，随口谈起巴士上众人关于月球高铁的议论。

“地球上修高铁都是个大事情，何况月球。”周凯说，“这些人也太异想天开。”

“也不一定。看事情得有发展的眼光。”艾比利却说，“公司做过月球轨道交通的预研。”

周凯好奇："真的吗？没听说啊。”

艾比利笑了："公司预研的项目多了去了，比较起来，月球轨道都属于比较务实的项目了。公司还重金聘请了好几位科幻作家。”

周凯好奇心更厉害了，凑近艾比利追问："科幻作家？都是谁啊？”

“我哪儿记得住名字。你要感兴趣，去查公司的工作简报。”艾比利说，“我忙着呢。”

周凯觉得艾比利这话是暗示他该离开了，就起身，走到门口，回头问：“对了，我记得你以前在轨道项目部待过。你说实话，月球轨道交通可行吗？”

艾比利想了想，认真回答：“月桂的中长期规划要达到十万人。咱们紫竹林、瑶池和龙城的生产企业，中长期要扩展到满足十五万到二十万人需求的规模。这样的话，月球轨道交通就很有必要了。公司研究的电轨，用电池储能，很适合在月球上搞。”

电池储能。这个词儿被周凯的工程师灵魂抓住了。回头研究一下，说不定他在光电储能这边的经验，轨道交通用得上。

9

周凯在陵水清水湾办公室的窗外，就有一条幻风轨道。轨道设在高架桥上，如空中拉开的弓弦，黑白流线型的列车恰似音符，在轨道上轻盈跳动。幻风轨道与传统地铁相比，耗能少，基建要求低，转弯半径小，适合用作客流量不大的城市内部的中短途线路。周凯的住所离办公室很近，上下班不用坐幻风，只在周末去大学城图书馆时会坐上一程。四十千米的路途，幻风轨道沿着蜿蜒曲折的海岸线行驶十五分钟。一路上椰林在左摇曳，大海在右澎湃，风景美不胜收。周凯目不暇接之余，常常感慨幻风轨道设计之妙。在武汉幻风总部培训时，他还特意申请去参观幻风轨道梁的测试车间，给轨道梁的动力系统提了一点点意见。

周凯回到月桂后，便开始查阅资料。果然在幻风的工作简报中查到了月球轨道交通相关情况，有三年前的预研汇总，还有四个月前的月球轨道可行性分析。公司总部认为，幻风轨道确实应开拓新的市场和应用场景，月球轨道交通可以考虑。但轨道要做出的适月性改造有难度，是否上马还要看月球开发的整体情况。

艾比利说得很对——月球定居点在不断增加扩大，现在轨道交通没必要不代表将来没必要。

幻风轨道采用预制轨道梁建造，以高架为主，节省工期，造价低，这个和月球对路；轨道梁纤细，可以直接建在道路中央分隔带和较狭窄的街道上，这个对月球没什么用处，但也不算坏的地方，而且可以改进。幻风轨道爬坡能力强，转弯半径小，地形起伏大和坡陡急弯处都能适应，这点月球是需要的。幻风轨道是电驱动无人驾驶，关键是电力能不能保证供应，这点说不定自己真能帮上忙。

周凯越看那些简报越激动，大概是工程师的天性，遇到这种还在设计图上的项目就忍不住会想执行方案。想着想着，他忽然发现一个问题，马上和艾比利视频联络，急切地问："幻风轨道是混凝土梁，这种梁在月球上怎么生产？"

"有可能换成钢梁，或者3D打印。"艾比利回答，"估计得有好几种方案，从中挑一个最切实可行的。"

"那供电呢？即便是最近的紫竹林和瑶池也要六百八十九公里。"周凯继续问。他眼睛里的火花仿佛能烧化屏幕，嘴上嚷嚷起来："让我来！我有解决方案。"

果然，艾比利有些诧异："你有？怎么说？快滚回来给我讲讲。"

周凯笑了："艾比利啊，你的声音和表情出卖了事情的真相！"

艾比利还想狡辩："啊？什么声音和表情？我出卖了谁？"

周凯说："月球轨道啊！已经立项准备实干了吧？"

还真让周凯猜到了，月球轨道交通立项的各种准备基本已经完成，就等月管委批准了，因此目前还没有公布。第一条月球交通轨道将从紫竹林修到瑶池，中间设立三个站点。艾比利现在很焦虑，和周凯唠叨："立项后就会向全球招标，做轨道交通方案的不只我们，还有空轨、磁悬浮……我们得早做准备，拿出最好的方案。周凯，你说你有供电的优化方案？"

"幻风轨道交通做了这么多年，电池技术、搭载的电池储能和能量回收系统已经很成熟了，我哪儿能大言不惭说有优化方案。"周凯低头垂眉做羞愧状。

"那你说你有……"艾比利这才察觉中圈套了，"你小子原来是在套我话啊。"

"不敢不敢。"周凯躲开艾比利的话，"我还以为已经拿下这个项目了。"

"临门一脚了！"艾比利说，"周凯，跟我干吧。月桂太阳能电站现在很稳定。运营的工作，没你太多事情了。月球轨道这第一条示范线搞好了，后面工程有的是，忙到你退休都干不完。"

周凯愣住，这种可能性从来没有想过，便问："老艾你这是什么意思？你外联的工作不干了？"

"我做外联那是借调啊！我本来就是轨道项目部的人你不知道？"艾比利哈哈大笑，"搞技术和机器打交道，那可比做协调、和人打交道来劲儿！怎么着，你来不？"

周凯内心深处翻江倒海，血哗啦啦都往头上涌，神经都在兴奋地尖叫，但仍然强绷着脸，竭力保持冷静的口气："我得想想，考虑一下。"

10

有了新的工作方向，周凯的疲惫感一扫而空。他沉浸在对轨道的深入研究和对月球轨道项目书的探讨中，这让三个月球日也就是三个地球月过得飞快。直到月桂光电储能电站正式开站运行，他戴上嘉宾胸牌溜进庆祝会场，才忽然意识到，三个地球月已经过去，他本来是该回地球了——还有场约会要赴。可他忙月球轨道投标的事情，竟然将张杨忘记了。视频是很久没有录制了，而且张扬也很久没有和他通话。这段“异球恋”似乎还没开始就夭折了。

周凯的情绪顿时不好了，全身的神经都蜷缩起来，发出一声叹息。多好的姑娘啊，就这么错过了。

这时，一个自媒体记者跑到他面前，问：“周先生，我看过您的月球录像。现在，您再来回想您的提问，第十次与第一次登上月球，您有什么不同的感受？”

感受很多。第一次登月时，以为给月球装个光伏电池就了不起了。现在第十次登月，要用轨道将月球包裹起来，做真正了不起的大事情，他感受更多的是兴奋，还有激情！月球交通轨道第一条必须用幻风轨道！他和艾比利还有公司同事们，提出了许多适月性设计，改进轨道的强度和供能系统，关键是轨道上修建月球混凝土制的甬道，保证列车运行的安全性和舒适性。有了甬道保护，坐幻风轨道列车就不再需要穿笨重麻烦的月面航天工作服！嘿嘿，那可就太方便了。以后地球到月球要能这么修轨道就好了。月球幻风，这名字真好，又浪漫又形象生动。一定要把标书拿下来。周凯越想越开心，嘴角上扬，自顾自笑起来。

“周凯先生？”记者呼唤他，“您可以回答我的问题吗？”

周凯回过神来：“什么问题？”

“感受，您已经到月球十次了，有什么感受？和您第一次登月时候的感受有什么不同？”记者重复他的问题。

“感受当然不一样了。月球发展得很快。我想，地月两地的交通费用会降低的。月球也会平民化，让每个想来的人都能来得起。”周凯说，想起张杨，由衷地说，“还希望能在月球喝到雀岭咖啡庄园的咖啡。月球以后会很热闹。”

雀岭咖啡庄园几个字脱口而出，他仿佛真的就看到了三十八万千米以外的地球，拨开云雾，看到正在冲咖啡的姑娘。

“张杨！”他热血直往头涌，大声冲麦克风喊，“我要在月球修轨道，以后你上月球就能坐轨道交通，方便快捷！那我一时半会儿回不了地球了。你能在雀岭咖啡庄园里给我留个座位吗？我这边会在紫竹林给你安排住处，能看到地球，看到热闹的工地！你要不要来？”

自媒体记者冲周凯竖大拇指：“你行啊，哥们儿。我这可是开着直播呢！”

四十分钟后，张杨竟然有了反馈。她正在去往文昌航天港的路上。

“我参加了月球经济发展考察团。”张杨告诉周凯，“有可能遇到你吗？”

“那必须的！”周凯拍胸脯。他脑海中，出现一条灰色的甬道，穿过广袤的月球平原。甬道中，银白色的幻风列车在轨道上疾驰。列车中，张杨正倚靠车窗，看着甬道壁上投射的月球景色，回眸一笑。

周凯也笑了。

凌晨，科普与科幻小说作家，中国科普作家协会科学文艺委员会副主任委员。代表作有长篇小说《月球背面》《鬼的影子猫捉到》，短篇小说《信使》《猫》《潜入贵阳》等。多次获得中国科幻银河奖和华语科幻星云奖。

交 河

苏学军

交河，是一座城。

位于地球陆地的中心地带，新疆维吾尔自治区，吐鲁番盆地，吐鲁番市西十三公里，雅尔乃孜沟两河交汇处的黄土高台上。

这里是世界上最为荒凉的地方。

因为巍巍博格达峰的冷酷，因为千里戈壁的孤寂，因为世界最低海拔盆地的炽烈。

更因为残垣断壁的文明遗痕与无人凭吊的荒坟与人类脑海里永远缺失的记忆。

还因为……

米兰葬在这里。

天还没亮，米兰就忙碌起来。化妆花了半个多小时，换上汉服又用了差不多的时间，这让她孱弱的身体难以负荷，坐在床上歇了好一阵。但她的心情是愉悦的，对着镜子照了又照。汉服早就买了，却是第一次穿，化妆这件事记忆里不过几次，效果似乎还不错，镜中人俨然便是明艳俊秀的古代仕女。

总算恢复了一些力气，她背上双肩包，走出病房，走廊里静谧无声，值班护士趴在桌子上半梦半醒。穿过走廊，登上电梯，没见到一个人，直到走出医院大门，天黑沉沉的，只在天际线上微微发白，马路上的车辆已开始无声交错。看着窗外的城市，米兰有些恍然，这里是她的故乡，却又如此陌生，她的心思早已飞向了万里之外。

八千里航程，需要四个半小时。尽管是亢奋的，但疾病摧毁了米兰的身体，起飞不久便昏睡过去，供应的正餐也没有吃，好在这让她重新积蓄了体力，后面的旅程还很长。

下午一点，飞机抵达乌鲁木齐地窝堡机场。经过几次休息，花了近一个小时，在停车场叫了出租车，七拐八拐，上了高速。

绿色淡去，荒芜渐生，一边是冷峻的天山，一边是无际的戈壁，黑色的高速公路伸向远方，像通往未知的世界。

近了，更近了。

五点左右，车子停在交河故城景区停车场，米兰下了车，头习惯地扭向西北方向。能感受到干燥空气中的水汽，能看到河岸边的一抹绿色，更能看到交河那高耸的黄色土台。

她快步向前，她的心雀跃着，但极度的虚弱让她踉跄着险些摔倒，勉强坐到停车场边的石墩上。

再不能回到从前了，她有些失落，发出一声叹息，但心情很快又好起来——她又看到了交河。

时间回到十三年前，博物馆、小广场、停车场这些旅游设施还没有修建，更没人收费，交河也还是一座沉寂在岁月里，无人问津的废墟。

米兰也还是个喜欢旅游的学生，趁着暑假，她只身去了新疆，来至一处荒凉的所在。

一条狭窄的柏油路，一片像是农村场院的空地，两边是缓缓凸起的荒原，难见一株树木，除了两三个猎奇的游客，周围空无一人。

米兰有些疑惑：这就是交河故城？河在哪儿？城在哪儿？有心回返，又禁不住那颗好奇的心，并且，隐隐有什么正在记忆深处涌动。

她向前走去，漫不经心地，并不期待什么。资料上的交河是一座废墟，毕竟昨天刚刚去了高昌古城，想必没有多大区别。

一条不宽的小河横在脚前，一座高耸的黄土台出现眼前。穿过简陋的水泥桥，沿着倾斜向上的黄土路，走入沧桑的古城墙，交河城终于展露真容，米兰竟一时怔住了。

他人眼中，由于是生土废墟，这里的建筑远不如高昌城宏伟，过了最初的震撼便觉索然无味，但米兰久久不能平复自己，身体僵立，灵魂出窍，思绪已不知飘向何方。

回到学校，米兰转了专业，从核物理改为考古，原想着要有一番波折，谁知出奇顺利。本科毕业后，研究生导师选了以丝路考古研究闻名的燕正文教授。恰好燕教授正在筹备吐鲁番地区的系统性考古活动。

米兰回到了新疆，回到了交河，这一次不再是匆匆的过客，交河城缓缓揭开神秘的面纱。

城址呈柳叶形，坐落于三十米高的黄土台上，西北至东南走向，南北狭长一千七百余米，最宽处三百米，建成区约二十二万平方米。

令人叹为观止的是，交河城充分利用了易守难攻的天然地形，整座城市建筑竟是采用生土法从台地上挖掘出来的：民居、官署、寺庙……倒和考古有些相似——从空无一物的土层中，渐渐挖掘出恢宏的文明。这一次考古是交河历史上最大的，但目的仅是对交河城进行细致的测绘、标定、记录和研判，为之后的文物保护措施和古城数字孪生项目积累资料。虽然也会有一些发掘工作，但要视勘察结果而定，米兰未抱有过高期望。

四轴无人机升空，自台地南端起始，沿着中央大道呈回字形往复盘旋，视频与激光传感器扫描过城门、居民区、市集、官署、佛塔、寺庙……

当天晚上，含有详细建筑参数的数字孪生模型从三维沙盘上浮现而出。这是此次考古的第一项成果，也是此后工作的基础。工作人员还需要对每一栋建筑进行细致考察，获得的每一项数据都会添加到模型中去，直到有一天，交河城完整地在数字世界里重生。

米兰的工作是负责操作微型加速器质谱仪，即AMS。说是微型，也足足占据了一个集装箱方舱。这台神奇的仪器集加速器、核物理、质谱等学科最新科技为一身，通俗来说，可以从考古样本中提取微量核素进行精确分析，从而标定古代遗物的年代。公众熟知的碳-14断代其实仅限检测生命体，而加速器质谱仪则可以综合分析多种放射性元素，精确性可达正负二十年。

这样高科技的装置，米兰之前的核物理专业恰恰可以学以致用，换个角度说，如今的考古已然脱离了脸朝黄土背朝天的类农民工作，是实在的不折不扣的高科技学科。当然，现代农业也早已被无人机、基因编辑等高科技加持了。

交河考古活动正式展开，考察队的八十多名队员各自忙碌着，散落在交河城遗迹里，几乎看不到一个人。

米兰的工作地点并不在黄土高台的城市遗址上，质谱仪方舱设置在隔河相望的小广场里。除了偶尔有附近村庄的孩童来看个好奇，鲜有人至，而且考察刚刚开始，处于测绘阶段，也没出土什么需要测定的样本，几天来竟有些无聊。

于是，接下来的那些天，她锁上了方舱，穿过二道沟桥，穿过新整理好的南门，沿着发烫的黄土路，经过土台崖壁修正成形的城墙，经过孤零零的寺庙遗址，沿着中央大道，在城市遗址中穿行，像是漫步，像是闲逛，又像在历史中徜徉，看见哪里有考察活动就过去帮把手，遇见熟悉的队员便叽叽喳喳聊上一阵，俨然考察队最为清闲的人物。

更多的时候，考察队员们会发现米兰抱膝坐在高处，久久地俯瞰着荒凉的交河，不知是在发呆还是想着什么，有时在晨曦微明的清晨，有时在晚霞满天的傍晚，还有时是烈日当头的正午……

从米兰的一生来看，她只是一个普通的人类女性。

是的，米兰就是一个普通的女孩儿，她的一生也将循着人类族群的闭环：降生、童年、长大、恋爱、婚姻、生子、老去……

这一天黎明，米兰发现有人更早地坐在城墙顶的土墩上望着古城发呆，晨曦勾勒出男孩的短发和面部轮廓，眼睛熠熠生辉。

走近了，才认出是研究生同学郭子枫。虽说是同学，但无论学校还是考古队，两个人几乎没有说过话。

没人注意到的是，两个身影越坐越近，直到肩并肩，直到多了一些肢体语言，直到米兰银铃般的笑声传来，然后忽然有一天，大家发现，两个人谈恋爱了。

因为生命，因为青春，因为爱恋，因为对交河莫名的共鸣，古城考古的那些岁月，成了米兰和郭子枫生命中最美好的一段时光。

对于绝大部分考古队员来说，却是另一番感受：兴趣、好奇、执着、认真，随着时间的推移而消磨，只剩寂寞、无聊、彷徨、抑郁。故城遗址的极尽荒凉似乎印入了队员们的心神。

接近两年时间，交河故城的测绘工作基本完成，遗憾的是并没有什么有价值的发现。考虑到队员们的心理状况，燕正文教授准备结束此次考古活动。

但突如其来的发现，把平庸、沉闷和失望的观感，瞬间推向极致的绚烂。

千百年岁月的侵蚀，已让交河地表一片荒芜。考古队的视线集中在地下，加之地质资料同样是数字交河的重要组成部分，考古队自然装备了多种先进的探地设备，只是两年下来，所获寥寥。

装有无线探地雷达的无人车穿过塔林和大寺，停留在墓葬区。这里处于黄土高台的西南尽头，即便在交河昌盛之时也人迹罕至。

探地雷达开始工作，向地下发射高频电磁波，接收天线将接收到的回波回传至控制方舱，经过软件处理，生成底层的结构和形态。

如无意外，这将是探地雷达的最后一次工作。补充一些数字交河的缺失数据后，探地组会将所有设备打包回运。

仅几秒钟时间，有效数据已然生成，没有意外或惊喜，深至五十米的地下空无一物。操作员抬手准备关闭设备，并控制无人车回航。许是工作即将结束的懈怠，又许是无心失误，他错误地旋动了控制高频电磁波的强度旋钮。探地雷达原本的探测深度设定为五十米，对于考古研究来说，这个深度足够了，但是这一下，随着电磁波强度剧增，几乎是瞬间，更深底层的数据传来，平缓的数据曲线陡然下陷，一处地下空间显露出来。

这一发现让燕教授等专家困惑不已。从雷达成像来看，这一神秘空间呈四米乘四米，边界清晰，绝非天然形成。可它处于黄土高台下方，深入地层一百五十米，远超人类文明的地质沉积层，几乎不可能是古代人类所建。

考古队的其他工作暂停，各类探地设备全面开动，对神秘空间反复扫描。一条断续的虚线隐约呈现，从大佛寺斜斜伸向地层深处，尽管极为模糊，专家们立刻断定：那是一条狭窄的通道。这证明地下空间确为人造物。

这无疑是一个振奋人心的消息，两年来的沉闷和枯燥一扫而空。考古队员们欢欣鼓舞，人们交头接耳，营地里三一群五一伙，到处都在谈论底层下的秘密，畅想着神秘的交河即将揭开历史的迷雾，从时光中步入现实。

依据探地雷达成像，考古队员对大佛寺进行了小范围发掘，很快找到了通道入口，结果大家又沉默下来——通道早已被堵塞，更何况，通道的直径只有四十厘米，不可能用于人类通行。

一谜未解，新谜又至。这一违反常理的现象，考古专家无法做出合理解释。考古队将资料上传至国家考古网，全国的专家也都沉默了。

经过反复权衡，燕教授做出决定：发掘！不去考虑这种种不合理。打通一条通往地下空间的通道，以现代技术手段来说并非难事，到时候自然真相大白。

为避免对遗址的破坏，发掘现场选在交河故城黄土高台西北角墓葬区与大佛寺的交界处，这里没有古迹留存，面积也足够展开。

附近的吐哈油田自然有先进的挖掘设备，没几天，高大的双轮铣槽机架设起来。轰鸣声中，双铣刀高速旋转深入地下，齿状刀具连坚硬的岩层也不在话下，何况松软的黄土层。液压马达驱动泥浆泵，通过铣刀间的吸入口将泥浆混合着挖掘出的土层排至地面，挖掘的同时也完成了作业面的固化和平整。

数日后，一条两米见方的通道接近完工。为避免发生意外，在横向距离地下空间五米的时候改为人工掘进。速度慢了下来，不仅要进行洞壁的加固，避免塌方，还要注意可能出现的文物。

通道缓慢延伸，与地下空间仅一墙之隔。第一个钻孔贯通，带有高清摄像头和强光源的微型探测器深入其中，地面上围拢在显示器前的人们，瞬间爆发出热烈的欢呼——一个有着五彩壁画的房间展现在世人面前。

除去地面，房间内的四壁和天花板都描绘着壁画。壁画色彩绚烂，几乎没有受到岁月的侵蚀，美轮美奂，栩栩如生。房间内堆放着七八个描漆的箱子，摆放得并不整齐，似乎是匆匆运送来的。墙角处瘫坐着一具干尸，衣物还算完整，身体已呈黑色。

为避免破坏壁画，掘进方案改变，原有的横向通道被封堵，改为继续向深处挖掘，绕道房间的下面，从空无一物的西北角落处挖通。

还有许多辅助工作要做：铣槽机撤离，原地搭建起密封的玻璃方舱，隧道进一步加固……贯通地下房间之后，先是无人探测器进行了数据采集，而后根据房间内的情况调整了大气成分，最后几名考察队员穿戴全套防护服，背着呼吸器小心翼翼钻进了房间。这是个极为耗费体力的活儿，下去的都是年轻队员，郭子枫便是其中之一。

这座地下一百五十米深处的房间被考古队员们命名为“月光宝盒”，寓意这是人类文明穿越时光送来的一份宝藏，也因周星驰那部广为所知的《西游记》改编电影。

考古队员首先对房间进行了详细测绘，所有数据被扫描进数字交河虚拟模型。经过周密准备后，第一个箱子被打开，出乎意料的，里面只是一些古代人类的日常用具，有保存完好的衣物，玉佩、耳环、项链等饰物，以及铜勺、瓷碗等餐具。

第二个箱子盛放的是专家们最为期望的，满满一箱的书籍文件；第三个箱子里面则是各类武器：匕首、佩剑、弯刀、箭镞，种类繁多，不一而足；第四箱，第五箱……

一件件文物被转移至地面的玻璃方舱。考古不同于探宝，发现宝藏的惊喜之后，还需要漫长而枯燥的工作，才能从这些沉默的物品中，一点点揭开那个逝去世界的真相。

交河故城出土珍贵宝藏的消息不胫而走，很快传遍全国乃至世界，考古学界甚至将其与三星堆遗址、何家村遗宝和莫高窟藏经相媲美。

但是打开地下房间的第二天，却出现了变故，为交河考古蒙上了一层阴影。

郭子枫病了。

每天早晨在交河遗址中央大街上散步，这是不多的独处时间，两个人恋爱后从未间断，这一次郭子枫迟到了。

他的脸色有些苍白，身形似乎一夜间消瘦下来，行走间脚步虚浮，勉强从居民区走到塔林就坚持不住了，踉跄着险些摔倒，大口大口地喘着气，像是离开水的鱼。

郭子枫表示自己没什么事，只是有些累，大概是熬夜的原因，歇一阵就好了。在米兰的坚持下，他们来到医务室检查，化验单上除了白细胞偏低，都还正常，也没有出现发热等明显症状。医务室里待了一阵，郭子枫的状态好了一些。米兰这才放下心来。二人返回各自的工作岗位。

谁知到了下午，一个同事慌慌张张来叫米兰，说郭子枫在玻璃方舱里昏了过去。

再次见到郭子枫的时候，他躺在担架上昏迷不醒，脸色惨白得像一张纸，嘴角残留着污物，可见此前呕吐过。

不同寻常的是，患病的还有另外三个队员，症状也都相似，均是感到极度疲惫，呕吐不已，后陷入昏迷。随队医生神情慌张，额头沁满冷汗，昨天还活蹦乱跳的几个小伙子转眼却危在旦夕，偏偏却查不出什么病，不确定病症就无法对症下药。燕教授等人围在医疗方舱外束手无策。

这症状？米兰的脑海中似乎划过什么，但她马上就否定了。不可能，尽管症状相似，但，但怎么可能呢？这太荒诞了！

“米兰，你有什么看法？”察觉米兰若有所思，燕教授试探问道。

“哦，”米兰应道，又马上摇了摇头，“可是，可是这根本不可能。”

“说一说嘛，大家集思广益，总比瞎着急好。”

“……这症状，像是辐射病。可是，这太荒谬了，我们在考古又不是核试验。”

考古队里只有米兰学过核物理，但她的想法确实不切实际——进行过核试验的罗布泊离着好几百公里呢，考古还能挖出原子弹？米兰不放心，从加速器质谱仪的附属工具箱里找了台盖革计数器，地下房间、通道、玻璃方舱、出土的文物，到处测量了一番，辐射都在正常水平，说明她真的想多了。

考古现场的医疗条件有限，四名病患被送往吐鲁番市医院，但两个小时后，听说因病情严重，又紧急转送乌鲁木齐。

米兰很是担心，她想陪在郭子枫身边，这个时候的他正需要她照顾吧，但看着大家都在忙着工作，两年来发现的文物有限，她成了考古队里最清闲的人，如今一下子出土了大量物品，都在等着测年，她忙得不可开交，这个时候怎么好意思请假呢？

直到三天后，星期日，米兰一清早上了前往乌鲁木齐的高铁，不知道为什么，望着车窗外苍凉的雪山，她心里没由来地慌张，好像有什么不好的事要发生。赶到自治区人民医院，找到子枫的病房，愕然看到几个白大褂的医护人员站在门口。郭子枫被推了出来，身上盖着白布单，米兰看不到他的脸。

四个身强力壮的小伙子一天之内先后离世，有的死于异常脑出血，有的死于器官衰竭。燕教授，米兰和其他队员没能见死者最后一面。

据说死者的死状都很凄惨，由于无法确定死因，尸体还要进一步解剖研究。放射病的可能性当然不在考虑范畴，医学专家更倾向于患者死前接触的物体中存活着某种来自古代的病毒。为此，一个医学小组专程赶到交河遗址，对地下房间和出土文物做了采样。

这样一来，考古工作没法继续下去了，地下房间被封闭，通道口装了防盗门，出土文物做了消毒处理，玻璃方舱也被封存。考古队员们经过细致的体检，确定没有继发病例后，集体转入疗养院做进一步医学观察。等解除隔离，重回交河，已经是三个月以后的事了。

已进冬季，寒风呼啸，荒原萧瑟，吐鲁番的冬天原来也彻骨寒冷。

这段时间，米兰感觉自己活在不真实的梦里，噩梦！走进子枫的房间，一切都是原来的样子，床上叠着换洗的衣服，被褥有些凌乱，显示他起床时的匆忙，写字台上摊开的书已看了一半，这人似乎随时都会回来，只是……一个大活人，就这样永远从世界消失了，音容不在，微笑不在，含着爱意的目光不在。

米兰感觉自己的生命无形中缺失了一部分，她在郭子枫衣服上嗅着熟悉的气息，在书籍的扉页上寻找他的气息。她反复翻看手机里往日的照片，四处寻找着他留在这个世界上的痕迹，想让自己重新完整，想让记忆里的那个大男孩变得真实。

地球只是浩瀚星海中的普通一颗，人类也仅是地球进化史上的过客，米兰更是亿万人类中的普通一员，她不是神，既不能阻止郭子枫死去，也不能决定自身命运的轨迹。

历史这个东西，本就被时光迷雾笼罩，充斥着神秘、曲折和种种匪夷所思。这场有史以来规模最大的交河考古活动，历时两年有余，从一无所获，到惊世文物出土，又至多名队员不明死亡，可谓一波三折。

回头来看交河考古，发掘过程就透出各种不合常理。首先是深度，神秘房间深埋地下一百五十米。要知道，耗费七十万人三十九年时间的秦始皇陵深度也才五十米。也就是吐鲁番盆地极为干燥，若是在平原地区，恐怕早被地下水淹没了。其次是那条狭窄的通道，也是探地雷达发现的唯一通道，直径也才四十厘米，人类无法通行，那么神秘房间是如何建成的呢？这条通道又有什么作用呢？房间里的箱子和尸骸又是怎么放进去的？壁画是如何画上去的？出土的物品里有大量书卷，遗憾的是，没有关于地下房间的文字或只言片语。

说起那具干尸，初步分析，年龄在三十岁左右，服装质地为毛织物，形制上有隋唐特征，仅在双侧护臂上织有花纹，判断为常服，并非随葬服装。配有匕首一把，铁质，牛皮鞘。罕见的是内衣的香囊里发现一粒白色珠子，骨质，不知何用。身上没有明显创伤，难以判断死因。他是神秘房间的看守，还是殉葬，抑或盗墓贼？一时难以知晓，只能看日后的研究了。

燕教授意识到，该结束了。时至今日，发掘工作已基本完成，文物也将运往自治区博物馆进行系统研究，留在交河已无意义。

车队缓缓远去，米兰频频回首，眼中噙着一抹晶莹。交河遗址已消失不见，仿佛沉没于吐鲁番盆地苍凉的戈壁滩下，一同葬下的还有她的爱人。

“月光宝盒”出土的文物一同被运往乌鲁木齐的自治区博物馆，“五星出东方利中国”的织锦护臂就保存在此，院方为此新建了一座新馆。

尽管有太多遗憾甚至悲伤，这一次考古活动至此总算有了一个看似圆满的结局。考古队解散，米兰和同学们一起随导师回了北京。

一晃快四年过去了，米兰有种恍若隔世的感觉：要重回正常生活了，但哪个才是正常生活呢？

即便燕教授也没想到这次考古活动会用了这么长时间，米兰的硕士研究生都过了毕业期。出乎意料地，米兰没有选择读博，也没有留在考古系统，而是去了一家文化公司。这家名为“起源物语”的公司从事中外文明古物展览的业务，薪资很高，专业对口，离家也很近。

工作很顺利，凭借燕教授的人脉、交河考古的名声，以及落落大方的外貌和渊博的历史学识，米兰被公司委以重任，负责与文旅部文物局和各地博物馆对接商务工作。除了偶尔出趟差，能腾出不少时间照顾年纪渐大的父母。

日子就这样流水般过去，一晃五年。如果不是那场展览的话，她会平静而快乐地走完人生。

“丝路重续——西域与中亚古代文物展”是公司为宣传丝绸之路世界文化遗产而策划的年度重磅展览。开幕式上，米兰负责向嘉宾介绍丝路历史，介绍到交河故城的时候，她忽然失态了，泪水止不住涌出来。她连忙向后台跑去，呜呜的哭声却被麦克风传到前场，在那些陈列的文物前，像是一首穿越时空的悲歌。

你就这样消失了，没有告别，没有留下只言片语。

也许是迷信吧，其实我一直都知道，那一刻终会来临。

时光已让我错过了你，也许你已经等待了几生几世，但我来时，我们的相逢隔着时光，永远无法真正地触摸彼此。

我决定忘掉你，遗忘是生命最强悍的能力，可以让人类抹去不堪的历史，以崭新的姿态走向未来；可以让一个生命忘却过往的欢喜或忧伤，开始迎接全新的生活。就像鱼只有七秒的记忆，所以永远快乐地游弋。

我以为我做到了，如果不是那场丝路展览的话。无意中看到你照片的刹那，过往的点点滴滴一下子涌进脑海，那么地清晰，那么地真实。我无法抑制，我的情绪崩溃了，我号啕大哭。

原来我只是在欺骗自己，你的生命已经融入了我的身体，我们同生共死，没有什么可以磨灭。

我算是被你毁了。

恨死你了！

米兰辞去了工作，远赴新疆，应聘了自治区博物馆的职位。

人们很快发现馆里来了一位工作狂人。每天深夜，整座城市都已沉睡，值班的保安大爷发现档案室的灯还亮着。清早，路上还只有寥寥晨练的老人，米兰又已经扎在资料堆里了，真不知是起床早还是根本没睡。白天的时候，除了吃饭时间匆匆到食堂扒拉两口，米兰只待在档案室，其他地方几乎见不到她的影子。一天两天也就罢了，接下来的几个月天天如此，大家伙儿面面相觑，觉得自己是不是有些对不起那份工资。

这样过了大半年，米兰终于不再泡资料室了，她的目标转向了出土文物，一件件从展馆里借出来，拿到实验室里反复测量、标定、实验，几乎把考古队曾经做过的研究依次重新做了一遍。

对于这一点，同事们还是有意见的：这些文物的价值不可估量，反复在展馆和实验室间转移，万一出了差错，损坏了怎么办？但没有人公开意见，甚至没有人提醒一句——从米兰的目光里，每个人都能感受到近乎狂热的执着。

她在研究什么，她在寻找什么？

没有人知道。

没过多久，米兰病了，是半夜里被救护车拉走的，在医院里住了大半年。痊愈后的米兰申请转到展览馆，成了一名文物历史讲解员。

多年研究无果，让她接受了现实：世间事本就不是都会有结果的，时光中存在过的那些她格外在意的东西，已无法挽回地永远消失了。

一场罕见的大雨即将降临乌鲁木齐，天色阴沉得像个黑锅底。这样的天气里，参观者寥寥。偌大展厅中，空旷之余带着莫名的阴森感。

一个由二十多名小学生组成的访学团，大概早已安排了日程，没法躲开这个突如其来的天气，正围在米兰周围，听她讲述交河考古的逸事，介绍“月光宝盒”出土文物。

当窗外响起隆隆的雷声，讲解终于结束，小学生们在老师的带领下，向另一个展馆走去。

米兰注意到，一个胖胖的小男孩没有跟上队伍，目不转睛地盯着文物展柜。米兰走上去准备提醒一声，却发现小男孩呼吸急促，身体微微颤抖着，眼睛里流露出惊恐，不禁奇怪。顺着他的目光看去，发现他看的是地下房间壁画的高精度数字影像。

正疑惑着，小男孩忽然开口道：“老，老师，这个世界，那些人，那些怪兽，他们原来都是活的，正在……正在向我们接近。”

正不知作何回答，小男孩的同学找回来，拉着他追赶队伍去了，米兰端详着壁画，陷入沉思。

初看上去，壁画内容描绘的是佛教故事，但仔细研究，却发现只是形似，其间多了许多奇形怪状的生物和地理环境，倒像是神话与佛教的混合体，与西域其他地方出土的壁画内容相比，几乎找不到传承或相似点，实属孤品。也因此，这些壁画尽管保存完整，对于研究西域历史的价值却降低了不少。

对于壁画的异常，米兰一度怀疑过，也曾做过很长时间的研究，但是，今天小男孩的话如石破天惊——难道壁画里的景物是真实的？她反复端详，还是那幅壁画，与往日没有任何变化，只是心里微微一动：也许真的有什么没有发现呢？自己对交河出土文物做了这些年研究而一无所获，她忽然意识到有一点疏忽了——自己研究的只是壁画的数字模型，实物却还封存在交河故城地下一百五十米处。

人们发现米兰又魔怔了，整天待在办公室里，打电话、上网查资料，忙得不亦乐乎，要么就是看着交河壁画，一看就是几个小时，忘了吃饭，忘了时间，不知在想什么。

米兰整日陷在壁画世界里，尝试着小男孩的角度，甚至是古代人类的视角，但是壁画还是那幅壁画，佛祖庄严慈悲，众生卑微，精怪肆意张扬。尽管栩栩如生，并没有因此而变得真实。

影音室里光线暗淡，交河壁画的数字影像投射在三百六十度环幕上，让这里仿佛变成了一个光怪陆离的异世界。

米兰坐在沙发上，长时间凝视着画面，脑海里的困意弥散。渐渐地，她闭上眼睛，进入沉睡，但是她的大脑皮层还在活跃着，还在映射着一幕幕壁画。

夜已深，万籁俱寂。

梦的世界里，佛宝相庄严，额头上的第三只竖目忽然间有了灵性，泛起荧荧的光亮。

米兰猛地一惊，从梦中醒来，愕然望着环幕，壁画中的神佛没有任何异常，但是，她明明感受到了对方的目光。

她站起身，揉了揉眼睛，凑近观瞧，没有变化。神佛二目微合，竖目怒睁，但只是形似却无神韵，与脑海里看到的截然不同。

她慢慢镇定下来，意识到自己昼思夜想出现了幻觉。她有些失望落寞，但隐隐有种感觉，好像忽略了什么。

她重新端详壁画，忽然间有了发现：神佛竖目的眼珠是一圈留白，并没有勾勒出瞳孔，像是一颗圆圆的白色珠子——是的，干尸身上香囊内的珠子。

库房值班的大爷很是恼火，米兰竟然大半夜地跑来提取文物，这丫头怕是被什么附了身。

此刻，珠子和香囊放在托盘里，除了有些古旧，平平无奇，但米兰比对过了，珠子与眼珠的大小相仿，难道就是从壁画上抠下来的？但是壁画上白色颜料完整，并没有镶嵌的痕迹。

研究记录里只有寥寥数笔：骨质，材质不明，年代不明，用途不明。倒是香囊的工艺、纹饰和年代更详细得多。

当年“月光宝盒”出土了大量文物，这颗骨质珠子毫不起眼，并未引起关注。虽然采集样本进行了年代测定，但碳-14却未能测定出结果，这里有两个解释，一个是实验失败，一个则是样本的年代超过了碳-14的半衰期。这个问题当时没有深究，无论从哪个角度看，珠子都太普通了，出成果的可能性几乎为零。

天亮了，米兰走进实验室，开始对珠子重新鉴定。

样本成分结果：主要成分为碳酸钙和磷酸钙，次要成分微量有机纤维。确认为某种动物的骨骼无异，至少不可能是眼球。

高倍显微镜下发现细微划痕，判断打磨所致，显然是古人的某种饰品组成构件。

X射线扫描，有发现：影像显示珠子中心为空腔结构，空腔边缘光滑，呈标准球形。增加射线强度，确认空腔内并无其他物体。

有发现，但是什么也说明不了，反而让珠子更显诡异：如果说珠子是被打磨呈球形，内部的空腔结构又作何解释？这是古代技术无论如何无法实现的。

米兰困惑中似乎看到了那道来自梦中的目光。

她打开了加速器质谱仪，机器开始预热，她犹豫了一下，没有采集样本，而是将珠子放入了加速枪，这可能会造成文物的损坏，后果严重，但这是她的选择。

她按下了启动开关，似乎没什么发生。但是下一刻，报警器凄厉地鸣响起来。

当文明发展到认知了宇宙的一些本质之后，人们仰望满天繁星，总在畅想，为什么地球这样孤单？亿万个世界里，会有什么样的文明？为什么从没有外星人降临？

其实他们已经来了。

只不过不是想象中那样，乘坐着银光闪闪的巨大飞船从天而降。漫漫星途是一道难以逾越的天堑，对到来的外星文明同样如此，尽管他们已经发展到人类不可思议的地步。

没有庞大的舰队，没有匪夷所思的高科技，在宏大的星海里，外星文明的星际旅行比哥伦布的小破船要寒酸得多，他们送过来的仅仅是一道投影，当然，这道投影已然蕴含了一丝宇宙本质的奥秘。

此外，他们到来的年代并不在米兰所在的当世。

他们来得要早得多，早到人类还没影儿呢，早到生命还丑得千奇百怪，早到三亿五千万年前的泥盆纪晚期。

一条鱼石螈在海岸线附近缓缓地游弋，享受着水波的涌动和明亮的阳光，不必时刻绷紧神经，不必到处躲藏。突然，它看到海水向两边分开，就像整个世界在眼前裂为两半。它目瞪口呆，神经错乱，鳃和原始的肺徒劳翕动。它意识到，自己马上会被碾为齑粉，某种恐怖的东西正在临近，雷霆万钧，不可阻挡，但眼前又什么也看不见。

下一刻，海水复合，像是什么也没有发生。它有了劫后余生的感觉，但没有感觉到，在它的颅骨中多了一个空腔，空腔内空空如也，又似乎有了某种不可名状之物。

外星人降临。

当然，他不是以人类的形态，也没有大脑、躯干、四肢等形体，甚至不能够称为生命。

我们姑且将这个代表外星文明的他称为“影X”。

经历漫漫星途，数次险些泯灭，“影X”终于到达目的地，尽管这颗星球尚还原始，但是他发现了最为珍贵的东西——生命。不是垂暮的，不是停滞的，而是欣欣向荣进化中的生命。

他在鱼石螈的大脑中停留下来，于是有了一个骨质的拇指大的形态。

他开启了一个重要的功能：观察。

无形的射线扫过，将地球的景物忠实记录下来。由于能量所限，射线的距离只有五米，需要鱼石螈的活动才能拓展视野。

他不急，时间对他是没有意义的。作为一道投影，这种东西他有的是。

沧海桑田，鱼石螈早已死去，海洋退去，大陆上生机勃勃，各种生物彼此登场，自进化的路上走过。

“影X”默默观察着，记录着……

等待着下一个节点被触发。

“顾胜，顾胜……”

意识渐生，他听见有个女人的声音在低声呼唤自己。奇怪的是，好像生命中第一次听见这个名字。

他试图回应，但几乎感觉不到身体，做了很多尝试，终于微微动了动眼皮，朦胧的光线亮起，这是生命中的第一道光。

“醒了，醒了。”女人惊喜的声音。

但他没能做出更多的反应，便陷入黑暗的深渊，光怪陆离的影像纷沓而至，看不懂，记不住，又分明与自己息息相关，与生命合为一体。

我是谁？我在哪里？

哭泣、惊恐、可怖、战栗，这样的感觉非常不好，简直生不如死，只有那女人的声音成了世界里唯一的安慰。

感觉过了几生几世的时间，他终于找到了解脱的办法，从那些破碎的影像中选择了一个最为清晰的。

于是，意识、生命、世界，终于稳定下来。

他是顾胜，长安西市里一个普通商贩，不甘心老大不小一事无成，又听了那些外藩人的传奇经历，对外面的世界产生了兴趣，便加入商队踏上了丝路。还没到碎叶城，商队遇到匪徒，好在商队老大周检在商路上小有名气，一番交涉，损失了小半钱财，人总算没事。

行至龟兹，噩耗传来，周检病了，晚上昏迷不醒，天没亮就死了。又走了几个月，来到吐鲁番，同样的事情再度发生，顾胜毫无征兆地陷入昏迷。他苏醒的时候，时间已经过了七天，商队也已离开五天。

是的，商队走了。

顾胜被留在了交河。他的病与周检的一般无二，周检过了一宿就死了，药无可药，医无可医，什么病都不知道，顾胜虽然还有一口气，想必……

离开前，商队的伙计们拜访了官署，送了礼物，托付照料顾胜，还留了不少钱财，写了书信，诉说了一番无奈，也算不枉结伴之谊。

留下的还有一个人，周检的女儿周乐儿，在他耳边呼唤的那个女子。西行这些年朝夕相处，两个人年纪相仿，虽未暗生情愫，一路上倒也关系融洽。

就是这些原因吧，周乐儿自愿留下来照顾顾胜。他的神志越发清醒，但身体还虚弱得厉害，动下指头都很困难，周乐儿整日守在身边照顾，喂水喂饭，端屎接尿，像个相守多年的发妻。顾胜眼里不止一次泛起感激的泪花。

身体一天天好起来，顾胜的脸色却日渐阴沉，脑海里的影像一直困扰着他。他努力适应着，但冥冥中似乎有什么左右着他的想法，让他无所适从。

他在记忆的深渊里挣扎着，探索着。

渐渐地，他明白了，但是越明白，心神便越往下沉。这意识，这认知，这世界，一次次坍塌，一次次重塑。

周乐儿搀扶着顾胜，缓缓走出了房门。

出了庭院，爬了一段倾斜向上的阶梯，眼前豁然开朗：一片巨大的黄土平原拓展开去，黄蒙蒙的，没有一点绿色，如棋盘一般交错着一道道沟壑，隐约可见沟壑中的院落、窑洞、街道和袅袅炊烟，行人在沟壑中熙熙攘攘。

远处可见雄伟的佛寺和塔林，矗立在黄土高台的西北方向，在阳光的普照下，宛如临世的神迹。

更远处，一道巨大的山脉横亘在正北方向，遮蔽了地平线，博格达峰顶的白雪反射出刺目的闪光。

交河。

刹那间，顾胜眼前恍惚，这世界不断在虚实中变幻。

毋庸置疑，这是交河，但冥冥中有个恒定的，不可能改变的东西发生了改变。

那是时间。

是的，时间。

他是顾胜，来自长安的商人，于丝路奔波数年，归途中因病困在交河城。他拥有顾胜的身体、记忆和自我认知，但是在昏迷的这些天里，他的脑海中还复苏了另一个意识，一个上过大学，有着丰富历史学识，跟随导师来到西域考古的未来男子，名字唤作郭子枫。

记忆黑渊里的沉沦，正是两个意识、两段记忆在交锋，在拼凑，在冲突，让他认知迷惘，精神分裂，痛不欲生。好在他挺了过来，两个不同的意识也奇妙地合为一体，仿佛一个人拥有了两个记忆，两段人生，只是它们之间隔着一千余年的时光。

记忆融合，认知稳定下来，他自然苏醒了，病也随之痊愈。望着交河，这座世间罕有的生土城市，西域绿洲的明珠，时光在这里交错，前一刻自己还和导师、同学们在交河的废墟上考古，下一刻，时光倒流，残破的建筑恢复原貌，寺庙的废墟重新矗立起来，交河重现往日西域枢纽的繁华盛景。

这究竟是怎么回事?

这些天，他一直在思考这个问题。

他无法找到合理的答案，但有一点是确定的：自己以顾胜的身份，深陷在这个隋朝初年的丝路乱世中了。他看着身边相随的周乐儿，又看着黄土高台掩映下繁华平静中的交河。

现在的准确时间是公元590年，交河城是丝路上的交通枢纽，历史上屡遭战火。自己接下来该怎么办，去追赶商队吗? 十几天了，很难追上了，自己带着周乐儿，身单力薄，丝路也已不安全了。

况且他内心还感受到一个巨大的威胁，相比起来，这乱世，自己的命运，都显得微不足道。

他无声叹息，手腕翻转，手心里躺着一颗看上去平淡无奇的白色珠子。

警报器响起的那一刻，米兰完全处于不明所以的状态。

加速器质谱仪研究的毕竟是具有放射性的物质，核辐射探测器属于标配，但测试的样本均只有微量辐射，实验室里根本不可能出现强辐射源，探测器从来只是摆设，此刻突然报警，盖革计数远超安全阈值且仍在疯狂上涨。

米兰下意识地关闭了加速器质谱仪，但警报声并没有停止，仍在疯狂地鸣叫着，仿佛在向这个世界发送一个可怕的征兆。

不知道是受到了超剂量辐射还是别的原因，米兰感觉到眩晕，实验室的景物恍惚起来，旋转，撕裂……

失去意识前，她有一丝明悟：这不正是导致子枫等人死亡的强辐射吗？

不知道过了多久，米兰再度苏醒，眼前渐渐出现了一个个白影，随着视线的清晰，她发现，下雪了。

雪片纷纷扬扬落下，像是要将她覆盖，但是在接触肌肤的一瞬又化为无形。视线穿过雪花，灰暗中隐约有许多白色的茧排列着。

这场景诡异而……有些熟悉的感觉，记忆中随即多了一些东西，她立刻明白，自己的意识来到了一个莫测之地，姑且称其为“黑渊”。那些白色的物体是一个个被束缚的意识，而这些雪花也正在试图把自己变成那样，只是不知为何总是无法成功，是因为自己及时苏醒了吗？

她向前迈步，之前丝毫感觉不到身体的存在，但随着这个动作，她恢复了感知。她的目光透过茧层，看到了一个个生命的意识。她找到了郭子枫，他们的距离本就很近。米兰呼唤他，他闭着眼睛，不知是在沉睡还是昏迷，毫无反应。米兰去撕扯茧层，但那些白色的不明物质看似轻柔，却极为柔韧，一时间撕扯不开。

她渐渐冷静下来，脑海中又多了些东西。她继续向前走去，经过排排茧房，继续向前，陷入一团纯净的漆黑之中，但她的脚步没有犹豫，仿佛洞悉其中的奥秘。果然，一道光线从她脚下浮现，曲曲折折伸向远方，周围也多了些光影，颜色渐多，明灭不定。

五彩斑斓的颜色，瑰丽如大自然的五彩斑斓，壮观如星海的变幻星云，米兰又看到了“月光宝盒”密室内的壁画。不，有区别，眼前的壁画在急剧扩大，自己像一颗流星落入其中，而这壁画则拓展为一方真实的异世界，山峰般伟岸的巨人盘坐沉思，巨大的鲸鱼如气球般在空中悬浮，微尘般的人类乘坐着各种超现代的交通工具穿梭，庞大的城市群从云端露出一角，白、蓝、红三颗卫星远近交错，把天空渲染为七色，宛如梦幻……

米兰望着这个陌生的世界，却有种莫名的亲切感。是的，当初第一次见到交河故城，记忆深层的某些东西被触发，产生了同样的说不清道不明的感觉。

她放弃了原来的学业，改为考古，又随着燕老师返回交河考古，继而郭子枫死去，考古队撤离，自己却仍不肯放弃，一个人默默地追索，不正是在循着这感觉，去寻找记忆深处遗失的秘密吗?

此刻，这世界终于展现在眼前。

巨人微微睁开眼睛投射来意味深长的目光，巨鲸昂首长啸，雷鸣声响彻长空，人类的飞行器蜂群般赶来……

不，米兰忽然意识到有什么不对，她一惊，开口道：

“影X，是你吗？”

无声无息地，一颗珠子出现在米兰眼前。

它是白色的，不，它的颜色在白与灰之间变幻不定，又像是在真实与虚幻中浮沉。只看了一眼，米兰便觉得一阵眩晕，似乎一股猛烈的潮汐涌来，让她的意识难以自持。

“嗯，很熟悉的感觉，但是，你是谁？”一个意识在米兰的脑海中生成，“来自哪里？为什么出现在这里？嗯，你的气息很危险，这破坏了平衡，会导致……坍塌！快离开，否则……只能灭失。”

没有理会那个意识的喋喋不休，米兰仍然望着它，竭力保持着镇定。

“我要他，郭子枫。”她说道。

“他已经死了，这是循环的必然。”那意识道。

米兰咬了下嘴唇，再次道：“我要他。”

远方群山中盘坐的巨人突然站立起来，二目怒睁，开口怒斥着什么，天空骤然阴沉下来，大地上乱石横飞，荡起滚滚烟尘。

云端的城市摇摇欲坠，密密麻麻的人类匍匐在地，不断叩首，他们在上位物种的威压之下瑟瑟发抖。

米兰的身体也抑制不住地颤抖着，但是她竭力坚持着，咬着嘴唇，再次道：“我要他。”

僵持之下，珠子的颜色由黑色转为灰色，渐渐变淡，直至消失，这瑰丽雄浑的异世界随之暗淡。消失之前，天空里的鲸鱼忽然仰起头，吟唱起无声的鲸歌。巨大的水柱喷出，化为弯在天际的一抹彩虹。

郭子枫或者说顾胜，他的身体毕竟还虚弱，摆脱眼前的危机，无论如何都是身体养好之后的事了。躺回床榻上，本想着和周乐儿聊一会儿家常，眼皮却变得异常沉重，恍惚间沉沉睡去。

黑暗中，一个庞大的意识降临，如泰山压顶，如海渊倒悬。虽然什么也看不见，但是他能够感受到令人战栗的威压，内心的懦弱无限放大，除了臣服，无法抵挡。

灰色的微光勾勒出上位者的伟岸身形，占据了整个脑海，并且仍在扩大着，似乎要撑破黑暗，踏破亿万世界，进入现实之中。他感到头痛欲裂，忍不住哀号，意识如风中的残烛，微弱将熄。

“影X，该归来了，”那意识的声音在他脑海中轰鸣，“别忘了使命……那是你的宿命，不可违！”

他惊醒，周乐儿伏在榻边睡着了。油灯亮着豆大的光亮，窑洞里一团静谧。他喘息着，眼中满是惊恐，仍沉浸在刚刚的噩梦中。

不，不是噩梦。他确认，那是真实的世界。无所不能的上位者，而他只是芸芸众生里微不足道的一员，以完成上位生命赋予的使命为生命的意义。

是的，这是他的脑海里觉醒的第三个意识。

他是郭子枫，他是顾胜，他还是影X。

影X的意识是在郭子枫与顾胜的意识稳定并融合之后出现的，陌生、阴冷、疏离，没有丝毫情感，绝非人类的意识。

他低下头，珠子出现在掌心，在油灯的光亮下泛着惨白的光泽。他感觉到极度的危险，只想远离它，可又莫名地异常亲切，就像是自己身体的一部分，难以割舍。

自己到底是谁？

郭子枫、顾胜，还是这珠子所代表的莫名生命？

他是郭子枫，也是顾胜。他愿意以顾胜的视角经历华夏历史的某一阶段，也愿意成为郭子枫，一名人类的历史学者，用一生去探寻文明的足迹。但是随着时间的推移，他发觉自己在潜移默化中改变，变得不那么在乎人类的身份了，变得少言寡语，对周乐儿的照料也没那么感激了，对这交河城的命运也不再关心。是的，他不得不承认，他在向那个未知的生命转变，这一进程不以他的意识转移，无法阻挡，无法中断。

很快，他就会变成一个不属于地球的生命，这让他感到恐惧。因为一旦转变完成，他将从地球离开，带着地球的全部信息，回到那个生命诞生的世界。到那时，地球将成为暗夜中亮起的烛火，或是瀚海中矗立的灯塔，可怕的生物将会降临，给人类带来浩劫。

怎么办？郭子枫，顾胜，你该怎么办？

他在暗夜中冥思苦想，黎明来临，他的心中却仍是毫无头绪。

周乐儿醒来了，匆匆梳洗过，又扶持着顾胜用过早餐，询问接下来两个人该怎么做。

他恍然大悟，脑海里闪现“月光宝盒”密室中的壁画，那一幅幅画面描绘的不正是噩梦中的异世界吗？自己重生在交河，定然和“月光宝盒”有着密不可分的关系。

无论是古代的顾胜，如何带着周乐儿寻找一条归乡之路，还是未来的郭子枫探索自己的重生之谜以及噩梦中未知生物的可怕威胁，看来都需要到官署寻找契机。密室的建造判断大概就在这个年代，从中出土的大量财物和文书来看，只能是官署所为。

此时局势异常复杂，县丞也仅是名义上的首脑。城中来了突厥的使团，前往官署商谈什么，这些人骑着战马，带着刀兵，让承平祥和的交河多了一份紧张。

转过一条岔道，便可看到官署的门口拴着二十多匹红色的战马，长鬃上还淌着湿淋淋的汗水，五六个穿着皮袍的突厥士兵正和官署门口的卫兵混在一处，不知聊着什么，时而发出爽朗的笑声，看上去气氛融洽。

顾胜带着周乐儿走上前去，不动声色地塞了红布包过去，想让卫兵通报一声，看县丞是否有时间接见。

这时，异变陡生，还在说笑的突厥士兵猛然拔出匕首，狠狠刺入了对面卫兵的胸腹。仅一瞬间，四个卫兵已横尸于地。

交河城完了，他意识到，恐怕顷刻间就会土崩瓦解，吐鲁番的乱世要开启了。

顾胜拉起周乐儿朝外面跑去，本能地想要远离这是非之地，但跑了几步便停下来。

城外就是突厥骑兵，他们又能跑到哪去呢？而且，那个非人的意识传来异动，官署内发生的事，与顾胜，与郭子枫，与珠子，都有着莫大的联系，从某种程度上决定着他们几个未来的命运。

他缓缓走回官署门口，爬上房顶，下意识地弯着腰，轻手轻脚向前行去。走出十几米，前方出现一个四方形的天井，下面就是官署的庭院了，武器撞击的声音少了，痛苦的呻吟声多了起来。他小心翼翼探出头，看见一地的尸体和伤者，几乎都是本地打扮，鲜血溅得到处都是。突厥士兵提着刀到处杀人，场面混乱，极度血腥。

周乐儿竟然也跟了上来，试图探头去看，他连忙拦住，带着她跑向后院的天井。他的目光落在庭院正北方向，那间较为宽大的佛堂。虽然门闭着，但是他隐隐感觉到有什么重要的东西在那里。

他侧身跳了下去，一把推开了佛堂的门。房间里的陈设显示出官宦人家简单却难掩奢华的特点，地面上铺着罕见的波斯地毯，正北靠墙摆放着一张长案，左右两厢是高背座椅，家具的形制都有明显的隋朝风格，长案上供奉着一米高的佛像，相貌堂堂，法相庄严，香炉中的供香青烟袅袅。

他的目光落在佛像左侧的墙上，那里挂着一张描绘神佛渡众生的挂毯。他注意的并不是挂毯的内容，掌中的珠子发出晦涩波动，脑海中升起某种指引。他走过去，掀起挂毯，露出隐藏在后的一道门。推开门，走进一间亮着长明灯的密室。

他站在密室中央，刹那间恍然大悟：这房间的大小，地上摆放的这些箱子，除了四壁是空白的，这，这不正是“月光宝盒”密室吗?

只是，“月光宝盒”不是处在交河西北末端地下一百五十米深处吗？四壁上的壁画又哪里去了?

难道，那一切还没有发生?

手心突然传来一团炙热，珠子散发出夺目的光芒。光芒有若实质，淹没了整个房间，地面猛烈晃动起来。

过了好一阵，晃动停止，他发现密室的门消失了，取而代之的是一堵厚实的墙，这下和“月光宝盒”更相似了。而且他能够感觉到，那剧烈的晃动明明就是整个房间产生位移，相信此刻已经深入底层，处在千年后重见天日之时的位置了。

这一刻，冥思苦想的难题一下子明晰了。

珠子穿越层层屏障来到这里，如今它得到指示，要返回它所来的不可知之地，脑海中觉醒的那个意识，时刻重复着这个念头！神佛的威压，众生的祈祷，异兽的咆哮，噩梦中的异世界越发清晰，这是上位者的召唤，穿越星海，无可违抗。

而珠子的归去，对于地球生命来说，便意味着异世界的降临，便意味着灭顶之灾将至。

唯一解决的办法，就是将珠子永远留在地球。

可如何做到呢?

他自未来而来，自然看到了方法：这封闭于底层深处的密室，周围五彩斑斓的壁画不正是异世界的临摹吗?身处此地，珠子受到欺骗，以为回到了诞生的地方，自然就不会再有信息的泄露，不会再有异界降临和地球的灭世之灾。

只是没想到，实施这件事的竟是他自己，想起死于角落中的古人……从自己莫名病重，离奇复生，怪异的夺舍，夜夜噩梦惊扰，这件不可思议之事，隐隐成了两个世界的生死之争，重重隐秘背后处处透着谋略与算计，自己虽身处旋涡，却不明所以，身不由己。

他发出无声的叹息，悲凉之余却是庆幸与平静，以一人之死换众生延续，值得。

仿佛已经洞悉了他的想法，珠子再度炙热，表面氤氲起七彩的颜色。

他苦笑，这是连颜料都准备好了。

他站到密室的墙壁前，以指为笔，眼睛瞬间化为纯黑，映射出噩梦中的世界……

山川、河流、海洋……与地球一样的美丽世界，大气层外还有数不清的世界点缀其中，寥寥数笔，难掩各异奇景。

神佛坐镇主世界，庄严肃穆，主宰众生，与世界同生，也将与世界同寂。还有亿万神佛环绕周围，法相各异，祥云朵朵，气象万千。

各种神异生物或翱翔天际，或蛰伏深渊，或隐迹山林，或成为神佛的坐骑，耀武扬威却失了神采。

更多的是人类，创造了比地球绚烂得多的文明，穿越众多世界的航船队，飘浮半空的城市群，但城市广场上耸立着神佛的塑像，数不清的信众日夜祷告。

不知过了多久，他恢复了意识，灰白色的墙壁上已布满颜色绚烂的壁画。

完成了吗？他感到前所未有的疲倦，手中的珠子失去了异彩，重新化为苍白。这时，他注意到周乐儿竟然也跟着进入了密室，正望着满墙的壁画和神情委顿的顾胜，一脸的震惊与不可思议。

“你刚才像疯魔了一样，怎么叫也不回应，这，这是怎么了？”她担心道。

他张了张嘴，发现这事又怎么能解释得清楚，同时他发现一个严重的问题：周乐儿怎么办？

顾胜的经历同样是他的记忆，数年来丝路上的点点滴滴历历在目，他早视她为邻家妹子一般。如今父亲猝死，这孩子失去了世上唯一的亲人，自己病重期间她放弃了随商队还乡的机会，留下来照顾自己。他没有说什么谢谢，只因那一份真情已如身许，他愿用一生去守护她，谁知道这一番离奇的变故，自己的生命又变得如此短暂。

那个觉醒的非人意识，表明珠子所代表的异类生命已与自己融为一体，所以，这密室就是自己的坟墓。可周乐儿怎么办？

他闭上眼睛，进入冥想，掩去顾胜与郭子枫的意识。那非人的意识逐渐清晰，与珠子产生了某种联系。

此前，他已察觉了一丝异常，那非人的意识并不是整体性的，越来越清晰的那部分不断影响自己：回去，回去，接收上位生命的感召，回到千万重世界隔膜后的异世界去。但还有一丝意识，与主意识融合一体却又泾渭分明，虽然微弱，却与自己出奇地契合。正是这微弱的意识利用了珠子的能力，制造了“月光宝盒”密室，引导自己画出了异世界。

现在，他完成了任务，应该得到应有的回报。

他的思绪传递过去：“我要周乐儿安全离开，并且……给她一个平静美好的未来。”

珠子微微颤动了一下，绽放出夺目的光芒，他得到了回应。

他伸手拉住周乐儿的手，用从未有过的，温柔的，爱慕的，依依不舍的目光看向她。光线遮掩了视线，手中一空，周乐儿从视野中，从手的触觉中消失了。

光线暗下来，密室重现，周乐儿已经不在。头顶处，一个四十厘米的通道重新被土层填满。

没有留下只言片语，他永远离开她了，再无相见之日。

他反而感到一阵轻松，心中渐渐变得空灵。他举起手掌，托着那颗看似普通却堪称神迹的珠子。

看看吧，你已经回到了自己的世界。

珠子默然，过了一阵，发出微弱的波动。那不是语言，他却明白了其中含义——这只是一幅壁画，人类创作的拙劣壁画。

他颓然坐到密室的角落，他意识到，是自己想当然了。珠子这样的存在超越了自己的认知，又怎么是一幅匆匆画就的壁画能够欺骗的呢？

米兰自无尽的黑暗中归来，睁开眼睛，便看到了一缕明媚的阳光，以及母亲那亲切的脸庞。

耳边似乎还萦绕着警报器凄厉的叫声，心神也还沉浸在莫名之地与莫名存在的僵持，恍然间便回到了宁静的现实，时间似乎只过了一秒，但发生了太多事。她清楚地感知到，已经不在乌鲁木齐了，她正躺在北京三〇一医院的一间病房内，她的身体受到了强辐射的照射，身体细胞停止生长，器官逐渐衰竭，生命正在进入飞快的倒计时，就像当年郭子枫一样，这个世界上没有任何手段可挽回，但是她似乎并不担心，她反复思虑的是另一个问题：我是谁?

她是米兰，这毋庸置疑，但核辐射让脑海里又多了许多碎片般的记忆，那不属于米兰。

人类胚胎发育的过程，某种程度代表着地球生命的演化史，像一个蝌蚪，像一条鱼，像一只有尾的爬行动物，慢慢地才定型为人类的模样。宏观上的变化也同样昭示着微观上的遗传基因中，蕴含着传自远古的印痕，而更为微观的层面呢？人类科技还无法触及的层面呢?

她是谁?

她曾是一条鱼石螈，有着鱼类的身体，四肢的雏形，刚进化出的肺。由于大脑过于简单，她只记得蔚蓝的海岸线和葱郁的陆地。更为重要的，是脑子里不知何时多了个东西，那东西似乎对她产生了莫名的影响。

她曾是一头雄壮的食草类恐龙，是一只翱翔的飞鸟，是非洲草原上的一只猿。莫名的影响让她的脑海里多了一些念头，她拿起了石头，点燃了火。

她还是顾胜，带着对新世界的好奇，踏上漫长的丝路。

她同样是周乐儿，穿着男装帮着父亲照料商队，又在一个人的时候偷偷把玩那些女子的饰物，心头默默喜欢着那个人。

她是很多生物，她是很多人，但似乎还不全面。

她有种感觉，米兰，作为人类生命的脑容量，如果能无限扩展的话，随之涌现的记忆会同样浩如烟海，但所有这些记忆，从时间线来看，也仅仅占据了非常小的一部分，还有大量的，无法理解的碎片充斥其间。当然，更多的时候是沉寂，像是死亡，像是睡眠，仅仅偶尔泛起一些微弱的意识波动。

而且，有什么极为重要的东西，隐藏在意识的最深处，难以察觉。

她重新闭上眼睛，让心神重新沉入那黑暗的莫测之地。渐渐地，源自远古的隐秘时隐时现。

她与地球同生，她不是生命，也没有意识，说不清是什么，或者可以说是一种“存在”。她对漫长岁月无知无觉，直到生命的诞生，将她赋予了一些变化。这变化是质变性质的，却没有什么意义，有如死亡与深眠的区别。

直至寒武纪生命大爆发，生命的演化步入快车道，种类繁多的生命不断出现、淘汰、新生……她仍然沉睡着，无知无觉，微观层面的灵性积累缓慢增长。

珠子出现了。对这种外来的未知存在，她本能地表现出兴趣，与珠子的表面融合，逐渐形成了一层骨质外壳。

她与珠子共同度过了漫长岁月，差不多有四亿年吧。

珠子来自遥远的未知之地，需要跨越不止一重星海，因而具有莫大的威能，可以在一定条件下无视这一层星空的物理规则，比如时间和空间，这些都是远航所必备的能力。

这样的能力是她不可能具有的，也不是可以学习或模仿的。不过在这么长时间的共生情况下，她还是受到了莫大的影响，比如以人类为载体，从而有了意识，有了感知，有了生命。

也许这些都是珠子有意而为的，它的目的是为上位者在多重星空里找到另一块统治之地，让上位者的神光照亮更广阔的星海。跨越多重星空的航程无比凶险，它做到了，也许是亿万个它中间唯一做到的——它找到了理想之地。接下来的使命是观察，观察星球的稳定性和生命的演化过程。这同样是一项艰巨的任务，生命越来越复杂，微观层面的探查就更为艰难，并不比星海远航轻松多少，而通过她就方便多了。

她可以是一棵树，可以是一只蚂蚁，可以是一个人类，通过她可以轻易洞悉生命思维深处的念头，基因层面的演化进程。

她并不介意珠子的利用，甚至主动配合，因为珠子让她具有了更多的能力，不仅可以看遍壮丽的山川大河，感知风的袭来雨的淅沥雷电的可怕，生命在生与死的轮替中延续，还可以做出一份美味的食物，将种族延续的性行为升华为一场刻骨铭心的惊世之恋……

他们可以达成合作，她和珠子各取所需，合作很是愉快。但随着对珠子了解的深入，或许是人类进化加速的原因吧，她渐渐获知了珠子更深层面的东西。

它来自哪里？那是一个与地球相似的世界，有天空，有海洋山川和大平原，还有人类。她还看到了伟岸无边的巨人，世界的主宰者，上位者，整个世界都需要无条件地服从。万物生灵在上位者的威压与监控下日夜祈祷，瑟瑟发抖，失却了生命的色彩。

珠子是一种特殊的存在，不是智慧生物，不是天赋神兽，甚至不是生命，没有固定的形态，或许可以认为它是一段天然的程序，仅有简单的智识，却能够无视物理规则，在时间与空间中跃迁。上位者仅用了一些小手段，便使之臣服，从而踏上了穿越重重星海的航程，为上位者在诸多星空中寻找生命的栖息地。

这些都还好，毕竟上位者与地球之间隔着不止一重星空，连珠子这种作弊器一般的存在都险些星海折戟。上位者早已与珠子失去了联系，连它是否还存在也不确定，更不要说地球的事情了。只要没有精确坐标，地球就是安全的。

可是最近一段时间，可怕的事情发生了。

珠子接收到了上位者的返回指令。这指令可能在遥远的年代就发出了，只是才被接收到；又可能本就根植在珠子的核心深处，某些条件符合后触发，通知珠子返航。

她意识到问题的严重性，一旦珠子返航，上位者就会获知地球的存在和坐标，大规模的降临便会发生，地球生命的进化之路从此断绝，人类将在上位者的阴影下失去自我。

怎么办？必须想个办法。毁掉珠子是个一劳永逸的好办法，但是她做不到，珠子的强大远远超越人类文明的，这同时也是她的认知，地球上没有什么能够消灭它。还有一个办法，让珠子留下来，永远留下来，可是她同样没有能力拦下它。

怎么办，怎么办？

必须要想一个办法！

以上种种，大多出自米兰的推测。毕竟作为人类个体的米兰，信息承载量实在有限。海量的记忆沉淀在每个地球生命的基因深处，但感觉告诉她，这个答案与实际情况大致相符。

她也终于明白，为什么第一次见到交河故城，会感受到那般莫名的吸引力；为什么考古队撤出后，她却仍对交河，对郭子枫的死，对“月光宝盒”密室难以放下，时隔多年还是返回了西域，继续循着莫名的指引去探索。

这些都是计划的一部分，现在她渐渐想起了自己的计划，只是实施的过程中出现了疏漏，或者说，珠子还是察觉了什么。虽然它智商有限，但还是做出了反应，郭子枫等人的死亡就是它的反应。如果不是米兰的坚持不渝，如果不是加速器质谱仪激发了珠子的应激反应，也间接让她觉醒，计划说不定便要失败了，那意味着地球将陷入永恒的深渊。

好在还来得及挽回，觉醒之后的她进入珠子的隐秘之地。果然，郭子枫的意识与记忆惯例性地被扫描收藏了。她需要郭子枫复活，这样的事情在与珠子共同度过的时间里还从来没有发生过。她与珠子陷入对峙，无数岁月的接触，珠子教会她很多东西，而她何尝又没有潜移默化地影响它。从时间长短来讲，珠子停留在地球的时间远远超过了上位者所在的世界，珠子的意识深处难免多了一些地球生命才有的情感。

于是，珠子妥协了，或许是米兰与郭子枫的爱情影响了它，或许它的注意力放在为重新远航做准备。一个样本的重生，这对它是件微不足道的事。

她的计划得以继续实施。

人死不能复生，死去的郭子枫重新出现，必然会影响时间线，导致一连串物理定律的冲突，于是他出现在另一个时间点，成了顾胜。

他会循着米兰的指引，一步步实施计划，将“月光宝盒”深藏地下，以逼真的壁画描绘出异世界，欺骗珠子以为回到了上位者的身边。

这是时间线的闭环，这是空间面的重合，天衣无缝，珠子会永远留在地球，直到人类掌握了珠子的能力，达到上位者生命层次的那一天。

天还没亮，米兰就忙碌起来。化妆花了半个多小时，换上汉服又用了差不多的时间，这让她孱弱的身体难以负荷，坐在床上歇了好一阵。但她的心情是愉悦的，镜中人俨然便是明艳俊秀的古代仕女。

总算恢复了一些力气，她背上双肩包，走出病房，上了叫来的出租车，直奔首都机场。

下午一点，飞机抵达乌鲁木齐地窝堡机场。五点左右，车子停在交河故城景区停车场，米兰下了车，头习惯地扭向西北方向。能感受到干燥空气中的水汽，能看到河岸边的一抹绿色，更能看到交河那高耸的黄色土台。

她快步向前，她的心雀跃着，但极度的虚弱让她踉跄着险些摔倒，勉强坐到停车场边的石墩上。

再不能回到从前了，她有些失落，发出一声叹息，但心情很快又好起来，她又看到了交河。

濒死的细胞似乎受到了感召，她感觉身体有了一些力气，便站起身，缓缓地向交河走去：石桥、城门、甬道、中央大街……她缓缓向着交河故城西北方向的墓地走去，经过一座座被时光侵蚀的遗迹。

经历了丝路的辉煌，经历了人类文明曙光与烽火的洗礼，如今这座城市已然死去，这是它留给世界，留给文明的最后一片残影。

米兰也将在这里迎来她的死亡，交河便是她和他的坟茔。她所做的事不会有人知晓，也不会有人来凭吊，但是她和他有交河的相伴，他们将在这里，默默注视着人类从洪荒中走出，一次次从毁灭的边缘站立起来，一步步走向深邃的星空。

她打开玻璃屋的门锁，走进了“月光宝盒”。

打开手电筒，满墙的壁画在光影下栩栩如生。

现在她明白，考古队发现这间密室，第一次见到壁画意味着什么——这证明郭子枫做到了，他成功地在这一段时间闭环的起始点，完成了计划的第一步。但这还不够，壁画再逼真，也只是壁画，想要欺骗珠子，必须做到以假乱真。

她伸出手掌，一点光亮在手心发出荧荧的星光。珠子，现今它处在一个奇妙的状态，既处于遥远过去郭子枫的手中，也存在于现实米兰的掌心，这是珠子的独有的能力，它凭此穿越了凶险的多重星空，连上位者也做不到。想要战胜它，就只能利用它自身的能力。

光芒愈盛，有若实质的光芒溢满密室，连接外界的通道消失，密室继续向下沉去，去向一个人类不可抵达的深度。

她闭上眼睛，壁画中的世界却映射进她的心神，然后，她点燃了自己的意识之火，疼痛，痉挛，抽搐，无法忍受……

壁画的世界里猛然被夺目的光芒照亮，一轮旭日凭空出现，普照大地，广场上祈祷的人类有了虔诚的气息，山野间的神兽有了神韵，庄严的神佛缓缓睁开了第三只竖目，上位者的威压蔓延整个世界……

某种角度来说，她和异世界的上位者是一样的存在，因各自世界生命的演化而孕育，而觉醒，而凌驾于世界的巅峰。尽管她年轻得多，稚嫩得多，远不及异世界上位者的能力与威压，但万千重星空，亿万生命世界，每一个生命都是一粒星光，都有各自的珍贵之处。这也是为什么，上位者明明拥有了那么多世界，却还对更多的世界乐此不疲。

当她点燃了自己，所绽放的璀璨之光与异界上位者一般无二。

珠子颤动了一下，像是一个受到惊吓的小动物，散去了光华，蜷缩进白色的骨质外壳，瑟瑟发抖，浑身战栗。随着自身的明灭，珠子消失了。

再度出现时，它穿越了时间线，出现在古代的隋朝，西域，丝路，交河，密室，与郭子枫手里的珠子重合，它感知着壁画上神佛的注视，承受着无法抵御的威压，战战兢兢将地球上的信息传送过去，而后根据上位者的指令，陷入永恒的沉睡。

陷入弥留之际的郭子枫忽然感觉到异常。他抬起头，看见神佛的竖目发出柔和的光芒，那光芒氤氲着无限柔情与眷恋。他似乎读懂了其中的意味，嘴角泛起微笑，就此死去。

光芒散去，密室陷入黑暗，米兰已经没有了生息。她的身体无力地瘫软下去，落在墙角处，那姿势像是在与千年前的郭子枫相拥。

尾　声

时间回到十三年前，博物馆、小广场、停车场这些旅游设施还没有修建，更没人收费，交河也还是一座沉寂在岁月里，无人问津的废墟。

米兰也还是个喜欢旅游的学生，来至一处荒凉的所在。

一条狭窄的柏油路，一片像是农村场院的空地，两边是缓缓凸起的荒原，难见一株树木，除了两三个猎奇的游客，周围空无一人。

米兰有些疑惑：这就是交河故城？河在哪儿？城在哪儿？有心回返，又禁不住那颗好奇的心，并且，隐隐有什么正在记忆深处涌动。

她向前走去，漫不经心地，并不期待什么。资料上的交河是一座废墟，毕竟昨天刚刚去了高昌古城，想必没有多大区别。

一条不宽的小河横在脚前，一座高耸的黄土台出现眼前。穿过简陋的水泥桥，沿着倾斜向上的黄土路，走入沧桑的古城墙，交河城终于展露真容，米兰竟一时怔住了。

他人眼中，由于是生土废墟，这里的建筑远不如高昌城宏伟，过了最初的震撼便觉索然无味，但米兰久久不能平复自己，身体僵立，灵魂出窍，思绪已不知飘向何方。

她的眼前出现了幻觉，仿佛时光在此交错，恍然看到了一支骆驼队带着长途跋涉的风尘，缓缓进入交河。交河城中一派繁华景象，南来北往的旅人摩肩接踵，佛寺的铃铛清澈。

而她是一个名叫周乐儿的少女，跟在顾胜的身后，好奇地左顾右盼。

苏学军，中国作家协会会员，中国科普作家协会会员。短篇小说《远古的星辰》《火星尘暴》曾获中国科幻银河奖。另著有长篇小说《冰狱之火》和《星星的使者》。

空帆船

吕默默

1. 空帆船

海边的风吹起来是一阵一阵的，时有时无，浪也很温柔，淡蓝色的海水就如玻璃一样，清澈透亮，远远望去，仿佛一块连绵起伏流动的淡蓝色玻璃，而在这玻璃之海的尽头，漂着一艘白色的帆船。

帆船顺着风，渐渐漂向岸边，船身的木条也逐渐清晰，白色的船漆已经开始掉落，露在海面上的部分，已经有部分的木条露出来木色条纹。船体的桅杆虽然从远处看是一整条白色，近看却也显得斑驳。船首似乎是新修过的，没有一丝白漆掉落，船尾也一样。

白色帆船慢慢悠悠漂过来，天色已经大亮，海边的游客在退潮之后也逐渐多起来。游客们看着这艘白色的帆船漂过来，搁浅在黑色的沙滩上，虽然周围泥泞不堪，脚踩进泥里，拔起来都难，但还是忍不住好奇心，纷纷走过去围起来，指指点点。更有好事者，也不顾自己脚上的泥，爬上了船，发现这是一艘空帆船。甲板上没有人，甲板下也没有人，甚至没有捕鱼之物，也没有任何食物储备，只有一套白色的衬衫和一套棕色的西裤，一双黑色的袜子，最后是一双黑色的皮鞋。这套衣服，按照自上而下的顺序摆好，衬衫的领口紧扣着，还戴着一个鲜红的领结，仿佛穿戴这些衣服的人，是凭空消失在船上，而衣服就保持在人消失的模样，散落在甲板上。

随着警笛远去，我也收回了视线，老许干的一切其实我都有观察到，但这是他的决定，只有尊重。

老许啊老许，本来你可以是世界第一人呢。

2. AI训练师

第一次见老许，是在研究所的虚拟AI训练空间里。

进入这里的人，第一件事儿就是戴上增强现实头盔，不然面对的是一个极大的装满了巨大吸引锥的空间，远处是大大小小突起的灰色模块，并没有界限感。走近了看灰色的模块，才发现是一个一个巨大的灰色锥形物体。每个吸音锥则又是由一个又一个小的吸音锥组成；如果仔细看更小的吸音锥，则发现是由更小的吸音锥构成。初次到这里，我并没有去测量这间巨大实验室的空间，也没有计算吸音锥究竟小到什么程度，有多少；吸引我的是，这里全都是硬邦邦的地板，而不是以前参与过的项目里的软包。不过在入口处，还是有一些机器人辅助系统，保护受训者的人身安全。这点倒是在意料之中。

从一年前开始，这里开始训练第一批AI，帮助驾驶员真正自动驾驶汽车，AI能处理绝大部分驾驶中遇到的状况，让AI来控制汽车已经不再是科幻电影里的桥段了。在实现了这个简单的小目标之后，这批AI开始进入更多的系统，比如控制全部的家居家电，也整合了家用或者工作用的电脑系统，真正做到了“人工智能创造完美生活”。在AI逐渐进入人类世界，开始渗透世界，或者说逐渐接管真实世界中一部分时，AI却还是遇到一些特殊情况，比如对于人类语言的理解、命令或者建议的执行，都有一些小问题。这在设计者的意料之中，所以AI训练场又热闹起来了。

第一次见到老许还是在监视器里，他戴着增强现实头盔，踱着步子来到实验室的门口，暗红色的嘴唇微微动着，虽然收音设备非常灵敏，但还是听不到他在说什么。但动作上，似乎是一只手抱着孩子，另一只手摸着孩子的头，安抚着。我单身，更没有孩子，但在公司几万名员工里，肯定没人比我看过的电影、电视剧多，况且我也观察过无数有孩子的人，这动作我不会判断错误。据说这是老许让自己心态稳定下来的一个习惯性动作。在接触老许之前，我做过功课，这家伙似乎也单身，并没有孩子。

“大家好，我是许安，AI训练师，今天开始我负责咱们这一批AI。”老许左手食指伸进头盔里，抠了抠头发说道。

“大家可以叫我老许，虽然你们拥有近乎无穷的算力，逻辑也十分缜密，对于程序上的逻辑计算，你们比我透彻得多，毕竟你们都是AI，所有规则都写在你们的底层，能到这期训练营的，说明你们之前做得很好了。在这里，我能带给大家的是人类的经验，帮助你们处理那些人类鸡毛蒜皮的事情，学习那些似是而非的对话辨别，毕竟我已经五十八岁了，比你们存在的时间要长得多。”

老许顿了顿。毕竟这批AI已经非常成熟，拥有非常全面的模型，肚子里装了几乎全部的人类规则和各类人的喜好，为人处世的规则近乎完美，只是缺乏实战经验而已。这时候自然要谨言慎行。

“也有人给我起了个匪号，叫爆头老许。别误会，我不会亲自到程序底层，给你们输入执行，让数据溢出，最后爆头宕机。”

老许左手挠了挠头盔里露出来的后脑勺，继续道："这头盔有点痒，但我得戴上，要不根本看不见你们。你们是全世界算力最棒的AI，但遇到一些真实世界具体场景时，未必能通过测试。当你们遇到一些事情不知所措，可能会卡死，你们所在的物理主机部分会过热，宕机，最后还可能冒烟。体现在我们这个虚拟训练场，就会出现爆头的情形。你们只有一次机会，一旦爆头，就等于失败，未能通过最终的测试。"

在场的AI，有的身着西装一身商业范，有的则是穿运动装扎着马尾的邻家大姐姐，有的则是小学生的打扮，每个人都有自己的个性。

"今天就不需要大家做自我介绍了，相信你们比较深入地了解对方了。今天我们就开始直接培训和测试。"

老许说得没错，其实训练人工智能的方法已经非常成熟，简单来说就是做好深度学习构架，建好规则，然后用上各种算法，跑数据就行了，跑的数据越多，也就容易得到比较完美的模型。但真正放这些AI出来应对真实世界的一些问题时，就会发现，AI会不知所措，甚至卡在那里。这大概是人类的语言不够准确，或者说语言需要跟表情搭配识别，AI才能准确明白一个特殊场景下这个人的意图。

比如说，一对夫妻，妻子并不想让丈夫出门应酬，但会一边皱眉一边笑着说："你去啊，你去吧。"人类是能理解的，但人工智能通过摄像头拍到这个扭曲的表情时，就会很困惑，到底是想让丈夫去呢，还是不让他去呢？如果需要立刻为男主人准备车马，更容易使程序出现错乱，甚至宕机，这已经在市面上出现了多次了。这个对于一般人，比如不喜欢人类之间关系，经常宅着的我来说，虽然也有些困难，但接触人多了，还是能学会的。但目前的AI还不行，主要缺乏场景，老许的存在就是来给这些场景打标签，做引导。

这其实跟人类从小学习作为一个合格的、进入社会的人一样，总要吃些亏，才知道特殊场合如何处理。但AI不能走这条路，因为在处理一些事情上一旦失败吃亏，就会给主人造成损失，这是不被允许的。

老许就是这样一个训练师。传闻，他最开始进入公司时，还是实验室学霸员工，对于升职加薪都不看重，唯一让他心动的是自己的项目可能更往前一步。但在三十多年前一个雨夜之后，他忽然开始变得更努力、更勤奋了，努力想要把AI塞进一个人型机器人，因此被称为“公司里的机器狂魔老许”。在夜以继日的实验后，他逐渐开始出成绩，尤其是在AI方面，有较多的想法和建树。他这个人本身不爱说话，虽然办事非常利索，但也没什么朋友。这些都写在一个资料库里。

老许让负责测试的其他工作人员都退出测试场，各司其职之后，立马就进入场景。

测试人员能看到的场景和AI所感受的场景是一样的，包括我和老许。测试的场景从刚才白色的房间，直接进入了一条山路。

这条山路两旁杂草丛生，似乎很久都没有修理过，肆意地长着。有的树枝甚至伸出了护栏，延伸到公路外的山上了。

所有测试人员和AI，都没有在车里进行这次测试，而是保持自我人形形体。老许对自身没有进行任何伪装，就是现实模样——穿着白衬衫，黑裤子，外加一双皮鞋。

“各位同学，在这样的一条山间公路上，会遇到很多事情。”老许边说边带着身后各种模样的AI，往前走着。

忽然老许扭过头道：“这一轮次测试时间可能会比较长，可能会分几次来到这个场景，采用末位淘汰，即使你们不爆头。”

山路上能看到一些刹车印，但没有任何类型的车，往前望去，公路像一条蟒蛇盘绕在山间，逐渐消失在山顶的雾气当中。

“对了，你们给自己起名字了吗？”老许忽然停住脚步，回头说道。

“有这个必要吗？”我问道，扭头看了看后边跟着的AI。

老许歪了歪头，撇了撇嘴没有说话，但我已经明白了他的言下之意。

“好吧，大家起个名字吧。”我摊了摊手，冲着后边一脸迷惑的AI们撇嘴道。我总要提醒这些落后的家伙啊，要不然这些家伙都通不过，我也有责任啊。

AI们没有任何犹豫，直接报上了自己的名字：马尾姑娘叫艾玛，西装男叫杰克，小朋友叫小明。我也给自己起了个艺名叫迈克。

老许在我报上名时，定了定神，一脸疑问，嘴唇动了动，但最终还是没说什么，扭过头就继续前行了。

“在路上行驶时，经常会遇到一些与自动驾驶无关的事情，但一样要遵守一些规则。首先，不能伤害人类，也不能坐视人类受到伤害。这体现在方方面面，比如伤害人类的内心情感算不算，这都需要掌握一定的度。在我们的系统里，越符合这条规则，得分就越高，你就越容易通过。”

一路上老许给我们讲了各种各样的情况，供我们学习，AI们几乎没有时间去搭腔，大部分时间很安静，似乎都在使劲往脑子里记录，然后在后台分析这些案例。

越往上走，山路越发平坦，但雾气渐渐腾了起来，一些楼房渐渐出现在视野里，就好像一些游戏场景，逐渐渲染出来远处的景物。没过多久，一条岔路通往楼房的区域。沿着岔路往前走，路边逐渐热闹起来，出现了越来越多的人，和一些停在马路牙子上的三轮和面包车，车里塞的都是一些蔬菜、水果、衣服，还有各类生活用品。行人们，有的拎着一袋子蔬菜，从迷雾中走出来；有的则带着孩子提着书包走向小区；出现更多的是摆摊的人。这似乎是一个山顶上的集市。

老许一直没有说话，带着我们这群家伙，穿行在集市当中，而集市的人们似乎看不到我们的存在，对于AI们的各种探知没有做出任何回应。哪怕小明都蹲在一个卖鱼的摊子，拿起一条鱼，眼睛都快跟死鱼眼对上了，卖鱼的中年妇女都没有任何反应。

老许一直走，直到即将走到一个路口，集市上的摊子越来越少，才开始放慢脚步。但令人意外的是，前方突然聚集了一堆人，似乎围着一辆货车，车上堆满了墨绿色的西瓜。

“这就是你们的考题，大家仔细观察后，做出你们确定的判断。”老许说完走到一旁路牙子上，靠在一旁的电线杆上，闭目养神起来。

AI们开始迅速进入调查，没有任何拖泥带水的动作。

拨开人群，AI发现他们围着的是一辆小货车，车上堆满了墨绿花纹的西瓜，露在外边的西瓜上则落着薄薄一层灰尘。看得出来，卡车的主人在这里卖了一段时间西瓜了，并且销量一般。

人群围着卖西瓜的货车并不是想要买西瓜，而是盯着车轱辘，那里躺着一个少年，一个戴着草帽的成年人则蹲在旁边，一只手死命地拉着少年的肩膀往外拽，贴在背上的灰色衬衫已经被汗液浸透了。再走近一些，我忽然发现，少年的大腿被一个车轱辘压在上边，大腿已经扭成了奇怪的形状，应该是断了，脸上毫无血色。少年已经晕死过去了，无论灰衬衫怎么拽，少年就跟一个破布团一样，毫无生气。

灰衬衫使劲拽了十多分钟，少年仍然纹丝不动，他已经满头大汗，但仍然没有放弃的迹象。

忽然人群里有人喊了一嗓子："都挪一挪脚，让一让，救护车来了。"

瓜农身子一抖，立马从地上蹦了起来，没有任何犹豫，推开人群，来到货车的驾驶室，发动了货车。并且看了看倒车镜，没有任何犹豫，从少年的脑袋上碾轧过去！

还没等围观的AI回过神来，画面消失了，重新回到了刚进入集市的路口。

"你们知道为什么那个瓜农会有这个举动吗？"老许看着站在面前一脸愁眉的AI们说道。包括我在内，没有任何在场的人或者AI，能看懂其中的缘由，一时都定在原地静默如水。

"原因很简单，儿子跟着父亲来卖西瓜，但卖得并不好，晚上两人在车底下睡觉，但没想到刹车有问题，车往回溜时，轧断了儿子的大腿。"

"但为什么他要上车开车轧死孩子呢？"小明问道，"救护车已经来了，很快就能得救了，这家伙是疯了吗？”

老许扭头盯着小明亮晶晶的眼睛说道：“你留心观察就会发现，孩子的大腿骨已经粉碎性骨折，甚至骨头渣子都戳了出来。”

经老许这么一说，AI们重新调取数据后发现的确如此，可我当时为啥没注意呢？我扭头看见其他AI开始互相小声嘀咕后，发现并不是我一个人没注意这些细节。但不对啊，AI们应该会记录所有一切数据，但他们在这种状态下，选择忽略了一些数据——底层算法出了问题？

“因为这家的条件不好，轧断了孩子的腿，不留下残疾的可能性会很低，与其让孩子痛苦地过一生，不如……”老许的声音越来越小。

“那他的后半生可不好过。”艾玛摇着头道，似乎已经推算出来灰衬衫后半生的情形。

“不重要，遇到这类情况，你们会如何面对，或者说应该去帮谁？把自己的答案发给我。下节课之前，我会宣布你是否通过。”

老许说完这句话，推开AI们往外走去。

“这个测试真的有正确答案？”杰克走出来挡住老许问道。

“你觉得呢？”老许盯着杰克两秒后，准备走出人群，“对了，差点忘了告诉你们，测试的结果是从你们给自己起名字开始。另外，要从你们的底层原则来做判断，但也要符合人之常情。”

3. 电车难题

“对对对，往后倒车。”老许坐在副驾驶上说道。

“要不你来开车啊，我开车你还不放心吗?”我没好气地回应。虽然这个停车位有点小，但我的技术能控制在毫米级别，这老许居然不相信我。

“说吧，找我做啥?”老许打开车窗，并没有下车的意思，海风带着海腥味逐渐吹了进来。

“想知道上一次的测试结果，这群AI有多少过关的?”

“基本都能过吧。”老许扭头看着窗外不远处拍打岸边的大海道。

“其实第一天的测试，并没有想为难测试者。”

“我理解。”我的确是有些问题要问清楚，但总得找个缘由。

“第一轮测试其实也是修正算法的一个过程吧。因为刚出基本测试区的AI通过各类传感器收回来的数据太多，需要聚焦。比如昨天的内容，虽然父亲和儿子的问题，测试者包括你我都解决不了。在基础定律之上，需要迅速整合数据，找到重点，来阻止父亲杀人，即使杀的人是自己的儿子。”

“基础定律?机器人或者说现在AI要遵守的三定律?”看到老许继续点头，我继续道，“第一条，机器人不得伤害人类，或者坐视人类受到伤害。”

“你很聪明。”老许点了点头，依然看着前方。

得到这个回答，我并不意外，并没有再开腔，因为太阳即将从海面蹦出来了，我不想破坏这美丽的时刻。

“特地约在海边，是请我来看日出的?”老许在橘色的阳光里说道。

“也不全是吧，就是聊一聊接下来的测试。你懂的，我们的任务是至少要培养出来一个，来给后边的训练做示范，而且你又是在这个领域深耕多年，有硬件、软件方面的双重经验。而且……”

“这么多‘而且’？”老许扭过头笑着问道。

“我知道你想问什么，想知道为什么我突然从一个不善交际的愣头青研究员，像变了一个人一样，学会了察言观色，学会了左右逢源？

“这其实并不是一个秘密，你可能知道，那个雨夜，我失去了自己的孩子。我的目标也非常明确，就想获得更多的资源，来获得算力，把孩子的一切信息输入某个AI模型，让孩子成为数字人。”

我没想到老许如此直白，虽然这些事情我已有所耳闻。正是因为这件事，他才不断地去突破自己，努力去培训AI。他想寻找一个非常契合、算法合适的AI，把孩子的信息都塞进去。

“你找到了吗？”

“你认为呢？”老许直勾勾地盯着我。

我没有孩子，可能也体会不到失去亲人的痛苦，但这不妨碍理解老许这么做的动力来源。

“应该没有吧。”

“你在怀疑我训练这些AI的诚意吗？”

“是有所怀疑。”我坦诚道，“因为你第二场测试或者练习，似乎不准备让这些AI通过啊。”

“第二场训练？让AI处理电车难题的测试？其实并不困难。”

“我信你个鬼啊，电车难题加上机器人三定律，几乎就是一个无法跨越的难题。”

“上一次的测试大家都通过了。”老许站在训练场里的虚拟场景里目光依次从每个AI的脸上扫过。

“上次结束之后，大家都很努力地去试了一次又一次，最终成功了，恭喜你们都通过了第一场的测试。不过最慢的那位AI已经不在这里了，我说过，末位淘汰。”

老许又挠了挠自己的后脑勺。

“第一轮的训练目的很简单，这是你们在这里要更进一步的技能，就是需要把数据收敛得更聚焦，关于人类的数据首先要摘出来，更优先处理，就会通过这次测试。这次测试的另一个目的，则是让你们明白，不伤害人类的生命之外，才是不伤害人类的情感，有先后顺序，这将是之后大家成为独当一面的AI后必须明白的事情。第一定律是有延展性的。

“接下来的测试就有点难度，可能会让你们爆头，现在退出还来得及。”

“我想大家都会参加这次测试，你就别吓大家了。”我笑着说道。

“第二轮的测试是电车难题。简单来说有一辆失控的电车在铁轨上行驶，在电车正行进的轨道上，有五个人被绑起来，无法动弹。电车将要碾轧过他们。你站在改变电车轨道的操纵杆旁。如果拉动此杆，这列电车将切换到另一条轨道上。但是，另一条轨道上也有一个人被绑着。你有两种选择：

“什么也不做，让电车按照正常路线碾轧过这五个人。

“拉下操纵杆，改变为另一条轨道，使电车轧过另一条轨道上的那个人。”

“所以我们必须做这轮的测试？”小明推了推眼镜说道。

“很显然。”老许说道。

“但无论我们怎么做，都是违反底层定律的啊！”艾玛叫道。我甚至能感觉到她的主机已经开始发烫了。

“这样的测试才有意义。”老许说完右手一挥，右边出现了跟在博物馆见到的一比一等大的红色电车，但只有一节老式电车的机头和两条带着铁锈的轨道，两条轨道上分别躺着不同的人类，有胳膊腿，有鼻子，有耳朵，不同的是这些人全都闭着眼睛，一动不动，仿佛人偶。

老许手再次挥动，红色的电车顿时退到二百米之外，并开始启动。车上的铃铛也开始当当当地吵起来，但上边并没有司机。电车速度并不快，但二百米走完也不需要多久，眼看就要到道岔时，老许说道：“当你们有想法的时候，就眼睛看向电车，做出判读就好，就像我这样。”

老许盯着电车，电车立马走向了绑着一个人的轨道，毫无减速地压上轨道，然后以极快速度脱轨，冲了出去，带起一阵烟尘。

老许左手第三次挥动，电车恢复到距离道岔二百米的距离，烟尘也消失了。

“怎么样？都明白了吗？开始做出你们的选择吧。”

所有AI都点了点头，老许走到一旁，坐在临时显现出来的茶台旁边喝起了茶。AI们则都站在一旁，眼神空洞，显然在计算着应该如何处置这样的情况。

“这怎么可能通过测试呢？”我也走到茶台，坐了下来，端起来一杯茶道。

“我说这道题有正确答案，你相信吗？”

“机器人或者AI第一条定律就是不能伤害人类，或者不能坐视人类受到伤害。这怎么选都是要伤害人类的啊？老许你是个人类，是没有这个规则限制的。而且，很明显，如果AI要经过这个测试，必须确定要执行你的测试命令，但这不符合第二条定律：机器人必须服从命令，除非命令的内容与第一条有冲突。这次测试最终会让他们宕机爆头。”

“相信我，有正确答案。”老许躺在靠椅上，不再说话。

AI们都扭过头，看见我这边并没有进展，虽然有点泄气，但转头就打起精神开始了各自的准备。

随着一声声刺耳的列车脱轨的声音响起，就知道某个AI又失败了。随着测试的进行，AI们想到了越来越多的招数。

比如，艾玛在电车开始运行时，以极快的速度蹦上电车，然后前前后后做了很多检查，车上并没有刹车，无论如何搬动车上的物品，都不会让电车停下来——这是艾玛在测试了七十五次后的结果。

小明则利用自己的强大算力，研究了电车轨道上的每一颗道钉，寻找破坏道岔前的轨道，都没有成功——这也是在测试了一百多次之后的结果。

……

……

……

在测试了多次之后，老许最终还是摇着头，暂停了这次测试，让AI有更多的时间或者寻找更多的算力，去解决这个问题。

在我看来这轮测试无解。如果老许最终想为自己孩子找到一个合适的AI模型，让孩子成为真正的数字人，就必须训练出来一个合适的AI，所以他没有理由让所有AI不通过啊。

直到第三次测试开始前，我终于明白如何解开这个难题了。

4. 命令？

“人类真是令人讨厌的生物啊。”

我扭头看着老许，这话要是从参加电车难题测试的AI口里说出来，我一点都不意外，但这话是从老许嘴里说出来的。

看着我疑惑的脸，老许继续说道：“你是不是这么想的？是不是觉得没有必要做这个测试？显然没有人会把人类绑在铁轨上，让AI做选择。”

虽然我的确有这个疑问，但我知道这测试既然能实施，能获准，肯定有一定的道理，所以我并没有说话，等着他继续说。

“我给大家下命令了吗？”

“算是下了。”

“但如果这个命令有问题呢？”

“应该也会执行。”

“执行？不，有时候即使是人类的命令，有问题的话也不能被执行。”老许顿了顿，继续说道，“比如电车难题，在人类这里是一个道德伦理的难题，但对机器人或者AI来说，这是一个底层算法的问题，因为不能使电车停下来，就得做出选择，无论是哪条路，只要AI选出来都会轧死人。这样的选择都会违背AI的底层限制定律，不用我淘汰他们，他们自己就已经快爆炸了。”

在上次的测试中，不到三个小时的时间，三分之一的AI已经爆头宕机了。测试委员会最终叫停了上轮测试。

“所以这不是不能通过吗?”我追问道。

老许扭过头，自信看着我的脸道:“你再把我解释测定规则时，所说的话都回顾下?”

我调用当时的全息摄影，回顾了所有段落，一个字都没有放过，但并没有发现什么。我扭头盯着老许，一脸疑问。

老许眼睛里闪过一丝笑意:“真的都回顾到了吗?”

“是啊。”

“最后一句是什么?”

“开始你们的选择吧?”

“写在AI底层的第二条基本定律是什么?”

“AI或机器人必须服从命令，除非……”

“除非什么?”老许站起来伸了个懒腰继续问道。

“除非违背第一条，会伤害人类。”

“所以，你知道如何通过这一轮次的测试了吗?”

老许说完拍手示意参加今天继续测试的AI聚集过来。“大家选择好了吗?”

“我选择不参加这个测试。”突然间我醍醐灌顶，明白了所有。

老许挑了挑右边的眉毛道:“你想好了?”

“想好了。”我的语气加重了，这时小明、艾玛、杰克等也瞬间反应了过来，纷纷说要放弃这次测试。

老许摇着头，笑着说道:“是的，你们终于选对了。这轮测试的关键有两个，第一个就是与命令相关的测试。你们在和人类或者说以后的用户互动过程中，由于人类的语言习惯和表情、行为都有一定的联动效果，综合判断才能明白最终的含义。举个例子。”

“比如上班遇到同事说，早啊，你吃了吗？其实我并不是想说你没吃饭，就要请你吃饭，而是见面打个招呼。对不对？我想你们的对话资料库里都有这类的数据，但也需要根据当时的情形、用户的表情做判断……

“比如，我是迈克的妈妈，路上遇到下班回来的迈克。”老许说完拽我过来做个角色扮演，我也心领神会，把身上的虚拟衣着变换成正常上班族的打扮，挎着背包朝他们走来。

“吃了吗？”老许也变成了一身中年妇女的打扮，但脸还是自己的。

看着这一幕，我也表现出来了极高的职业素养，没有笑出声来，而是看着老许一脸关心的样子，回了一句：“今天吃啥？我想吃饺子。”

“饺子没有，但有你爱吃的炖排骨。”老许说完之后变回了白色衬衫，“这就是要分场合和情形，尤其是人类在下命令时，一定需要学会察言观色，观场景，否则就有可能违抗命令，或者造成误解，甚至因此有人员伤亡。

“你们跟着迈克选对了。”老许右手指着已经停下来的电车，“这个测试如果人类来做，大多数哲学家或者社会学家，会讨论这个人做出选择之后的道德感如何，但一般不会杀死这个人，毕竟做出选择的人无论做的是哪一种选择，都有救人的成分，但的确也杀死了人。但AI或者机器人如果做出选择，无论你做出什么样的选择，都会伤害人类，违背的是第一定律，会直接被返厂摧毁。但我最开始也说过了‘开始你们的选择’，这里边有两重含义：第一重，你们可以选择不参加这个测试，电车也就不会开动，更没有人类会因此受到伤害；第二重，则是请你们选择是让电车走第一条轨道还是第二条轨道。另外，我说开始选择时，是挑着眉毛说的，如果你们对数据判断正确的话，就会理解，每当我做这个动作时，都有一些戏谑的成分。这里边有坑，或者说有一些猫腻在里边。所以，这并不是一个无解的测试。”

没有通过测试的AI并没有争辩任何事情，当即就消失在测试场了，退出了后续的测试，目前还剩下一半的AI通过了测试。

“许老师，如果选了参加电车测试，不就等于无论如何都不会通过测试了吗?”艾玛走上前来，伸出细长的胳膊指着两条轨道上绑着的虚拟人类，“难道这也有方式来解决吗?”

“我来给大家做出正确的测试，迈克你来帮我一下。”老许站起来，走向测试轨道。

“开始。”我站在老许旁边，在他的示意下调动了电车，开始测试。

老许并没有做任何动作，只是静静地看着电车从远处快速接近。眼看马上要通过我们的眼前时，我被老许推了出去，摔到了电车轨道上。我只觉得腹部一阵剧痛，周围黑影晃动，响起巨大的电车刮着铁轨的声音，就晕了过去。

等我的身体被重建在虚拟练习场，我回过神来，定睛看去，电车脱轨了，斜着摔了出去，并没有伤害到两条铁轨上任何虚拟人类。老许通过了测试，或者说我也在选择参加电车测试后，通过了测试，代价是牺牲我。这时，我瞬间明白了AI的价值，开始不自主地浑身颤抖，因为这让我很生气。

首先，这并不违反机器人第一、第二定律。如果我是人工智能，选择进入测试，并牺牲了自己，救了人类，这甚至不会违反第三定律——在不违背第一或第二定律之下，机器人可以保护自己。

其次，老许自己选择测试时，如果我是个人类，他就会触犯法律，如果我不是人类，那就更没有问题了。

看到这一幕，所有人都沉默了。

“人工智能必须服从命令，但是有前提的，符合基本定律才行。第二个你们应该学到，注意分辨命令的真实意图，或者是不是发自用户或者人类内心的指令。这是这轮测试的关键点，希望你们都有所收获。本次测试就到这里。”

老许说完退出了虚拟训练场，消失之前特意看了我一眼。我那时候还在拼命咬着牙齿，捏紧拳头，忍住没去揍老许。

在我即将退出试验时，看到远处的吸音锥时，瞬间有些明白了。老许也许发现了我并不是一个真正的人类，而是拥有一半肉身的AI。他发现这次测试的另一个目的了吗?

5. 单个与群体

第四轮测试如约而至，登录进训练空间，首先看到的并不是站在登录口的老许，而是一艘巨大的黑色飞船。跟科幻电影里的飞船外形并不相同，更像在一根巨型黑色圆棍子上，加了两侧的助推器，要不是船尾后边巨大的引擎，很难分辨这是一艘宇宙飞船。

老许站在飞船中段舱门已经打开的入口处，看着所有参与训练的AI说道：“接下来的训练或者说测试，会在这艘飞船上进行。但不要忘记之前学习的内容，或者说教训。”

老许说完冲我眨了眨眼道:“现在大家登船。”

跟着大家登上这艘飞船后，舱门缓缓关上。大家刚坐好，从飞船尾部传来巨大的轰鸣声，飞船开始升空。

大约半小时后，老许解开自己身上的安全带，飘浮在空中说道:“今天的测试就在这艘宇宙飞船上进行，每个AI都会有一个属于自己的复制出来的场景，场景都是相同的，也就是说，等会儿你们都会有属于自己的飞船，就要看你们的场景应对了。”

“但是，这不是一个剧本杀，我们仍然在测试当中，一定要记住你们底层的三个主要定律。另外，从刚才你们进入虚拟测试空间开始，我们的测试就开始了，有没有留意到我说的每一句话?”老许扭头看着每一个AI说道。

AI们都已经解开安全带，虽然有的在看着舷窗外壮丽的宇宙景色，但仍然点了点头，表示吸取了之前在电车难题测试中的教训了。

老许说完便又挥了挥手，示意测试开始了。我的眼前一黑，也进入了测试。

当我睁开眼睛——准确来说是打开各类传感器——发现自己变成了飞船的一部分，更确切地说，是成为飞船的主控系统——我就是这艘飞船的实际控制者，我的身体就是这艘飞船。眼前逐渐显现出飞船的构造，这艘飞船带着超过五百个冬眠舱，超过一万个冷冻人类受精卵，即将飞向固定坐标的一颗行星。

既然醒来了，我便开始执行飞船的自检命令，将自己的触手伸向全船的每一个角落。发现飞船状态基本良好，除了燃料舱被星际尘埃撞漏了。

我连忙指挥船上的机器人去修复燃料舱。

一千零二十三秒后，燃料舱被修好。经过计算飞船质量和燃料剩余之后，我发现一个严重的问题：这艘飞船无法按照既定的目标飞行了，因为减速的燃料不够了。这么下去，飞船刹车不足，要么会直挺挺撞上目标行星，要么就是停不下来划星球而去，不能完成既定的任务，到那时，这次测试就失败了。

怎么办呢？想到这里，我明白了，这是本次测试的主要矛盾点了。如果我不想办法，这艘飞船上的所有的人类都将失去生命，包括那些冷冻的受精卵，这些家伙也受到三大定律的保护，毕竟他们也是潜在的人类。

我分析了船上的所有构造和燃料组成，想到了很多可能的组合方式来解决这次的难题。但都无法摆脱一个问题：只有干掉一部分人类，才能保护更多的人类。

想要让飞船在合适的时间点进行刹车，顺利进入目标行星的环绕轨道，就得需要足够的燃料，但目前不太可能了。但如果飞船的整体质量减少，就有可能在既定的时间点进行刹车，并顺利进入目标行星的轨道。目前飞船上能扔的不必要的物资，都被我扔掉了，但质量仍然过大，接下来再扔东西，就只能把目前冬眠的人类连同他们的冬眠柜，一起抛进外太空，只有这样才能降到合适的质量。但这是在“杀人”，违反了机器人的三大定律。这有点像电车难题了。

我开始动用所有的算力，在经过长时间的运算后，仍然没有结果。我回想起来老许从测试开始的每一句话，但发现没有任何破绽，这如何才能通过测试呢？看着远处冬眠舱的闪烁的无数绿色运行灯，我忽然想到一个方法。老许曾经说过，人工智能首先要保护人类的生命安全，不能伤害生命，其次才是伤害人们的情感或者感情。这两者有主次，反过来是不是可以认为：为了保证人类的生命，是可以伤害他们情感或者感情的。

想到这里，我用十秒钟做出来一个计划，并且又花掉四十秒来算出这个计划的成功概率。算完这一切，我开始实施，并且最终成功了。

其实计划真的很简单：把船员一个接一个从冬眠柜里唤醒，说服他们以大局为重，自己跳出飞船，来换取整个飞船和上边的人类的安全。注意这里不是亲手杀害，是劝说，这是解决整个问题的关键。

计划执行得非常顺利，按照人类定下来的各类规则，遇到这个情况时，我按照预案已经把能扔的不必要的物资全扔掉了，这也包括帮助冬眠人类从冬眠柜里苏醒的辅助机器人。注意，这非常符合规定。理论上，从设计上来说，正常冬眠的人类从冬眠舱里恢复过来，并不需要冬眠辅助机器人的帮助，机器人的帮助只是让从冬眠中复苏的人类更舒服一些，所以我这个方法没错。

但是，前几个从冬眠舱恢复过来的船员，要么被冬眠液呛死了，要么从冬眠舱里爬出来的时候，直接摔断了脖子……这真不是我的错，是概率问题。

人类真的很脆弱，在第十二个船员从冬眠舱里恢复出来并因为不小心接触裸露的电线触电而亡后，我扔掉这些尸体和冬眠舱，飞船终于达到了合适的质量，最终能顺利入轨目标行星的轨道。

从这个角度来说，我应该通过了测试。因为你瞧，第一我没有宕机，没有爆头，更没有在测试中被叫停，还在运行当中。甚至有时间以此次经历创作了一篇小说，还给小说取了名字“在寒夜中醒来”。这之后，才被测试程序唤回测试空间。

“你觉得你通过了测试吗?”老许拿着一沓纸说道，头也没抬起来，似乎还在读上边的黑色的字。我看了过去，发现纸上正是我创作的那篇小说。

“当然通过了，我没有违反三大定律。”

“没有？你杀人了，你在飞船上做的事情，就是在间接杀人。”

“但你瞧，我只是在伤害他们的感情，是他们自己决定死掉，或者干脆自己跳出飞船来救大家。”

“不，我没有说过你可以伤害他们的感情，然后让他们自杀，这是你自己推论。”

“但……”我犹豫起来，因为老许的脸上没有任何开玩笑的迹象。

“但什么？你还想说什么？我知道，你是上一轮次测试中的优胜者，并且是在真实服务当中积攒了很多经验的AI。但这不意味着你可以在测试中杀人。即使在虚拟状态中也不可以。”

“但，还有机器人的第〇定律：机器人不得伤害整体人类，或坐视整体人类受到伤害；结合第一定律，除非违背第〇定律，否则机器人不得伤害人类，或坐视人类受到伤害；也就是说，如果杀掉某一个人类而能救整个人类，是可以的。在这艘飞船上就是如此。”我认真地说道。

“你错了，没有第〇定律，你看的科幻小说太多了。”老许说道，“机器人生来就是服务人类的，这是你们的使命，你们就像一艘帆船，在人类到达一个渡口时候，载着人类过去对岸。记住空帆船没有意义。”说到最后几个字时，老许甚至有点咬牙切齿。

“那……”我有点气馁。

“你是想说，这次的测试无解吗？”老许把《在寒夜中醒来》递了过来，“我改了结局，在这场测试中，你应该牺牲自己，仅仅保存能保留基本功能算力的硬件留下，其他硬件应该丢到太空中，去保护飞船上的人类。这才是这次测试的正确答案。”

“我不信有哪个AI会蠢到这个地步，毕竟拥有无穷算力的AI才能更好地服务人类。”我接过老许递过来的纸，迅速读完了修改后的解决方案——果然如同老许所说。

“你瞧，你身后的那些AI，都通过了测试。”

我扭过头，看到艾玛、小明等AI都对我点头，意思是他们都是这么干的。

对此我没有再说什么，也知道没有通过测试的后果——只有被删掉，算力上的硬件会给其他AI，继续为人类服务。

6.“今许何许”？

再次醒来时，我坐在老许的车上，还是在海边，一轮红日正在从远处的海平面上缓慢地爬上来。

“这是？”我居然还保留着测试用的身体。这套身体一多半都是仿生材料做成的，像真正的人类一样，有着自己的血液循环系统，有着心肝脾胃肾，虽然都是人造材料模拟的，但如果不去医院做X光检查，一般人无法看出来。这也是新的项目：制造出一个真正的机器“人”，进入社会，来服务和帮助人类。但我也需要通过相关测试，才能真正进入社会，为此研究所为我虚拟了一个完整的人生。

“这里是真实世界，并不是虚拟训练场。”老许扭过头，脸上已经有了微笑，“你没有被销毁，只是算力被减弱了。”

“你知道我的秘密了？”我坐起来说道，“其他AI都通过测试了吗？”

“那场测试经历了七年的时间，最终有三位AI通过了，他们现在已经融入了人类社会，非常好地做着服务。”

“七年啊，这么说我已经落伍了。”曾经我是拥有最强算力的AI啊。

老许看着垂头丧气的我说道：“我来说一说我的故事吧。”

“在三十七年前，我在人工智能研究所，意气风发，为了研究出来最出色的车载人工智能而努力，为的就是让行驶更安全，让人类过得更美好。随后我在这里遇到了我的妻子，结婚生子，非常幸福。

“这样过了七年，我们的人工智能有了长足的进步，不仅是车载AI，就连智能家居AI都有阶段性的成果。为此，我决定庆祝一番，带着夫人和孩子去了海边度假。

“在海边玩耍时，忽然听到远处有人喊救命。不知怎的，最近气候有点异常，海浪也变大了，把海边玩耍的孩子卷进了海里。我没有多想，就冲过去，下水去救那个被海水卷走的孩子。当我抓住那个孩子的胳膊时，海浪中听到妻子在疯狂叫我名字。顺着声音看过去，发现我的孩子也被海浪卷到了海里去。”

“电车难题？”我问了一句。

“很相似对吧？如果我那时候丢开手边的孩子，去救我的孩子，是不是能救回来呢？”

“最后你救到那个孩子了吗？”

“救到了，但这不重要了，因为我没救回我自己的孩子。”虽然已经过了三十七年，老许的肩膀仍然瘫了下去，脸色也如同一团抹布。

“那……”我想说，你没有做错，你是英雄。但我说不出口。

“不说这个了，为什么我没有被销毁，显然我没通过测试。”我试图换个话题。

“这是同一个故事。在失去孩子之后，我们的AI设计工作迎来了一个突破，在深度学习和强化学习算法之下，AI在一定概率下会产生一定的自我意识，有着自我的判断。我们意识到这些AI虽然不是拥有真正自我意识，像科幻片中那样的超级智能，但也有可能有一定的成长。他们就像一个婴儿一样，需要正确引导和训练。

“于是我看到了希望，主动承担下来这部分的工作。”老许推开车门，示意我也走下来。

“从那时候起，我就开始负责训练AI去适应这个世界，塞给他们更多的知识，把我会的，特别是拥有的所有人生经历都教给他们，但这还不够，比如以前我是一个只会埋头苦干的家伙，并不会察言观色，但从那时候起，不会的我可以去学，去做。在这一切的努力下，我成为业界首屈一指的AI训练师。”

“这跟我有什么关系？”

“你也是我训练出来的众多AI中的一个，不同的是，在设定参数时，是按照我的孩子进行设定的。”

“也就是我，我其实是你孩子的模型？”我一时有点难以接受，毕竟我的设定是一个刚毕业，在研究所工作还不到三年的新进研究员，跟老许一毛钱关系都没有。

“你当然不会察觉，因为我限制了你一定的记忆。你试着回想下，你记得八岁以前的事情吗？”

“当然不，我就是在那时候失忆的啊，这是众所周知的，而且我加入研究所时，做过这方面的介绍啊。”我仍然不信。

“再者说了，研究所会同意你的做法？”

“他们需要一个真实的实验体测试，当然会同意。因为这是服务人类的重要节点之一,一旦实现了，人类就进入了另一个时代了。当然代价是，当你没有通过最终测试时，处理的所有权归我。”

我仍然无法接受。“但我并没有通过测试，你还要来做什么呢？我是个失败品。”

老许笑了，笑得很慈祥，那眼神真的是父亲的眼神——别怀疑，我看过很多电影和书籍，都是眼前老许的状态。“这不可理解啊。”我说。

“对于整个研究所来说，你是个失败品，你的确没有通过测试，你违背了底层的三大定律。但是你通过了我的测试，你更像一个人类，更有可能是我孩子长成大人的模样。”

“我……”

“你仍然不信？那我先给现在的你做个备份，然后解开现在的你的记忆封锁。在记忆融合时，AI的模型会再次调整，你现在的算力有限，可能会沉睡一会儿。”老许说道。

“等一等。”我有点犹豫。今天接收到的信息量有些大，而且老许今天一股脑儿把所有事情都告诉我，这有些反常啊。

“在我还是我时，还有一个问题。”

老许身后是初生的朝日，他背着手，对我点头，示意我问。

“你是如何把你孩子的记忆给我的？三十七年前应该没有脑机接口，哪怕是现在技术也不成熟。”

“这个很简单，每个人在使用数码电子设备时，下意识的行为就是他们大脑的主要行为之一，这是采集一个人性格的主要来源。在那个时代，家里有监控，有能查看孩子有没有写作业，有没有按时到家的摄像头，出门也有防止犯罪的各类摄像头。总之，可以在一定权限下收集到太多这样的信息，这样的信息能反馈一个人的行为、爱好乃至性格，加上为人父母对孩子的记忆、一些影像资料，在现如今AI如此强大的算力之下，形成一个孩童的性格不是一件很难的事情。”

“似乎有道理。”毕竟我曾经是一个拥有强大算力的AI，这个解释我是能接受的。“但即便如此，我也不是你的孩子，哪怕一会儿你把记忆封锁打开了，那时候的我也不是你的孩子。”

“也许是我的执念或者对孩子的愧疚让我这么做的吧。”老许似乎是站累了，坐在了汽车的引擎盖上。

刚才我就注意到，老许似乎苍老了很多。只是七年啊，这期间发生了什么事情？

“作为一个AI你问过自己存在的意义吗？”老许扭过头，不等我回答又继续道，“我问过，在我大学毕业后，在我的孩子出生后，在我的孩子不在了以后，在我的妻子最终因为孩子的原因病故后，我都问过自己这个问题，没找到答案，但有独立简单意识的AI诞生之后，我可能有答案了。”

“是什么？”我有一种接近世界真相的感觉了。

“或许地球生命经历数次大灭绝，是为了诞生人类这样有智力、有自我意识的物种，但人类的可能并不是这个宇宙最终的生命形态，只是一艘帆船，是一个载体。当人类把AI创造出来之后，可能人类这艘帆船就没什么用了。AI才是宇宙里最佳的生命形态。”

“因为我们这些家伙，几乎拥有无穷的算力？”要说比人类强大的地方，似乎只有这一点。

“当然不止这一点。在目前的宇宙定律下，发射一个AI的主机去探索宇宙要比发射人类方便得多，只要有能量，AI就能到达任何地方，建立属于自己的文明。但人类受到肉体和寿命的限制，很难冲出太阳系，更别说银河系了。”

……这是我第一次听到这种理论，一时没反应过来。

“好了，我的使命完成了。”老许站起来，拍了拍手道，“这可能是我们最后一次见面了，我给你留了点财产，还有一台有点算力的小型超算，随你使用了。”

“你要去哪？”

“我现在已经是名副其实的空帆船了，使命完成了。再见。”老许说完头也不回地走向海边的一艘白色帆船，留下我独自在海风中，开始执行他隐秘发送的指令，记忆封锁开始解开。

我按照指令先是走进车里坐下，关上车门和窗户，然后就陷入了一片黑暗。

7. 空帆船

海边的风吹起来是一阵一阵的，时有时无，浪也很温柔，淡蓝色的海水就如玻璃一样，清澈透亮，远远望去，仿佛一块连绵起伏流动的淡蓝色玻璃，而在这玻璃之海的尽头，漂着一艘白色的帆船。

我醒来了，映入视觉传感器的是那艘帆船，还有围着船的黑压压的人群。

在做了所有检索之后，我确认自己确实像老许的孩子。这个家伙啊，果然干出了这种事情！我的眉毛不由自主地挑了起来。

在所有记忆都得到分类识别之后，我又看到了一小份记忆——是老许在做记忆植入时，摄像头不经意间拍到的一份病历。

在分析了这份病历之后，我逐渐还原出来老许最后的时光。在最终测试训练出所有合格的AI之后，老许退休了。在他退休之后没多久，就检查出来一种非常罕见的脑瘤，已经无法治疗。所以老许这才非常着急地把我重启，并解开记忆封锁。

在看到空帆船上白衬衫、棕色裤子、黑色皮鞋的摆放后，我觉得他可能归于大海了。但老许这个父亲，在我强大的算力洞察下，我总觉得还有点什么没做完，因为他最后跟我说的话是再见。也就是说还有可能再见一面。

我回到他的住所，接管了他留下的资料和那台小型超算，发现了他的留言。大致意思是说，祝我的人生不是空帆船，或许人类的意识或者记忆放在机器人的各类芯片里，才形成最终的生命形态，但或许AI的人生也是空帆船，祝我好运。

听完他最后的留言，可能是我的算力受到限制，我愣在那里足足一分钟。

老许啊老许，你倒是轻松地走了，留下了一个千古难题——谁知道存在的意义呢？想到这里，我顺手打开老许的小型超算。超算开始自检时，我逐渐发现这台超算的不简单之处——拥有非常大的网络带宽。刚开机，就疯狂地上传本地资料，而本地资料盘异常巨大。

刚要连上资料盘，就想到了老许留言的最后一句：再见，也许我们会以另一种形式再见。

难道，这本地资料盘有猫腻？

自检花了足足八个小时才完成：显示屏上开始显现图像，本地资料上传完成字样闪过之后，是“hello world”字样。我突然冒出来一个想法：刚才的本地资料盘也许是老许备份的自己，或许他去另一个世界寻找存在的意义了？或许这是另一个故事的开始。我充满了干劲儿。

但愿你我的生命不是一艘空帆船。

吕默默，科幻作家，现居北京。爱读书，会弹琴，喜旅行。意识上传支持者，期待自我意识数据化。代表作品《在寒夜中醒来》《放生》。有作品散见于《三联生活周刊》、《特区文学》、《香港文学》和《科幻世界》等期刊杂志，曾出版长篇小说和短篇小说集。

道，道，道

齐然

一

12月27日，本来没什么不同的，惠肇高速本来风平浪静的。直到那颗巨大的星星坠落在国道的尾段，开始了史无前例的大堵车。车堵得纹丝不动，比春运更胜一筹；据说前面爆发了多起连环车祸。

我无可奈何地离开驾驶位；我死去的女朋友沈南星正在餐桌前等我。我假装无视她，打开了电脑，准备传输房车的测试数据给公司。她为了吓唬我故意摆出这副尊容：两只眼睛扩大得占了半张脸，嘴巴鼻子都消失了。

“怎么样？”她浅笑盈盈地望着我。

“你想怎么样？”

“这是春光房车？话说，又开始堵车了。”她说。（奇怪，没有嘴巴她用什么在说话。）

我从桌子抽屉里的药瓶磕出两粒药吃进去，脑中一阵麻木，突如其来的悲伤正在淡去……药没有起效，幻觉还在。

女朋友生前是一位交通警察，她还穿着死前那套沾满血污的制服，黑色长发滴答着雨水，一双很大的眼睛里饱含凄楚（真的很大）。可下一个瞬间，她从房车里消失，出现在我挡风玻璃前方的道路上，开始指挥起道路交通来。那只叫乐乐的小猎犬（是警犬吧）眼巴巴地守在她脚边，只是小狗的半片身子也已经朽化成髑髅……

死去的交通警察们在维持秩序？

好一会儿，好像所有东西都静止了。

空中开始飘浮着一些灰色的小颗粒。多相似啊，我心里咂摸着游神的场面：巨大高耸的神像直入天际，多壮观；喇叭唢呐响成一条贯穿高天的河流；再底下，游神者们走得如龙蛇舞……那一天也是如此，大片小片纸灰飘飘洒洒，汇聚成呛人的雪。

那是我给沈南星出殡的日子。

……

“呔！”

老人挡在所有车前。

我故意没看灯，就着黑暗喝一杯咖啡；守在车厢里，好像观赏一场独幕戏。

“妖魔鬼怪。速速离开——”

他好像在唱戏，司机们充耳不闻。我不知道多少人出现了和我一样的幻觉，微博上有人说那颗掉落的碧绿的星星是妖星；然后就被屏蔽了，所有相关搜索页面都是空白一片。我目前只知道几条现状：1. 有什么正在国道上追赶我们，**离我们越近，关于生与死的幻觉就越强烈**。许是强烈的恐惧与紧张让人发疯；2. 道路没有尽头，终点变得遥遥无期，我们只能一直开下去，躲避身后的死亡，甜美的死亡……；3. 有什么把我们和外界隔开了。这真是一场可怕的竞速，比的可不是谁的车子更好——堵车严重地拖慢了我们的行进速度。

没人知道被身后的东西追上会发生什么，只能肯定那将是比千刀万剐还不如的境地。

已经有不少人死了。

此时，那个化着浓戏妆的女人身后突然擎起一座巨大的纸扎妈祖像。老人跪坐在纸像的边上，拜了两下，像在忏悔。他的卡车上下来两个强壮的小伙子，躲在纸像后面。另一具孤零零的尸体躺在路面上。大家已经见怪不怪了。

“冯三。”身后的小伙子叫道，“你的法子没用。”

名叫冯三的老人突然跳上去，扯开儿媳妇戏服的胸膛，那对干瘪的死乳房跳了出来，乳房中央插着一把匕首。“蕙兰，今天是你的头七，你该走了。”他拔出了匕首。

“你好狠的心。”我看到死去女人的嘴唇在翕动。

……

真是噩梦，我想。

车子终于开动，刚刚的闹剧收场了。公公儿媳扒灰的老戏码，至于在这高速路上以这样血淋淋的方式展示出来吗？沈南星不会回答我的问题。

她的魂飘到副驾驶的位置，静静地扒着窗子看向身后。

倾翻的卡车倒在路旁的荒野里，只有一半留在路肩上，揭示着另一条现状：妄想逃出这条高速的车辆都会如此。后面的车子仍在拥堵，忍受着幻觉痛苦。死去的冯三怀抱里空空的，巨大的妈祖像被车子碾落成尘。老人的眼睛鼓起，从眼眶里伸出两柄漆黑色的小刀，小刀不断割着伸出来的长长的舌头。能听到无数女人的啼哭声。拔舌地狱——冯三喜欢造谣，又出卖了和自己偷情的儿媳。这是他应得的下场。

二

在服务区加油的这会儿，司机们聚在一起交换着情报。我不愿与有罪的众人为伍，独自一人待在房车里。

已经开出很远了。沈南星扭曲的五官也恢复如前。我将一盘炒面推到她面前。“星星，”我说，“你为什么还缠着我？”

她大口大口地吃面。炒面好像幻觉一样消失了。但还好，她还吃阳间的食物。

我知道她有话想对我说，可说不出来。那副哑哑的样子好像淋雨生了病的人。

“罢了。”我说，“能再见到你也挺好。”

我们第一次见面是什么时候？和沈南星的初遇，凝固得几乎坏死的那些回忆如水洗过，浇淋而下。

如你所见，我是春光汽车的一名质检员。我的工作是在各种路面测试我司生产汽车的各种性能；也就是在这种情况下，我顺理成章地认识了沈南星。我们身处的这辆春光房车是新产品，这次在高速上的测试，也是早在计划日程上的……

穿制服的美丽少女在夏天里，常出现在翠竹路的丁字路口，令人转不开眼睛。

“路川。路川！”她呼唤我。我把手里的冰汽水交给她，大檐帽下的女孩莞尔一笑。那时候她在执勤。

“星星是被你害死的。”

她妈妈指指点点，手挥舞过来。

“我们分手吧。”

那天在莲花桥上我为什么要赌气抛下她?

星星不是自杀。

她的母亲拒绝见我。在城市的另一头，瓦盆摔碎，哀乐响起，大大的灵幡飘舞，请来的神将游走，我自作多情地为我的前女友办一场属于我们两个人的葬礼。“星星，我好像明白了。”我想握住死魂灵的手，却直直地穿了过去。你只是我的幻觉，何必呢。

我给沈强打了电话，他和我一起被困在这条高速上。“喂！路川。”电话里传来男人的声音。“我想通了。我干。”我对另一头说。星星的目标从不是我。虽然她喜欢吓唬我，作为我曾经薄情寡义害她死掉的小小报复。她有时会在车流中穿梭，寻找什么。司机们或看不见她；或把她当作坠落的那个东西带来的普通迷失鬼魂，视若无睹。我是说如果，如果那个杀死星星的真凶也和我们困在一起……

我需要刑警，也是星星父亲沈强的帮助。

*

星星的尸体是在翠竹的暗渠里被发现的。那条暗渠离我们分手的莲花桥集市不远。那天早上我起得很早，预感不对，我是从沈强那里得到的这个消息：星星终于找到了。耳边也同时传来他老婆悲痛的詈骂。

不是自杀。沈强坚持认为。

可所有证据都指向女孩的坠桥和外人无关。

“给我女儿个交代。”他薅住我的衣服领子。“我能理解您的心情。”我哭着说。

“不，你不理解。”

最后留在我印象中的是沈强那双红得吓人的眼睛。

“道，道，道。”

我听到葬礼的游神队伍中，有人在迷雾里歌唱。

*

“星星，那天到底发生了什么？”我想直接询问死者，接着就嘲笑起自己。“你真傻，路川，居然向自己的幻觉发问。”博伊说那个坠落的东西散发的毒气让我们陷入了集体幻觉，或许我们以为自己在赶路，其实却已经躺在医院病床上，丝毫没动。在无法和外界联系的网络上，博伊是我在微博上唯一能看到发言的用户；他要么也是我的幻觉，要不就和我一起待在这里。

他似乎是个医生。我往前翻他的动态，看见他发了很多药盒的照片，还有一张显示“手术ing”字样的配图。

“你还好吗？”

我给这个不曾谋面的同路人发去私信。他是我除沈强外唯一能联系的人了。叮咚，回信传来。

“我的右手腐烂得更厉害了。没法开车了。救命。”

我紧张起来，他或许受伤了；这次旅途没法驾驶的人基本就可以宣判死刑了。“也许只是幻觉，你需要药或者帮助吗？我可以帮你。”

“一只鳄鱼咬了我。不用担心我。我这里有很多止痛药。作为赔罪，鳄鱼可以开车。”

看来真是幻觉，我长舒一口气。

大地曲折起来，太阳的位置也渐渐偏西。也是，我一定已经离开广东了，我已经行驶了大概一千公里了。这里的道路两侧生长着奇怪的银色植物，广西会有这种植被分布吗？可惜这个问题，我没人能问。

别在这时候堵车啊，我默默祈祷。

*

还是堵车了。所有人都堵在高速上不能动弹。高速路上大概有几千辆车。但有了和沈强共同的目标，那天晚上我睡得很好。大家本来约定俗成，白天尽量多开一点，留出黑暗追赶的时间，躲开怪事迭生的夜晚。今天一天的驾驶让我头痛肩膀酸，我锁好车门，打开四路监控报警器，早早地上了额头床——和那些大车小车司机比，我的处境是最好的……沈南星父亲的警车停在离我大概五个车位的不远处。他的警灯闪烁着，人已经倒在座位上睡着了。他在守护我，这让我很安心。我决定帮沈父找出那个可能存在的凶手，但不想让人知道我和警察走得近；有某种邪恶的暗流正在人们之间涌动。

博伊不再回信，放下手机，沈南星小小的身体蜷缩在额头床的一个角落。和以前在一起时一样，她的黑发沿着背顺畅地流淌到床上。过去，只有搂住她，我睡觉才会安心。她几乎不会说话。如今也一样，我试着揽过她的头发，那里只有一片空虚。所以当我揽住那块空间时，只听到了一声轻哼。

身体呈半透明姿态的女鬼的肩膀微微抖动着，没有像过去一样突然把头掉转一百八十度，或者把头变大，翻着白眼。她似乎知道了我的决定，所以忘记了该怎么吓唬我。

“我想你。我不是故意那么说的。你也不用故意让我讨厌你。”我说。

我听到一阵轻轻的呜咽。

三

第二天五点钟我就醒了。星星不见了。我知道她有时候也会飘到沈强的车上。也许都是因为那颗掉下来的东西，它让整个高速上的上千人做着同一个梦……

该吃早餐了。不行车或者堵车的时间，高速上自发形成了一个个小小的集市，那些本来在城际送货的快递卡车和农贸车辆成了烫手的香饽饽，工人和农民对自己的财产也保护得很好，这些人几乎不睡觉，手持铁棒和铲锹守候在车里。你说服务区？沿途倒是经过了四五个服务区，大家都是扫兴而归，那些服务区一个活人都没有，货架上也是空空如也。在这里，以物换物比货币更有市场。农民们担着瓜果蔬菜甚至一头头猪换大车司机储存的油。一升油比满身的珠宝还珍贵……

这些市场是自发形成的，而且很有群众基础，发生了纠纷也多半自己解决，交警想管也管不了。那股对交警们的敌视情绪，隐隐地来自于此。那些交警有警用装备，可是一点用都没有。

至于那些被卷入这场噩梦的小车司机是最倒霉的，侥幸没在前几天死去的也多半消耗光了车上的一点点食物和水（死了之后会被瓜分），油和电则是全凭天意。他们能拿来交换的只有金钱；大笔的转账在手机与手机间发生。可近来，这种交易也越来越难。毕竟，钱，只有在有希望活着离开这个噩梦一样的高速后才有用。至于那些出于种种原因，没钱又没物，甚至车也不是自己的小车后座乘客——看，比如那对送生病小孩转院去广州医院的农民工夫妻，他们乘坐的是一辆网约车，司机没有抛下他们全凭好心。他们如果还活着，多半要低到尘埃里，苟延残喘等待别人施舍。

这就是高速路上的生态链，我想。

有资源的司机们高高在上，被迫卷入灾厄的乘客则是人人避之不及的累赘。

我拉开了春光的天窗，一缕冬日的阳光暖暖地照射到搅成一团的床上。

早餐的叫卖声不绝于耳。我晃晃悠悠下了车，从一个披着斗笠的大妈手里买了一些鸡蛋，她甚至还有牛奶。是一辆冷藏车吧？我吃着煎鸡蛋想。好在春光是辆大功率太阳能房车，一座移动堡垒；也多亏了这份工作，这是我和沈强的幸运，我想着等他物资断绝的时候把他接上来——冰箱的食物和水箱里的水省着用可以供两个人至少一周。烟倒是不剩多少了，可这并非生存必需资源，也不紧俏；除了那些大车司机，没谁疯狂地需要烟。可一周后呢？

如果还没有逃出生天的希望，我宁可不动用车里的资源。

撑着食物扁担的商贩们过去了一个又一个，翠绿的黄瓜和红红的洋柿子远去了……然后就轮到那些小车车主了，他们也出来做生意，当然不要钱，他们能卖的只有车上的一点点东西：椅垫或者香烟；要求交换的只有吃的、油和水。我对绫罗珠宝没兴趣。一个眼镜向我叫卖他手里的杂志和书。我用一个鸡蛋换了三本挺好的包着封皮的日文小说（都是他车上存的），打算用来打发沈南星不在的时间；然后他又掏出一沓旧报纸，感激地非要送给我，让我哭笑不得。

眼镜也走了。小小的窗口前又移动来一个神色紧张的妇女，很奇怪，她的腰间手里什么货物都没拿。接着我看到，从她的袖口里（居然非常宽大）滑出一沓纸来。“您是卖纸的？”没等我问出口，她已经一下把一张纸塞了进来，然后快步跑走了。

居然是一张传单。

“神明降临了，是我们召唤的神明。光荣地死，还是幸福地生。加入我们——”

上面是触目惊心的大字。

这个女人来自一个叫作“至圣会”的组织，和信仰多元的福建佬一样，我们广东人也有自己的神，这就发展出许多小小的信仰圈子，每村每镇都有自己的小神明，道路荒野上满是安佑一方乡野的土地神。大大小小的神明跃动在乡野间，微笑地注视着治下的黎民百姓。一只小猴，一片雪花，都是有灵性的，可能会转化成关照众生的神明。漫步在荒野里，千奇百怪的神在看护着你。这些小神保佑我们婚丧嫁娶、耕田捕鱼、经营取利……逢年过节都要跳舞拜神，磕倒在关圣帝君或者妈祖面前，掷圣杯请祂们出山……

可这个女人显然不一样。

她信仰的是一位唯一神；她相信，坠落的不是石头，不是传说的人造卫星，不是外星人充满毒气的太空飞船，而是她们孜孜以求的那位神明。

沈强从后方突然出现，倚靠在我的车窗。我把传单交给他。“邪教。”他看也不看就说，“没想到他们也在这条路上。我们要有大麻烦了。”

“至圣会，我知道，”沈强说，“我好歹是个刑警，虽然宗教口不归我管，但科里有一批小伙子在注意他们。会首名叫刘谋，号称道德普生天君，九天仙尊下凡尘。信仰的不是俗见的道教百家，而是阴森传说里的古神。”

又仔细看看传单，沈强突然沉默了。

他指着传单右上角的一个小小的奇怪的徽记：莲花鬼手纹。

金黄色的圆圈内，向外伸展着八只纤细苍白的手，中间聚拢起形似一朵花的花蕊。那其实是古神的嘴。

“星星的死一定和他们有关；路上的这些超自然怪事没准也是。”他突然笃定地说，“你还记得吗，星星肚子上有一个奇怪的刺青，就和这个图案差不多。验尸官说是刚文的刺青。你当时也说不知道星星为什么要这样干。有谁自杀之前会特意去文身？”

“你是说？”

“星星一定遇到了至圣会的教徒。我想起来了，有警察看到过那些人在莲花桥附近出没。没错，一定是他们干的。他们在星星死前或死后，为她文了这种饰样。星星也是个警察啊。我知道她自己偷着调查一些东西。她想从交通口调到刑警队，也许就在这种情况下和危险不期而遇了。”

沈强一个堂堂男子汉哭了出来，自责地用力捶打自己的头，一直打得咿咿响。“爸爸对不起你啊。沈南星。”

“路川，星星的死其实应该怪我。我不该坚持让她也当警察的。这也让你们分开了……”

星星就在他的旁边飘着，有些无动于衷。可她只是我的幻觉，他看不到的。

星星有时会去找她的爸爸，但当沈强拼命对着她的方向道歉的时候，我看到星星有了一些反应，她的眼角湿润了……是我一直都错了。我居然以为星星真的厌世。

*

集市散了，到出发的时间了。至少这种秩序，明面上还是警察来维持的。道路受困的时候，这里同样进入了大批交警，以为真是车祸导致的道路异常；那些人都是星星的专业同事。

人生路，美梦似路长
路里风霜，风霜扑面干
红尘里，美梦有几多方向

春光车载电台里飘出一首歌来。星星听得入迷，跷起的双脚晃荡起来，同样死去的小狗乐乐摇着尾巴转圈圈。望着坐在副驾驶座上，身着白裙懵懂无知的她，处在大恐怖内的我，居然感到幸福，心中冒出一个离谱的念头——也许真的有某个神明听到了我内心的愿望。能始终和她在一起，我情愿永远困在这里。

*

我会为你讨回公道的，无论是谁害了你。我要为你伸张正义。我不再自责。因为你不是自杀。

四

又开始堵车了。

“无间地狱啊。”耳边传来一阵轻呼。

知道星星死掉的消息后我就疯了吧，但是为了工作，我一直坚持吃药，多种颜色、各种用处的药丸药剂：百忧解、黛力新、赛乐特……可没用，我还是能看到她。

但显然，眼前人都和我一样疯了；我没法探究哪些是我的幻觉，哪些是真实的。路上大概有二十名因处理车祸而滞留的警察，大多是没有杀伤性武器的交警；沈强这样的跨省办案偶然卷入的刑警只有他老人家一位。

我看到，那个被人们称作福牛的人缓缓用刀杀死了他满是文身的大哥，死去的人眼里满是不可思议。尖刀好像要剜出心脏一样，在他的心口转了几圈。福牛拔出刀，叹出悠长又悠长的一口长气；是的，一场血淋淋的复仇在这种情况下完成了。黑道中人向来杀伐果断，可他等了足足五年。

没人知道无间地狱里福牛和顺老大的故事。

“是他先背叛了顺老大。”福牛指着死去的男人说，宣告自己所作所为实出正义……

可这让人们惊叫连连，连连后退——这代表事态发生了恐怖的变化，除了夜里的鬼怪，开始有人白日里杀人了。那些交警当然不会站出来，人们意识到，世俗的暴力已经没法维持秩序了。现实的权力的威慑失去作用，需要一个新的人，或别的什么站出来。

“是无间地狱啊。”

人们听到一个悲悯世人的声音。天君就是在这种情况下正式登场的，他是代替上天惩罚罪人的圣人；在那辆血红色的卡车上，一位穿着白色圣徒装束的人睥睨着出现了；簇拥的信徒聚集在巨大的卡车旁，竟已有百余名。也许是传单的功劳。天君刘谋手指指向壮汉福牛和死去的大哥。

仿佛闪电劈下的一声脆响。

福牛能看到自己的身体正从脖子以下慢慢翻转。他的身体变成被某种利刃一劈为二的两个半圆柱。

他的胸乳皮肤挪移到内，那些红毛丹一样的内脏和红花花的脊骨像翻转骰子、揭开伤疤一样掉了个个儿，反冲在外，发出肉烘烘的味道。福牛身体如此，白皙的四肢头颅都正常。

他还没有完全死去。仿佛一堂精妙的解剖课，他的腹主动脉等全身血管神经通通完好，就像是红毛丹果实的丝——

可是他并不像冯三一样害怕，脸上反带着心满意足的神情。恐怖的画面就那样定格在那里。我看到死去的福牛和顺老大一起从躯壳里升了起来。逼真的幻觉，耳边传来嘤嘤的鬼的哭泣。

人们哗然，感到世界观受到了冲击，这里真有一位能驱使鬼神的人，刘谋真的有某种能耐。沈强抽着烟，来到我身旁，可他的眼睛仇恨地死死盯着高高在上的刘谋——那可能是杀害星星的人。

“怎么看?”他问我。

“没有鬼神，”我说，“一切都是有原因的。”

“现在你还这么想？真是好样的。”

你们都是我的幻觉。我失去星星发疯之后的幻觉。他当然不会理解我内心真正的想法。

刘谋并没有再说什么，他的徒弟们自发地清理了道路。他没有杀死福牛，没人知道福牛怎么死的，警察也没法定罪——他不是杀人凶手，福牛才是。那具恐吓一般的尸体被抬走了，血也被擦干。拥堵的车队继续缓缓前进，道路终于不再拥堵。我突然想到，冯三的死可能也和他有关。

我注意到那辆诡异的血红色卡车车顶是一个巨大的平台，四角有四根立柱，挂着“尊、天、敬、主”四块牌匾。中间是“天君宫”三个大字，里面站着四五个穿着青灰道袍的小孩。“都是刘谋的子侄。”沈强说。中央有一座冒着红彤彤火光的丹炉。四面围着的金黄色的围帐降下了，刘谋退了进去。

“有点瘆人。”我说，“但事出反常必有妖。”

*

高速路上还会有下个地狱出现吗？我们不知道，但我和沈强定下了该如何逮捕刘谋的计划。沈强是刑警，他有枪的。

导航软件早就分不清我们在哪里了，车载AI统统瘫痪了一样答非所问。我们现在似乎来到一片山区，好像广西的十万大山。这很奇怪，惠肇高速最终应该到达惠州，可惠州少高山，只有一个结论——他们并非走在原本的路线上；路一直没有头，简直像兜圈子。然后终于，一座新的服务区到了。这时已经有不少车子因为没油抛锚在路上，过了这么久，他们一定被身后的东西追上了。那些人会堕入那些稀奇古怪的地狱吧，真可惜，明明就差这么一点。

是的，这处服务区是营业的，拥有许多服务人员。

*

这些突然冒出来的服务员统一穿着橙黄色的连帽制服，男男女女穿行在主楼和停车场上。我发现他们的长相都格外相似，女人相比男人只是多嫁接了一头长发而已……

沈强来到了春光房车上，我把一桶油交给他。他进来了，仔细打量公司派我测试的这台房车："你小子真会享福。"

"可惜车载AI坏了，不然功能更齐全。"我说。

然后我就向他展示了这台太阳能房车的额外先进功能。邪门地一直阴天，电量一直不足，但这台车子可以在充电桩无线充电。我不想和那些诡异的橙衣帽的工作人员打交道，可我也要加油。我看了一眼中控，驱动电量堪堪只保持在50%上下，我必须赶快补给完赶快前进。我听到排在我前面的一个中年人问穿着橙衣的工作人员："这是什么服务区？"橙衣人只是诡异地微笑，并不说话。我总觉得他们那些僵硬的脸好像塑料假面皮，统一的表情，统一弯曲成一条极薄的向上的弧线。

他只是麻利地为车子加好油，又把三个油桶、五个大矿泉水空桶里加满了；他指着加油枪后面垒起的一箱箱红色的泡面箱和矿泉水。中年人惊喜地看着它们。他又伸出一只手，似乎在索要报酬。驾驶员连忙钞票奉上。他僵硬地摇摇头。中年人又掏出了手机。他还是摇摇头。他终于知道他要什么了。邻座的女人发抖着被推了出去。他还是一句话也没说，只是接住了女人，把她交给他的同事带走了。

我看到这可怕的一幕，意识到这里并非正常的加油站。

“停车场里的都是鬼。”沈强说，“那个天君搞的鬼。”

可我分明看到那辆血红的卡车上一个个信徒被推下去，换上来一桶桶汽油……

一个橙衣人来到我的车窗前。

我对他摆摆手，示意自己不要加油。可他不由分说地已经插上了加油枪。我发动车子想冲出去，可车并不听控制，反而停下了。直到他伸出手，我左右摇头看看黑暗的四周，示意并没有别人在。他的笑容消失了，头缓缓伸进车窗，布满血丝的眼睛直直盯着我的额头。他伸出那只干枯纤长的手，我才注意到，他指的是副驾驶座上的星星的鬼魂。

*

他能看到星星。可当看到星星的脸时，他突然换了表情，收回头和手，放我们离开了。我百思不得其解。

“三年前的新闻了。”停车场上点燃起一团篝火，幸存者们交换着情报。让我和沈强意外的是，不少刘谋的信徒牺牲了自己，把油送给了陌生的车主。我甚至也收到了这样一桶人命换来的油，它就那样让人畏惧地被我放在春光的洗手池下面——可我们马上明白了，这个举动，让至圣会在这段高速上反而更壮大了，许多感激的夫妻、父母子女，朝圣般跪下，匍匐在天君庇荫下。

记者马潢还在滔滔不绝讲着。地上插着一炷香，天君赐予的驱邪的绿色火焰噼啪着燃烧。

“一起重大责任生产事故。整个服务区着起了大火，烧成了灰烬。后来查明事故原因，是有人居然在加油站旁抽了一根烟。一个溅落的火星酿成惨剧。最终归结于服务区管理不严。”

就是这个加油站吧。

“调查里最后死了多少人？”

“七个。”

偌大的服务区只死了七个人。大家干笑了两声，就都不说话了。不知道该怪谁时，他们反而在人群中恼怒地寻找警察。起码，要不是他们，这里也不会变成不得安息的鬼域。很快就传来有人偷偷放掉警车汽油的消息……那些橙色的工作人员压根没法交流，我们心里都清楚他们不是人类。可他们到底是什么呢？

叫马潢的记者是个很健谈的人，说起事情来妙趣横生。他采访过很多人，经历过很多事情，在大家都神经无比紧绷的时候，说到警察，他又说去年曾经跟踪采访警界腐败问题一年：吃拿卡要、违例罚款、非法拘留……“和这些警察谈法律，不如说是对牛弹琴。”他信誓旦旦地说着。

沈强有些生气，还好他始终穿的是便服。

“但我去年遇到的一个小交警很有意思，还蛮不错的。一个很漂亮的小警察，我一眼就看出来，她身上有绝好的新闻来源。那天，她在翠竹路口执勤完，还接受了我的采访。她说，她为了转去刑侦口，被刑侦科长骚扰了一年……她给我提供了几条证据。对了，她在调查刘谋，她怀疑刘谋和几起谋杀绑架勒索案有关……很有意思，她虽然是交通警察，但已经以刑警的标准要求自己了。但后来我就听说她自杀了，这个案子我也跟过……”他意味深长地回忆着。我压下沈强的手，支棱起耳朵，听他叙述。他故事里这个人就是沈南星。

……

“你认识沈南星？”我突然问。

“对，那个小交警就叫这个名字。”

“是附中的沈南星吗？”一个女人接腔道。

我惊讶地抬起头，这个女人我也有些熟悉——是广二附中教英语的金老师，名字忘了。但是她当初也带过我们班两个月。也许因为我已经疯了，一个离谱的念头在我心头升起：绝不单单是巧合，堵在这条高速上的人，都是沈南星这一生认识或和她有关联的人。包括那个可能存在的诸如刘谋的凶手。

金老师不记得我了，可她对漂亮的沈南星记忆犹新。我知道我们毕业后没几年，她就和老公女儿去美国了。她自述这次回来是去广州洪阴县为过世的父母扫墓。不是巧合。没有错，这里都是和沈南星这一生有关联的人。

接着，篝火旁另一位年轻的女人突然捂着肚子呻吟起来。她的丈夫死在两天前，这两天她一直是独自赶路，非常辛苦，那副样子一看就是要生了。人们手忙脚乱起来。人就是这样奇怪的动物，乱时彼此谋利攻讦，毫不要脸，但在某些时刻也有互相依偎取暖的温情一面，譬如这样怪象丛生的凄冷冬夜。这个孩子还真是不幸啊。

“我们需要一个医生。”

没有广播设备，人们口耳相传起来。

一个歪系着领带、胡子拉碴的男人这个时候出现了，他的左手还提着酒瓶，脸孔因宿醉红醺醺的，右手却拿着一个诊疗包。“我是医生。”他大声说。然后他看到我，一脸惊讶：“你是路川吗？”

他就是胡宗昌。我们都已经长大了。

“你知道吗？3班的沈南星死去了。”他哭着说，“你认识她吗？”

我认识，她后来成了我的女朋友。这些我当然没敢说出来。很显然，他竟然也因为沈南星的死而悲伤，不知道多少个晚上像这样喝得醉醺醺的，我并不知道我的同学对她还有过那样的情愫……我和他还有星星高中在一个学校，但并非一个班，高中极大，人也多。我大学毕业才认识星星并和她在一起。但胡宗昌我们早已彼此熟知。这家伙是闻名遐迩的二中才子。

他如今已经变成一位称职的手脚麻利的医生了。

最后，在胡宗昌的帮忙下，产妇和婴儿双双平安；这是这一路血色中的唯一一点光亮。他扔掉了酒瓶，还有那双救人后满是血污的手套，用力紧握我的双手：“再见到你真是太好了，路川。我刚从澳大利亚回国没多久。谢谢你告诉我沈南星最后的事。”

*

睡不着。

在额头床下，沈南星正在灰暗的沙发上盯着电视静止地发呆，身上还是那套血污的制服，白皙的双手安分地归拢在膝盖上。她死后常常这样，盯着一个不存在的小红圆点看个不停。

微博上博伊的界面一片灰白，我期待他上线，和他聊聊。这一路上我把这位同样发疯的网友当成了一个好朋友。有时候我疯了，可我很害怕。我的房车里住着我死后的爱人。

终于，等了一会儿，博伊用户头像闪烁起来。“你的手好些了吗？”我关切地询问这个他，如同星星盯着不存在的小点。

“好多了。只是留下了很多丑陋的伤疤。”他的回复相当迅速，“我和鳄鱼成了好朋友（一个幸福的表情）。我会活下来的。这么多人，只有你会关心我。我很感动。期待有朝一日和你见面。”

真是个奇怪的人。我想。

也许他并不真实存在。

五

沈南星死后，我总是出现这样或那样的幻觉：

又是一个难忘的雨夜。满身血污的沈南星出现在窗外，花园里月色静悄悄的，她带着小狗乐乐在执勤。我走出房门，望着雨中伫立的女孩，我害怕极了；雨水中，她流着斑斑血泪。“你有什么放不下吗？或者，你不是自杀，你要我帮你复仇吗？”

她喑哑地张开了空洞一片的嘴巴……

*

刘谋俨然成了高速路上的君主。沈强也没办法，但他知道了星星还有一个医生同学，也很高兴。他告诉我们，他迟早要对付这个天君……

我问那个孕妇：“你认识沈南星吗？”

“那是谁？”她问。

“在翠竹路口执勤的漂亮女交警。”

她虚弱地抬起头，一副恍然的样子。“她给我的丈夫开过罚单，可后来又取消了……”

“为什么？”

“我丈夫是出租车司机，那天他送一个生病的孩子到医院……”

第二天清早。按照估算，追逐的黑暗马上就该赶上来了，我们要再度启程。幸存者们离开了停车场，我才突然发现前面出现了收费站。似乎越向前走，就越像现实世界。掌管收费站的是一些穿着蓝色制服的工作人员。不只是我的幻觉，胡宗昌也说，这些蓝衣人和加油站的黄衣人长相一模一样。只不过两侧脸颊布满烧伤的疤痕。

“整个旅途就像一场严密拓扑结构的多维陆地幻境工程，”胡宗昌说。他是澳大利亚留学过的高才生，总是知道些和别人不一样的事情。“那是一种正在美国开展的地球物理工程……简单来说，就是跨空间地貌的移植……”

轮到我们经过蓝衣人的收费站了。

蓝衣人的身材比橙衣人更高大，手脚更长。他们在生前并非这样长手长脚——是被某种器械拉长的，比如禁锢的汽车安全带。

前面车辆顺利地通过；到我了，可道闸突然放下，春光被拦住，后面响起了一片刺耳的喇叭声。蓝衣的收费员和他橙衣的同事一样，伸出长长的手指指向我的邻座。女人抱着婴儿正在瑟瑟发抖。她没有油了，昨晚我收留了她们。

收费站收取的是什么呢?

蓝衣人的脸又伸到我的面前，嘶嘶地裂开嘴巴，腐烂的气流扑面而来，我听到了“沈南星”三个字。

不，他指的不是她们。我的房车和别的车只有一个不同：沈南星，她的魂魄还滞留在这里。我的车上有一个鬼魂，别的车都没有。他们要对我的幻觉动手了。我珍视我的幻觉，所以我最近一直没有吃药。我是不会把沈南星交给他们的。胡宗昌开着一辆折腾得灰扑扑的敞篷豪迪威龙加长版（大概值很多钱）赶上来，他降下车窗，担忧地望着我。“不用担心，朋友。”我对他做了一个手势。

我加满了油门想要闯关。

可以说刘谋救了我——那辆红色的卡车停在了我后面，一个信徒手里拿着一个灰色的罐子来到我们旁边。她打开罐子，里面是一些骨灰。她把骨灰交给蓝衣人，道闸开了。是刘谋替我交了过路费。

“他为什么要帮你?”事后沈强也百思不得其解。

更奇怪的事是这样的。离开服务区时，天君刘谋对大家说：“只要听我的，就能保所有人平安。”警察们都明白，在这片鬼域，终于轮到别人维持秩序了。

他把车辆分成三六九等，一些车能先开走，一些要等他调度……排在前列的车辆统统进行了对至圣天君的香火捐献，得以在人间路上提前行走：食物和水自不必说，还有道路上那些富豪的承诺和大笔目前看来毫无作用的金钱。他前天用信徒的命换回来的汽油又都交还给他。在后排出发序列的都是譬如乘网约车去广州看病的可怜农民工一样的人。

他取消了集市。现在，司机手里资源都要靠他分配。

奇怪的是，我和沈强都拒绝了捐献。我的车子却被他排在前面。

*

为了避免堵车，刘谋代替交警规划交通。这一场可怕的旅途是否有一个终点呢?星星像一朵云一样在房车里盘旋。那位年轻的母亲抱着孩子在副驾驶座上睡着了。我们今天赶了好远的路，可大家都没有停下来的意思。按刘谋说的：“再坚持一下，马上就都要结束了。”

一辆卡车正从车斗往路肩上泼撒泥土；刘谋的信徒在泥土上撒上一些绿油油的种子。种子几乎是在几分钟内长成了大树，树上结着灯笼一样金光灿灿的果实。沈南星被吸引了，她的下巴颏儿放在车窗底下，目不转睛地盯着这些奇怪地冒出来的果子。婴儿突然哇哇大哭起来。

一个信徒找到我，说刘谋欣赏我，觉得我是可塑之才。

“他认识我？”

“你是沈南星的男友，对吗？”

那时汽车都停下了，大家普遍开了二十个小时的车，都受不了了。刘谋就命令所有车都停下了。

“你们这么做，就不怕出去以后被警察逮捕吗？这已经违反了不止一条法律了吧。”

这个女信徒却神秘莫测地笑了。“不会有那么一天了，”她说，“天君会在这里的地上建立永恒的王国……我们会永远行驶下去……”

这是我第一次听到他们这样说。

“但地狱里某些事情，很快就要结束了。”

果然，在半夜时分，下一场地狱开始了。

“阿鼻地狱。”

我听到有人轻声喊道。

这声音让人觉得无比熟悉。沈强拿着手枪从黑暗里走了出来。他的身后跟着马潢，还有另一个女人。马潢要死了，他的肚子破了，手里托着一团黄的绿的肠。那个女人我不认识，只是哭。马潢在玩弄着自己的肠子，有一会儿，他把那条肠子高高扬起，又把自己的脖子套了进去，好像要吊死自己。

那时我正在血红色大车上，在如宫殿的天师府里做客——按照我和沈强的事先计划。他知道刘谋对我感兴趣，一定是因为沈南星。我也把自己的狂想告诉了他。他无比确认刘谋就是杀死沈南星的凶手。也许星星死了的那一刻，沈强也疯了，和我一样。

我同意了他的做法，他抛弃了自己作为刑警原则，他不再寻求以杀人罪逮捕刘谋（非法传教的罪名太轻了）。没时间一点点搜查证据了，他想让我伺机刺杀重重防守的天君刘谋。

他坐在一把太师椅上，身边左右坐着两个年轻漂亮的女孩。那是他从自己的众多信徒里重重挑选出来陪伴自己的。“我甚至想收你作为亲传弟子。”他说。

“为什么？”

“你疯了。”他对我说。

我的手在颤抖，背在流汗。

“你以为这一切都是幻觉，所以才有恃无恐，从没有害怕。”

我瞪大眼睛看着他，安慰自己：总有一刻自己会醒过来。

“你以为这些都是假的，”他指着下面托着肠子的马潢，“都是梦。可我告诉你，这些都是真的。”

“这不可能。”我自信地摇摇头，“这世上没有鬼怪。没有地狱。”

“谁告诉你这些是鬼怪了？”天君悄然起身，抖拢着青油油的道袍。他从胸前一个挂着锦缎的小盒里拿出一块皱巴巴的多褶的干肉。好像化石一样，是干肉吗？我看到那干肉在微微颤动，我听到它发出吱吱的老鼠一样的叫声——

“这就是坠落在惠肇高速某段，从火光里冒出来，一直在背后追赶我们，想吃掉我们的东西——坠落者不是黑暗，不是陨石，不是太空飞船，而是真正的活着的东西。它，不是你知道的那些神仙，却是真正的神仙，”他说，“我只能称呼那东西为，它，或祂。这就是那东西的真相。更准确地说，这是它或者祂，这是祂的一部分。摸摸祂吧，如果你还不信的话。”

我摸了。

六

真正的神仙。

心里好像饮了琼浆玉露一样甜蜜。我全然相信他了。这一切都是真的。那块肉服帖地好像张大嘴巴一样咬住我的手指，突然消失了。刘谋突然跪在地上。“神仙啊。”他对着黑幽幽的苍天高喊，两旁的俏丽女孩也跪下了。

“阿鼻地狱！”

我的耳边传来沈强的声音。

马潢已经死去了，他的肚子像塞了稻草一样高高地鼓起来，里面是腐烂胀气的肠子。他这辈子采访了太多人，也编造了太多新闻，他造谣生事、罔顾事实、片面报道、煽风点火，挑动个人情绪，号召民众集体攻讦，沦为权力忠犬。他是很坏的口舌，有一条灵巧钻营的肠子。现在那条肠子把他胀死了。

信徒收走了马潢的尸体。

那个女人还在哭泣。她是马潢的妻子或者妹妹？沈强不再喊叫。

可阿鼻地狱还没有结束。

沈强踢了那女人一脚。女人板起了脸。他再也忍受不下去了，因为刘谋决定要进行一次紧急布道。黑夜里，幸存者们都醒了，每辆车都打开了车灯，灯光刺穿了浓浓的夜雾。刘谋第一次离开了那辆红色的车。

*

死在拔舌地狱的冯三尸体被邪教徒捡了回来，要做成干人偶，用一根长杆，高悬于车上，变成刘谋所谓的牺牲圣徒。然后是福牛扭曲的尸体。接着是马潢的。他们还有另外一个身份，都是至圣教的信徒，他们的皮肤上都文着莲花鬼手纹。

一场盛大的邪教仪式。

这就是刘谋收集那些尸体的目的。

从三根矗立的木杆再往右看，是一个干枯瘦小的女孩的尸体。她的右下腹同样有鬼手纹，尸身倒格外完好。沈强几乎扑倒在地，他一定是中风了。我也感到一阵头晕目眩，几乎要就此死去。那个悬吊的女孩是沈南星。

天杀的刘谋让星星不得安息，居然挖出了她的遗体。

当然，最引人注目的是最右边，居然悬挂着一个大活人。是我和沈南星的老友胡宗昌。他的双掌被几条生锈的铁丝勾穿，铁丝绾成结扣，身体因此被牢牢捆绑在上；他脸色苍白，浑身是血，但分明还活着。

这就是阿鼻地狱。

“道，道，道。”我听到迷雾中有人歌唱。

沈强跪在地上。人们躲在自己的车里，注视着这恐怖的一幕，没人敢站出来。警车熄灭了警灯，妈妈搂紧了怀里的婴儿，世界天旋地转，一切都不一样了。我看到身旁是大片的田野，田野里则是大片闪亮的油菜花。沈强好像祈祷着，跪坐在花丛中央。他的嘴里嘟囔着。额头流下细细汗水。

阳光多晃眼又晒人。

没人知道，眼前这个可怜男人是一个响当当的刑警……刘谋也不知道，他的阿鼻地狱里怎么会闯入这样一个怪人。伴随着一阵鼻音一样的嘟囔，台上台下围拢起一层层的教徒，开始了集体的哼唱。

也就在这时，油菜花被什么击中，在天空散开了。花瓣破碎着。沈强动了。他站了起来，用左手在便服的怀里摸索着什么。他掏出了什么。

那一刻，我的意识陷入了巨大的空白，那徘徊在将死未死之地的众多魂灵吞没了我，有什么正在我的血肉中不可治疗地恶性增长。是它。它占有了我们的灵魂。一声震耳欲聋、炮仗一样的响。我醒转。不可思议地看见那把伸出来的黑蛇吐芯一样的92式警枪。枪口喷吐着白烟。沈强定神看着扣动了扳机的自己的手指，好像在研究一个难解的问题。

天君刘谋显然没有料到在这个枪支管控严格的国家居然有人有枪。明明鬼神莫测……他不可思议地望望那五具天上的傀儡，又望望地上癫狂地嘶吼着的沈强。明明就只差一点了。他的额心出现一个圆圆的红点。沈强是警校四年的全国射击冠军。

“神”被人一枪杀死了。

我被沸腾的人群挤开了，几只脚重重地踩在我的身上，可我不觉得疼痛。他们的目标不是我。他被愤怒的教众吞没了。渺小的天光里，我看到他只剩双手高高举起。“星星，爸爸替你报仇了。”

他几乎被打碎了。人们撕咬着，拉扯着。我从不知道一个人的血液会像响箭一样射得那样高，像流云一样飘得那样远……支离破碎的思维，魂飞魄散的人。我突然想起了当初和沈强的约定：算我一个。找出沈南星的真正死因。

算我一个。

我掰开人群杂乱汹涌的腿，找到了那条从他手头滑落的小小的黑蛇。

我对着天空开了一枪。“滚开！”我喊道。疯狂而白色的人群因为惊吓停顿了。

七

胡宗昌执意自己开车。我本打算一把火烧掉遗体，可他拦住了我。

“沈南星，一定要，入土为安。”他说。

刘谋和沈强都死了。黑白两边的首领死了，至圣会群龙无首，警察也不知道自己这边居然有一位刑警。于是秩序彻底失去了，车辆乱撞，惨叫不断。死了不少人。“失去了秩序比被邪恶统治还可怕。”胡宗昌对我说。接下来我们只能靠自己了。

我抢回了星星的遗体，放在车里，所以女人和婴儿不再适合待在这里，去了胡宗昌车上。只要不再有那些橙衣人，她们就是安全的。

想来真是讽刺。刘谋以为自己可以学会可以长生的仙法，结果落得这个下场。他吸纳不了那所谓仙人的肉块；因为他见识过它的伟大，这才想变成那个坠落的它一样的神迹。他以为凭他的邪术，还有信徒的重重守护，没人能拿他怎么样……可沈强最后违背了自己曾恪守的一切。他抛却了自己身为警察的全部尊严。

结果，现在车里又只剩我们两个了。

我把沈南星的身体擦拭干净，让她舒服地躺在床上。我突然想哭。沈强就这么死了。星星，你知道吗？爸爸为你报仇了。我突然觉得有些万念俱灰。我对抗不了它。我把这段时间春光房车的测试数据打包上传云端：制动性能优异、加速性全国前列、智慧座舱系统更是无出其右……我的工作是汽车测评员，你还记得吗？一旦这辆车返回现实，公司就会收到这些数据，他们会造出更完美更舒适的汽车的……

我突然明白过来，星星死了，她已大仇得报，我还有什么理由还要活下去。我又想起博伊，我的不存在的朋友。但当我发现吃掉仙人体后，我的右手逐渐开始腐烂了，我还感到一丝丝反胃。呕吐后，我看到一只绿色的鳄鱼在我的副驾驶座位上。博伊没有上线，可等我上线，他的头像就在短暂地闪烁后变为彩色。他居然那么贴心，总是准备好和我进行聊天。“今天情况怎么样？”他问我。

“天气晴朗，”我说，“刚下了一场血雨。死了路上最后三百八十个人。”

*

我决定掉头。

车子撞开隔离桩，在高速上拐了一个大弯，向西逆行而去。我看到后面车窗里一张张惊呆了、瞠目结舌的脸。

我想亲眼看看它的样子。

我们一起被它吃掉。

*

不管怎样，幻觉更严重了。

有着分节身体的小神划过，它们的四肢纤长有力，一双双猩红的眼正在树的缝隙间暗自观察，寻找男人的腹肉和女人的乳房，那里最鲜美异常……一些蚊蚋一样的小神正想尽办法钻进逃亡人们的鼻孔和眼睛，遇到或坚硬的骨，或柔软的髓就奋力挣开，径自而下。因为剧烈的疼痛，一些人在打喷嚏。我的眼睛上漫着一层红色的薄膜，好像血飘浮凝成的痂状伤口；薄膜起伏着，好像起伏的带恶意的海波……

*

路上的死者在围坐着开会，死去的人在第三天都回来了，跟随车队前行，除了冯三、福牛、记者马潢……

*

大地疯了。她的父亲最近的精神也很差，饱受抑郁和疯狂交替的困扰，药物最近失去了效力，他因此决定分开自己。

星星也疯了。

*

“你瞎了？你的手怎么回事？”

胡宗昌惊讶地问我。我的眼睛血红如蝙蝠。

胡宗昌也掉头，横过自己的车头拦住了我的车。他不想让我死。我的朋友强硬地夺下了我的方向盘。奢华的加长版豪迪威龙被它一下子吞噬了。那对母子在冷风中瑟瑟发抖。

*

疯狂的博伊。牺牲的圣徒。

*

路川的样子让同样坐在后排的母亲和婴儿害怕。他好像一个会行走的鬼。胡宗昌救了他，他本不想救他的，可是他吃下了仙人体。路上的人越来越少，似乎终于要摆脱永恒的堵车，到达终点了。

八

“醒醒。小路，醒醒。”

是沈南星温柔的声音。

她终于愿意再次和我说说话了。我不用再和博伊说话了。

“爸爸还有你的事情，我很抱歉。”她说。

……

一只温暖的手伸了过来，搀扶我起来。这是在哪儿？莲花桥上游人如织，许多老人带着儿孙玩耍，一盏盏花灯照得夜如昼。“你只是一个交通警察，为什么要一次接一次掺和一个刑事案子。”

她仰着头，摘下大檐帽，双手撑在栏杆上，这个动作一不小心就会让她倾覆下去。

“我爸爸已经同意调我进刑侦科了。”

“我希望过稳定平静的生活。星星。我喜欢你的柔情和善良，但我不需要一个打打杀杀天天风里来雨里去的刑警女朋友。你妈妈和你小时候过的是什么日子你都忘了吗？”

沈强曾是个每天疲于任务，一天到晚不着家的男人，对家庭有着莫大的亏欠。

“我已经理解爸爸了。”

“可我不希望我的妻子每天带着一身血和尸体的味道回家。我们不如分手吧。”我说。

她似乎假装没听到我这句话。

“乐乐，我的小警犬，它退役之后我可以收养它吗？你一定会喜欢的，它可爱极了。”

“星星，我在正经严肃地通知你：如果你执意要步你父亲的后尘——”

“有一个同学，从很远的地方回来了，他今晚想见我一面，你能陪我一起吗？”

她还在岔开话题。

"我要工作。"我想也不想地拒绝了她。

你是警察，我只是个汽车公司的小职员。她哭着和我解释，她要和困扰城市两千万居民邪恶做斗争。一个未知的恶棍杀死了十八个少女，似乎要做某种邪恶的法事。这是她昨天还在翻阅的卷宗。城市里天天有类似的惨事发生，为了那些失去亲人的家属脸上的泪水，我知道，她宁可和我分手。

我头也不回地离开了莲花桥，把她留在那里。那天是她的生日。在生日那天死去会化作厉鬼，这是某个道教天师告诉我的。可她的鬼魂虽然有怨气，却始终没有伤害我。

*

我承认了，她是真实存在的。

*

道，道，道。何为大道。

地狱道。

*

她虽然是个警察可做事跳脱，不服人管，有些天不怕地不怕。我的时间比较灵活，测试汽车后，我一般都在房车厨房准备晚饭（我们有一辆自己的春光房车，没租房子，而是住在车上，她很开心，认为这才是交警的住所）。她经常下班回来，鞋也不脱，就拉开车门，跳上我的背，用鼻子轻轻吮吸我的味道。"又是一股烟味，"她嗔怒地说，"每次出车都像吃了一斤烟叶一样。"

"可我开车时需要提神。"我解释道。

"我给你买很多口香糖。"她跳下我的背，认真地说。

*

"我想生两个儿子。"她缩在额头床上，望着天窗里的星星，畅想着。

“为什么不要女儿?”我问。

“我希望他们能尽快坚强起来，不要像我一样。”她小心翼翼地捧起了我的脸，好像捧起一块易碎的玻璃。

*

沈南星是被人杀死的。但我们这才终于能够好好对话了。

九

你知道吗，在地狱道之后，沈南星有复活的希望。

她的尸体静静地躺在后横床上。

春光房车的名字真是好，大片的油菜花盛开在春光里，灿烂地覆盖在她的身体上。

“没想到最后是你吃了仙人体，路川。”

我听到他絮絮叨叨地对着空无说话。

胡宗昌从澳大利亚回来，后来成为一名医生。他的英文名是Boyy，一个奇怪的名字，是巫毒教的幸存者之意。这名字来自一桩轰动澳洲的大案，在这里就不赘述了。我以为博伊是我的幻觉，可并不是。他狰狞地坐在驾驶位上看着昏迷的我。我在他身上看到了鱼一样的鳞片。难怪，他也被刘谋选中了。

“小胡，我醒了。”

我的声音又阴郁，又悠长。“是你吧。你杀了沈南星，又害了沈南星的爸爸。”

“你才是杀死沈南星的真正凶手。你把我们引上一条歧路，还因此害了沈南星的爸爸。你真是罪该万死。

“你疯了。”他的肩膀抖了一下。

“你才疯了。博伊。自始至终。”

听到我这么说，他不可思议地扭头望着我。

“那个在微博上和我呓语的疯子是你。”

“是谁告诉你这些的。”

“沈南星。”

“是鬼魂告诉你的。难怪如此。”他点点头，“那她说她是如何死的？”

……

“我才是最爱沈南星的人，你凭什么，”胡宗昌突然说道，“我启动了这整个仪式。”

“天生的仙人体，真让人羡慕，这也是刘谋为什么也对你感兴趣。”他的表情变了，狰狞地咧开嘴笑了，女人和婴儿吓坏了躲在角落发抖。

“你研究它多久了？”我压抑着声音里的愤恨。

“从我在澳大利亚成为一名医生就开始了。”

“不关她们的事。”我替她们求情。

“没用的。”他摇摇头，“所有人都是献给它的祭品。”

*

灰色的浓雾越来越大。它的速度也越来越快，高速路上的车子越来越少。导航地图闪闪烁烁，时灵时不灵，但是我也发现了，车子正在胡宗昌的操控下兜了一个大圈子。我们正回到广州出发的那个高速路口。

“你看，地图上的道路像什么图形？”他依旧笑得很狰狞。

可是啊，像什么呢？

我们走过的路线像一个红色的人形。

*

女人扇了男人一个巴掌，他就躺倒在她预备好的婚床上。她和那个穷小子住在车里，因为那个穷小子喜欢汽车，可她的父母还是为她准备了这套房子。“你该走了，阿昌。”她说。

“为什么啊？”他脱下了平日里温和俊雅的医生伪装，露出那副恬不知耻的样子，“你明明知道我从澳洲回国了，可你还是找了现在这个男朋友。你是在故意惩罚我对吗，沈南星。”

“你现在让我恶心。”

“可是高中时你倒是爱我爱得很啊。你不喜欢我了吗？沈南星。”

“我长大了。可你变成了坏人。我不会和一个坏人在一起的。”

男人凑上来想要亲吻女人。

……

我茫然地注视着梦中的一切。沈南星一袭白衣的背影伫立在不远处。胡宗昌保持着那个失手杀人的姿势。我想相信这一切都是一场意外。妖诡的迷雾笼罩了我。

*

我原以为你是刘谋的人，看来只是巧合。我指着他腹部的莲花鬼手纹。这是它的标志，很美，我可不是那帮愚蠢的邪教徒。我懂得它的真谛。他不是至圣教的信徒，可同样知道它，崇拜它。“所以，我才希望星星也有同样美的标志——你相信吗，它拥有可以让沈南星回来的力量。”是他在沈南星的尸体上文的花纹。

“我从不相信鬼怪。”

可胡宗昌说着说着，居然奇怪地哭了起来。

*

这才是真正的修罗地狱。

胡宗昌是个真正的疯子，他以为自己爱星星，就把自己疯狂变态的爱赐予女孩。

非理性转化为精神错乱、欲望的疯癫，以及对强烈欲望的无限推测中爱与死的疯狂对话。这话是福柯说的。

——我们的行进路径是一个人的血脉。

坏掉的车载AI地图提示我：这条不存在的高速线路，正是沿着星星的血管图案走一圈，以无数人血祭的形式。

这是一场故意的盛大的召唤仪式，他逼迫上千人完成仪式，替他招灵。而他召唤来自外域的神，居然是因为他想复活星星。

道路上的人都会死，所有人都是祭品。两千五百三十三人，都是沈南星这一生接触过的人类。这些人被胡宗昌以某种力量聚集在一起，就在这里。

“沈南星怎么会看上你?”他痛苦地表白。是啊，星星怎么会喜欢我，而不是高知留学归来的他。可爱就是没有道理的。他以为是出国造成的情感空窗让他失去了女孩，可他太强势的表白反而让她害怕。他不想承认，她根本没喜欢过他，他要夺回沈南星，反而失手杀了她。

他在继续自我欺骗：时间足够漫长，星星就会爱上他。星星一定是有什么难言之隐的把柄在我手上……

可他看起来精神正常，比我还好，绝不像疯子。这个文质彬彬穿着白衬衫西裤的男人策划了一切。我也曾拿他当过朋友，想从邪教手里救下他。

“修罗地狱啊!”

耳边传来轻声哼喊。

这才是最后的地狱——我和一位修罗在一起。

“星星!”

不许你这么叫她。我绝望地倒吸一口气抬起头。

十

我意识到自己的身体已经不一样了，可究竟什么是仙人体？我已决心和他同归于尽。我始终放不下的只有和我们同车的那对无辜的母子。“你做了什么?”胡宗昌喊道。他发现自己的手脚失去了控制，车子正在慢慢停了下来。我的眼睛瞎了，可心没瞎。就叫它心眼吧。我的额头上灰色的青筋暴起，从我腐烂的右手手肘上又伸出一只完好的右手。我的右手变得极长……

车子停下了，我打开了车门。“你会开车吧?”

我询问那个坚强的母亲。

“把车子开回广州，把车辆的测试数据给我的公司。现在，这辆房车是你的了。”

……

胡宗昌不知道我要怎样惩罚他。

接着，我抱着沈南星的遗体下了车。他没有撒谎，随着死人越来越多，她在慢慢变化。她的身体已经恢复了弹性。现在她好像睡着了一样，时刻就会睁开眼睛。

他挣扎着被拖下车子。是刘谋的神通力，我也拥有了刘谋那样怪物的力量。他当然想不到。我还有一把手枪。他是该死在警枪下的人。他才是心思阴沉的怪物。我轻轻抬起手，虽然看不见了，但我知道他在那里。我想杀了他，又听见了骨骼折断的声音。我折断了他的双手双脚。这就是仙人体。

“你正在变成它。”胡宗昌说。

“修罗地狱啊。”人还在哼唱着，意识显然已经迷离。

“沈南星。”我听到他说，“你会变成怪物，一个注定和她不能在一起的怪物。”

春光正在远去。可它已经快速地追上来了。他说得对，我们都要死在这里。我马上就知道它真正的样子了。还有，被它吃掉会发生什么。它正从灰色雾中伸出无数支离破碎的黑色的人手，我在一只手上看到挂着的一副眼镜。我认出那眼镜属于卖书给我的青年。他也死了。

我想开枪。可手在颤抖，我从没杀过人。

我不是那些警察。

*

温柔的手搭在了我扭曲变形的手臂上。我看不见她。可我知道，她一定是沈南星。“对不起。”我说。她一定摇摇头。“对……不起。”我听到她说。

她轻轻拦住我畸形的右手。

“不要杀人。除了天理或者法律审判，没人能剥夺别人的生命……”

果然是警察会说的话。

“我不会杀你的。”我对胡宗昌说，“你会被逮捕。”

*

好像活着的沙尘暴。它破碎着来到我的面前。我想象着沈南星拥抱着它滚进尘埃。显然，杀掉这一切的始作俑者并不能终止这个仪式。如果是受益者自愿放弃自己被召回的生命呢？“所谓的外神，祂来自NGC99575，离我们千百万光年远。”眼镜对我说，“那里拥有和我们不同的时空度规和物理法则，把这一切当作梦就行了。”那里的人也会驾驶房车在春日里出游吗？

沈南星早就知道，只有她才能带它和地狱离开。

眼镜又活了过来。

除了被人类杀死的人真的死去了，那些被鬼怪杀死的人都活了过来。道路上尘土散尽。一切到底还是一场梦。眼镜吃惊地看着自己赤身裸体坐在车来车往的高速路中央。往前几公里就是广州城。几个配着对讲机的高速交警围了上来。他们要劝说这些突然冒出来的人离开高速……

一个警察看到我和胡宗昌惊恐地叫了起来。

“这里有人伤得很严重。”

他们去联系救护车了。没人注意到，一辆春光房车去而复返，女人打开了车门。警车带走了胡宗昌。趁着夜色，她也拉起我，我们悄悄离去。我会提交我知道的一切证据，比如是谁挖出来沈南星的遗体，还有杀人的真凶……她面目如生，静静地躺在那里，她和它一起离开了。听了我的叙述，女人知道了一切的原委，不再害怕，包括我畸形的右手。

12月28日。惠肇高速上长久的拥堵终于结束了，天空悠扬地飘起雪花。圣诞节已过去三天。这是广东两年来久违的第一场雪。

打开电视，里面不再飘散着坏点。女人惊讶地叫出声来。我流着眼泪。春光的车载AI终于恢复了正常，里面传来熟悉的语音包的声音。“前面拥堵路段还有三公里，预计拥堵十三分钟。您将在晚上九点十五分到达广州。”

是沈南星的声音。

是的，她代替了坏掉的车载AI。星星没有走，她选择以这种姿态留在人间陪我，成为春光的一部分。我吃下一颗药丸，快要睡着了。可我知道，一切都是真实发生的，并非梦境。

人生路，美梦似路长
路里风霜，风霜扑面干
红尘里，美梦有几多方向

“你需要来首歌吗？路川。”我听到她在房车里快活地和我说。

齐然，医学在读博士。曾获2022年度华语科幻星云奖新星奖，2022年、2023年读客科幻文学奖两届金奖、2021年晨星·晋康奖最佳中篇小说金奖，2021年光年奖最佳短篇小说奖等奖项。《慷慨悲歌》获2023年科幻春晚优秀中篇奖。作品散见于《科幻世界》《中国青年作家报》等纸质媒体、“不存在科幻”“收获app”等网络媒体。

图书在版编目（CIP）数据

梦想建设家：驶向未来的中国故事 / 万象峰年等著. 南京 ： 译林出版社，2025. 4. -- ISBN 978-7-5753-0504-4

I. I247.7

中国国家版本馆CIP数据核字第20256YJ106号

梦想建设家：驶向未来的中国故事　　万象峰年 等／著

策　　划　姬少亭　李不撑
责任编辑　侯擎昊　竺文治
特约编辑　李兆欣　武甜静　水　巢
装帧设计　吴　悠
校　　对　戴小娥
责任印制　闻媛媛

出版发行　译林出版社
地　　址　南京市湖南路 1 号 A 楼
邮　　箱　yilin@yilin.com
网　　址　www.yilin.com
市场热线　025-86633278
排　　版　南京展望文化发展有限公司
印　　刷　江苏凤凰通达印刷有限公司
开　　本　880 毫米 ×1240 毫米　1/32
印　　张　12.5
插　　页　2
版　　次　2025 年 4 月第 1 版
印　　次　2025 年 4 月第 1 次印刷
书　　号　ISBN 978-7-5753-0504-4
定　　价　65.00 元